Der verschrobene und liebenswürdige Mr. Morgan, Geschäftsführer eines Eisenwarenladens, Vater von sieben Töchtern und Ehemann einer warmherzigen und patenten Frau namens Bonny – alles dies in Baltimore –, kultiviert eine ausgefallene Eigenart: er liebt Rollen und Verkleidungen über die Maßen und denkt sich fast jeden Tag eine neue aus. Besonders ist es ihm dabei um die passende Kopfbedeckung zu tun, die er erst abends im Bett wieder ablegt.

Am Tag, als die Geschichte beginnt, trägt Morgan eine Pudelmütze und tritt als umsichtiger Geburtshelfer – Dr. Morgan – in das Leben von Emily Meredith: die junge Frau, Puppenspielerin auf dem Jahrmarkt, hatte es nicht mehr bis zum Krankenhaus geschafft.

Von nun an nimmt Morgan das allerheftigste Interesse an Emilys kleiner Familie, in der er das positive Gegenbild zu seinen eigenen unüberschaubaren Verhältnissen gefunden zu haben glaubt. Er weiß ja nicht, daß sich hinter dem anscheinend so glücklichen Puppenspielerpärchen zwei verkrachte Studenten verbergen, deren große Pläne an der kleinlichen Realität gescheitert sind. Doch als er es erfährt, ist er zur Stelle, nicht nur um Emily zu erklären, wie sie ihren Toaster zu reparieren hat, sondern auch, daß er sie liebt. Und Mr. Morgan eröffnen sich ungeahnte neue Möglichkeiten – als Puppenspieler.

Anne Tyler, die 1941 in Minneapolis geboren wurde, ist in North Carolina aufgewachsen. Die promovierte Slawistin ist mit ihren mittlerweile zwölf Romanen eine der erfolgreichsten Autorinnen der amerikanischen Gegenwartsliteratur. So wurde ihr Roman ›Die Reisen des Mr. Leary‹ vom ›Time Magazine‹ zu den fünf besten amerikanischen Romanen des Jahres 1985 gezählt, und ihr Roman ›Atemübungen‹ wurde mit dem Pulitzer-Preis ausgezeichnet. Anne Tyler lebt mit ihrer Familie in Baltimore.

Im *Fischer Taschenbuch Verlag* sind von der Autorin außerdem die Romane ›Nur nicht stehenbleiben‹ (Bd. 5154), ›Dinner im Heimweh-Restaurant‹ (Bd. 8254), ›Die Reisen des Mr. Leary‹ (Bd. 8294) und ›Caleb oder Das Glück aus den Karten‹ (Bd. 10829) erschienen, bei S. Fischer ›Segeln mit den Sternen‹ und ›Fast ein Heiliger‹.

Anne Tyler

Mister Morgan und die Puppenspielerin

Roman

Aus dem Amerikanischen
von Ulrike Becker
und Claus Varrelmann

Fischer Taschenbuch Verlag

21.–28. Tausend: August 1994

Deutsche Erstausgabe
Veröffentlicht im Fischer Taschenbuch Verlag GmbH,
Frankfurt am Main, Juli 1994

Lizenzausgabe mit freundlicher Genehmigung
der Russell & Volkening Inc., New York
Die amerikanische Originalausgabe erschien 1980
unter dem Titel »Morgan's Passing«

Gesamtherstellung: Clausen & Bosse, Leck
Printed in Germany
ISBN 3-596-12047-0

Gedruckt auf chlor- und säurefreiem Papier

1967

Alljährlich veranstaltete die presbyterianische Gemeinde einen Ostermarkt. Am frühen Sonntagmorgen wurden auf dem weitläufigen Abhang vor der Kirche Zelte, buntbemalte Buden, von der Happy-Days-Amusement-Company gemietete Fahrgeschäfte und große hölzerne Karren, deren Fenster sich langsam mit gebuttertem Popcorn füllten, aufgestellt. Ein weißer, einen Meter achtzig großer Hase verteilte unter würdevollen Verbeugungen Bonbons aus einem Korb. Nachmittags wurden hinter dem Gebäude der Sonntagsschule um die Wette Eier gesucht, und der Gewinner erhielt ein Schokoladenhuhn. Von überall her ertönte Musik, und die Fetzen der einzelnen Lieder vermischten sich miteinander. Die Luft roch stets nach Zuckerwatte.

Aber das Wetter in Baltimore ist unberechenbar. Manchmal war es viel zu kalt für einen Basar. In einem Jahr, als Ostern in den März fiel, wuchs fast noch nichts, so daß die Eiersuche ein Witz war. Die Eier lagen lächerlich unverhüllt auf dem kahlen braunen Rasen, und die Kinder, deren Finger in Fausthandschuhen steckten, stürzten sich gleich auf sie. Die Erwachsenen kauerten in Pullovern und Schals beieinander. Sie sahen aus, als hätten sie sich in der Jahreszeit geirrt. Ganz ohne Menschen wäre es ein schönerer Ostermarkt gewesen – nur mit den gestreiften Zelten, deren leuchtend bunte Schabracken im Wind knatterten, dem Karussell, das »After the Ball« spielte, und den Gipspferden, die reiterlos im Kreis galoppierten.

Beim Puppentheater, in einem grün-weißen Zelt, das von einem kalten grünlichen Licht erhellt war, erschauderte das Publikum beim Anblick von Aschenputtels schulterfreiem Ballkleid. Aschenputtel war eine Handpuppe mit einem großen, runden

Kopf und Zöpfen aus gelbem Garn. Sie tanzte gerade mit dem Prinzen, der einen flachsblonden Topfschnitt hatte. Sie hielten sich liebevoll in den Armen, und man vergaß ganz, daß es eigentlich nur zwei ineinander verschränkte Hände waren. »Sie haben ein wunderschönes Schloß«, sagte sie zu ihm. »Die Fußböden glänzen wie Spiegel! Ich frage mich, wer sie wohl putzt.«
Sie klang überhaupt nicht wie eine Puppe. Die Stimme war rauh und teilnahmslos. Man erwartete fast, dampfenden Atem aus dem aufgemalten Mund aufsteigen zu sehen.
Der Prinz sagte: »Ich habe keine Ahnung, mein Fräulein... wie war doch gleich Ihr Name?«
Statt zu antworten, schaute sie auf ihre Füße hinunter. Ihr Schweigen dauerte zu lange. Die Kinder rutschten auf den Klappstühlen herum. Es wurde klar, daß der Ballsaal überhaupt kein Ballsaal war, sondern ein riesiger Pappkarton, dessen Vorderseite herausgeschnitten war und vor dessen Rückseite ein Gazevorhang hing. Eines der zuschauenden Kinder sagte: »Ich muß mal.«
»Schsch.«
»Ihr Name?« fragte der Prinz.
Warum sagte sie nichts?
Die Kinder sahen jetzt, daß sie wirklich nur eine Puppe war. Sie lehnten sich zurück. Der Zauber war verpufft. Sogar die Eltern schienen verwirrt zu sein.
Dann fiel Aschenputtel auf sehr unnatürliche Weise aufs Gesicht, und eine Menschenhand tauchte aus ihren Röcken auf und verschwand dann hinter dem Prospekt. Die Kinder starrten Aschenputtel an. Auf der Bühne lag ihre tote, leere Hülle, und ihre abgewinkelten Arme sahen aus, als wären sie gebrochen. »Ist es zu Ende?« fragte ein Kind seine Mutter.
»Pst. Sitz still. Du weißt doch, daß das nicht der Schluß ist.«
»Wann geht es denn weiter? Müssen wir noch hierbleiben?«
»Warte mal. Da kommt jemand.«
Er war kaum älter als zwanzig. Er tastete sich durch das an der einen Seite der Bühne aufgehängte Bettlaken hindurch: ein dunkelhaariger, dünner junger Mann in einer Khakihose und einem

rotbraunen Cordjackett. Sein weißes Hemd war so alt und häufig gewaschen, daß alles Leben daraus entwichen war. Irgendwie wirkte er sehr entschlossen – vielleicht lag es an der Linie seines Mundes oder an der trotzigen Art, wie er das Kinn nach oben streckte. »Meine Damen und Herren«, sagte er und fuhr dabei mit einer Hand durch sein Haar. »Liebe Jungen und Mädchen...«

»Das ist der Prinz«, sagte ein Kind.

»Liebe Jungen und Mädchen, bei uns ist jemand... krank geworden. Das Stück ist zu Ende. Ihr könnt euer Geld an der Kasse zurückbekommen.«

Er drehte sich um, wartete nicht einmal ab, wie seine Worte aufgenommen wurden, und griff nach dem Laken. Aber dann durchfuhr ihn anscheinend ein neuer Gedanke, und er drehte sich wieder um. »Verzeihung«, sagte er. Er fuhr erneut mit einer Hand durch sein Haar. (Kein Wunder, daß es so unordentlich und strähnig war.) »Ist ein Arzt hier?« fragte er.

Die Zuschauer blickten sich gegenseitig an – es waren überwiegend Kinder, und die meisten von ihnen waren jünger als fünf. Offensichtlich war kein Arzt unter ihnen. Der Junge seufzte plötzlich geräuschvoll und hob eine Ecke des Lakens an. Da stand hinten im Zelt jemand auf.

»Ich bin Arzt«, sagte er.

Es war ein großer, hagerer, bärtiger Mann in einem braunen Anzug, der so zottelig aussah, als wäre er aus Wolldecken zusammengenäht. Auf dem Kopf trug der Mann eine rote, oben spitz zulaufende Pudelmütze, wie sie Skifahrer tragen. Schwarze Lokken quollen darunter hervor. Sein mächtiger Bart war so schwarz und buschig, daß sein Alter schwer zu schätzen war. Vielleicht vierzig? Fünfundvierzig? Auf jeden Fall war er so alt, daß man nicht erwarten würde, ihn beim Puppentheater anzutreffen, und seine Anwesenheit wurde auch nicht durch ein neben ihm sitzendes Kind erklärt. Aber er streckte den Kopf mit der langen, schmalen Nase vor, lächelte freundlich und wartete darauf zu erfahren, wie er helfen könne. Der junge Mann sah erleichtert aus. Sein Gesichtsausdruck verlor etwas von der Anspannung.

»Kommen Sie mit«, sagte er. Er hob das Laken höher. Der Arzt stolperte auf seinem Weg zu dem jungen Mann über anderer Leute Füße und mußte sich an den Kindern vorbeizwängen, die schon zum Ausgang strömten. Er wischte seine Handflächen an den Oberschenkeln ab und kroch unter dem Laken hindurch.
»Was kann ich für Sie tun?« fragte er.
»Es geht um sie«, sagte der Junge.
Er meinte damit die blonde junge Frau, die auf einem Stapel Stoffsäcke hockte. Sie wirkte zart und zerbrechlich und war hochschwanger. Sie wiegte ihren enormen Bauch schützend in den Armen, und ihre grauen Augen schauten gelassen zu dem Arzt hoch. Ihre Lippen waren so farblos, daß sie kaum auszumachen waren.
»Ich verstehe«, sagte der Arzt. Er ließ sich neben ihr nieder, nachdem er die Hosenbeine ein wenig hochgezogen hatte, und beugte sich vor, um eine Hand auf ihren Unterleib zu legen. Es entstand eine Pause. Stirnrunzelnd blickte er zur Zeltwand, so als würde er in Gedanken etwas abwägen. »Ja«, sagte er schließlich. Er lehnte sich zurück und betrachtete das Gesicht der Frau. »Wie oft kommen die Wehen?« fragte er.
»Ständig«, sagte sie in Aschenputtels teilnahmslosem Tonfall.
»Andauernd? Wann haben sie eingesetzt?«
»Etwa… vor einer Stunde. Stimmt doch, Leon? Als wir hier aufgebaut haben.«
Der Arzt hob die Augenbrauen – zwei dicke schwarze Balken.
»Es wäre äußerst seltsam«, sagte er, »wenn sie jetzt schon so dicht aufeinanderfolgten.«
»So ist es aber«, sagte das Mächen knapp.
Leise ächzend stand der Arzt auf und klopfte den Staub von seinen Knien. »Nun ja«, sagte er, »ich glaube, Sie sollten sicherheitshalber ins Krankenhaus gehen. Wo steht Ihr Auto?«
»Wir haben keins«, sagte der Junge.
»Kein Auto?«
Der Arzt schaute sich um, als würde er überlegen, wie ihre ganzen Utensilien hierher gekommen waren – die sperrige Bühne,

der Berg kleiner Kostüme, der Schnapskarton, aus dessen abgeteilten Fächern jeweils ein Puppenkopf ragte.
»Mr. Kenny hat uns gefahren«, sagte der junge Mann. »In seinem Lieferwagen. Er ist der Vorsitzende des Spendenausschusses.«
»Dann kommen Sie besser mit mir«, sagte der Arzt. »Ich fahre Sie hin.« Er schien sich darauf zu freuen. Er sagte: »Was ist mit den Puppen? Sollen wir sie mitnehmen?«
»Nein«, sagte der junge Mann. »Was kümmern mich die Puppen. Sehen wir zu, daß sie ins Krankenhaus kommt.«
»Ganz wie Sie wollen«, sagte der Arzt zu ihm, aber er schaute sich noch einmal kurz um, als würde er einer verpaßten Gelegenheit nachtrauern, ehe er sich herunterbeugte, um dem jungen Mann zu helfen, die Frau auf die Füße zu stellen. »Woraus sind sie gemacht?« fragte er.
»Was?« sagte der junge Mann. »Oh, ... ganz verschieden.« Er gab dem Mädchen ihre Handtasche. »Emily macht sie«, fügte er hinzu.
»Emily?«
»Das ist Emily, meine Frau. Ich bin Leon Meredith.«
»Sehr erfreut«, sagte der Arzt.
»Ich mache sie aus Gummibällen«, sagte Emily.
Im Stehen wurde deutlich, daß sie noch zierlicher war, als sie auf den ersten Blick gewirkt hatte. Sie schritt, gefolgt von den Männern, anmutig quer durch das Zelt und lächelte dabei die wenigen Kinder an, die noch dageblieben waren. Der Saum ihres zerknitterten schwarzen Rocks hing schief um ihre Waden. Ihre dünne weiße, mit schwarzen Noppen gesprenkelte Strickjacke ließ sich nicht einmal annäherungsweise über der Wölbung ihres Bauches schließen.
»Ich nehme ganz gewöhnliche Gummibälle aus dem Kaufhaus«, sagte sie, »und schneide mit dem Messer ein Loch für den Hals hinein. Dann stülpe ich einen Nylonstrumpf über den Ball, nähe Augen und Nase fest, male einen Mund auf, mache die Haare ...«
Das Sprechen strengte sie sichtlich an. Der Arzt warf ihr einen durchdringenden Blick zu.

»Die billigsten Strümpfe sind die besten«, sagte sie. »Das Rosa ist intensiver. Von weitem ähnelt es der Farbe von Haut am ehesten.«
»Müssen wir noch weit laufen?« fragte Leon.
»Nein, nein«, sagte der Arzt. »Mein Wagen steht auf dem großen Parkplatz.«
»Vielleicht sollten wir einen Krankenwagen rufen.«
»Das ist bestimmt nicht nötig«, sagte der Arzt.
»Aber was machen wir, wenn das Baby kommt, bevor wir im Krankenhaus sind?«
»Glauben Sie mir«, sagte der Arzt, »wenn ich auch nur im entferntesten glauben würde, daß diese Möglichkeit besteht, würde ich Sie nicht mitnehmen. Ich habe absolut keine Lust, ein Baby in einem Pontiac zur Welt zu bringen.«
»Um Himmels willen, nein«, sagte Leon und warf einen Seitenblick auf die Hände des Arztes, die nicht besonders sauber zu sein schienen. »Aber Emily behauptet, das Baby kann jeden Moment kommen.«
»Kann es auch«, sagte Emily ruhig. Sie ging jetzt zwischen den beiden Männern und stieg ohne deren Hilfe den Hang zum Parkplatz hinauf. Sie stützte ihren schweren Bauch, als wäre das Baby schon kein Teil ihres Körpers mehr. Ihre abgewetzte Ledertasche rutschte ihr von der Schulter. Im Sonnenlicht sprangen aus den beiden schimmernden Zöpfen, die auf ihrem Kopf festgesteckt waren, kleine Korkenzieherlöckchen heraus, wie Metallspäne, die von einem Magneten angezogen werden. Ihre Haut sah verfroren, dünn und blaß aus, aber ihr Blick blieb gelassen. Sie schien keine Angst zu haben. Sie blickte dem Arzt in die Augen. »Ich spüre es.«
»Ist es Ihr erstes?«
»Ja.«
»Also dann«, sagte er, »kann es unmöglich so schnell kommen, müssen Sie wissen. Frühestens heute am späten Abend – vielleicht sogar erst morgen. Schließlich haben Sie die Wehen erst seit einer Stunde!«
»Vielleicht, vielleicht auch nicht«, sagte Emily.

Dann neigte sie mit einer plötzlichen, überraschten Bewegung den Kopf zur Seite und schaute den Arzt an. »Immerhin«, sagte sie, »habe ich seit heute morgen um zwei Rückenschmerzen. Vielleicht *wußte* ich bloß nicht, daß es Wehen waren.«
Leon wandte sich dem Arzt zu, der einen Augenblick zögerte.
»Herr Doktor?« sagte Leon.
»Alle meine Patientinnen behaupten, daß ihre Babys sofort kommen«, erklärte der Arzt ihm, »und es passiert nie.«
Sie waren auf dem groben weißen Schotter des Parkplatzes angekommen. Verschiedene Leute gingen an ihnen vorbei – einige kamen gerade an und hielten wegen des Windes die Mäntel geschlossen; andere fuhren mit Ballons, heulenden Kindern und Pappstiegen voll zitternder Tomatensetzlinge weg.
Leon fragte Emily: »Frierst du? Willst du mein Jackett haben?«
»Mir ist warm genug«, sagte Emily, obwohl sie unter ihrer Strickjacke nur ein enges schwarzes T-Shirt anhatte, ihre Beine nackt waren und sie an den Füßen hauchdünne Ballettschuhe trug.
»Dir muß doch kalt sein«, sagte Leon.
»Es geht mir *gut*, Leon.«
»Das liegt am Adrenalin«, sagte der Arzt geistesabwesend. Er blieb stehen, blickte auf dem Parkplatz umher und strich sich über den Bart. »Sieht so aus, als könnte ich mein Auto nicht finden«, sagte er.
Leon sagte: »O Gott.«
»Da ist es ja. Nur keine Aufregung.«
Das Auto gehörte eindeutig einem Familienvater – es war ein veraltetes Modell mit stumpfer Kühlerhaube, an der Antenne hing eine ausgefranste rote Haarschleife, und in den Dreck auf einem der Kotflügel war BITTE WASCHEN! geschrieben. Drinnen lagen Schulbücher, schmutzige Socken, Gymnastikhosen und zerknitterte Kinozeitschriften. Der Arzt kniete sich auf den Fahrersitz und schob den Krempel auf der Rückbank so lange herum, bis der größte Teil auf dem Fußboden gelandet war. Dann sagte er: »Hereinspaziert. Setzen Sie sich nach hinten. Da

haben Sie es bequemer.« Er nahm auf dem Fahrersitz Platz, betätigte die Zündung, und der Motor sprang mit einem jaulenden Leiern an. Emily und Leon setzten sich auf die Rückbank. Emily fand einen Rennschuh unter ihrem rechten Knie, legte ihn in ihren Schoß und hielt den Absatz und die Spitze des Schuhs mit den Händen umklammert. »Also«, sagte der Arzt, »welches Krankenhaus?«
Emily und Leon schauten sich an.
»Das städtische, das Universitätskrankenhaus, das Johns Hopkins?«
»Das, was am nächsten ist«, sagte Leon.
»Aber wo haben Sie ein Zimmer reserviert? Wer ist Ihr Arzt?«
»Wir haben nirgends ein Zimmer reserviert«, sagte Emily, »und wir haben auch keinen Arzt.«
»Ich verstehe.«
»Egal wohin«, sagte Leon. »Nur bringen Sie uns bitte in ein Krankenhaus.«
»Also gut.«
Der Arzt rangierte den Wagen aus der Parklücke. Beim Schalten knirschte das Getriebe. Leon sagte: »Vermutlich hätten wir uns früher darum kümmern müssen.«
»Ja, allerdings«, sagte der Arzt. Er bremste und schaute nach rechts und links. Dann fädelte er das Auto in den Verkehr auf der Farley Street ein. Sie fuhren durch eine kahle Neubausiedlung kurz vor der Stadtgrenze – Bungalows, baumlose Rasenflächen, eine Kirche, ein Einkaufszentrum. »Aber ich nehme an, daß Sie ein ziemlich unstetes Leben führen«, sagte der Arzt.
»Unstet?«
»Sorglos, ungebunden«, sagte er. Er klopfte auf seine Taschen, bis er eine Packung Camel gefunden hatte. Er schüttelte eine Zigarette heraus und zündete sie an, was so viel Herumsuchen, Fluchen und Aufheben von zu Boden gefallenen Gegenständen mit sich brachte, daß der Pontiac nur wie durch ein Wunder mit keinem anderen Wagen zusammenstieß. Nachdem der Arzt schließlich das Streichholz weggeschnipst hatte, atmete er eine

dicke Rauchwolke aus, fing an zu husten, und das Auto schlingerte über mehrere Fahrspuren. Er schlug sich gegen die Brust. »Vermutlich ziehen Sie von Jahrmarkt zu Jahrmarkt, habe ich recht? Von Fest zu Fest und machen Station, wo Sie gerade sind.«

»Nein, es ist so: –«

»Aber ich wünschte, wir hätten die Puppen mitgenommen«, sagte der Arzt. Er bog in eine breitere Straße ein und mußte jetzt langsamer fahren. Sie schoben sich an Möbelgeschäften und Teppichlagern vorbei und fuhren dicht hinter einem riesigen Blumenlaster her, der die gesamte Sicht nach vorne versperrte. »Kommen wir gleich zu einer Ampel?« fragte der Arzt. »Ist sie rot oder grün? Ich kann gar nichts sehen. Und was ist mit ihren Nasen, den Puppennasen? Woraus ist zum Beispiel die Nase der Stiefmutter gemacht? Aus einer Möhre?«

»Verzeihung?« sagte Emily. »Nase?« Sie hatte anscheinend nicht zugehört. »Es tut mir leid«, sagte sie. »Hier ist überall so eine Art Wasser.«

Der Arzt bremste und schaute in den Rückspiegel. Die Blicke von ihm und Leon trafen sich. »Können Sie nicht schneller fahren?« fragte Leon ihn.

»Ich fahre so schnell es geht«, sagte der Arzt.

Er nahm einen weiteren Zug von seiner Zigarette, die er mit Daumen und Zeigefinger festhielt. Im Auto breitete sich immer mehr blauer Qualm aus. Vor ihnen versuchte der Blumenlaster links abzubiegen. Wenn es so weiterging, würden sie ewig brauchen. »Hupen Sie«, sagte Leon. Der Arzt hupte. Dann klemmte er sich die Zigarette zwischen die Zähne und wechselte auf die rechte Fahrspur, wo hinter ihnen ein Wagen mit hoher Geschwindigkeit näherkam und fast in sie hineingefahren wäre. Jetzt hupte es von allen Seiten. Der Arzt begann zu summen. Er wechselte zurück auf die linke Fahrspur, blinkte links und raste auf die nächste Ampel zu, neben der ein LINKSABBIEGEN VERBOTEN-Schild baumelte. An der Zigarette hing ein langes Aschestäbchen. Der Arzt streifte es ab, und die Asche verteilte sich gleichmäßig über den Boden, das Steuerrad und seinen Schoß. Der Wagen schlingerte wieder nach rechts. Der Arzt sang »After the ball is o-ver«, nahm eine Abkürzung über das Gelände einer Citgo-Tankstelle, bog scharf links ab und kam auf der gewünschten Straße heraus. »After the break of morn...« Mit einer Hand griff Leon nach der Lehne des Fahrersitzes und mit der anderen hielt er sich an Emily fest. Emily starrte aus dem Seitenfenster.

»Ich gehe zu allen Jahrmärkten, zu jedem Jahrmarkt in der Stadt. Schuljahrmärkte, Kirchenjahrmärkte, Jahrmärkte der Italiener, der Ukrainer... Ich mag das Essen dort. Ich mag die Karussells. Ich beobachte gerne die Leute, die dort arbeiten. Wie es wohl wäre, zu so einer Truppe zu gehören? Früher habe ich meine Töchter mitgenommen. Aber die sind inzwischen zu alt dafür, sagen sie. ›Wie kann das angehen?‹ frage ich sie immer. ›Ich bin nicht zu alt dafür; wieso dann ihr?‹ Meine Jüngste ist gerade erst zehn. Wieso ist sie zu alt dafür?«

»Das Baby ist da«, sagte Emily.

»Wie bitte?«

»Das Baby. Ich spüre es.«

Der Arzt schaute erneut in den Rückspiegel. Seine Augen waren älter als seine übrige Erscheinung – sie waren traurig-braun, blutunterlaufen, mit Tränensäcken, und die Haut darunter hatte die stumpfe Farbe der matschigen Stellen einer Banane. Er machte den Mund auf, oder zumindest schien es so. Auf jeden Fall wurde sein Bart länger. Dann wurde er wieder kürzer.

»Halten Sie an«, befahl ihm Leon.

»Tja... äh, ja, ist vielleicht das beste«, sagte der Arzt.

Er hielt neben einem Hydranten und direkt vor einer winzigen Pizzeria namens Maria's Home Style an. Leon rieb krampfhaft Emilys Handgelenk. Der Arzt stieg aus. Er wirkte verblüfft und kratzte sich unterhalb der Pudelmütze den Kopf. »Entschuldigen Sie bitte«, sagte er zu Leon. Leon stieg aus. Der Arzt beugte sich in den Wagen hinein und fragte: »Sie sagen, Sie spüren es?«

»Ich spüre den Kopf.«

»Natürlich ist das alles ein Irrtum«, erklärte der Arzt Leon. »Wissen Sie, wie lange die erste Entbindung durchschnittlich dauert? Zehn bis zwölf Stunden. Mindestens. Und glauben Sie mir, es gibt immer irgendwelche Verzögerungen. Das Baby kann auf gar keinen Fall schon da sein.«

Aber während er redete, brachte er Emily auf der Sitzbank in eine liegende Position und rollte ihren feuchten Rock fachmännisch Stück für Stück hoch. Er sagte: »Was um Himmels willen –?« Ihr T-Shirt war anscheinend eine Art einteiliger Gymnastikanzug. Der Arzt verzog das Gesicht und riß den unteren Saum auf. Dann sagte er: »Sie hat recht.«

»*Tun* Sie doch etwas«, sagte Leon. »Was wollen Sie tun?«

»Holen Sie ein paar Zeitungen«, sagte ihm der Arzt. »Egal welche – *News America, Sun*…, aber sie dürfen noch nicht gelesen sein, ist das klar? Nehmen Sie keine, die Ihnen jemand in einer Kneipe gibt, weil er sie schon durchhat.«

»O mein Gott. O mein Gott. Ich hab' kein Kleingeld«, sagte Leon.

Der Arzt begann in seinen Taschen zu kramen. Er holte die zerknautschte Camel-Packung, zwei verklebte Bonbons und eine Rolle Magentabletten hervor. »Emily«, sagte er, »haben Sie zufällig ein bißchen Kleingeld?«

Emily sagte etwas, das wie »ja« klang, und warf den Kopf hin und her. »Vielleicht in ihrer Handtasche?« sagte der Arzt. Sie suchten den Boden ab. Zwischen Turnzeug und Strohhalmen zerrte Leon die Handtasche am Riemen hervor. Er durchwühlte sie, bis er das Portemonnaie fand, dann rannte er los. Er lief die Straße hinunter und murmelte dabei: »Zeitungen, Zeitungen.« Es war eine lebhafte Straße, mit vollgestellten Bürgersteigen und einer Reihe buntgemischter, kleiner Läden – Imbisse, Reinigungen, Blumengeschäfte. Vor einem Café standen mehrere verschlossene Zeitungskästen mit Sichtfenstern.

Der Arzt trat seine Zigarette sorgfältig auf der Straße aus. Dann legte er das Jackett ab. Er rollte seine Ärmel hoch und steckte sein Hemd tiefer in die Hose. Er beugte sich in das Auto und legte eine Hand auf Emilys Bauch. »Atmen Sie hoch in die Brust«, wies er sie an. Er blickte verträumt an ihr vorbei, atmete summend und beobachtete durch das gegenüberliegende Fenster die

vorbeifahrenden Lastwagen und Busse. Die dunklen Haare auf seinen Unterarmen sträubten sich in der kalten Luft.
Eine Frau lief auf hochhackigen Schuhen klappernd über den Bürgersteig; sie bemerkte nicht einmal, was da gerade passierte. Dann näherten sich zwei junge Mädchen, die gemeinsam aus einer weißen Papiertüte Karamelbonbons aßen. Ihre Schritte wurden langsamer, der Arzt hörte sie und drehte sich um. »Ihr beiden!« sagte er. »Los, holt einen Krankenwagen. Sagt denen, daß wir mitten in einer Entbindung stecken.«
Die beiden starrten ihn an. Zwei gleiche Karamelbonbons blieben auf halbem Weg zu ihren Mündern hängen.
»Was ist?« sagte er. »Los, macht schon.«
Als sie in Maria's Home Style gestürzt waren, wandte sich der Arzt wieder Emily zu. »Wie geht's?« fragte er sie.
Sie stöhnte.
Leon kam atemlos mit einem Stapel Zeitungen zurück. Der Arzt faltete sie auseinander und begann, sie unter Emily und überall um sie herum auszubreiten. »Also«, sagte er im Plauderton, »die werden für ein gewisses Maß an Keimfreiheit sorgen.« Leon schien nicht zuzuhören. Der Arzt umwickelte Emilys Oberschenkel mit zwei Zeitungen. Sie verschmolz langsam mit dem Auto. Er breitete einen Sportteil über der Rückenlehne aus und beschwerte ihn auf der Hutablage mit dem Rennschuh, den sie die ganze Zeit festgehalten hatte.
»Als nächstes«, sagte er, »brauche ich zwei Stoffstreifen, fünf Zentimeter breit und fünfzehn Zentimeter lang. Zerreiß deine Hemdschöße, Leon.«
»Ich will nicht mehr«, sagte Emily.
»Was?«
»Ich hab' es mir anders überlegt.«
Der Koch von Maria's Home Style kam aus dem Restaurant. Er war ein kräftiger Mann mit einer Schürze voller Tomatensaucenflecken. Einen Augenblick lang beobachtete er Leon, der, nur mit seiner Hose bekleidet, unsicher an seinem Hemd herumzerrte. (Leons Rippen traten hervor. Seine Schulterblätter waren spitz wie Hühnerflügel. Er war viel zu jung für die ganze Sache.)

Der Koch griff hinüber, nahm das Hemd und riß ein Stück ab.
»Danke«, sagte Leon.
»Aber wozu soll das gut sein?« fragte der Koch.
»Er braucht zwei Stoffstreifen«, sagte Leon. »Fünf Zentimeter breit und fünfzehn Zentimeter lang. Warum, weiß ich nicht.«
Der Koch riß die gewünschten Stücke ab. Er gab das Hemd Leon und die Stoffstreifen dem Arzt, der sie vorsichtig über den inneren Türgriff hängte. Dann stützte sich der Koch mit einer breiten, fleischigen Hand auf dem Wagendach ab und beugte sich hinein, um Emily zuzunicken. »Tag«, sagte er.
»Hallo«, sagte Emily höflich.
»Wie geht's?«
»Ausgezeichnet.«
»Sieht so aus, als wolle er zusehen, daß er auf die Welt kommt«, sagte der Koch. »Und gleichzeitig will er irgendwie auch wieder zurück.«
»Würden Sie bitte verschwinden«, sagte Leon.
Der Koch beachtete ihn nicht. »Die beiden Mädchen, die Sie geschickt haben, um den Krankenwagen zu rufen«, sagte er zum Arzt. »Ich lass' sie umsonst telefonieren.«
»Sehr gut«, sagte der Arzt. Er nahm den Kopf des Babys in beide Hände – es war eine dunkle, nasse, schimmernde Wulst. »Los Emily, pressen«, sagte er. »Maria, drücken Sie mit der Handfläche auf ihren Bauch. Mit sanftem, stetigen Druck, bitte.«
»Na komm, na komm«, sagte der Koch, während er drückte.
Leon kauerte auf dem Bordstein und biß auf seine Fingerknöchel. Er hatte sein Hemd wieder angezogen, aber nicht zugeknöpft. Hinter ihnen war eine kleine Menschenmenge zusammengelaufen. Die beiden Mädchen standen schweigend da und vergaßen, in ihre Tüte mit Karamelbonbons zu greifen. Ein Mann fragte jeden, ob ein Krankenwagen gerufen worden sei. Eine alte Frau erzählte einer jungen Frau ausführlich von jemandem namens Dexter, der eine Steißgeburt mit unzähligen Komplikationen gewesen war.
»Pressen«, befahl der Arzt.

Es wurde ganz still. Sogar der Lärm des Straßenverkehrs schien zu verstummen.
Dann trat der Arzt zurück und hielt ein erbärmliches, glitschiges Bündel in die Höhe. Irgend etwas bewegte sich. Ein leises abgehacktes Geräusch ertönte, mit dem niemand gerechnet hatte. So schnell, als hätten alle gerade nicht hingesehen, verwandelte sich das Bündel in ein heulendes, zuckendes, wildgewordenes, beleidigtes Knäuel aus roten Armen und Beinen und einem spiralförmigen Telefonkabel. »Oh«, riefen die Zuschauer erleichtert.
»Es ist ein Mädchen«, sagte der Arzt. Er gab das Baby dem Koch. »Wollten sie ein Mädchen?«
»Egal! Egal!« sagte der Koch. »Hauptsache, sie ist gesund. Ist ja gut, meine Kleine.«
»Ich habe eigentlich Emily gefragt«, sagte der Arzt nachsichtig. Er mußte laut sprechen, um die erstaunlich kräftige Stimme des Babys zu übertönen. Er beugte sich über Emily und drückte jetzt mit beiden Händen auf ihren Bauch. »Emily? Alles in Ordnung? Pressen Sie bitte noch mal.«
Während er drückte, bekam sie nicht genug Luft zum Sprechen, aber sobald er aufhörte, sagte sie: »Es geht mir gut, und ich möchte bitte meine Tochter haben.«
Der Koch gab sie nur widerwillig aus der Hand. Er hielt sie schaukelnd an seine Schürze, dachte einen Augenblick nach und seufzte. Dann reichte er sie dem Arzt. Der Arzt überprüfte ihre Atemwege – die zerquetscht aussehende Nase, den brüllenden, aufgerissenen Mund. »Bei dem Lärm, den sie macht, muß es ihr ja gutgehen«, sagte der Arzt und beugte sich in den Wagen, um sie in Emilys Arme zu legen. Emily schmiegte den Kopf des Babys an ihre Schulter, aber es heulte mit dünner Stimme und einem Schluckauf am Ende jedes Atemzugs leidenschaftlich weiter.
»Was haben Sie mit den Stoffstreifen gemacht?« fragte der Arzt Leon.
Leon war inzwischen aufgestanden, damit er einen Blick auf das Baby werfen konnte. Obwohl er sich anstrengte, gelang es ihm nicht, ein Lächeln zu unterdrücken. »Stoffstreifen?« sagte er.

»Verdammt noch mal, die Stoffstreifen, die Sie abgerissen haben. Wir sind noch lange nicht fertig.«
»Sie haben sie über den Türgriff gehängt«, sagte einer von den Zuschauern.
»Ach ja«, sagte er Arzt.
Er nahm einen der Stoffstreifen, beugte sich hinunter und band ihn um die Nabelschnur des Babys. Zwar wirkten seine Finger weder feinfühlig noch geschickt, aber er wußte anscheinend genau, was er tat. »After the ball is over«, sang er mit seiner bartverzerrten Stimme. Während er den zweiten Stoffstreifen verknotete, ertönte in der Ferne ein Jaulen, das klang, als habe das Geschrei des Babys sich ausgebreitet – es war genauso dünn und glasklar. Dann wurde daraus ein eigenständiges, durchdringendes Geräusch. »Der Krankenwagen!« rief Leon. »Ich höre den Krankenwagen!«
»Schick ihn weg«, sagte Emily.
»Er wird dich ins Krankenhaus bringen, Schatz. Jetzt kommt alles in Ordnung.«
»Aber es ist doch schon vorbei! Muß ich ins Krankenhaus?« fragte sie den Arzt.
»Natürlich«, sagte er. Er trat zurück, um seine Knoten zu bewundern, die irgendwie aussahen wie die kleinen Schleifen am Schwanz eines Flugdrachens. »Übrigens«, sagte er, »kommt der Krankenwagen genau im richtigen Moment. Ich habe nichts dabei, womit ich die Nabelschnur durchschneiden könnte.«
»Sie können mein Schweizer Messer nehmen«, sagte sie zu ihm. »Es ist in meiner Handtasche. Es ist ein Modell mit einer Schere.«
»Alle Achtung«, sagte der Arzt, wippte auf den Hacken hin und her und strahlte sie an. Seine Zähne, die hinter dem wirren Bart zu sehen waren, wirkten sehr groß und gelb.
Der Klang der Sirene kam näher. Ein rotierendes, rotes Licht schlängelte sich durch den Verkehr, und ein Krankenwagen hielt mit quietschenden Reifen neben dem Wagen des Arztes an. Zwei weißgekleidete Männer sprangen heraus. »Wo ist sie?« fragte einer der beiden.

»Wir sind hier«, rief der Arzt.
Die Männer rissen die hinteren Türen des Krankenwagens auf und ließen eine Bahre scheppernd auf die Straße fallen – ein Bett auf Rädern, schrecklich lang und schmal, wie ein Sarg, mit zuviel Chrom. Emily setzte sich mühsam auf. Das Baby hörte abrupt auf zu schreien, als sei es fassungslos. »Muß ich ins Krankenhaus?« fragte Emily den Arzt. Und während die Sanitäter ihr aus dem Wagen halfen (und sie mit den Zeitungen und allem zur Bahre trugen), hielt sie ihren Blick auf den Arzt gerichtet und wartete darauf, gerettet zu werden.
»Doktor? Ich kann Krankenhäuser nicht ausstehen. Muß ich dahin?«
»Auf jeden Fall«, sagte der Arzt zu ihr. Er bückte sich nach ihrer Handtasche und legte sie auf die Bahre.
»Kommt Leon mit?«
»Natürlich kommt er mit.«
»Und *Sie*?«
»Ich? Oh.«
»Wär' gut, wenn Sie mitkämen, Doktor«, sagte der Fahrer zu ihm, während er ein Laken über Emily breitete.
»Also, wenn Sie wollen«, sagte der Arzt.
Er schloß sein Auto ab und stieg zu Emily in den Krankenwagen. Neben ihr stand eine weitere, leere Bahre, auf die er und Leon sich vorsichtig setzten – nur auf die Kante, so daß ihre Knie weit vorstanden.
»Schon merkwürdig«, sagte der Arzt zu Leon. Er meinte vermutlich das Innere des Krankenwagens: den dicken Teppichboden, die schimmernden Gasflaschen und Meßinstrumente. Als die Männer die Türen zuschlugen, herrschte plötzlich eine wunderbare Stille. Der Straßenlärm war verstummt, und durch die getönten Scheiben glichen die Menschen auf dem Bürgersteig lautlosen, sich behäbig bewegenden Gestalten auf einem Meeresboden. Ein Café und ein Leihhaus glitten vorbei. Sogar die Sirene klang gedämpft, wie ein Geräusch aus einem altmodischen Radio.
Der Arzt fragte Emily: »Wie fühlen Sie sich?«

»Gut«, sagte sie. Sie lag unbeweglich im Gewirr ihrer aufgelösten Zöpfe. Das Baby starrte ernst an die Decke.
»Wir wissen wirklich zu schätzen, was Sie für uns getan haben«, erklärte Leon dem Arzt.
»Keine Ursache«, sagte der Arzt und verzog die Mundwinkel nach unten. Er wirkte verärgert.
»Wenn Emily nicht so gegen Krankenhäuser wäre, hätten wir bestimmt früher Vorbereitungen getroffen. Aber wir haben es immer wieder hinausgeschoben, und der Stichtag sollte auch erst in ein paar Wochen sein.«
»Und ich nehme an, Sie waren viel unterwegs«, sagte der Arzt.
»Nein, nein –«
»Aber Ihre Lebensweise. Ich kann mir nicht vorstellen, daß Sie sehr lange im voraus planen können.«
»Sie machen sich ein falsches Bild von uns«, sagte Emily.
Ausgestreckt auf der Tragbahre, den durchnäßten Rock und die Zeitungen von dem frischen Laken verhüllt, wirkte Emily unversehrt – irgendwie makellos und entrückt, den Blick nach innen gerichtet. »Sie halten uns anscheinend für Vagabunden«, sagte sie. »Aber das sind wir nicht. Wir sind gesetzlich getraut und leben in einer möblierten Mietwohnung. Wir haben für das Baby alles vorbereitet. Wir werden uns sogar einem Windeldienst anschließen. Ich habe dort schon angerufen, um das zu regeln, und man hat mir gesagt, ich müsse bloß Bescheid sagen, wenn sie geboren ist, und dann würden die Windeln sofort geliefert.«
»Ich verstehe«, sagte der Arzt nickend. Er schien die Situation zu genießen. Der unordentliche Bart wippte auf und ab, und der Pompon auf seiner Mütze schaukelte.
»Wir haben jede Einzelheit geplant«, sagte Emily. »Wir haben keine Wiege gekauft, weil eine Wiege überflüssig ist. Wir nehmen fürs erste einen Pappkarton, den wir innen gepolstert haben.«
»Fabelhaft«, sagte der Arzt sichtlich erfreut.
»Wenn sie zu groß für den Karton ist, werden wir das Kinderbettgeländer bestellen, das wir zufällig in einem Katalog gesehen haben. Es ist aus Aluminium und paßt auf jede Matratze. Wiege,

Sportwagen, Babywanne – was sollen wir mit dem ganzen Zeug? Übrigens kann man das Kinderbettgeländer auch in Hotels und den Wohnungen anderer Leute benutzen. Es läßt sich leicht überall mit hinnehmen.«

»Überall mit hinnehmen, ja«, wiederholte der Arzt. Er klemmte die Hände zwischen die Knie und legte sich in die Kurve, als der Krankenwagen mit hoher Geschwindigkeit abbog.

»Aber wir sind keine... was ich sagen will, ist: wir fahren manchmal etwas weiter weg, wenn wir irgendwo außerhalb ›Schneewittchen‹ oder ›Aschenputtel‹ aufführen sollen. Aber wir sind fast immer abends wieder zu Hause. Wir leben nicht einfach in den Tag hinein. Sie machen sich ein falsches Bild.«

»Habe ich behauptet, daß Sie in den Tag hinein leben?« fragte der Arzt. Er schaute hinüber zu Leon. »Hab' ich das?«

Leon zuckte die Achseln.

»Wir haben an alles gedacht«, sagte Emily.

»Ja, das ist mir klar«, sagte der Arzt behutsam.

Leon räusperte sich. »Ehe ich es vergesse«, sagte er, »wir haben noch nicht über Ihr Honorar gesprochen.«

»Honorar?«

»Für die Geburt.«

»Bei Notfällen verlangen wir kein Honorar«, sagte der Arzt. »Wußten Sie das nicht?«

»Nein«, sagte Leon.

Er und der Arzt starrten sich eine Weile gegenseitig in die Augen. Leon hob sein Kinn noch etwas höher. Das Licht fiel auf seine Wangenknochen. Er saß mit zusammengebissenen Zähnen und hochgezogenen Schultern da. Er gehörte zu den Menschen, die so aussehen, als rechneten sie jederzeit damit, gekränkt zu werden. »Es kommt gar nicht in Frage, daß Sie für Ihre Hilfe nichts verlangen«, sagte er.

»Wer sagt denn, daß ich nichts verlange?« entgegnete der Arzt. »Ich erwarte, daß Sie Ihr Baby nach mir nennen.« Er lachte, und sein Atem zerzauste seinen Bart.

»Wie heißen Sie?« fragte Emily.

»Morgan«, sagte der Arzt.

Es herrschte eine kurze Stille.
»*Gower* Morgan«, sagte er.
Emily sagte: »Vielleicht können wir die Anfangsbuchstaben verwenden.«
»Das war nur ein Scherz«, sagte der Arzt zu ihr. »Haben Sie nicht gemerkt, daß es nur ein Scherz war?« Er kramte nach seinen Zigaretten und schüttelte eine Camel aus der Packung. »Es sollte ein Scherz sein«, sagte er.
»Zu Ihrem Honorar«, sagte Leon.
Der Arzt nahm die Zigarette aus dem Mund und betrachtete das Schild auf der Sauerstoffflasche. »Es ist so«, sagte er, während er die Zigarette in die Packung zurücksteckte, »ich hatte heute nichts Besseres vor. Meine Frau und meine Töchter sind bei einer Hochzeit; der Bruder meiner Frau heiratet mal wieder.« Er hielt sich an Leons Schulter fest, als sie um eine Ecke bogen. Der Krankenwagen fuhr jetzt eine Auffahrt hoch. Sie kamen an einem Schild vorbei, auf dem ZUR NOTAUFNAHME stand.
»Meine Töchter werden langsam erwachsen«, sagte der Arzt, »andauernd unternehmen sie irgendwas mit ihrer Mutter, das nur Frauen interessiert, und schließen ihren Vater aus. Jede von ihnen sah so einmalig aus, als sie geboren wurde. Ich hatte so große Hoffnungen; ich war ganz sicher, daß wir keine Fehler machen würden. Freuen Sie sich über die Kleine, solange Sie können«, sagte er zu Leon. Das Baby schrie und schnappte zweimal kurz nach Luft.
»Ich hatte irgendwie erwartet, es würde ein Junge werden«, sagte Leon.
»Also wirklich, Leon!« sagte Emily und zog das Baby näher zu sich heran.
»Ein Junge. Tja«, sagte der Arzt. »Wir haben selber jahrelang auf einen Jungen gehofft. Es gibt ja immer noch ein nächstes Mal.«
»Wir können uns nur das eine leisten«, sagte Leon.
»Nur das eine? Ein Kind«, sagte der Arzt. Er dachte nach. »Ja, nun, warum nicht? Das hat eine gewisse... Übersichtlichkeit. Sehr maßvoll und schlicht«, sagte er.
»Es ist eine Frage des Geldes«, sagte Leon.

Plötzlich hielt der Krankenwagen an. Die Sanitäter sprangen heraus und liefen nach hinten, öffneten die Türen und ließen den Lärm einer ungeheuer großen, rußigen Maschine, die direkt vor der Notaufnahme stand, sowie den Geruch von heißer Waschlauge, Autoabgasen und kaltem Kantinenessen herein. Sie griffen nach Emilys Tragbahre und rollten sie auf quietschenden Rädern zum Eingang. Leon und der Arzt kletterten aus dem Krankenwagen und gingen hinterher.
»Haben Sie Münzen?« brüllte der Arzt.
»Mützen? Wozu?«
»Münzen! Geld!«
»Nein, tut mir leid«, sagte Leon. »Soll ich Ihnen einen Dollarschein geben?«
»Für Sie selber!« brüllte der Arzt. Die beiden gingen durch eine Schwingtür. Der Arzt senkte die Stimme. »Nicht ich, Sie brauchen Münzen. Zum Telefonieren. Sie werden doch allen von dem Baby erzählen wollen.«
»Wen sollte ich schon anrufen?« fragte Leon mit ausgebreiteten Armen.
Der Arzt blieb stehen. »Wen sollte er schon anrufen?« wiederholte er zu sich selber. Er hatte den gleichen offenen, erfreuten Gesichtsausdruck, den er im Krankenwagen gehabt hatte, als er von dem Kinderbettgeländer erfuhr.
Dann schlug eine Schwester Emilys Laken zurück, schnalzte angesichts der blutdurchtränkten Zeitungen mit der Zunge und lief neben der Tragbahre her, die einen Flur hinuntergerollt wurde. Eine andere Schwester faßte Leon am Arm und führte ihn in ein verglastes Büro, um die Aufnahmeformalitäten zu regeln. Die Maschinerie setzte sich in Gang – methodisch, zügig, mit ratternder Betriebsamkeit. Der Arzt blieb allein zurück.

Genaugenommen wurde er für eine Weile vergessen. Als Leon und Emily wieder an ihn dachten, war er nirgendwo zu finden. Er hatte sich einfach in Luft aufgelöst. Hatte er eine Nachricht hinterlassen? fragte Leon die Krankenschwester, die sich um Emily gekümmert hatte. Die Schwester hatte keine Ahnung, wen

er meinte. Sie hatte einen anderen Arzt benachrichtigt, den diensthabenden Geburtshelfer, der erklärte, die Geburt sei tadellos verlaufen und das Baby sei gesund. Alles in allem, sagte er, könne Emily dankbar sein. »Ja, und wir müssen vor allem Dr. Morgan dankbar sein«, sagte Leon zu ihm. »Übrigens hatten wir uns mit ihm noch nicht über sein Honorar geeinigt.« Aber der Krankenhausarzt hatte noch nie von einem Dr. Morgan gehört. Und er stand auch nicht im Telefonbuch. Anscheinend gab es ihn gar nicht.
Später (nur wenige Wochen später, als die Erinnerung an die Geburt verblaßt war und sie das Gefühl hatten, ihre Tochter sei schon ewig bei ihnen) glaubten sie fast, daß sie sich den Mann nur eingebildet, ihn heraufbeschworen hatten, als sie ihn dringend brauchten. Wegen seiner Mütze, sagte Emily, hatte er sie an einen Gnom erinnert. Er könnte wirklich eine Figur aus einem Märchen sein, sagte sie: das Heinzelmännchen, der Troll, der Kobold, der Kinder unter Kohlblättern findet, sie in die Arme ihrer Mütter legt und verschwindet.

1968

1 Er war ein Mensch, könnte man sagen, der in Stücke gegangen war. Oder vielleicht war er schon immer so gewesen, vielleicht war er in Einzelteilen auf die Welt gekommen. Einige seiner Körperteile schienen nicht ganz zusammenzupassen. Die knubbeligen Gelenke seiner mageren, stark behaarten Gliedmaßen wirkten übertrieben dick. Sein von einem schwarzen Bart bedeckter Kiefer hing so plump an seinem Gesicht wie bei einem Nußknacker. Auch die einzelnen Bereiche seines Lebens waren voneinander getrennt. Seine Frau kannte kaum einen seiner Freunde. Seine Kinder hatten seinen Arbeitsplatz noch nie gesehen; er läge in einem gefährlichen Stadtteil, sagte ihre Mutter. Sein Hobby vom letzten Monat – das Aufziehen neuer Saiten auf ein beschädigtes Leihhausbanjo und die damit verbundene Absicht, im Alter von zweiundvierzig Jahren plötzlich seine musikalische Ader zu entdecken – hatte keine Ähnlichkeit mit dem Hobby dieses Monats, dem Verfassen eines Science-fiction-Romans, der ihn reich und berühmt machen würde. Das Buch sollte vom Untergang der Erde handeln. Er behauptete, die Besatzungen der vielen, jüngst gesichteten fliegenden Untertassen wüßten aus irgendeinem Grund, daß unsere Sonne in den nächsten eineinhalb Jahren verglühen würde. Sie würden nicht aus Jux und Tollerei auf der Erde herumschwirren, sondern wollten herausfinden, welche Ausrüstung nötig sei, um uns alle auf einen anderen Planeten, in ein dauerhaftes, wohlgeordnetes Sonnensystem umzusiedeln. Das erste Kapitel war fertig, aber er hatte Probleme mit dem Anfangssatz des zweiten Kapitels.
Oder zum Beispiel sein Haus: es war ein mehrgeschossiges, im Kolonialstil erbautes Backsteinhaus im Norden von Baltimore.

Sogar jetzt, an einem frühen Januarmorgen, als die Sonne bloß ein zartrosa Hauch am trüben Himmel war, erweckte Morgans Haus keinen einheitlichen Eindruck. Die Eingangstreppe aus Marmor war an den Kanten abgenutzt wie ein altes Stück Seife, und in den Fenstern des Erdgeschosses glänzten schwere spitzenbesetzte Vorhänge; aber im ersten Stock, wo seine Töchter schliefen, bestanden die Vorhänge aus Teilen der amerikanischen Flagge, und im zweiten Stock, wo seine Mutter schlief, waren sie wieder spitzenbesetzt und verdeckten die Sicht auf unzählige Farne, die dahinter hingen. Und wenn man durch die langsam weichende Dunkelheit in der Diele ins Haus schauen könnte, würde man Hinweise auf die unzusammenhängenden Welten zusammenlebender Menschen entdecken: die Schultaschen seiner Töchter, die in der Diele auf der Heizungsverkleidung hingen, die auch als Postverteiler, Pulloverablage und Schwarzes Brett diente; den mit einem Gummiband zusammengehaltenen Stapel Broschüren des Frauenverbands, den seine Frau auf dem Couchtisch im Wohnzimmer liegengelassen hatte; und die uralte Hündin seiner Mutter, die ausgestreckt auf den Steinen vor dem Kamin lag, von Hasen träumte und im Schlaf schnaufte und mit den Pfoten zuckte. Unter dem Sofa lag ein Kartenspiel (was niemand wußte. Es wurde seit Wochen vermißt). Ein halbfertiges Puzzle lag herum, mit dessen Hilfe Morgans Schwester Brindle versuchte, die langen, beschwerlichen Tage ihres altjüngferlichen Lebens auszufüllen: das Bild zeigte ein Alpendorf im Frühling. Der Kirchturm war schon zusammengesetzt, ebenso der Rand und die gesamte Bergkette, die purpur- und lavendelfarben schimmerte, aber den Himmel würde Brindle bestimmt nicht schaffen. Sie würde mit dem gleichbleibenden fahlen Blau, das alles andere miteinander verband, nicht zurechtkommen.

Hinter den Glasscheiben eines Bücherschranks neben der Eßzimmertür standen reihenweise Bücher, die entweder zur Seite gekippt oder ganz umgefallen waren: Morgans ausrangierte Handbücher, die von wechselnden Leidenschaften zeugten (wie man Gemälde restauriert und alten Möbeln einen neuen Anstrich gibt; wie man Krankheiten mit Kräutern heilt; wie man auf dem

Dachboden Bienen züchtet). Darunter standen die College-Jahrbücher seiner Frau Bonny, in denen sie in verschiedenen Mannschaftsuniformen als sommersprossiges, lebendiges Mädchen zu sehen war; darunter die zerfledderten Bilderbücher seiner Töchter, ihre Lehrbücher aus der Grundschule, ihre Nancy-Drew-Romane und das kleine, dicke Poesiealbum seiner Großmutter, dessen goldene Aufschrift den Würmern, dem Mehltau oder einfach dem Lauf der Zeit zum Opfer gefallen war, so daß man nur noch eine schwach schimmernde, dürftige Spur erkennen konnte, die aussah, als sei eine Schnecke über den karmesinroten Samt gekrochen und habe dabei zufällig in gewundenen Buchstaben das Wort *Poesiealbum* hinterlassen. (Und auf der ersten, vergilbten Seite stand in einer so gestochen scharfen, eleganten Handschrift, wie sie heutzutage nur noch auf Hochzeitseinladungen zu finden ist: *Liebste Louisa, Onkel Charlie ist kein Dichter, darum wird er hier nur mit seinem Namen unterschreiben, Charles Brindle, Weihnachten 1911* – dieses etwas verlegene Eingeständnis der Unzulänglichkeit hatte all die Jahre unversehrt überstanden, obwohl der Mann schon seit einem Vierteljahrhundert oder länger tot war und selbst Louisa vielleicht Schwierigkeiten gehabt hätte, sich an ihn zu erinnern.) Ganz unten lagen eine lackierte Tafel mit Pfadfinderinnenknoten, eine fast makellose Trompetenschnecke und ein Fotoalbum aus brauner Pappe, vollgeklebt mit Fotografien, die zeitlich so weit auseinander lagen, daß ganze Generationen am Betrachter vorbeizuhetzen schienen, erpicht darauf, es hinter sich zu bringen. Da war Morgans Vater Samuel, als Junge in kurzen Hosen; und direkt daneben stand der erwachsene Samuel bei seiner Hochzeit mit Louisa, die einen Bubikopf und schimmernde Strümpfe trug. Da war der kleine Morgan in einem schlecht gestrickten Strampelanzug; und Morgan mit elf Jahren, der seine kleine Schwester Brindle auf dem Arm trug und dabei ein Gesicht machte, als würde er sie am liebsten fallenlassen (und sieh an! War das derselbe Strampelanzug? Er war nur etwas faltiger und hatte vorne einen Fleck). Und dann war Morgan plötzlich vierundzwanzig; seine Haare waren so kurz wie später nie wieder, und sein Hals war sehr dünn. Er wirkte neben seiner molligen, lächelnden Frau und mit ihrem ersten Kind auf dem Arm befangen. (Keine Ahnung, wo *ihr* Hochzeitsfoto abgeblieben war oder auch der berühmte Strampelanzug, denn Amy trug bloß eine schlaffe Windel.) Jetzt legte die Familie eine kleine Verschnaufpause ein. Es folgten fünfzehn Seiten, ausschließlich mit Fotos der kleinen Amy, die alle von Morgan mit der Begeisterung eines frischgebackenen, stolzen Vaters gemacht worden waren. Amy, die schlief, die gähnte, die gestillt wurde, die gebadet wurde, die ihre Faust betrachtete. Amy, wie sie lernte, sich aufzusetzen. Amy, wie sie krabbeln lernte. Amy, wie sie laufen lernte. Sie war ein stämmiges Kind, besaß den sachlichen Gesichtsausdruck ihrer Mutter und wirkte greifbarer als alle anderen in dem Fotoalbum. Vielleicht lag es an der langsamen Geschwindigkeit, in der sie, Seite für Seite, durch ihre ersten Lebensabschnitte stapfte. Dadurch erhielt sie eine besondere Bedeutung, wie das Standfoto, bei dem der Film angehalten wird. (Die Fachleute beugen sich vor, jemand zeigt bedeutungsvoll mit einem langen Zeigestock auf etwas...) Dann nahm das Tempo der Bilder wieder zu. Dort war die kleine Jean, dann die Zwillinge mit ihren Miniaturbrillen, dann Liz an ihrem ersten Tag im Kindergarten. Schließlich ging der Film von Schwarzweiß in die unnatürlich bunten Kodachrome-Farben über, und die Aufnahmen wurden jetzt nur noch am Meer gemacht – immer in Bethany Beach, Delaware, denn wo hätte ein Mann mit sieben Töchtern sonst Zeit zum Fotografieren gefunden? Beim Betrachten des Albums konnte man glauben, daß diese Leute das Glück hatten, ununterbrochen in Urlaub zu sein. Bonny war ständig sonnengebräunt, und ihr sanft gerundeter Körper steckte in einem einteiligen Latex-Badeanzug. Die Mädchen waren ständig mit Kokosnußöl eingerieben, ihre Körper in den knappen Bikinis glänzten, sie strichen mit den Händen die vom Wind zerzausten Haare zurück und lachten. Immer lachten sie. Wo waren die Tränen und Streitereien zu sehen, und das Gerangel um mehr Liebe, Freiraum und Aufmerksamkeit? Wo waren all die Erkältungen und Mandeloperationen? Wo Mollys Stottern? Wo Susans ständige Alp-

träume? Nicht hier. Sie saßen lachend und sorglos am Strand. An den Rändern ihrer Bikinis sah man schmale Streifen blasser Haut – die einzigen Hinweise auf andere Jahreszeiten. Und, ja richtig, es gab auch Fotos von Morgan. Jedes Jahr eins. Sie waren schief und unscharf, von einer ungeübten Tochter aufgenommen; Morgan trug zerknitterte Shorts, die um seine Oberschenkel schlackerten, war über und über behaart und von der Sonne weitgehend unberührt. Er zeigte angeberisch seine Armmuskeln und lächelte wahrscheinlich, aber das konnte man nie genau wissen, denn auf dem Kopf trug er einen Tropenhelm, und die üppigen Schichten des Moskitonetzes verbargen sein Gesicht vollständig.
Inzwischen hatte das Tageslicht die Treppe erreicht und schickte einen hellen Strahl über das Geländer. Die mit Teppich ausgelegten Stufen lagen aber noch im Dunkeln, und so war die hinaufschleichende Katze nur als Schatten wahrzunehmen. Die Streifen ihres Fells waren unsichtbar, und ihr spitz zulaufendes Gesicht wirkte wie ein weißer Pfeil. Geräuschlos überquerte sie die Dielen des Flurs. Sie lief zu dem auf der Rückseite des Hauses gelegenen Schlafzimmer, blieb in der Türöffnung stehen und trat dann so zielstrebig in das Zimmer, daß sich die Anspannung in ihrem Körper deutlich zeigte. Neben der Seite des Bettes, auf der Bonny lag, stellte sie sich auf die Hinterbeine, um die Temperatur der Heizdecke zu überprüfen. Routiniert patschte sie mit einer Pfote über den Rand der Matratze; anschließend wiederholte sie das Ganze auf der anderen Seite des Bettes, wo Morgan lag. Morgans Seite war wärmer. Die Katze konzentrierte sich, straffte die Muskeln und sprang auf Morgans Brust, der daraufhin grunzte und die Augen öffnete. Es war der kurze Moment der Morgendämmerung, in dem man glaubt, die Luft sehen zu können: flockig, wie Filz, als verdichte sie sich, um jeden Moment Farbe anzunehmen. Das Bett bot den Anblick einer zerklüfteten, unwirtlichen Landschaft. Der obere Teil des Zimmers war in gräuliches Licht getaucht, das dem Rauch glich, der aus zerbombten Häusern aufsteigt. Morgan bedeckte sein Gesicht mit den Händen. »Verschwinde«, sagte er zu der Katze, aber die Katze schnurrte bloß, tat so, als höre sie ihn nicht, und starrte

schlitzäugig in eine andere Richtung. Morgan setzte sich auf. Er schubste die Katze zu Bonny hinüber (von der ein Gewirr brauner Haare und eine nackte, gesprenkelte Schulter zu sehen war) und stieg aus dem Bett.

Im Winter schlief er in Thermo-Unterwäsche. Für ihn waren Kleidungsstücke – alle Kleidungsstücke – Kostüme, und es machte ihm Spaß, ins Badezimmer zu stapfen, seine langen Unterhosen hochzuziehen, sich durch den Bart zu fahren und sich dabei wie ein Goldgräber aus Klondike vorzukommen. Er kehrte, nachdem er sich im Badezimmerspiegel betrachtet hatte, mit einem fröhlichen, hoffnungsvollen Gesichtsausdruck zurück: Entscheidungen warteten darauf, getroffen zu werden. Er öffnete den Wandschrank, knipste das Licht an und überlegte, wer er an diesem Tag sein wollte. Neben Bonnys verknitterten Röcken und Blusen hing dichtgedrängt die chaotische Ansammlung seiner Sachen – er konnte sich wie ein Matrose, ein Soldat oder ein professioneller Spieler auf einem Raddampfer anziehen. Die Sachen sahen aus, als stammten sie aus dem Fundus einer Operetten-Wanderbühne. In dem Regal darüber lagen, jeweils sechs hintereinander, seine Kopfbedeckungen. Er griff nach einem marineblauen Scheitelkäppchen aus Wolle, setzte es auf und schaute in den Spiegel, der bis zum Boden reichte: Harpunier auf einem Walfänger. Er nahm es ab und versuchte als nächstes einen riesigen, breitkrempigen Lederhut, der ihm über die Ohren rutschte und seine Augen verdeckte. Ah ja, wieder Klondike. Über die Unterwäsche zog er eine zerknautschte braune Arbeitshose und befestigte daran gestreifte Hosenträger, in die er seine Daumen haken konnte. Er betrachtete eine Weile sein Spiegelbild. Dann ging er zur Kommode und kramte in der untersten Schublade herum. »Bonny?« sagte er.

»Hmm.«

»Wo sind meine Ragg-Socken?«

»Deine was?«

»Die kratzigen Wollsocken. Die zum Wandern.«

Sie antwortete nicht. Er mußte barfuß nach unten gehen und grummelte unterwegs in seinen Bart: »Blöde Socken. Blödes

Haus. Nichts ist da, wo es sein sollte. Nichts ist da, wenn man es braucht.«
Er öffnete die Hintertür, um den Hund hinauszulassen. Ein kalter Windstoß fuhr ihm entgegen. Der gekachelte Küchenfußboden war eiskalt. »Blödes Haus«, wiederholte er. Er stand an der Küchentheke und setzte die Kaffeemaschine in Gang. Zwischen seinen Zähnen klemmte eine nicht angezündete Zigarette.
Die Schränke in dieser Küche reichten fast bis an die hohe Ebenholzdecke. Sie waren voller angelaufener Silberbestecke, Teetassen und staubiger Stielgläser. Vor diesen Dingen, die niemand je benutzte, standen dichtgedrängt Ketchup-Flaschen, Cornflakes-Packungen und schäbige Salz- und Pfefferstreuer aus Plastik. Dem Salz waren, als es klumpte, im letzten Sommer Reiskörner beigemischt worden. Blödes Haus! Irgendwas mußte mit ihm schiefgelaufen sein. Das Haus war furchtbar groß und steif und vornehm – ein Hochzeitsgeschenk von Bonnys Vater, der ein wohlhabender Mann gewesen war. Bonny hatte einen Teil seines Geldes geerbt. Wenn eines der Kinder durch den Fußboden in der Dachkammer brach, war es Bonny, die die Handwerker rief, und sie ließ kaputte Fensterscheiben austauschen, die Fensterläden jedesmal wieder aufhängen, wenn sie aus ihren Scharnieren gebrochen waren, das Mauerwerk ausbessern, wo der Efeu Löcher hineingefressen hatte; aber trotzdem wurde Morgan das Gefühl nicht los, es gehe mit dem Haus irgendwie bergab. Wenn sie es nur einfach ausräumen und von vorne anfangen könnten, dachte er manchmal. Oder es verkaufen! Es verkaufen, einen Schlußstrich ziehen und ein schlichteres, unkomplizierteres Haus kaufen. Aber Bonny wollte davon nichts hören – es hatte etwas mit Kapitalgewinn zu tun; so genau wußte er das nicht. Jedenfalls war es nie der richtige Zeitpunkt, wenn er auf das Thema zu sprechen kam.
Die drei kleinen Schlafzimmer, die für eine stilvolle Anzahl von Kindern gedacht waren, boten kaum Platz genug für Morgans Töchter, so daß Brindle und Louisa gemeinsam mißmutig auf beengtem Raum im zweiten Stock leben mußten. Der Rasen war mit rostigen Fahrrädern und ausgefransten Korbmöbeln übersät.

Bonnys Vater hatte bestimmt vorgeschwebt, daß dort gepflegte Croquet-Spiele veranstaltet werden würden. Und in der letzten Zeit waren in der Nachbarschaft überall Apartmenthäuser aus der Erde geschossen, und die anderen Häuser wurden in Wohnungen unterteilt und füllten sich mit undurchschaubaren Gruppen junger Leute, und der Verkehr nahm bedrohlich zu. Sie schienen plötzlich mitten in der Stadt zu wohnen. Zugegeben: Morgan selber war in der Stadt aufgewachsen und hatte überhaupt nichts gegen das Stadtleben. Dennoch begriff er immer noch nicht, wie das alles hatte passieren können. Soweit er sich erinnern konnte, hatte er ursprünglich andere Pläne gehabt. Um ehrlich zu sein, hatte er seine Frau ihres Geldes wegen geheiratet, was nicht bedeutete, daß er sie nicht liebte; es war nur so, daß er auch von der Bestimmtheit beeindruckt gewesen war, die das Geld ihr zu verleihen schien. Diese Bestimmtheit hatte irgendwo über ihrer linken Schulter geschwebt und ihr einen Ausdruck von Zähigkeit und Kompetenz verliehen. Sie war sich vollkommen darüber im klaren, wer sie war. Als er ihr den Hof machte, hatte sich Morgan für die Besuche in dem Sommerhaus ihrer Familie extra eine Seglermütze, auf deren Vorderseite ein Adler prangte, weiße Segeltuchhosen und einen Blazer mit Messingknöpfen angeschafft. Er hatte dort in dem beruhigenden Gefühl, endlich jemand zu sein, auf der Terrasse gesessen und mit seinem Glas herumgespielt, denn Bonnys Vater hatte darauf bestanden, ihm einen tropischen Cocktail zu mixen, obwohl Morgan nicht trank, nicht trinken *konnte*, Alkohol nie vertragen hatte. Wenn er trank, redete er zuviel, und dann verplapperte er sich leicht. Er versuchte, nicht aus der Rolle zu fallen.

Er fiel nicht aus der Rolle und bat Bonnys Vater um ihre Hand. Ihr Vater gab seine Zustimmung. Morgan fragte sich, warum. Er war ein mittelloser Universitätsabsolvent ohne gesicherte Zukunft. Und er wußte, daß er nicht besonders gut aussah (damals trug er noch keinen Bart, und sein unproportioniertes Gesicht hatte etwas Affenähnliches). Wenn er mit Bonny zu einer Party bei einer ihrer Freundinnen ging, hatte er immer das Gefühl, sich unter Vorspiegelung falscher Tatsachen Zutritt in das Leben eines anderen Menschen verschafft zu haben. Bonny gehörte, im Gegensatz zu ihm, dorthin – eine unbeschwerte, umgängliche junge Frau, zwei oder drei Jahre älter als Morgan, mit braunem Haar, das sie dicht am Nacken in einem buschigen Pferdeschwanz trug. Später kam Morgan zu dem Schluß, daß ihr Vater sich verrechnet haben mußte. Wenn man reich genug ist, hatte er wohl gedacht, dann spielt es keine Rolle, wen man heiratet; das Leben geht weiter seinen gewohnten Gang. Daher hatte er nikkend seinen Segen erteilt, ihnen dieses Haus geschenkt und geglaubt, nichts würde sich ändern. Zu seinem Glück starb er kurz nach der Hochzeit. Er erlebte nicht mehr, wie es mit dem Haus auf geheimnisvolle Weise bergab ging oder es Schlagseite bekam, oder was es auch immer war, das da mit ihm geschah. Der Vater von Bonny mußte nicht mitansehen, wie ihre weiten Röcke (früher so luftig und von unauffälliger Eleganz) an den Säumen ausleierten und ihre Blusen irgendwie kürzer wurden und unordentlich aus dem Rockbund rutschten.

»Dein Vater hätte dieses Haus schon längst verkauft«, sagte Morgan oft zu ihr. »Kapitalgewinn hin oder her, er hätte dir geraten, dich nach einem anderen umzusehen.«

Aber Bonny entgegnete daraufhin: »Wieso? Wozu?« Und fragte dann: »Was stimmt mit dem Haus nicht? Es ist in tadellosem Zustand. Ich habe gerade das Dach machen lassen. Im letzten Mai waren die Maler da.«

»Ja, aber –«

»Was stört dich denn? Sag mir, wenn irgendwas kaputt ist. Sag es mir, und ich lass' es in Ordnung bringen. Das ganze Haus ist prima in Schuß, und die Männer von der Gärtnerei haben gerade die Bäume veredelt.«

Ja, aber.

Er ging in den Vorgarten, um die Zeitung zu holen. Die gefrorenen, stoppeligen Grashalme knirschten und piekten in seine nackten Füße. Alles war mit glitzerndem Rauhreif überzogen. Ein einzelner Gummilatschen zierte das zugefrorene Vogelbad. Morgan stieß einen zischenden Laut aus, rannte zurück ins Haus und schlug die Tür hinter sich zu. Im ersten Stock surrte ein

Wecker, als wäre er von dem Knall in Gang gesetzt worden. Bald würden sie überall herumschwirren. Morgan nahm den Politik- und den Comic-Teil, legte beide auf einen Küchenstuhl und setzte sich darauf. Dann zündete er seine Zigarette an und schlug die Seite mit den Kleinanzeigen auf.

VERLOREN: *weißes Hochzeitskleid Größe 36. Diskretion zugesichert.*

Er grinste mit der Zigarette im Mund.

Und jetzt kam Bonny hereingeschlurft, sichtlich bemüht, ihre Hausschuhe nicht zu verlieren. Sie war noch dabei, ihren Morgenrock zuzuknöpfen. »Hat es Frost gegeben?« fragte sie ihn. »Ist der Boden gefroren? Ich wollte den Buchsbaum zudecken.« Sie hob eine Gardine an, um einen Blick aus dem Fenster zu werfen. »Mein Gott, es hat gefroren.«

»Hm?«

Sie machte einen Schrank auf, und etwas klapperte. Zwischen den aufgeschlagenen Zeitungsseiten tauchte ein fleckiger silberner Aschenbecher auf. Morgan streifte die Asche darüber ab. »Hör dir das an«, sagte er zu ihr. »GEFUNDEN: *Schmuckgegenstand im Druid Hill Park. Herausgabe nur gegen Beschreibung.* Ich würde anrufen und sagen, daß es ein Diamantring ist.«

»Wieso das?« fragte Bonny. Sie nahm eine Packung Eier aus dem Kühlschrank.

»Also, im Zoo trägt wahrscheinlich niemand echte Perlen oder ein Platinarmband, aber viele Frauen tragen ihren Verlobungsring, oder? Und außerdem braucht man einen Ring nicht so genau zu beschreiben. Ja, ich würde sagen, daß es ein Ring ist. Ganz bestimmt.«

»Kann schon sein«, sagte Bonny, während sie ein Ei in eine Pfanne schlug.

»VERLOREN: *Obere Gebißhälfte. Großer ideeller Wert*«, las Morgan vor. Bonny prustete. Er sagte: »Das mit dem ›ideellen Wert‹ habe ich erfunden.«

»Was du nicht sagst«, erwiderte Bonny.

Er hörte, wie über ihnen nackte Füße herumliefen, Wasser rauschte und Haarföne summten. Der Geruch nach frisch ge-

brühtem Kaffee durchströmte, vermischt mit dem klaren, beißenden Geruch der Camel, die Küche. Ja, Morgan kam in der Tat langsam in Gang. Er hatte es geschafft, er hatte einen neuen Tag in Angriff genommen. Er faltete die Zeitung weiter auseinander.
»Ich liebe Kleinanzeigen«, sagte er. »Es steckt so viel Privates in ihnen.«
»Bringst du heute morgen die kaputten Schuhe weg?«
»Hmm? Hör dir das an: M. G. *Es ist nicht alles vergeben und vergessen und wird es auch nie sein.*«
Bonny stellte eine Tasse Kaffee vor ihn hin.
»Und wenn nun ich gemeint bin?«
»Wenn du womit gemeint bist?«
»M. G. Morgan Gower.«
»Hast du etwas Unverzeihliches getan?«
»Man kommt nicht umhin, sich das zu fragen«, sagte Morgan, »wenn man so etwas liest. Es bringt einen zum Nachdenken.«
»Ach, Morgan«, sagte Bonny. »Warum nimmst du das, was in der Zeitung steht, immer so persönlich?«
»Weil ich die Rubrik *Persönliches* lese«, erklärte er ihr. Er blätterte die Seite um. »STELLENANGEBOTE«, las er. *»Leiter eines Geotechnischen Labors.«*
(Seit neunzehn Jahren suchte er angeblich eine bessere Stellung. Allerdings erwartete er nicht, eine zu finden.)
»Das wär' was. *Go-go-Girls mit Berufserfahrung.*«
»Hah.«
Er war bei Bonnys Familie als Geschäftsführer einer ihrer Eisenwarenläden angestellt. Er war schon immer ein Bastler und Tüftler, ein typischer Eisenwarenmann gewesen. Damals an der Universität hatte sein Tutor sich einmal beschwert, weil Morgan während einer ganzen Beratungsstunde in der Ecke gehockt, sich um ein tropfendes Heizungsrohr gekümmert und nur über die Schulter mit ihm gesprochen hatte.
STELLENANGEBOTE. *Bardame, Hundefriseur. Gabelstaplerfahrer.*
Am besten gefielen Morgan die Anzeigen mit besonderer Note. *(Fahrer zum Chauffieren eines älteren Herrn gesucht. Homer-*

Kenntnisse wünschenswert.) Gelegentlich antwortete er sogar auf eine von ihnen. Es kam sogar vor, daß er die Stelle für ein paar Tage annahm, aus dem Eisenwarenladen verschwand und seinem Angestellten dort die Verantwortung überließ. Bonnys Onkel Ollie fand es jedesmal heraus und kam aufgebracht zu Bonny, die seufzte und lachte und Morgan fragte, was er sich dabei gedacht hätte. Eines mußte man Bonny lassen: sie regte sich nie übermäßig auf. Sie hielt, mehr oder weniger, mit ihm Schritt. Er streckte einen Arm aus, als sie mit einem Krug Orangensaft vorbeikam, und versuchte, ihn um ihre Hüfte zu legen. Es mißlang. Sie hatte andere Dinge im Kopf. »Wo bleibt Brindle? Wo bleibt deine Mutter?« fragte sie ihn. »Es kam mir so vor, als hätte ich deine Mutter schon vor Stunden gehört.«

Er legte die Kleinanzeigen zur Seite und zog den Nachrichtenteil der Zeitung unter sich hervor. Aber dort stand nichts Lesenswertes. Flugzeugabstürze, Zugunglücke, Hausbrände... Er schlug die Seite mit den Todesanzeigen auf. *»Mrs. Grimm. Begeisterte Opernbesucherin«*, las er laut vor. *»Tilly Abbott, Sammlerin von Fingerhüten.* Mein Gott.«

Seine Töchter waren nach und nach die Treppe heruntergekommen. Sie zankten sich in der Diele, ließen Bücher zu Boden fallen, und ihre Transistorradios spielten anscheinend mehrere verschiedene Songs zur gleichen Zeit. Elektrische Gitarren, unterlegt von einem tiefen, stampfenden Schlagzeug-Rhythmus.

»Peter Jacobs, im Alter von 44 Jahren«, las Morgan. »Vierundvierzig! Das ist doch kein Alter zum Sterben!«

»Mädchen!« rief Bonny. »Eure Eier werden kalt.«

»Ich hasse es, wenn sie nicht schreiben, was die Todesursache war«, sagte Morgan zu ihr. »Wenigstens ›nach langer schwerer Krankheit‹ – ich finde, nach langer schwerer Krankheit ist besser als gar nichts. Aber hier steht bloß *›verstarb unerwartet‹*.« Er rutschte mit seinem Stuhl nach vorne, um jemanden hinter sich durchzulassen. »Vierundvierzig Jahre alt! Natürlich war es unerwartet. Glaubst du, es war ein Herzinfarkt? Oder was sonst?«

»Morgan, ich fände es schön, wenn du den Todesanzeigen nicht so viel Aufmerksamkeit schenken würdest«, sagte Bonny.

Sie mußte laut sprechen. Die Mädchen hatten sich inzwischen in der Küche breitgemacht. Sie redeten alle zur gleichen Zeit über Geschichtsprüfungen, Jungs und noch mal Jungs, Motorräder, Basketballspiele, eine Schallplatte, und wer sie von wem geliehen und nicht zurückgegeben hatte. Ein Sänger war angeblich gestorben. (Eine von ihnen sagte, sie würde auch sterben, wenn das wahr sei.)

Amy hantierte mit dem Toaster herum. Die Zwillinge bereiteten ihren Gesundheitstrank im Mixer zu. Ein Französischbuch kam von irgendwoher geflogen und traf Liz im Kreuz. »Ich halte es hier nicht mehr aus«, sagte Liz. »Alle hacken auf mir rum. Warum könnt ihr mich nicht mal in Ruhe lassen. Ich hau' ab.« Aber sie schenkte sich bloß eine Tasse Kaffee ein und setzte sich neben Morgan. »Um Himmels willen«, sagte sie zu Bonny, »was hat er da auf dem Kopf?«

»Du kannst dich unbesorgt an mich persönlich wenden«, erklärte Morgan ihr. »Zufällig weiß ich die Antwort. Nur keine Scheu.«

»Muß er unbedingt diese Hüte tragen? Sogar im Haus trägt er sie. Muß er immer so eigenartig aussehen?«

So sprach seine dreizehnjährige Tochter. Früher hätte es ihn gekränkt, aber er hatte sich daran gewöhnt. Etwa im Alter von elf bis zwölf Jahren veränderten sie sich anscheinend völlig. Er hatte sie geliebt, als sie klein waren. Sie waren anfangs so niedlich und genügsam, pummelig und lockig und ausgeglichen; sie dackelten treuergeben hinter Morgan her, und dann plötzlich hielten sie strenge Diät, wurden dünn und reizbar und schossen so sehr in die Höhe, daß sie ihre Mutter überragten. Sie bügelten ihre Haare, bis sie wie Schleier herabhingen. Sie trugen statt Kleidern verblichene Jeans und enge kurze T-Shirts. Und ihre männlichen Freunde waren grauenhaft. Einfach grauenhaft. Er konnte nicht fassen, was für Gestalten sie manchmal mit nach Hause brachten. Und am schlimmsten war, daß sie Morgan nicht mehr bewunderten. Sie behaupteten, sie müßten sich für ihn schämen. Könnte er nicht seinen Bart abrasieren? Die Haare schneiden lassen? Sich wie andere Leute seines Alters benehmen? Sich wie

andere Väter anziehen? Warum rauchte er diese filterlosen Zigaretten und klaubte die Tabakschnipsel von der Zunge? Merkte er eigentlich, daß er ständig leise vor sich hin summte, sogar bei Tisch, sogar jetzt, während sie ihm diese Fragen stellten?
Er versuchte, nicht mehr zu summen. Er stieg kurzzeitig auf eine Pfeife um, aber das Mundstück brach entzwei, als er darauf biß. Und einmal ließ er sich die Haare kürzer als sonst schneiden und stutzte seinen Bart so, daß er eckig war und der Form seines Kiefers entsprach. Der Bart sah künstlich aus, sagten sie ihm. Es sah aus wie ein *hölzerner* Bart, sagten sie.
Es kam ihm so vor, als reite er ein wildes tückisches Pferd, krampfhaft bemüht, nicht abgeworfen zu werden, während er gleichzeitig freundlich lächelte und versuchte, mit keiner Wimper zu zucken.
»Habt ihr gesehen? Er ist barfuß«, sagte Liz.
»Sei still und gieß sofort den Kaffee zurück«, sagte Bonny zu ihr. »Du weißt genau, daß du noch keinen Kaffee trinken darfst.«
Kate, die jüngste Tochter, kam mit einem Stapel Schulbücher unterm Arm herein. Sie war noch nicht ganz elf und hatte noch Bonnys pausbäckige, heitere Gesichtszüge. Als sie hinter Morgans Stuhl vorbeiging, nahm sie kurz den Hut ab, küßte ihn auf den Hinterkopf und setzte ihm den Hut wieder auf.
»Meine Süße«, sagte Morgan.
Vielleicht sollten sie noch ein Kind bekommen.
Es war jetzt am Tisch so eng, daß man nicht einmal die Arme abwinkeln konnte. Morgan beschloß, sich zurückzuziehen. Er stand auf und verschwand rückwärts durch die Tür, als würde er eine Audienz bei Hofe verlassen, damit seine Töchter die Comic-Seite, die er hinter seinem Körper verbarg, nicht sehen konnten. Er ging ins Wohnzimmer. Aus einem der Radios ertönte *Plastic Fantastic Lover*, und er blieb stehen und machte, barfuß auf dem Teppich, ein paar kurze Tanzschritte. Vom Sofa aus beobachtete ihn seine Mutter mit strengem Blick. Sie war eine kleine, gebeugte alte Dame. Ihr immer noch pechschwarzes Haar hatte sie mit Schildpattkämmen fest an den Kopf gesteckt. Unter den Kämmen kräuselte und wölbte es sich, als habe es einen eigenen

Willen. Ihre mit Altersflecken übersäten und mit hervorstehenden Venen durchzogenen Hände hatte sie im Schoß gefaltet. Sie trug ein Rüschenkleid, das ein paar Nummern zu groß aussah.
»Warum bist du nicht beim Frühstück?« fragte Morgan.
»Ach, ich warte noch, bis der Ansturm vorüber ist.«
»Aber dann muß Bonny den halben Vormittag in der Küche stehen.«
»Wenn du erst mal so alt bist wie ich«, sagte Louisa, »dann bleibt dir nicht mehr viel außer essen, und ich beabsichtige nicht, dabei zu hetzen. Ich will einen schönen, heißen englischen Teekuchen, mit der Gabel und nicht mit dem Messer zerteilt, auf dem die Butter schmilzt, und einen Becher dampfenden Kaffee mit einem Schuß Sahne. Und ich will das alles in Ruhe und Frieden genießen.«
»Bonny wird einen Wutanfall bekommen«, sagte er.
»Red doch keinen Unsinn. Bonny macht so etwas nichts aus.«
Sie hatte wahrscheinlich recht. (Bonny war unerhört langmütig und nahm alles, wie es kam. Vielmehr war es Morgan, dem das Zusammenleben mit seiner Mutter zu schaffen machte.) Er seufzte und setzte sich neben sie auf das Sofa. Er schlug die Zeitung auf. »Ist heute nicht ein Werktag?« fragte sie.
»Ja«, murmelte er.
Sie schob mit einem Finger seine Zeitung nach unten, damit sie ihm ins Gesicht sehen konnte. »Willst du nicht zur Arbeit gehen?«
»Demnächst.«
»*Demnächst?* Es ist halb acht. Weißt du, was ich heute schon alles getan habe? Mein Bett gemacht, die Farne gegossen, die Armaturen in meinem Badezimmer blank geputzt; und du sitzt hier und liest Comics, und deine Schwester schläft oben wie ein Murmeltier. Was ist nur los mit meinen Kindern? Woher haben sie das? Demnächst – wenn ich das schon höre!«
Er faltete die Zeitung zusammen und sagte: »Schon gut, Mutter.«

»Ich wünsche dir einen schönen Tag«, sagte sie gefaßt.
Als er den Raum verließ, hatte sie die Hände wieder im Schoß gefaltet und wartete, vertrauensvoll wie ein Kind, auf ihren englischen Teekuchen.

2 Morgan lief mit großen Schritten die Straße entlang. Er trug den olivgrauen Parka von Sunny's Surplus und verbarg unter seinen verdreckten Lederstiefeln ein Paar Acrylsocken, die überhaupt nicht zu seinem Klondikekostüm paßten. Sein mitten in der Stadt gelegener Eisenwarenladen war zu weit entfernt, um zu Fuß dorthin zu gehen, und unglücklicherweise war er noch nicht dazu gekommen, sein Auto, das in Einzelteile zerlegt in der Garage stand, wieder zusammenzubauen. Also mußte er den Bus nehmen. Er ging in Richtung Haltestelle, zog an einer Zigarette, die er zwischen Daumen und Zeigefinger festhielt, und stieß unter der Hutkrempe eine Rauchwolke aus. Er kam an einer Reihe Einzelhäuser, einem Apartment-Gebäude und einem kleinen Einkaufszentrum mit Drugstore, Zeitungskiosk und Zahnarztpraxis vorbei. Unter einem Arm trug er eine braune Papiertüte, in der seine Mokassins steckten. Sie gehörten zu seiner Daniel-Boone-Ausstattung. Er hatte sie so oft getragen, daß die weichen Ledersohlen unter den Fußballen Löcher hatten. Schwungvoll betrat er Frescos Schuhdienst am Ende der Straße, um die Mokassins dort abzugeben. Er mochte den Geruch nach Leder und Maschinenöl in dem Laden. Vielleicht hätte er Schuster werden sollen.
Die Kuhglocke über der Eingangstür klingelte, aber niemand erschien. Auf dem Tresen lagen Werkzeuge, Bleistifte und Auftragszettel herum, in den Fächern dahinter stapelten sich die Schuhe, und neben dem Gerippe der schwarzen Nähmaschine stand ein Becher mit dampfendem Kaffee. »Fresco?« rief Morgan.
»Ja-ha«, ertönte es aus dem hinteren Teil des Ladens.
Morgan legte die Papiertüte hin und ging um den Tresen herum.

Er nahm ein Paar metallbeschlagene Arbeitsschuhe in die Hand. Wo gab es die zu kaufen? Er fand, er könnte solche Schuhe gut gebrauchen. Sie waren bestimmt sehr praktisch. Die Kuhglocke klingelte erneut. Eine dicke Frau in einem Pelzcape kam herein; zweifellos wohnte sie in einem der neuen Apartmenthäuser. Den Rand ihres Capes säumten lauter kleine Tierköpfe, in deren Mäulern die eigenen, dürren Schwänze steckten. Energisch stellte die Frau einen Pumps mit Pfennigabsätzen auf den Tresen: »Ich hätte gerne gewußt, was Sie zu unternehmen gedenken«, sagte sie.
»Unternehmen?« sagte Morgan.
»Wie Sie sehen, ist der Absatz schon wieder abgebrochen. Er brach genau in dem Augenblick ab, als ich das Klubhaus betrat, und ich habe ihn hier reparieren lassen. Ich kam mir vor wie ein Trampel, wie eine Vollidiotin.«
»Was soll ich dazu sagen?« fragte Morgan sie. »Das ist ein italienischer Schuh.«
»Na und?«
»Die Absätze sind innen hohl.«
»Ach, ja?«
Sie schauten beide den Absatz an. Er war keineswegs hohl.
»Das kennen wir schon«, erklärte Morgan ihr. Er trat seine Zigarette aus und nahm den Pumps in die Hand. »Die italienischen Schuhe werden mit hohlen Absätzen geliefert, damit Drogen darin geschmuggelt werden können. Die sind dann natürlich nicht besonders stabil. Die Schmuggler reißen die Absätze ab, ohne lange zu überlegen. Die arbeiten kein bißchen sorgfältig. Dann kleben sie die Absätze, wie es gerade kommt, fest und verkaufen die Schuhe an einen ahnungslosen Schuhhändler... natürlich sind sie dann nicht mehr das, was sie mal waren. Ich könnte Ihnen da Geschichten erzählen!«
Er schüttelte den Kopf. Sie schaute ihn durchdringend an, und die dünnen scharfen Falten um ihre Augen wurden dadurch tiefer.
»Was soll's«, sagte er seufzend. »Freitag vormittag. Ihr Name?«
»Na gut... Peterson«, sagte sie.

Er kritzelte ihn auf die Rückseite eines Auftragszettels und legte ihn zusammen mit dem Pumps in eines der Fächer.
Nachdem die Frau gegangen war, schrieb er den Auftrag für seine Mokassins: GOWER. REPARIEREN! *Kann ohne sie nicht leben.* Er stellte die Mokassins neben den Pumps. In einen steckte er den zusammengerollten Zettel. Dann verließ er den Laden und steckte sich unter seinem schützenden Hut eilig eine neue Zigarette an.
Auf dem Bürgersteig wartete die Hündin seiner Mutter auf ihn. Sie blickte ihn mit zur Seite geneigtem Kopf hoffnungsvoll an und spitzte die Ohren, so daß sie wie Tipis aussahen. Morgan blieb stehen. »Geh nach Hause«, sagte er zu ihr. Sie wedelte mit dem Schwanz. »Geh nach Hause. Was willst du von mir. Was habe ich denn getan?«
Morgan ging auf die Bushaltestelle zu. Die Hündin lief ihm winselnd hinterher, aber Morgan tat so, als höre er es nicht. Er ging schneller. Das Winseln verstummte nicht. Er fuhr herum und stampfte mit dem Fuß auf. Ein Mann in einem Wintermantel zögerte und machte dann einen großen Bogen um Morgan. Die Hündin duckte sich jedoch nur leicht, hechelte und schaute Morgan erwartungsvoll an. »Warum mußt du mir immer hinterherlaufen?« fragte er und bewegte sich drohend auf sie zu, aber sie wich nicht von der Stelle. Natürlich hätte er sie nach Hause bringen sollen, aber der Gedanke war ihm unerträglich. Er konnte jetzt nicht den ganzen Weg zurückgehen, wo er doch so zügig und schwungvoll aufgebrochen war. Also drehte er sich um und rannte los. Er hielt seinen Hut fest und lief mit schweren Schritten über den Bürgersteig. Die Hündin folgte in einiger Entfernung. Dann gab sie langsam auf. Morgan spürte, daß sie aufgab, wagte aber nicht, sich umzudrehen. Er spürte, wie sie langsamer wurde und dann anhielt, ihm hinterherstarrte und zuckend mit dem Schwanz wedelte. Morgan griff sich an die schmerzende Brust und stolperte die Stufen eines Busses hinauf. Schnaufend und schwitzend kramte er in seinen Taschen nach Kleingeld. Die anderen Fahrgäste warfen ihm kurze Seitenblicke zu und schauten dann wieder weg.

Sie kamen an zahlreichen Läden und Bürogebäuden vorbei. Sie fuhren ein kurzes Stück durch Morgans alte Wohngegend, wo die meisten Fenster mit Brettern vernagelt waren und in eingestürzten Häusern Bäume wuchsen. (Der Gegend war es ohne ihn nicht gut ergangen.) Dort waren die Arbeiter-Matratzen-Fabrik und Madame Sheba – Hilfe in allen Lebenslagen, Spezialistin für Liebeskummer. Reihenhäuser glitten vorüber, eins schäbiger als das andere. Morgan hockte auf seinem Sitz, hielt sich an der Eisenstange vor ihm fest und starrte auf den Ace-of-Spades-Sandwich-Laden und Fat-Boys-Schuhputz-Stand. So tief in der Innenstadt hatte er nie gewohnt. Er lockerte den Griff um die Metallstange. Er tauchte in das Leben der Menschen ein, die auf den Eingangsstufen der Häuser saßen: Eine Frau in einem Nachthemd und einer Synthetikjacke trank ein Rolling-Rock-Bier, und ihr Atem dampfte; zwei Männer stießen sich lachend gegenseitig an; ein kleiner Junge, dessen Turnschuhe viel zu groß waren, umarmte eine schmutzig-weiße Katze. Ein beruhigendes Gefühl der Leere durchströmte Morgan. Er fühlte sich nackt und frei, wie die Fenster der leerstehenden Wohnungen über Syrenias Hot-Pig-Bar-B-Q, die weder Glasscheiben noch Fensterrahmen hatten.

3

Die Innenstadtfiliale von Cullens Eisenwaren war alt, düster, schmutzig und muffig. Der Laden war so schmal und vollgestopft, daß es Morgan oft so vorkam, als würde er ihn nicht betreten, sondern kopfüber in ihn eintauchen, bis nur noch seine Schuhsohlen herausguckten. Ein Podest unter der Decke des rückwärtigen Teils diente ihm als Büro. Darauf stand ein zerkratzter Eichentisch, Aktenordner, ein kastanienbraunes Plüschsofa und eine massive schwarze Woodstock-Schreibmaschine, deren Farbband er von Hand weiterspulen mußte. Früher war es das Büro von Bonnys Großvater gewesen. Dieser Laden war Großvater Cullens allererstes Geschäft gewesen. Inzwischen gab es natürlich überall Filialen. Im Umkreis von hundert Kilometern gab es einen Cullen-Hardware-Laden in fast jedem Einkaufszentrum. Aber die waren alle modern eingerichtet und blitzblank. Dies war das Original. Manchmal kam Bonnys Onkel Ollie vorbei und drohte, den Laden zu schließen. »Nennst du das ein Geschäft?« pflegte er zu sagen. »Nennst du das eine lohnende Investition?« Dann schaute er auf die wuchtigen Holzregale, in denen die Black & Decker-Bohrmaschinen neben den altmodischen Nägelkästen lächerlich aussahen. Er betrachtete mißmutig die rostigen Gitter vor den Fenstern, die zahlreiche Einbrecher verbogen hatten. Morgan pflegte einfach nur zu lächeln und ängstlich an seinem Bart zu zupfen, denn er wußte, daß er Onkel Ollie schnell auf die Palme brachte und es das beste war, wenn er gar nichts sagte. Dann stürmte Onkel Ollie wieder aus dem Laden, und Morgan ging erleichtert vor sich hin pfeifend zurück in sein Büro. Es war nicht etwa so, daß er arbeitslos wäre, wenn diese Filiale geschlossen würde. Bonny zuliebe würden die Cullens sich verpflichtet fühlen, etwas anderes für ihn zu finden. Aber hier hatte er bessere Entfaltungsmöglichkeiten. In seinem Büro hatte er ein halbes Dutzend Pläne und Ideen in Arbeit – ein Stapel Holzscheite war gegen die Treppenstufen gelehnt, ein Schusterhammer lag im AUSGANG-Korb. Er kannte ein gutes Restaurant ganz in der Nähe. Wenige Straßenzüge entfernt wohnten Freunde von ihm. Butkins, sein einziger Angestellter, machte fast die ganze Arbeit, war allerdings als Gesprächspartner nicht sehr ergiebig.

Vor ein paar Jahren hatte Morgan einmal eine weibliche Angestellte namens Marie gehabt. Sie war eine sehr junge Rothaarige mit einem runden Gesicht und hatte immer einen weiten grauen Kittel getragen, um ihre Kleidung vor Staub zu schützen. Morgan fing irgendwann an, so zu tun, als sei sie seine Frau. Nicht etwa, daß er sie besonders anziehend fand; aber in seiner Vorstellung schuf er langsam das Bild von ihnen beiden als Besitzer eines gemütlichen Eisenwarenladens in einer Kleinstadt. Vielleicht war sie seine Sandkastenfreundin gewesen. Im Geiste ließ er sie altern. Es hätte ihm gefallen, wenn sie graue Haare gehabt hätte. Er gewöhnte sich an, ein zerknittertes graues Jackett und graue

Arbeitshosen zu tragen; er betrachtete sich selbst als den Eisenwarenonkel. Das Komische daran war, daß er ihr manchmal ins Gesicht sehen konnte und auf einmal in einen Tagtraum von ihr versank, so als wäre sie gar nicht da. Dann, eines Nachmittags, als er auf der Leiter stand, ein Regal aufräumte und sie ihm Kartons mit Verlängerungskabeln reichte, beugte er sich beiläufig hinunter und küßte sie auf die Wange. Er sagte: »Du siehst müde aus, Mutter. Du solltest ein Nickerchen halten.« Das Mädchen hatte nach Luft geschnappt, aber kein Wort gesagt. Am nächsten Tag erschien sie nicht zur Arbeit und kam auch nie wieder. Ihr grauer Kittel hing noch immer im Lager. Gelegentlich, wenn er daran vorbeikam, trauerte Morgan für einen Moment der Zeit nach, als er der Eisenwarenonkel gewesen war.

Aber jetzt hatte er diesen Butkins, diesen tüchtigen, farblosen jungen Burschen, der schon dabei war, mit Rubbermaid-Artikeln das Schaufenster neu zu dekorieren. »Tag«, sagte Morgan. Er ging hinauf in sein Büro. Er zog den Parka aus, hängte ihn über den Mantelständer und setzte sich auf den rissigen ledernen Drehstuhl hinter seinem Schreibtisch. Eigentlich sollte er sich jetzt um den Papierkram kümmern – Bestellungen ausfüllen, Lieferscheine abheften. Statt dessen öffnete er die mittlere Schublade und holte die Pläne für einen Vogelfutterspender hervor. Er wollte ihn für Bonny bauen. Am nächsten Dienstag war ihr Hochzeitstag. Sie waren seit neunzehn Jahren verheiratet. Gütiger Gott. Er rollte die Pläne auseinander und studierte sie, wobei er mit einem nikotingelben Finger die Winkel der verschiedenen Einzelteile entlangfuhr. Die Tränke hing an einem Pfahl, in den er vier Talglöcher bohren würde – oder Erdnußbutterlöcher, denn Bonny behauptete, daß Talg zuviel Cholesterin enthielte. Morgan lächelte in sich hinein. Was Vögel anging, war Bonny ein bißchen verrückt, dachte er. Er beschwerte die Pläne mit einem Hefter und einer Packung Bohrer und machte sich daran, erst einmal ein passendes Brett zu finden.

Fast den ganzen Vormittag sägte und schmirgelte er summend, nur gelegentlich hielt er inne, um seinen Hut in den Nacken zu schieben und sich mit einem Ärmel das Gesicht abzuwischen.

Die Stufen zu seinem Büro gaben einen vorzüglichen Sägebock ab. Im vorderen Teil des Ladens kaufte dann und wann jemand eine Kleinigkeit: eine Mausefalle, einen Ofenfilter, eine Dose Insektenspray. Morgan summte den *W. P. A.-Blues* und machte eine neue Kerbe in seinen Bleistift.

Butkins ging früh zum Mittagessen. Morgan, nun allein verantwortlich für den Laden, stand widerstrebend auf, klopfte den Staub von seinen Knien und bediente einen Mann in einem Overall, der eine Schlüsselbox kaufen wollte. »Wozu?« fragte Morgan. »Warum wollen Sie viel Geld für ein kleines Metallkästchen ausgeben? Haben Sie gesehen, was das kostet?«

»Ja, aber wissen Sie, ich habe letzte Woche meine Autoschlüssel im verriegelten Wagen liegenlassen, und ich dachte, vielleicht könnte ich einen Reserveschlüssel unter der –«

»Hören Sie«, sagte Morgan, »Sie brauchen nur ein Stück gewachste Zahnseide zu nehmen. Sie haben doch bestimmt Zahnseide. Fädeln Sie den Reserveschlüssel daran auf, am besten nehmen Sie die Zahnseide doppelt, dann hält sie besser, knoten sie am Kühlergrill fest und lassen den Schlüssel innen herunterhängen. Ganz einfach! Kostet fast nichts.«

»Ja, aber die Schlüsselbox hier –«

»Wer in diesem Laden hat eine Frau, die andauernd seine Autoschlüssel verlegt?« fragte Morgan.

Der Mann schaute sich um.

»*Ich* natürlich. Sie verliert sämtliche Schlüssel, die ich habe«, sagte Morgan, »und ich habe noch nie im Leben eine Schlüsselbox gehabt.«

»Ja, aber«, sagte der Mann beharrlich, »ich will es doch lieber hiermit versuchen.«

»Was ist los?« fragte Morgan. »Haben Sie keine Zahnseide? Kein Problem! Ich sage Ihnen, was wir machen: Sie kommen morgen um die gleiche Zeit wieder, und ich bringe Ihnen von zu Hause welche mit. Umsonst. Kostet nichts. Ein Geschenk. In Ordnung? Ich bringe Ihnen ein oder zwei Meter mit.«

»Lassen Sie mich«, sagte der Mann, »um Himmels willen bitte eine stinknormale Schlüsselbox kaufen.«

Morgan hob die Hände empor. »Bitte schön!« sagte er. »Wie Sie wollen! Werfen Sie Ihr Geld zum Fenster raus!« Er hieb auf die Tasten der Kasse ein. »Ein Dollar neunundzwanzig«, sagte er.

»Es ist *mein* Dollar neunundzwanzig, und es ist meine Sache, wofür ich mein Geld zum Fenster rauswerfe«, sagte der Mann und drückte Morgan das Geld in die Hand. »Spinner.«

»Armleuchter!«

Der Mann stürmte mit seiner Schlüsselbox in der Hand aus dem Laden. Morgan grummelte und knallte die Kasse zu.

Als Butkins zurückkam, konnte Morgan zum Mittagessen gehen. Er ging in das No Jive Café; er mochte die Mixed Pickles, die es dort gab. Allerdings waren alle anderen Kunden Schwarze, und sie redeten nie mit ihm. Sie schienen ihren Aufenthalt im Café damit zu verbringen, bei dem Mann hinter dem Tresen dünne Geldbündel abzugeben, dann etwas zu murmeln und unter halbgeschlossenen Augenlidern zur Seite zu schauen. Morgan beugte sich währenddessen über seinen Teller und aß zufrieden seine Mixed Pickles. Sie waren wirklich herrlich: so scharf mit Knoblauch gewürzt, daß es auf der Zunge kribbelte. Aber es gab nur eine kleine Portion, als Beilage zu seinem Sandwich. Morgan bat immer wieder um eine Extraportion, aber die Bedienung sagte jedesmal nein. Er hätte dafür noch ein Sandwich bestellen müssen, das er gar nicht essen wollte.

Nach dem Essen beschloß er, einen Spaziergang zu machen. Es gab eine ganz bestimmte Strecke, die er gerne ging. Er schloß den Reißverschluß seines Parkas und machte sich auf den Weg. Es war kaum wärmer geworden; die Gesichter der Passanten waren verkniffen, und ihre Augen tränten. Morgan war froh über seinen Bart. Er schlug den Kragen hoch, hielt ihn fest geschlossen und lief mit schnellen Schritten blinzelnd gegen den Wind.

Zuerst ging es zu Potter, der gebrauchte Musikinstrumente verkaufte, aber Potter war nicht allein – eine magere, biedere junge Frau probierte gerade eine Geige aus. »Pater Morgan!« rief Potter. »Miss Miller, darf ich Ihnen Pater Morgan vorstellen. Er kümmert sich um Baltimores Drogensüchtige. Wie geht es Ihnen? Was machen Ihre Schützlinge? Kommen Sie rein und trinken Sie eine Tasse Tee!«

Aber Potter hatte nur selten Kunden, und Morgan wollte nicht stören. »Nein, nein«, sagte er und hob dabei eine Hand. »Ich muß weiter. Gott segne Sie!« Und er verließ den Laden.

Er ging durch eine schmale Gasse, die zur Marianna Street führte. Dort stand eine exotisch aussehende Frau mit einer wilden schwarzen Mähne neben einem Hot-dog-Wagen. Ihr Make-up war imposant – ihre Haut glänzte kupferfarben, ihr Mund war ein grellroter Schlitz, und sie hatte so viel Mascara aufgelegt, daß es aussah, als seien auf jeder Wimper schwarze Tropfen aufgereiht. Da es Winter war, hatte sie sich in alte Mäntel und Pullover gehüllt, aber Morgan wußte aus wärmeren Jahreszeiten, daß sie darunter ein rotes Seidenkleid und eine Reihe abblätternde, auffällige goldfarbene Armbänder trug.

»Zosem pas!« rief er ihr zu.

»Ach, hallo!« sagte sie. Sie sprach in einem besonders munteren Tonfall und übertrieb die Lippenbewegungen. »Wie geht es heute? Einen Brief von zu Hause bekommen?«

Morgan lächelte untertänig und machte ein verblüfftes Gesicht.

»Brief!« brüllte sie. Sie schrieb mit einem imaginären Stift etwas auf ihre Handfläche. »Haben Sie einen Brief bekommen?«

»Ah!« sagte Morgan, der plötzlich begriff. Er schüttelte den Kopf. »Pok«, sagte sie traurig. »Kun salomen baso.« Er verzog die Mundwinkel nach unten; er scheuerte mit seinem Stiefel am Rad ihres Wagens.

»Sie sind wirklich zu bedauern«, sagte sie. »Na ja, vielleicht morgen, hm?«

»Brankuso«, verkündete er. »Zosem pas!« und winkte und lächelte und ging weiter.

An der Ecke Marianna Street und Crosswell Street zögerte er. Zu gerne wäre er in die Crosswell Street eingebogen und einfach ihrem Verlauf gefolgt. Was konnte es schon schaden? Er hatte es seit Wochen nicht getan. Er hatte der Versuchung auf bewundernswerte Weise widerstanden. Er schob beide Hände in die Taschen und ging los.

CRAFTS UNLIMITED stand auf dem Schild in der Mitte des Häuserblocks. Es war ein älteres, viergeschossiges Gebäude. Das große Schaufenster im Erdgeschoß war angefüllt mit Patchwork-Decken, Stoffmustern, Teppichen und verschiedenen Puppen. Die Fenster darüber waren schmaler, dunkel und vorhanglos. Morgan beobachtete, im Eingang eines Waschsalons versteckt, die Fenster des zweiten Stocks – die Fenster von Emily und Leon Meredith. Er hatte ihre Adresse mit Hilfe des Telefonbuchs ohne Schwierigkeiten gefunden. Er hatte herausgefunden, daß etwa um diese Zeit (vermutlich kurz nach dem Mittagsschlaf des Babys) meist einer der beiden Merediths hinter dem linken Fenster auftauchte und es einen Spalt öffnete. Eine Hand kam zum Vorschein – Emilys blasse oder Leons dunklere Hand – und verharrte dort einen Moment, während sie überlegten, wie sie das Baby zum Ausgehen anziehen sollten. Morgan freute sich darüber. (Bonny hatte bei den jüngeren Kindern einfach das, was sie zur Hand hatte, in die Karre gestopft – eine Decke oder auch die Jacke eines älteren Kindes; alles war ihr recht.) Er stellte sich vor, daß die Merediths bestimmt auch ein paar Tropfen Milch auf ihre Handgelenke schütteten, ehe sie ihrer Tochter das Fläschchen gaben und die Temperatur des Wassers mit der Spitze des Ellbogens testeten, ehe sie gebadet wurde – genau so, wie sie es gelernt hatten, vermutete er. Ganz nach Vorschrift. Er wartete, beide Hände tief in den Taschen vergraben, und schaute lächelnd nach oben.

Hatte er sie verpaßt? Nein, da kamen sie aus der Glastür neben dem CRAFTS UNLIMITED-Schild. Leon trug das Baby über der Schulter. (Selbstverständlich hatten sie keinen Kinderwagen gekauft.) Die Kleine mußte jetzt neun oder zehn Monate alt sein – ein dickes Kind mit Apfelbäckchen, das in einem warmen Skianzug steckte. Emily hatte sich bei Leon untergehakt und reckte fröhlich das Gesicht empor. Sie sprach mit dem Baby und trippelte in ihrem abgetragenen Trenchcoat und den kleinen schwarzen Schuhen die Straße entlang. Morgan liebte es, wie die Merediths sich anzogen. Es hatte den Anschein, als hätten sie vor langer Zeit beschlossen, welche Kleidung ihr Markenzeichen sein sollte, und sie wichen niemals davon ab. Leon

trug immer eine saubere Khakihose und ein weißes Hemd. Unter den Ärmeln seines rotbraunen Cordjacketts ragten blütenweiße Manschetten einen Zentimeter weit hervor. Und Emily trug eines ihrer drei Trikots mit rundem Ausschnitt – in Braun, Pflaumenblau oder (meistens) Schwarz – mit einem dazu passenden wadenlangen Wickelrock aus weichem Material. Er kannte diese Art der Kleidung von Modern-Dance-Produktionen im Fernsehen, und er bewunderte den fließenden Fall des Rockes. Und als er jetzt Emily auf der Straße darin sah, wurde ihm klar, daß es nicht auf die aktuelle Mode ankam. Denn Emilys Rocksäume hatten für dieses Jahr, und wie er befürchtete, sogar noch für die nächsten zehn Jahre die falsche Länge, und wer hätte je von einer jungen Frau gehört, die solch triste Farben trug. Aber ihre Aufmachung besaß eine eigene Autorität. Sie wirkte überhaupt nicht altmodisch. Sie wirkte schlicht und sparsam. Emily verzichtete auf jeglichen Schnickschnack.
Er stellte sich gerne vor, wie ihre Wohnküche aussah. Bestimmt gab es dort nur zwei Teller und zwei Sätze Besteck und eine Schale aus Steingut für das Baby. Und vermutlich hatten sie im Badezimmer nur ein Stück Ivory-Seife und drei Hotelhandtücher. Natürlich auch noch Leons Rasierzeug. Aber sonst nichts. Keine Badeöle, Puderdosen, Aknesalben, Haarföns, Kinder-Zahnspangen, gegeneinander anstinkende Parfumflaschen, über Wäscheleinen geworfene BHs und Nylonstrümpfe und Duschhauben mit Spitzenbesatz. Sehnsuchtsvoll schaute er den Merediths nach. Die länglichen Gesichter der beiden, selbstgenügsam und undurchdringlich, verschwanden aus seinem Blickfeld. Das Gesicht ihrer Tochter war rund wie eine Münze und noch lange zu sehen, nachdem die Eltern Morgan den Rücken zugekehrt hatten, aber ihre Miene war auch nicht leichter zu deuten.
Er hätte selbstverständlich hinüberrennen und sie einholen sollen. »Erinnern Sie sich an mich? Dr. Morgan. Erinnern Sie sich? Was für ein Zufall. Ich war gerade in der Gegend, müssen Sie wissen...« Es wäre kein Problem. Er könnte den Puls des Babys fühlen, nach den Schutzimpfungen fragen. Arzt zu sein war ganz leicht – bloß eine Frage des gesunden Menschenverstandes. Es

war fast *zu* leicht. Er hätte größere Schwierigkeiten, die Rolle eines Elektrikers durchzuhalten oder eines jener Männer, die Isoliermaterial in die Zwischenräume von Hauswänden blasen. Und trotzdem hielt ihn etwas zurück. Die Merediths flößten ihm durch ihre strenge Einfachheit, ihre Entschlossenheit, ihre wohldurchdachte Lebensweise Ehrfurcht ein. Er ließ sie unangetastet weiterziehen, wie Menschen in einer Seifenblase.

4 Der Nachmittag glitt vorbei, und die Dämmerung drang in jeden Winkel des Ladens. Butkins unterdrückte ein Gähnen und starrte grübelnd in das Schaufenster. Morgan erfand eine aufwendige, einem Schaufelrad ähnliche Vorrichtung, um Eichhörnchen von dem Vogelfutterspender fernzuhalten. Er schmirgelte jede Schaufel sorgfältig ab, bevor er sie einpaßte. Die Arbeit hatte eine aufmunternde und beruhigende Wirkung auf ihn. Er mußte an seinen Vater denken, einen umsichtigen Mann, den die Arbeit eines Tischlers womöglich viel glücklicher gemacht hätte als die eines unnützen Englischlehrers an der Oberschule. »Wenn es etwas gibt, woran unsere Familie immer geglaubt hat«, pflegte er zu sagen, »dann sind es Werkzeuge von allerbester Qualität. Kauf immer die allerbesten Werkzeuge. Aus gehärtetem Stahl, mit Griffen aus Hartholz. Und gib sorgsam auf sie acht. Laß sie nie irgendwo herumliegen. Nimm zum Reinigen reichlich Schmierfett.« Das war die einzige Weltanschauung, die er jemals offen geäußert hatte, und Morgan hielt an ihr fest, als sei sie in Stein gemeißelt. Sein Vater hatte sich in Morgans letztem Oberschuljahr umgebracht. Ohne daß es Anzeichen von Verzweiflung oder schlechter Gesundheit gegeben hätte (obwohl er stets sehr schweigsam war), hatte er an einem sternenklaren Aprilabend ein Zimmer im Winken-Blinken-Motor-Hotel gemietet und sich mit einem Rasiermesser die Pulsadern aufgeschnitten. Morgan hatte lange Zeit versucht herauszubekommen, wieso. Er wollte bloß den Grund erfahren – hohe Schulden, Krebs, Erpressung, eine heimliche Liebesaffäre; nichts von alldem hätte ihn schockiert.

Alles hätte er diesem rätselhaften, zweideutigen Verschwinden vorgezogen. War sein Vater vielleicht in seiner Ehe unglücklich gewesen? Hatte er sich mit Kriminellen eingelassen? Einen Mord begangen? Er durchwühlte die Briefe seines Vaters, stahl seinen Pappkarteikasten und den Schlüssel zu seinem Schreibtisch. Er unterzog seine Mutter erbarmungslosen Verhören, aber sie schien nicht mehr zu wissen als Morgan, oder vielleicht wollte sie einfach nicht darüber reden. Sie schlich stumm und erschöpft durch die Wohnung; sie hatte eine Stelle als Handschuhverkäuferin bei Hutzlers angenommen. Nach und nach hörte Morgan auf, sie zu fragen. In letzter Zeit legte sich, langsam und unmerklich wie Staub, die Erkenntnis über seine Gedanken, daß es vielleicht überhaupt keinen Grund gegeben hatte. Möglicherweise verkümmerte bei manchen Menschen das Interesse am Leben zu einem Rinnsal und trocknete dann aus; war es das? Er wollte es nicht glauben. Er verdrängte den Gedanken jedesmal, wenn er ihn überkam. Und immer noch durchforschte er den gestohlenen Karteikasten, aber er fand jedesmal nur das, was er auch schon beim allerersten Mal gefunden hatte: alphabetisch geordnete Gebrauchsanweisungen für das Zusammensetzen von Fahrrädern, das Säubern von Rasenmähern, das Auswechseln von Staubsaugerbeuteln. Reparieren, austauschen, warten. Ein Schritt folgt auf den nächsten, und wenn man Schritt zwei ausgeführt hat, kommt man ganz bestimmt zu Schritt drei.
Er schmirgelte das Schaufelrad ab, nickte dabei leicht mit dem Kopf und summte vor sich hin.
Butkins kam die Stufen hinauf, um zu sagen: »Ich gehe jetzt, wenn Sie mich nicht mehr brauchen. Bis morgen dann.«
»Hm?« sagte Morgan. »Ist es schon so spät?« Er richtete sich auf und fuhr sich mit dem Handrücken über die Stirn. »Ach so, ja, natürlich Butkins«, sagte er. »Wiedersehen.«
Im Laden wurde es still, und eine trübe Dunkelheit breitete sich aus. Die Passanten eilten zum Abendessen nach Hause, ohne einen Blick hineinzuwerfen. Morgan stand auf, zog seinen Parka an und marschierte durch den Mittelgang. Er schaltete das Licht aus und verriegelte die drei stabilen, einbruchssicheren Schlös-

ser. Von draußen sah der Laden aus wie eine uralte Fotografie: leblos, verschwommen, die runden und eckigen Formen im Fenster ein ewiges Geheimnis. Vielleicht kam der Geist von Großvater Cullen nachts hierher, streifte verwirrt durch die Gänge oder stand grübelnd vor den wiederaufladbaren, elektrischen Heckenscheren. Morgan schlug den Kragen hoch und rannte los, um den Bus noch zu erreichen.

5

Beim Abendessen saßen die Erwachsenen dichtgedrängt an einem Ende des Tisches, so als wären sie vor den Kindern geflohen – Morgan mit seinem Hut, Bonny und Louisa und Morgans Schwester Brindle, die einen lavendelfarbenen Bademantel trug. Brindle hatte das bleiche Adlergesicht und die gebeugte Haltung ihrer Mutter, aber nicht deren Lebenskraft. Sie schmierte lustlos Butter auf die Scheiben eines Baguettes und verteilte sie dann kreisförmig auf dem Rand ihres Tellers, während Louisa in allen Einzelheiten von der Sendung eines Fernsehkochs berichtete, die sie gesehen hatte. »Zuerst legte er die Kalbshaxen längs nebeneinander in den Topf. Dann goß er eine Sauce darüber, die aus Tomatenmark, Zitronenschale, Selleriestückchen und so weiter bestand – aber alles war vorher schon vorbereitet. *Natürlich* sieht es leicht aus, wenn man nicht zuschauen muß, wie alles erst geschält und kleingehackt werden muß.«

Morgan griff über sie hinweg nach dem Salzstreuer.

»Sie bringen zu wenig richtiges Leben im Fernsehen«, sagte Louisa.

»Das ist doch gerade der Sinn der Sache«, erwiderte Brindle.

»Ich würde auch gerne sehen, wie er versucht, das Tomatenmark aus diesen winzigen Dosen zu kratzen.«

»Mutter, das hast du alles schon letzte Woche erzählt«, sagte Brindle. »Du hast eine Wiederholung im Fernsehen gesehen, und deine Einwände sind wieder die gleichen.«

»Das stimmt nicht! Letzte Woche kannte ich diese Sendung noch gar nicht.«

»Du hast haargenau das gleiche erzählt: die Zitronenschale, der Sellerie...«
»Willst du etwa behaupten, daß ich ein schlechtes Gedächtnis habe?«
»Aber aber, meine Damen«, sagte Morgan. Es stimmte, mit dem Gedächtnis seiner Mutter war in letzter Zeit irgend etwas nicht in Ordnung. Es gab Phasen, in denen sie sich beharrlich wiederholte; ihr Gehirn blieb anscheinend, wie eine alte Schallplatte, in bestimmten Rillen hängen. Aber es machte sie nur nervös, wenn man sie darauf hinwies. Morgan warf Brindle einen finsteren Blick zu, aber seine Schwester zuckte nur mit den Schultern und beschmierte weitere Brotscheiben mit Butter.
Unterdessen aßen seine Töchter in einer Wolke aus Klatsch und Zank und Kichern ihre Nudeln – sieben schlanke Mädchen in Jeans und außerdem noch eine Freundin von Kate, eine kleine hellblonde Streunerin mit glitzernden Ohrsteckern. Sie saß zwischen Kate und Amy und starrte Morgan mit zusammengekniffenen Augen an, so als würde er ihr mißfallen. Das machte ihn nervös. Seine Stimmung war schon getrübt, wenn er nur den Eindruck hatte, daß ein zufällig an ihm vorbeigehender Fremder ihn unsympathisch fand. Er hatte das Essen in bester Laune begonnen, hatte seine Spaghetti mit großer Geste auf die Gabel gewikkelt und mit starkem italienischen Akzent gesprochen, aber nach und nach war seine Begeisterung abgeflaut. »Warum schaust du mich die ganze Zeit an?« fragte er jetzt. »Kennen wir uns?«
»Wie bitte?«
»Das ist Coquette«, erklärte ihm Kate.
»Ach, Coquette.«
»Ich und sie gehen in dieselbe Klasse. Wir finden denselben Jungen toll.«
Morgan runzelte die Stirn. »Denselben was?« sagte er.
»Einen Jungen. Er heißt Jackson Eps.«
»Aber du bist doch erst in der fünften Klasse!«
»Wir fanden ihn auch schon in der vierten Klasse toll.«
»Das ist doch albern«, sagte Morgan zu Bonny. Bonny lächelte. Sie wußte nie, wann es an der Zeit war, sich Sorgen zu machen.

»Was geht hier vor?« fragte er seine Schwester. »Wo soll das hinführen? Das liegt an diesen Barbie- und Ken-Puppen und diesen Tinkerbell-Schminkkästen.«
»*Ich* fand in der fünften Klasse auch einen Jungen toll«, sagte Brindle.
»Tatsächlich?«
»Robert Roberts.«
»Mein Gott Brindle, nicht schon wieder Robert Roberts.«
»Das mit Robert Roberts war in der fünften Klasse?« fragte Kate. Sie stieß Coquette an. »Robert Roberts war Brindles erste große Liebe«, sagte sie.
»Es war nicht nur in der fünften Klasse«, sagte Brindle. »Auch in der vierten, in der dritten, in der zweiten... Wir mußten gemeinsam ein Lesebuch benutzen; er verlor seins andauernd. Als wir im Kindergarten waren, gingen wir einmal bei Bargain Billy einkaufen, und er klebte mir ein Schild auf die Wange, auf dem KLEINE MÄNGEL stand. Er hat mich zu meinem ersten Schulball, meinem ersten Rendezvous und dem Picknick in der Abschlußklasse ausgeführt.«
Morgan seufzte und kippelte mit dem Stuhl. Bonny nahm sich noch eine Portion Salat.
»Auf dem College habe ich dann mit ihm Schluß gemacht«, sagte Brindle zu Coquette. »Ich gab ihm seinen Freundschaftsring zurück, in dem noch das Kerzenwachs klebte, damit er auf meinen Finger paßte – das Wachs einer halben Kerze, wie es schien. Ich wäre wahrscheinlich ertrunken, wenn ich ihn beim Schwimmen getragen hätte.«
»Warum haben Sie Schluß gemacht?« fragte Coquette.
»Ich habe jemand anders geheiratet.«
»Aber *warum* haben Sie Schluß gemacht? Ich meine, warum haben Sie jemand anders geheiratet?«
Brindle schob ihren Teller weg und stützte die Ellbogen auf den Tisch. Sie sagte: »Also, ich weiß nicht, ob... Wenn ich über ihn rede, klingt es so einfach, oder? Aber, verstehst du, schon damals im Kindergarten benahm er sich manchmal albern und langweilte mich manchmal, und dann gab es auch wieder Zeiten, in

denen ich verrückt nach ihm war, und als wir älter wurden, wurde es noch schlimmer. Manchmal mochte ich ihn, und manchmal dachte ich nicht einmal an ihn. Und ich wußte, daß er mich manchmal nicht mochte; so gut kannten wir uns gegenseitig. Ich kam nie auf den Gedanken, daß es mit jedem anderen genauso sein würde. Ich will damit sagen, ich hatte außer mit ihm keine Erfahrung mit Männern. Verstehst du, was ich meine?«

Coquette hatte zweifellos kein Wort davon verstanden. Sie wurde zunehmend unruhiger und schaute zu dem Teller mit Keksen hinüber, der auf der Anrichte stand. Aber Brindle bemerkte es nicht.

»Ich habe dann«, sagte sie, »einen älteren Mann geheiratet. Einen Nachbar von Mutter, die damals in der Stadt wohnte. Das war ein furchtbarer Fehler. Er gehörte zu der eifersüchtigen Sorte, war besitzergreifend und hatte ständig Angst, daß ich ihn verlassen würde. Er gab mir nie Geld, er richtete nur Kundenkonten für mich ein und gab mir jede Woche ein paar Dollar Haushaltsgeld. Sieben Jahre lang benutzte ich die Kundenkarten, um in den Feinkostabteilungen der Kaufhäuser unser Essen zu kaufen – winzige Dosen Schinken, blütenweißen Spargel, Artischockenböden und Palmherzen – alles nur, um etwas von dem Haushaltsgeld zu sparen. Ich kaufte auch zehn Knäuel Wolle mit einer Kundenkarte und gab sie einzeln zurück, um dafür Bargeld zu bekommen. Ich nahm jede Rabattmarkenaktion und Geld-zurück-Garantie wahr. Nach sieben Jahren sagte ich: ›Es ist soweit, Horace. Ich habe fünftausend Dollar gespart. Ich verlasse dich.‹ Und ich verließ ihn.«

»Sie mußte fünftausend Dollar sparen«, sagte Morgan zur Küchendecke, »um einen Bus von ihrem Haus zu meinem Haus zu nehmen. Sechs Kilometer – höchstens sieben.«

»Ich habe es als Herausforderung empfunden.«

»Und es ist nicht etwa so, daß ich ihr nicht die ganze Zeit meine Hilfe angeboten hätte.«

»Ich wollte es ihm einfach zeigen. ›Siehst du? Du kannst mich nicht so leicht bezwingen. Ich habe mehr Willenskraft, als du denkst‹«, sagte Brindle.

Morgan fragte sich, ob der Vorrat an Willenskraft begrenzt war. Bekam jeder Mensch nur eine bestimmte Menge davon, die nicht wieder aufgefüllt werden konnte, wenn sie einmal verbraucht war? Denn seit Brindle vor vier Jahren ihren Mann verlassen hatte, saß sie nur im zweiten Stock von Morgans Haus und trug selten etwas anderes als ihren verblichenen lavendelfarbenen Bademantel. Bis zum heutigen Tag hatte sie niemals davon gesprochen, sich eine Stellung oder eine eigene Wohnung zu suchen. Und als ihr Mann, knapp sechs Monate nachdem sie ihn verlassen hatte, an einem Schlaganfall starb, schien sie das in keiner Weise zu berühren. Alles, was sie sagte, war: »Tja, das erspart mir wohl die Reise nach Nero.«

»Du meinst wohl Reno?« hatte Morgan gefragt.

»Kann schon sein«, sagte sie.

Die einzige Gelegenheit, bei der ihre Lebensgeister erwachten, war, wenn sie diese Geschichte erzählte. Ihre Augen wurden zu Dreiecken, und ihre Haut spannte sich über den Knochen. »Ich habe eine schwere Zeit durchgemacht, mußt du wissen«, sagte sie. »Alles ist völlig schiefgegangen. Und was Robert Roberts angeht, da habe ich gehört, daß er ein Mädchen aus Gaithersburg geheiratet hat. Ich brauche ihm bloß einen Moment lang den Rücken zu kehren, und schon ist er verheiratet. Ist es zu fassen? Nicht, daß ich ihm irgendeinen Vorwurf mache. Ich weiß, ich habe es mir selbst zuzuschreiben. Ich ganz alleine habe mein Leben ruiniert, und jetzt ist es viel zu spät, daran noch etwas zu ändern. Ich habe selber die Weichen gestellt, bin in die falsche Richtung gefahren, und das war mein Verhängnis.«

Verhängnis hallte es von der hohen, stuckverzierten Decke wider. Bonny holte die Kekse von der Anrichte. Die Mädchen nahmen jeweils zwei oder drei Stück, als der Teller herumgereicht wurde. Morgan ließ seinen Stuhl plötzlich nach vorne kippen. Er betrachtete Brindle mit einem neugierigen, forschenden Gesichtsausdruck, aber sie schien es nicht zu bemerken.

6 Er und Bonny hatten sich einen Film angesehen und waren jetzt auf dem Weg nach Hause. Sie schlurften über den schimmernden schwarzen Bürgersteig zur Bushaltestelle. Die Nacht war dunstig und feucht, und es war wärmer als tagsüber. Neonschilder verschwammen zu Regenbögen, und die Heckleuchten der Autos, die in die Nebelwolken hineinglitten, schienen zu schrumpfen und dann zu verschwinden. Bonny hatte sich bei Morgan eingehakt. Sie trug einen zerknitterten Regenmantel, den sie schon besessen hatte, als er sie kennenlernte. Die Kreppsohlen ihrer Schuhe machten bei jedem Schritt ein quatschendes Geräusch. »Vielleicht könntest du morgen das Auto wieder zusammenbauen«, sagte sie.

»Ja, vielleicht«, antwortete Morgan geistesabwesend.

»Wir fahren schon die ganze Woche mit dem Bus.«

Morgan dachte über den Film nach. Er hatte ihn nicht besonders glaubwürdig gefunden. Jeder schien immer genau zu wissen, was die anderen machen würden. Der Held, eine Art Doppelagent, hatte alle möglichen ausgeklügelten Pläne geschmiedet, deren Gelingen davon abhing, ob eine andere, ahnungslose Person an einem bestimmten Ort auftauchte oder eine bestimmte Entscheidung traf. Und die betreffende Person hatte sich jedesmal daran gehalten. Wachposten schauten im entscheidenden Moment weg. Hohe Regierungsbeamte gingen genau zu der Zeit zum Abendessen, zu der sie auch sonst zum Abendessen gingen. Trat im Leben dieser Leute niemals B anstelle von A ein? Morgan runzelte die Stirn und trottete mit gesenktem Kopf neben Bonny her. Ohne ersichtlichen Grund fielen ihm die manikürten, wohlgepflegten Hände des Helden ein, wie sie aus x-beliebigen, in einer ledernen Aktentasche eingeschmuggelten Teilen fachmännisch ein Gewehr zusammensetzten.

Sie kamen bei der Bushaltestelle an; sie blieben stehen und starrten die Straße hinunter. »Na, das dauert bestimmt ewig«, sagte Bonny gutmütig. Sie nahm ihre Regenhaube ab und schüttelte die Wassertröpfchen herunter.

»Bonny«, sagte Morgan, »warum habe ich kein Cordjackett?«

»Du hast eins«, erklärte sie ihm.

»Wirklich?«
»Du hast doch das schwarze mit den Wildlederrevers.«
»Ach so, das«, sagte er.
»Was gefällt dir daran nicht?«
»Ich hätte lieber ein rostbraunes«, sagte er.
Sie warf ihm einen Blick zu. Sie sah aus, als wolle sie etwas sagen, doch dann überlegte sie es sich anscheinend anders.
Ein Bus kam in Sicht. Seine Fenster waren von gelben Lichtern erhellt – eine abgeschlossene Zivilisation auf der Reise durch den Weltraum, dachte Morgan. Der Bus hielt keuchend an und ließ sie einsteigen. Für die späte Stunde war er ungewöhnlich voll. Zwei Plätze nebeneinander waren nicht frei. Bonny setzte sich zu einer Frau in Krankenschwesterntracht, und Morgan blieb schwankend neben ihr im Gang stehen, anstatt sich irgendwo anders einen Platz zu suchen. »Ich hätte gern ein bequemes rostbraunes, an den Ellbogen abgewetztes Jackett«, erklärte er ihr.
»Vermutlich«, sagte sie trocken, »wirst du die Ellbogen schon selber abwetzen müssen.«
»Ich weiß nicht. Vielleicht finde ich eins in einem Second-Hand-Laden.«
»Morgan, kannst du dir nicht abgewöhnen, in Second-Hand-Läden zu gehen? Manche von den Leuten sind *gestorben* – ich meine die Leute, denen die Sachen gehört haben, die du dort immer kaufst.«
»Das ist kein Grund, ein gut erhaltenes Kleidungsstück verkommen zu lassen.«
Bonny wischte sich mit einem zusammengeknüllten Kleenex aus ihrer Tasche die Regentropfen vom Gesicht.
»Außerdem«, sagte Morgan, »hätte ich gern eine Khakihose und ein ganz altes, weiches, sauberes weißes Hemd.«
Bonny steckte das Kleenex wieder in die Tasche. Für einen Augenblick ließ sie sich schweigend vom Bus durchschütteln und blickte geradeaus. Dann sagte sie: »Wer ist es diesmal?«
»Wer ist was?«
»Wer trägt solche Sachen? Wer ist es?«
»Niemand!« sagte er. »Was meinst du damit?«

»Ich bin doch nicht blind. Ich habe das schließlich schon hundertmal durchgemacht.«

»Ich weiß nicht, wovon du sprichst.«

Bonny zuckte die Achseln und schaute aus dem Fenster. Sie waren jetzt nicht mehr weit von ihrem Wohnviertel entfernt. Die Eingänge der Backsteinhäuser und Wohnanlagen waren beleuchtet. Ein Mann mit Hut führte seinen Beagle spazieren. Ein Junge hielt seine gewölbte Hand über ein Streichholz, um einem Mädchen Feuer zu geben. Auf der Sitzbank hinter Bonny unterhielten sich zwei Frauen in Pelzmänteln. »Du hast wahrscheinlich schon gehört«, erzählte die eine der anderen, »daß Angies Mann gestorben ist.«

»Gestorben?« fragte die andere.

»Fiel um und war tot.«

»Wie kam das?«

»Also, er hat sich rasiert und etwas Aftershave benutzt und ist dann wieder ins Schlafzimmer gekommen und hat sich aufs Bett gesetzt –«

»Aber woran lag es? War es das Herz?«

»Also, ich will es dir doch gerade erzählen, Libby...«

Morgan überkam ein unangenehmer Gedanke. Er war plötzlich davon überzeugt, daß seine Hand, die direkt vor den Augen der Frauen die Lehne des Sitzes umklammerte, auf die beiden so abstoßend wirkte, daß sie, nur um sich von dem Anblick abzulenken, völligen Unsinn redeten. Morgan stellte sich vor, mit ihren Augen sehen zu können; er sah deutlich, wie seine Hand auf sie wirkte – knorrige Finger, borstige, schwarze Haare, Sägespäne, die sich in die Nagelbetten eingegraben hatten. Genaugenommen sah er seine gesamte Erscheinung. Wie ekelhaft er aussah! Ein Hut und ein Bart auf Beinen. Seine Augen kamen ihm riesig, glühend und schwer vor, eingebettet in pompöse, dunkle Tränensäcke. »Er griff nach seinen Strümpfen«, sagte die erste Frau verzweifelt, »und wollte sie auseinanderrollen. Ein Strumpf war in den anderen eingerollt, du weißt schon...« Sie schaute Morgan nicht an. Sie vermied den Anblick seiner Hand. Er ließ die Lehne los und vergrub beide Fäuste in den Achselhöhlen. Den

Rest der Fahrt über stützte er sich nicht ab und taumelte jedesmal heftig, wenn der Bus anhielt.
Als sie zu Hause ankamen, saßen die Mädchen am Eßzimmertisch und machten ihre Hausaufgaben, und Brindle legte in der Küche ihre Tarot-Karten. Morgan ging schnurstracks die Treppe hoch und ins Bett. »Ich dachte, du wolltest noch einen Kaffee«, sagte Bonny. Sie rief ihm hinterher: »Morgan? Willst du nicht eine Tasse Kaffee?«
»Nein, heute nicht«, sagte er. »Danke, Liebling«, und stieg weiter die Stufen hinauf. Er ging in sein Zimmer, zog sich bis auf die Thermo-Unterwäsche aus und zündete eine Zigarette aus dem Päckchen auf der Kommode an. Zum erstenmal an diesem Tag war sein Kopf unbedeckt. Im Spiegel sah seine Stirn zerfurcht und verletzlich aus. Er entdeckte eine weiße Strähne in seinem Bart. Weiße Haare! »Mein Gott«, sagte er. Dann beugte er sich vor und betrachtete sie eingehend. Vielleicht, dachte er, könnte er sich als eines dieser menschlichen Wunder aus der Sowjetunion ausgeben – hundertzehn, hundertzwanzig Jahre alt und klettert immer noch mit seiner Ziegenherde auf die Berge. Er strahlte. Er könnte eine Vortragsreise quer durchs Land machen. Bei jedem Zwischenstop würde er sein Hemd ausziehen und den schwarzen Pelz auf seiner Brust vorzeigen. Die Reporter würden ihn nach seinem Geheimnis fragen. »Joghurt und Zigaretten, Genossen«, schwatzte er mit dem Spiegel. Er hüpfte angeberisch ein bißchen durchs Zimmer. »Nichts weiter als Joghurt und Ruusische Zigaräten.«
Fröhlich gestimmt ging er zum Schrank, nahm seinen Pappkarteikasten heraus und stellte ihn aufs Bett. Er zog kräftig an seiner Camel, während er herumlief und alles vorbereitete: er schaltete die Heizdecke ein, schüttelte das Kopfkissen auf, holte einen Aschenbecher. Er stieg ins Bett und legte den Aschenbecher in seinen Schoß. Dann mußte erst einmal ein kurzer Hustenanfall überstanden werden. Dabei verstreute er Asche auf seinem Unterhemd. Er klaubte einen Krümel Tabak von seiner Zunge. »Ach, Genossen«, keuchte er. Er machte den Karteikasten auf, nahm den obersten Zettel heraus und lehnte sich zurück, um ihn zu lesen.

1. Machen Sie sich zunächst mit allen Arbeitsschritten vertraut.
2. Sie benötigen folgende Werkzeuge: Kombizange, Phillips-Schraubenzieher…

Er ließ den Zettel sinken und starrte auf die schwarzen Fensterscheiben. Er stellte sich vor, wie kilometerweit entfernt, hinter den Fenstern in der Crosswell Street, die Lichter ausgingen; zuerst hinter dem linken Fenster, dann hinter dem rechten. Morgan hatte das Bild vor Augen: Das Baby zuckte im Schlaf. Leons Hand glitt vom Lichtschalter, und er lief über den kalten Fußboden zu dem Nachtlager der drei. Alle Geräusche des Tages verstummten; es waren nur die rieselnden Atemzüge der reglosen und traumlosen Schläfer auf ihren verschlissenen Laken zu hören.
Morgan schaltete ebenfalls das Licht aus, lehnte sich zurück und schloß die Augen.

1969

1 Was wollte er eigentlich von ihnen? Er war scheinbar allgegenwärtig – ein hartnäckiger, unförmiger Schatten, der ihnen mit großem Abstand folgte, wenn sie einen Spaziergang machten, der irgendwo in einer Einfahrt lauerte oder sich dicht an die Hauswand gedrückt um eine Ecke schob. Sie sollten einfach herumwirbeln und ihm entgegentreten. »Na so was, Dr. Morgan!« – lächelnd, überrascht – »wie nett, Sie zu treffen!« Aber aus irgendeinem Grund hatte es sich nie so ergeben. Als sie ihn zum erstenmal sahen, damals, als Gina noch ein Baby war, hatten sie ihn nicht erkannt. In der Dämmerung, auf dem Heimweg vom Einkaufen jagte ihnen ein unbestimmter, fließender, dunkler Fleck, der hinter ihnen von einer Nebenstraße zur nächsten glitt, Schauer über den Rücken. Emily fürchtete sich. Leon war verärgert, wollte es aber mit Emily an seiner Seite und Gina auf dem Arm nicht auf eine Auseinandersetzung ankommen lassen. So gingen sie einfach ein bißchen schneller, sprachen laut und beiläufig miteinander und taten so, als bemerkten sie nichts. Beim zweitenmal war Emily allein. Sie hatte das Baby bei Leon gelassen und wollte Filz für die Puppen kaufen. Direkt gegenüber von ihrem Haus wich plötzlich eine Gestalt mit einer abrupten Bewegung aus dem steinernen Torbogen in den spärlich beleuchteten Waschsalon zurück. Emily sah nicht genau hin, denn sie war damit beschäftigt auszurechnen, wieviel Meter Stoff sie brauchen würde. Am Abend jedoch, als sie eine Zipfelmütze für Rumpelstilzchen nähte, tauchte die Erinnerung wieder auf. Sie sah noch einmal, wie die Gestalt aus ihrem Blickfeld verschwand – dabei hatte der Mann gar keine Zipfelmütze getragen, sondern irgend etwas Flaches, vielleicht ein Barett. Aber wo hatte sie ihn schon

einmal gesehen? Sie sagte: »Ach«, und legte die Schere aus der Hand. »Rate mal, wen ich – glaube ich – heute gesehen habe«, sagte sie zu Leon. »Diesen Arzt. Diesen Dr. Morgan.«

»Hast du ihn gefragt, wieso er nie eine Rechnung geschickt hat?«

»Nein, er war nicht... Wir haben uns nicht direkt getroffen. Ich meine, er hat mich nicht gesehen. Das heißt, er hat mich zwar gesehen, aber es schien, als ob er... Wahrscheinlich«, sagte sie, »war es gar nicht Dr. Morgan. Er hätte mich bestimmt angesprochen.«

Etwa einen Monat später folgte er ihr auf der Beacon Avenue. Sie blieb stehen, um sich das Schaufenster eines Ladens für Kinderkleidung anzusehen, und spürte, wie jemand anders ebenfalls stehenblieb. Sie drehte sich um und erblickte in einiger Entfernung einen Mann, der ihr den Rücken zukehrte und die Straße hinunterschaute, ohne etwas Bestimmtes zu betrachten. Er könnte einem Dschungelfilm entsprungen sein, dachte sie, mit seinem Safarihemd, den Khakishorts, den Kniestrümpfen, den Wanderstiefeln und dem riesigen Tropenhelm. Er war über und über mit Accessoires behängt – Zierschnallen und D-förmige Ringe glitzerten auf seinen Schultern, Ärmeln und Gesäßtaschen. Er war nicht gefährlich. Er war bloß einer von diesen Exzentrikern, die häufig auf Großstadtstraßen anzutreffen sind und durch ihre Kleidung irgendwelche ausgefallenen Phantasievorstellungen von sich selber zum Ausdruck bringen. Sie ging weiter. An der nächsten roten Ampel schaute sie sich erneut um, und da war er wieder. Eilig kam er auf sie zu. Sein Gang war stolz und militärisch, um seinem Aufzug gerecht zu werden. Seine Augen wurden von dem Helm verdeckt, aber der üppige Bart war deutlich zu erkennen. Dieser Bart war unverwechselbar. Dr. Morgan! Sie trat ihm einen Schritt entgegen. Er blickte auf, sah sie an und verschwand blitzschnell durch eine Tür, auf der LU-RAE'S FINE COIFFURES stand.

Emily kam sich albern vor, wie sie so arglos und aufrichtig erfreut mit seinem Namen auf den Lippen dastand! Was hatte sie bloß falsch gemacht? Warum hatte er plötzlich etwas gegen sie?

Er schien damals, als Gina geboren wurde, von ihr und Leon so angetan gewesen zu sein.
Sie erzählte Leon nichts davon. Vielleicht würde er ärgerlich werden, man konnte nie wissen. Sie kam zu dem Schluß, daß es nichts weiter als ein unerklärlicher Vorfall war – zu unbedeutend, um Leon damit zu behelligen.
Irgendwie war von Anfang an der Wurm drin, könnte man sagen. Es hatte einen Augenblick gegeben, in dem sie hätten zwanglos reagieren können, aber diesen Augenblick ließen sie ungenutzt verstreichen. Nach mehreren solcher Begegnungen (im Abstand von einigen Wochen oder gar Monaten), bei denen sie jedesmal irgend etwas davon abhielt, auf den Mann zuzugehen und ihn unbefangen zu begrüßen, schien sich die Situation zu verselbständigen, und es gab keine Möglichkeit mehr, die Sache noch elegant einzurenken. Langsam wurde ihnen klar, daß er verrückt sein mußte – oder zumindest auf rätselhafte Weise besessen. (Emily dachte mit Schaudern daran, daß er Gina auf die Welt geholfen hatte.) Aber er tat, wie Leon mit Recht meinte, niemandem etwas. Emily hatte eine zu lebhafte Phantasie, sagte Leon. Sie mußten sich eben an den Mann gewöhnen, ihn als selbstverständlich nehmen. Er bedrohte sie zu keiner Zeit und kam nicht einmal in Hörweite; es gab keinen Anlaß zur Beunruhigung. Er gehörte zum Inventar ihres Lebens, genau wie die hohen Reihenhäuser in der Crosswell Street, die staubigen, dürren Bäume, die langsam an den Abgasen zugrunde gingen, oder die Puppen, die in ihren Baumwollsäcken an den Haken im Schlafzimmerschrank hingen.

2 Jetzt im Winter war das Geschäft abgeflaut. Um Weihnachten herum hatte es einen kurzen Auftrieb gegeben (Weihnachtsbasare, Partys für die Kinder reicher Leute), aber es fanden keine Jahrmärkte und Straßenfeste statt, die den Sommer über dafür sorgten, daß sie immer gut zu tun hatten. Emily nutzte die Zeit, um eine neue Bühne zu bauen – eine aus Holz, mit Scharnieren und Gelenken zum Zusammenklappen, damit sie sich leicht transportieren ließ. Sie brachte die Puppen in Ordnung und nähte zusätzliche Kostüme für sie. Einige ersetzte sie ganz, und das warf wie immer die Frage auf, was mit den alten geschehen sollte. Sie waren wie menschliche Tote; man konnte sie nicht einfach in den Mülleimer werfen. »Verwende Teile von ihnen für neue Puppen«, sagte Leon immer. »Heb die Augen auf. Heb die schöne Nase da auf.« Aber die runde, pockennarbige Korknase von Rotkäppchens Großmutter im Gesicht einer anderen Puppe? Das ging nicht. Es wäre unpassend. Und überhaupt, wie könnte sie es über sich bringen, das Gesicht zu zerstückeln? Sie legte die Großmutter in einen Karton, neben eine zerschlissene Schöne aus »Die Schöne und das Biest« – die allererste Puppe, die sie je gemacht hatte. Sie benutzten inzwischen die dritte »Schöne«, eine aufwendigere Version mit einem genähten Stoffgesicht. Die Puppen wurden nicht durch den Gebrauch bei den Aufführungen zerschlissen, sondern von den Kindern, die hinterher zu ihnen kamen und die Perücken der Puppen anfaßten und ihre Wangen streichelten. Die Haut der Schönen war ganz grau von den Fingerspuren. Ihr gelbblondes Haar machte einen zerzausten, wirren Eindruck.

Ein ganzes Zimmer gehörte den Puppen: das leere hintere Schlafzimmer mit den abblätternden, silberglänzenden Rohren, die senkrecht zur Decke führten, und dem gelben Wasserfleck, der sich an einer Wand ausbreitete. Das Fenster ließ sich nicht mehr öffnen, und die Scheiben waren so verrußt, daß die Nachmittagssonne einen undurchsichtigen milchigen Film auf ihnen erzeugte. Der Holzboden trieb Splitter in Ginas Knie und färbte ihre Strampelanzüge schwarz. Der Türknauf aus Porzellan war rissig. Die Tür hing schief in den Angeln. Wenn Emily bis spät in die Nacht beim Schein einer einzigen hohen Stehlampe arbeitete, schien das Flurlicht nicht wie ein dünner Stab unter der Tür durch, sondern wie ein Keil, wie ein besonders langes Tortenstück.

Sie blieb lange auf und besserte die Hexe aus, die Allzweckhexe und böse Stiefmutter, die in allen möglichen Stücken vorkam. Kein Wunder, daß sie sich so schnell abnutzte! Ein schwarzes

Knopfauge war bedenklich lose. Emily hockte auf der Trittleiter, dem einzigen Möbelstück des Zimmers, und machte einen Knoten in einen langen Faden Nähseide.
Die am häufigsten gebrauchten Puppen bewahrten sie in einem Almadén-Chablis-Weinkarton in der Ecke auf. Ihre Köpfe ragten aus den Pappfächern heraus: zwei junge Mädchen (das eine blond, das andere brünett), ein Prinz, ein Frosch aus grünem Filz, ein Zwerg. Die anderen hingen in Baumwollsäcken im Schrank. An den Ziehkordeln waren Namensschilder befestigt: *Rip Van W. Hanswurst. Pferd. König.* Es machte ihr Spaß, sie ab und zu ein bißchen zu verändern, sie Rollen spielen zu lassen, an die sie nicht gewöhnt waren. Ohne seinen abnehmbaren Bart gab Rip van Winkle einen ausgezeichneten drittgeborenen Sohn in einer von den Geschichten ab, in denen der dumme, gutherzige drittgeborene Sohn am Schluß die Prinzessin und das halbe Königreich bekommt. Er war genau richtig für die Rolle. Nur Emily wußte, daß er nicht dort hingehörte, und sie hatte das Gefühl, sein Auftritt würde dadurch eindrucksvoller. Sie sprach seinen Text selber. (Leon spielte die beiden älteren Söhne.) Sie fügte seiner Stimme ein schnarrendes Näseln hinzu. Der echte drittgeborene Sohn – besser aussehend, weniger ausdrucksstark – lag währenddessen mit dem Gesicht nach oben hinter der Bühne und grinste ins Leere.
Emily hatte eigentlich nicht vorgehabt, Puppenspielerin zu werden, und selbst jetzt noch betrachteten sie und Leon die Auftritte als vorübergehende Beschäftigung. Sie war mit einem Stipendium aufs College gegangen, um einen Abschluß in Mathematik zu machen – das einzige Mädchen ihres Jahrgangs aus Taney, Virginia, das nicht am Tag nach dem Schulabschluß heiratete oder eine Stelle in der Papierfabrik von Taney annahm. Ihr Vater war bei einem Autounfall ums Leben gekommen, als Emily noch ein Baby war; dann, gleich zu Beginn ihres ersten Studienjahres, war ihre Mutter an einem Herzleiden gestorben. Sie war daher gezwungen gewesen, alleine zurechtzukommen. Sie wollte Lehrerin auf der Oberschule werden. Sie mochte das nüchterne und systematische Verfahren, das aus einem Durcheinander von Zah-

len am Ende eine einzige machte – das Umverteilen und Vereinfachen von Gleichungen, das die Grundlage des Mathematikunterrichts in den unteren Klassen der Oberschule bildete. Aber sie hatte noch nicht einmal das Herbstsemester beendet, als sie Leon traf, der im vorletzten Studienjahr war und sich für Theater interessierte. Er konnte Schauspiel nicht im Hauptfach studieren (es wurde nicht angeboten), also hatte er Englisch gewählt. Er kam in allen Seminaren gerade so über die Runden, wirkte aber in jedem Theaterstück auf dem Campus mit. Zum erstenmal verstand Emily, warum Schauspieler Stars genannt wurden. Ihn umgab tatsächlich eine Art Leuchten, sobald er die Bühne betrat. Aus der Nähe betrachtet war er ein sehniger, schmalgesichtiger, schwermütiger junger Mann mit schrägstehenden Augen, deren äußere Winkel abwärts zeigten, und einem Mund, der schon jetzt von zwei dünnen halbmondförmigen Linien eingeklammert wurde. Sein verbitterter Blick löste bei vielen Leuten Unbehagen aus. Aber auf der Bühne verlieh ihm all das eine besondere Kraft und Intensität. Er war sehr konzentriert. Seine Figuren waren so scharf umrissen, daß die anderen Schauspieler neben ihm hölzern wirkten. Seine Stimme (im Alltag etwas kraftlos) wirkte durchdringender als die anderen Stimmen. Er behielt die Worte liebevoll auf der Zunge und ließ sie dann nach einer winzigen Pause über die Lippen rollen, als wolle er das Publikum zum Narren halten. Er schien seinen Text nicht auswendig gelernt, sondern gerade erst erfunden zu haben.

Emily fand ihn großartig. Sie war noch nie jemandem wie ihm begegnet. Ihre eigene Familie war so durchschnittlich und farblos gewesen; ihre Kindheit so wenig aufregend. (Seine war schrecklich gewesen.) Sie verbrachten bald die meiste Zeit zusammen – saßen ganze Nachmittage bei einer einzigen Flasche Pepsi in der Cafeteria oder lernten gemeinsam in der Bibliothek, die Beine unter dem Tisch ineinander verschränkt. Emily war zu schüchtern, um als Schauspielerin aufzutreten, aber sie besaß handwerkliches Geschick und machte bei der Theatergruppe als Bühnenbildnerin mit. Sie zimmerte Podeste und Treppenstufen und Balkone. Sie malte Laubwälder auf gespannte Leinwände,

und für das nächste Stück verwandelte sie den Wald in eine Blümchentapete und eine mahagonifarbene Wandtäfelung. Und schon diese indirekte Verbindung mit dem Theater schien ihr Leben dramatischer zu machen. Es gab Auseinandersetzungen mit Leons Eltern, denen sie als peinlich berührte Beobachterin beiwohnte – lange Tiraden seines Vaters, einem Bankier aus Richmond, während derer seine Mutter sich die Augen betupfte und höflich lächelnd in die Ferne blickte. Anscheinend hatte die Universität ihnen mitgeteilt, daß Leons Noten noch schlechter geworden waren. Wenn er sich nicht anstrengte, würde er durchfallen und vom College abgehen müssen. Fast jeden Sonntag legten seine Eltern den langen Weg von Richmond zurück, nur um in dem überfüllten, muffigen Besuchszimmer von Leons Studentenwohnheim zu sitzen und die Frage zu stellen, welche Berufsaussichten er bei einem Notendurchschnitt von sechs plus wohl haben würde. Emily hätte sich vor diesen Treffen lieber gedrückt, aber Leon wollte sie unbedingt dabeihaben. Anfangs waren seine Eltern äußerst liebenswürdig zu ihr. Dann wurden sie weniger freundlich. Es lag bestimmt nicht an etwas, das sie getan hatte; eher an etwas, das sie *nicht* getan hatte. Sie verhielt sich in der Anwesenheit von Leons Eltern immer zurückhaltend und still. Sie stammte aus einer alten Quäker-Familie und neigte dazu, so hatte man ihr gesagt, sich ein bißchen zu wohl zu fühlen, wenn in einer Runde längeres Schweigen herrschte. Manchmal hatte sie den Eindruck, alles liefe prächtig, während die anderen verzweifelt nach einem Gesprächsthema suchten. Also gab sie sich große Mühe, gesellig zu sein. Sie trug Lippenstift und Nylonstrümpfe, wenn sie wußte, daß Leons Eltern kommen würden, und sie dachte sich im voraus unverfängliche Themen aus. Während Leon und sein Vater übereinander herfielen, durchforstete sie ihre innere Kartei auf der Suche nach einem geeigneten Gesprächsstoff, um die beiden abzulenken. »In einem Seminar lesen wir gerade Tolstoj«, sagte sie eines Sonntags im April zu Leons Mutter. »Mögen Sie Tolstoj?«
»O ja, wir haben eine ledergebundene Ausgabe«, sagte Mrs. Meredith und betupfte sich mit dem Taschentuch die Nase.

»Vielleicht sollte Leon russische Literatur studieren«, sagte Emily. »Wir lesen auch Theaterstücke, wissen Sie.«
»Er soll erst mal einen Kurs in seiner *eigenen* verdammten Sprache bestehen«, sagte sein Vater.
»Oh, aber der Kurs ist auf englisch.«
»Was nützt das schon?« fragte Mr. Meredith. »Mir scheint, seine Muttersprache ist Hintermongolisch.«
Währenddessen stand Leon am Fenster und kehrte ihnen den Rücken zu. Emily war von seinem zerzausten Haar und seiner verzweifelten Haltung gerührt, aber gleichzeitig konnte sie nicht umhin, sich zu fragen, wie er sie alle in diese Lage gebracht hatte. Seine Eltern schienen eigentlich nicht zu den Leuten zu gehören, die Szenen machten. Mr. Meredith war ein Mann mit seriösem, geschäftsmäßigem Auftreten; Mrs. Meredith war ausgesprochen würdevoll und selbstbeherrscht, und es war schon bemerkenswert, daß sie die Notwendigkeit, ein Taschentuch mitzubringen, vorausgesehen hatte. Dennoch ging jede Woche irgend etwas schief. Es lag an Leons Angewohnheit, sich unerwartet in die Schlacht zu stürzen. Emily kannte sonst niemanden, der so schnell zum Angriff überging. Er schien im Geiste einen Sprung zu machen, den Emily nicht nachvollziehen konnte und der ihn mitten in einen Wutanfall hineinkatapultierte, obwohl er einen Augenblick zuvor noch völlig ausgeglichen und vernünftig gewesen war. Er gab seinen Eltern hitzige Widerworte. Er schlug sich mit der Faust in die flache Hand. Das Ganze war ein bißchen übertrieben, dachte Emily. Sie wandte sich wieder Mrs. Meredith zu. »Wir sind gerade bei *Anna Karenina*«, sagte sie.
»Das ist doch alles bloß kommunistische Propaganda«, sagte Mr. Meredith.
»Es ist... was?«
»Na, dieses Arbeiter-vereinigt-euch-Getue, diese landwirtschaftlichen Genossenschaften, der Mord am Zaren und Anastasia...«
»Also, ich bin mir nicht... ich glaube, das war erst später.«
»Was ist los mit Ihnen, sind Sie eine von diesen Linksradikalen?«
»Nein, aber ich glaube, Tolstoj hat gar nicht so lange gelebt.«

»Natürlich hat er das«, sagte Mr. Meredith. »Was glauben Sie wohl, was aus Ihrem Freund Lenin geworden wäre, wenn er Tolstoj nicht gehabt hätte?«

»Lenin?«

»Wollen Sie das etwa abstreiten? Jetzt hören Sie mal zu, mein Kind«, sagte Mr. Meredith. Er beugte sich mit ernster Miene vor und verschränkte die Finger. (So sitzt er bestimmt immer in der Bank, dachte Emily, wenn er einem Farmer erklärt, warum er ihm keinen Kredit auf seine Tabakernte geben kann.) »Kaum hatte Lenin einen Fuß in der Tür, besann er sich zuallererst auf Tolstoj. Tolstoj hier, Tolstoj dort... Wann immer Propagandatexte geschrieben werden mußten, sagte er sofort: ›Frag Tolstoj, frag Leo‹. Aber ja doch! Hat man euch das in der Schule nicht beigebracht?«

»Aber... ich dachte, Tolstoj starb neunzehnhundert...«

»Vierzig«, sagte Mr. Meredith.

»Vierzig?«

»Ich war gerade in meinem letzten Studienjahr.«

»Oh.«

»Und Stalin!« sagte Mr. Meredith. »Ich kann Ihnen sagen, *das* war ein Gespann. Tolstoj und Stalin.«

Leon wandte sich plötzlich vom Fenster ab und ging aus dem Zimmer. Sie hörten ihn die Treppe hinauf in den Schlaftrakt gehen. Emily und Mrs. Meredith sahen sich an.

»Wenn Sie meine persönliche Meinung hören wollen«, sagte Mr. Meredith, »dann war Tolstoj Stalin ein Dorn im Auge. Sehen Sie, er konnte Tolstoj nicht *absetzen*, der Mann war damals schon ziemlich berühmt, aber gleichzeitig gehörte er zu sehr zur alten Schule. Natürlich war er kein armer Mann. Er hatte beträchtlichen Grundbesitz.«

»Das stimmt, den hatte er«, sagte Emily.

»Sie sehen, die Lage war verzwickt.«

»Tja, ehm...«

»›Tatsache ist‹, sagt also Stalin zu seinen Gefolgsleuten, ›Tolstoj ist ein alter Mann. Ich meine, er ist doch bloß ein Tattergreis, dem ein Stück Land gehört.‹«

Emily nickte mit leicht geöffnetem Mund.
Leon kam polternd die Treppe herunter. Er betrat das Zimmer mit einem aufgeschlagenen Lexikon in der Hand. »*Tolstoj, Lev*«, las er vor, »*1828–1910.*«
Schweigen.
»Geboren achtzehnhundertachtundzwanzig, gestorben neunzehn–«
»Schon *gut*«, sagte Mr. Meredith. »Bringt uns das irgendwie weiter? Versuch jetzt nicht, das Thema zu wechseln, Leon. Wir sprachen gerade über deine Noten. Deine schlechten Noten und diese idiotische Schauspielerei.«
»Es ist mir ernst mit der Schauspielerei«, sagte Leon.
»Ernst! Mit dem *Theaterspielen*?«
»Du kannst mich nicht zwingen, es aufzugeben; ich bin einundzwanzig Jahre alt. Ich kenne meine Rechte.«
»Sag du mir nicht, was ich kann und was ich nicht kann«, sagte Mr. Meredith. »Ich warne dich, Leon: Wenn du dich mir widersetzt, dann nehme ich dich von der Schule. Ich werde die Studiengebühren für das nächste Jahr nicht bezahlen.«
»O Burt!« sagte Mrs. Meredith. »Das kannst du doch nicht machen! Er würde sofort eingezogen werden!«
»Die Armee wäre das beste, was dem Jungen passieren könnte«, sagte Mr. Meredith.
»Das darfst du einfach nicht tun!«
»Ach nein?«
Er drehte sich zu Leon um. »Du fährst heute mit uns nach Hause«, sagte er, »es sei denn, ich bekomme von dir eine unterschriebene und notariell beglaubigte Erklärung, daß du dich nur noch auf dein Studium konzentrieren wirst und alle anderen Aktivitäten aufgibst – Theaterspielen, Freundinnen ...«
Er wedelte mit einer geröteten, fleischigen Hand in Emilys Richtung.
»Kommt nicht in Frage«, sagte Leon.
»Dann pack deine Sachen.«
»Burt!« rief Mrs. Meredith aus.
Aber Leon sagte: »Mit Vergnügen. Ich werde noch heute abend

verschwinden. Aber ich komme nicht mit euch nach Hause – weder jetzt noch später.«
»Siehst du, was du angerichtet hast?« fragte Mrs. Meredith ihren Mann.
Leon verließ das Zimmer. Durch die vorderen Fenster des Besuchszimmers (die kleine Scheiben aus geriffeltem Glas hatten) sah Emily, wie sich seine knochige Gestalt wiederholt verformte, wie sie auseinandergezerrt und wieder zusammengeschoben wurde, als er mit großen Schritten über den Innenhof ging. Sie blieb mit Leons Eltern zurück, denen es anscheinend die Sprache verschlagen hatte. Sie hatte das Gefühl, als gehörte sie zu ihnen, als müßte sie den Rest ihrer Tage in wuchtig möblierten Sitzecken verbringen – ein dürres, vertrocknetes Persönchen. »Entschuldigen Sie mich«, sagte sie und stand auf. Sie durchquerte das Zimmer, trat durch die Tür hinaus und schloß sie leise hinter sich. Dann rannte sie los, hinter Leon her.
Er stand am Brunnen vor der Bibliothek und warf lustlos Kieselsteine ins Wasser. Als sie atemlos bei ihm ankam und seinen Arm berührte, sah er sie nicht einmal an. Das Sonnenlicht überzog sein Gesicht mit einem warmen, olivfarbenen Schein, den sie wunderschön fand. Hinter seinen Augen, die schmal waren und schwere Lider hatten, schien er viele Pläne auszubrüten. Sie war überzeugt, daß sie nie wieder einem so entschlossenen Menschen begegnen würde. Sogar der Umriß seines Körpers wirkte schärfer als bei anderen Menschen. »Leon?« sagte sie. »Was hast du vor?«
»Ich gehe nach New York«, sagte er, als habe er den Entschluß schon vor Monaten gefaßt.
Sie hatte immer davon geträumt, New York zu sehen. Sie drückte seinen Arm fester. Aber er bat sie nicht mitzukommen.
Um vor seinen Eltern sicher zu sein, falls sie nach ihm suchen würden, gingen sie in ein dunkles, kleines italienisches Lokal in der Nähe des Campus. Leon sprach die ganze Zeit von New York; vielleicht würde er bei einer Tourneetheatergruppe unterkommen, sagte er, oder, mit etwas Glück, eine kleine Rolle in

einer Off-Broadway-Produktion ergattern. Immer sagte er »ich« und nicht »wir«. Sie war der Verzweiflung nahe. Sie wünschte, sie könnte irgendeinen Makel in seinem Gesicht entdecken, von dem in der Düsterkeit des Lokals ein eigenes Licht auszugehen schien. »Tu mir einen Gefallen«, sagte er zu ihr. »Geh in mein Zimmer und pack meine Sachen, nur das Nötigste. Ich habe Angst, daß Mom und Dad dort auf mich warten.«

»In Ordnung«, sagte sie.

»Und bring mein Scheckbuch aus der obersten Kommodenschublade mit. Ich werde das Geld brauchen.«

»Leon, ich habe siebenundachtzig Dollar.«

»Behalte sie.«

»Sie sind von dem Taschengeld übriggeblieben, das Tante Mercer mir gegeben hat. Ich brauche sie nicht.«

»Mein Gott, jetzt mach doch nicht so ein Aufhebens!« Dann sagte er: »Entschuldige.«

»Ist schon gut.«

Sie gingen zum Campus zurück, und während er am Brunnen wartete, lief sie zu seinem Wohnheim hinüber. Seine Eltern waren nicht mehr im Besuchszimmer. Die beiden Sessel, in denen sie gesessen hatten, waren leer; die Polster seufzten, während sie sich nach und nach wieder aufrichteten und die Mulden, die die beiden hinterlassen hatten, langsam verschwanden.

Emily ging die Treppe hinauf in den Schlaftrakt, wo sie bisher selten gewesen war. Mädchen war der Zutritt gestattet, aber sie kamen nicht oft hierher; der Ort hatte etwas Ungemütliches. Zwei Jungen warfen sich auf dem Flur einen Softball zu. Sie unterbrachen mürrisch ihr Spiel, um Emily vorbeizulassen, und einen Augenblick später hörte sie schon wieder, wie der Ball unmittelbar hinter ihr aufprallte. Sie klopfte an die Tür von Zimmer 241. Leons Zimmergenosse sagte: »Ja?«

»Hier ist Emily Cathcart. Darf ich reinkommen und ein paar Sachen für Leon holen?«

»Klar.«

Er saß zurückgelehnt an seinem Schreibtisch und tat anscheinend nichts anderes, als mit einem Gummiband Büroklammern durch

den Raum zu schießen. (Wie sollte sie jemals einen anderen Jungen als Leon lieben?) Die Büroklammern trafen eine Pinwand und fielen dann klimpernd in den metallenen Papierkorb darunter. »Ich brauche seinen Koffer«, sagte Emily.
»Unter dem Bett da drüben.«
Sie zog ihn hervor. Er war mit einer Staubschicht überzogen.
»Verläßt Meredith uns?« fragte er.
»Er geht nach New York. Sag seinen Eltern nichts davon.«
»Soso, New York«, sagte der Mitbewohner ohne sonderliches Interesse.
Aus dem Schrank neben Leons Bett nahm Emily die Kleidungsstücke, die er am häufigsten getragen hatte – weiße Hemden, Khakihosen, ein Cordjackett, von dem sie wußte, daß er es besonders mochte. An allem haftete der saubere Geruch nach Wäschestärke, den sie von ihm kannte. Mit Freude bemerkte sie die ungewohnte Länge der Hosen, in denen sie selber verschwinden würde.
»Gehst du mit?« sagte der Mitbewohner.
»Ich glaube nicht, daß er das möchte.«
Wieder traf eine Büroklammer klickend die Pinwand.
»Ich würde mitgehen, wenn er mich fragen würde, aber er hat mich nicht gefragt«, sagte Emily.
»Na ja, schließlich sind demnächst Prüfungen. Da mußt du deine üblichen Einsen schreiben.«
»Ich würde sofort mitgehen«, sagte sie.
»Der Mann will vermutlich mit leichtem Gepäck reisen.«
»Ist das hier sein Schreibtisch?«
Er nickte und ließ seinen Stuhl nach vorne kippen. »Du glaubst doch wohl nicht, daß dein Foto auf *meinem* Schreibtisch steht, oder?« sagte er. »War nicht als Beleidigung gemeint.«
Sie schielte auf das Bild – ihr Weihnachtsgeschenk an Leon. Es stand hinter einem Wecker und steckte immer noch in dem Papprahmen mit Büttenrand, den das Studio mitgeliefert hatte. Die Person auf dem Foto sah ihr nur entfernt ähnlich. Das hoffte sie jedenfalls. Emily mochte es nicht, wenn man sie zwang, sich ihrer äußeren Erscheinung bewußt zu werden. Sie lebte in ihrem

Körper, ohne ihm viel Beachtung zu schenken, und sie fand es unangenehm und beängstigend, auf einen Klavierhocker gedrückt zu werden, den Kopf in einem unnatürlichen Winkel zu halten und über ihre sehr helle Haut und ihre blassen Augenwimpern, die auf Fotos einfach verschwanden, nachdenken zu müssen. »Bitte lächeln«, hatte der Fotograf zu ihr gesagt. »Ich bin doch kein Exekutionskommando.« Sie hatte ein schnelles, nervöses Lächeln zustande gebracht und gespürt, wie ihre Lippen sich dabei künstlich über ihren Zähnen spannten. Als der Mann hinter seiner Kamera verschwand, hörte sie augenblicklich auf zu lächeln. Das Gesicht auf dem Foto wirkte nüchtern, der Blick starr und besorgt, der Mund leicht verkniffen, wie bei ihrer altjüngferlichen Tante.

Sie packte das Foto nicht ein. Und als sie zum Brunnen zurückkehrte, schleppte sie nicht nur seinen Koffer, sondern auch ihren eigenen.

»Du kannst sagen, was du willst«, sagte sie. Sie rief ihm die Worte schon von weitem zu, denn sie konnte es kaum erwarten, bis sie heraus waren. Sie keuchte und stolperte zwischen den beiden Koffern vorwärts. »Ich komme mit. Du darfst mich nicht hierlassen!«

»Emily?«

»Ich finde, wir sollten heiraten. In Sünde zu leben, wäre mir unangenehm«, sagte sie. »Aber wenn du es vorziehst, dann werde ich auch das tun. Und wenn du mir sagst, ich darf nicht mitkommen, dann komme ich trotzdem mit. New York gehört dir schließlich nicht! Also spar dir deine Worte. Ich werde mich im Bus eine Reihe hinter dich setzen. Ich werde zum Taxifahrer sagen: ›Folgen Sie dem Taxi da vorne!‹ Ich werde zum Hotelportier sagen: ›Bitte geben Sie mir das Zimmer neben seinem.‹«

Leon lachte. Sie sah, daß sie gewonnen hatte. Sie setzte die Koffer ab und sah ihn an, ohne selber zu lächeln. Sie hatte ihn mit einer gezielt eingesetzten, draufgängerischen Entschlossenheit überrumpelt, die sie eigentlich gar nicht besaß, und es erschreckte sie, daß er so leicht darauf hereinfiel. Oder vielleicht war er gar nicht darauf hereingefallen, vielleicht tat er nur, was das Publikum erwartete: Wenn ein Mädchen einem Mann mit gepacktem Koffer hinterherläuft und sich dreist benimmt, dann schlägt der Mann lachend die Hände über dem Kopf zusammen und gibt nach. Lachen war nicht seine Stärke. Sein Gesicht hatte noch nie so zerstückelt und unebenmäßig ausgesehen. Unsymmetrisch geradezu. »Emily«, sagte er, »was soll ich bloß mit dir machen?«

»Ich weiß nicht«, sagte sie.

Sie machte sich bereits selber Sorgen darüber.

Noch am selben Abend saßen sie in einem Greyhound-Bus nach New York City. Am nächsten Nachmittag hatten sie eine Bleibe gefunden (wenn sie sich dort auch wie beim Camping vorkamen): ein möbliertes Zimmer mit einem Waschbecken in der Ecke und einem Klo am anderen Ende des Flurs. Sie heirateten am Donnerstag, so schnell das Gesetz es zuließ. Als sie ihren Führerschein erhalten hatte, dachte Emily, war es feierlicher zugegangen. Die Heirat bedeutete lange nicht so einen tiefen Einschnitt in ihrem Leben, wie sie erwartet hatte.

Emily fand einen Job als Kellnerin in einem polnischen Restaurant. Leon putzte – nur fürs erste – nach Vorstellungsschluß ein Theater. In den frühen Abendstunden trieb er sich in verschiedenen Cafés herum und hörte sich Lesungen von Schauspielern und Dichtern an. Er nahm Emily mit, wenn sie nicht arbeiten mußte. »Sind sie nicht furchtbar?« fragte er sie. »*Ich* könnte das allemal besser.« Emily war auch der Meinung. Einmal hörten sie einen Monolog, der so stümperhaft vorgetragen wurde, daß sie und Leon aufstanden und hinausgingen. Der Schauspieler brach mitten im Satz ab, um zu sagen: »Heh Sie! Vergessen Sie nicht, etwas Geld auf den Teller zu legen, bevor Sie gehen.« Emily hätte es getan – sie würde alles tun, um Aufsehen zu vermeiden – aber Leon wurde wütend. Sie merkte, wie er die Luft einsog: er schien größer zu werden. Inzwischen wußte sie, wie weit seine Wut ihn treiben konnte. Sie hob die Hand und wölbte sie über seinem Ellbogen, ohne ihn jedoch zu berühren. Man durfte Leon niemals berühren, wenn er verärgert war. Dann atmete er langsam aus und ließ zu, daß sie ihn hinausführte, während der Schauspieler noch immer hinter ihnen herrief.

Es wurde ein sehr heißer Sommer, mit vielen Gewitterstürmen und dicken schwarzen Wolken. Die Hitze in ihrem Zimmer war wie ein lebendiges Wesen. Und ständig war das Geld knapp. Emily war sich nie darüber im klaren gewesen, was Geld für eine wichtige Rolle spielte. Sie hatte oft das Gefühl, sie müsse flach atmen, mit ihrer Kraft haushalten und einen schleichenden, unauffälligen Gang annehmen, wenn sie sich zwischen Leuten bewegte, die reicher waren. Sie und Leon stritten sich darüber, wofür das vorhandene Geld ausgegeben werden sollte. Er war anspruchsvoller – verschwenderisch, fand sie. Er fand, sie sei knauserig.

Im Juli bekam Emily einen Schreck, denn sie glaubte, schwanger zu sein. Sie hatte das Gefühl, in der Falle zu sitzen, und machte sich große Sorgen; sie wagte nicht, es Leon zu erzählen. Daher konnte sie auch ihre Erleichterung nicht mit ihm teilen, als sie feststellte, daß sie doch nicht schwanger war. Diese Erfahrung beschäftigte sie. Sie dachte immer wieder darüber nach und versuchte, sie einzuordnen. Was war das für eine Ehe, in der man über so etwas nicht sprechen konnte? Aber er hätte einen Wutanfall bekommen und wäre dann in sich zusammengesunken, wie ein Laib Brot, der zu sehr aufgegangen war. Es war *ihre* Idee gewesen zu heiraten, hätte er gesagt: Und *sie* war schließlich diejenige, die immer darauf herumritt, was sie sich alles nicht leisten konnten. Sie hatte die Szene so genau vor Augen, daß sie beinah glaubte, sie sei tatsächlich geschehen. Sie nahm es ihm übel. Manchmal traten ihr die Tränen in die Augen, wenn sie daran dachte, wie schlecht er sich benommen hatte. Aber das hatte er ja gar nicht! Sie hatte ihm keine Chance gegeben! (würde er sagen). Sie machte ihm trotzdem Vorwürfe. Sie ging zu einer Familienberatungsstelle und behauptete, ihr Mann würde sie umbringen, wenn sie schwanger würde. Natürlich meinte sie es im übertragenen Sinne, aber an der Art, wie die Sozialarbeiterin sie ansah, erkannte sie, daß man das in diesem Viertel nie so genau wissen konnte. Die Sozialarbeiterin schielte auf Emilys Arme und fragte, ob sie noch andere Probleme habe. Emily hätte gern darüber gesprochen, wie alleine sie sich fühlte, wie sie ihren

Schreck über die vermeintliche Schwangerschaft vor ihrem eigenen Mann geheimgehalten hatte, aber sie wußte, daß ihr Problem nicht ernst genug war. In dieser Gegend wurden Frauen ermordet. (Ihr war bewußt, wie kokett sie der Sozialarbeiterin vorkommen mußte; sie trug das Trikot und den Wickelrock aus dem Modern-Dance-Einführungskurs.) In dieser Gegend wurden Frauen überfallen oder von ihren Ehemännern verprügelt. Emilys Mann würde niemals Hand an sie legen. Da war sie ganz sicher. Sie hatte das Gefühl, unter einer schützenden Glocke zu leben.

Sie selber war kein aufbrausender Mensch. Sie spürte nur manchmal ein verspätetes Aufflammen von Zorn, wenn etwas passiert war, wogegen sie sich hätte wehren müssen, wenn es ihr rechtzeitig klargeworden wäre. Wenn sie selber temperamentvoll gewesen wäre, hätte sie vielleicht gewußt, wie man Leon zur Vernunft brachte. Aber so konnte sie nur abwartend zuschauen. Eines rief sie sich immer wieder ins Gedächtnis: »Er mag auf andere Leute losgehen, aber an mir hat er sich noch nie vergriffen.« Bei diesem Gedanken durchzuckte sie ein Glücksgefühl. »Er spielt manchmal verrückt«, teilte sie der Sozialarbeiterin mit, »aber er hat mir nie ein Haar gekrümmt.« Dann strich sie ihren Rock glatt und betrachtete ihre weißen, blutleeren Hände.

Im August lernte Leon vier Schauspieler kennen, die eine Improvisationsgruppe gründeten, welche sie ›Aus dem Stegreif‹ nannten. Einer von ihnen besaß einen Kleinbus; sie wollten die Ostküste hinunterfahren. (»In New York ist die Konkurrenz zu groß«, sagte ein Mädchen namens Paula.) Leon schloß sich ihnen an. Er war von Anfang an der beste in der Gruppe, dachte Emily – sonst hätten sie ihn bestimmt nicht aufgenommen, mit seiner unnützen Frau, die in der Öffentlichkeit zu Eis erstarrte und nur Platz im Bus wegnahm. »Ich kann Bühnenbilder machen«, teilte Emily ihnen mit, aber anscheinend benutzten sie keine Bühnenbilder. Sie spielten auf der nackten Bühne. Sie hatten vor, in Nachtclubs nach Vorschlägen aus dem Publikum frei zu improvisieren. Allein der Gedanke daran erschreckte Emily zu Tode, aber Leon sagte, es wäre das beste Training, das man sich wün-

schen konnte. Er probte mit ihnen in der Wohnung von Barry May, dem Jungen, dem der Bus gehörte. So etwas ließ sich natürlich nicht richtig proben, aber zumindest konnten sie üben, zusammen zu spielen, Zeichen auszutauschen und sich gegenseitig Sätze vorzugeben, die zu einer Art Schluß führen würden. Sie wollten komische Szenen spielen; etwas anderes, meinten sie, würde in Nachtclubs nicht ankommen. Sie bauten ihre Sketche auf Situationen auf, die Emily nervös machten – verlorene Gepäckstücke, ein ausgeflippter Zahnarzt –, und wenn sie ihnen zusah, erschienen auf ihrer Stirn ein paar kleine Runzeln, die nie ganz verschwanden, auch nicht wenn sie lachte. Es war doch schrecklich, sein Gepäck zu verlieren. (Tatsächlich war es ihr schon einmal passiert. Sie hatte die ganze Nacht wachgelegen, bevor sie es zurückbekommen hatte.)
Und sie konnte sich viel zu gut vorstellen, wie es wäre, wenn ihr Zahnarzt verrückt spielte. Sie kaute auf einem Knöchel herum und schaute zu, wie Leon mit seinen ausladenden, treffenden Gesten und dem wiegenden Gang aus der Hüfte die Bühne in Besitz nahm. In einem der Sketche spielte er Paulas Ehemann. In einem anderen ihren Verlobten. Er küßte sie auf den Mund. Es war nur gespielt, aber man konnte nie wissen: wenn man nur lange genug die Rolle einer bestimmten Person spielte, dann wurde man vielleicht zu dieser Person. War das nicht möglich?
Sie starteten die Tournee im September. Sie verließen New York mit dem Kleinbus. Ihr ganzes Hab und Gut türmte sich auf dem Dach, einschließlich der beiden vollgestopften Koffer von Emily und Leon und der versilberten Kaffeekanne, die Tante Mercer ihnen zur Hochzeit geschickt hatte. Zuerst fuhren sie nach Philadelphia, wo Barry einen Jungen kannte, dessen Onkel Barbesitzer war. Drei Abende lang spielten sie ihre Sketche vor einem Publikum, das keinen Augenblick lang aufhörte zu reden. Sie mußten ihre Spielideen Emily, die sie vorsichtshalber auf einem Barhocker plaziert und mit ein paar Vorschlägen versorgt hatten, aus der Nase ziehen. Dann fuhren sie weiter nach Haightsville, südlich von Philadelphia. Sie hatten geglaubt, dort über einen Bekannten ein Engagement zu bekommen, aber daraus wurde

nichts, und sie landeten in einer Kneipe namens Bridle Club, die als Scheune hergerichtet war. Emily hatte den Eindruck, daß die meisten der Gäste mit Menschen verheiratet waren, die zu Hause auf sie warteten. Das Publikum war im mittleren Alter – untersetzte Männer in Straßenanzügen, Frauen mit kunstvollen Frisuren in Kleidern, die aussahen, als wären sie eine Nummer zu klein. Auch diese Leute unterhielten sich während der Vorstellung weiter, aber sie steuerten immerhin ein paar Ideen bei. Ein Mann wollte einen Sketch über ein junges Mädchen sehen, die ihren Eltern mitteilt, sie würde von der Schule abgehen, um Bauchtänzerin zu werden. Eine Frau schlug eine Szene vor, in der ein Paar sich streitet, weil die Frau ihrem Mann immer wieder bestimmte Feinschmeckergerichte vorsetzt. Beide Vorschläge erzeugten eine Welle der Heiterkeit unter den Gästen, und die Gruppe machte ziemlich witzige Sketche daraus; aber Emily stellte sich auch bei diesen Szenen vor, sie wären wirklich passiert. Der Mann hatte in der Tat den elenden, mutlosen Gesichtsausdruck eines gescheiterten Vaters, und die Frau wirkte so angestrengt fröhlich, daß sie durchaus gerade vor einem kleinkarierten Ehemann geflohen sein konnte. Das Publikum versuchte, seiner Verzweiflung Luft zu machen, so schien es Emily. Selbst das Lachen aus den Kehlen dieser Männer mit den schlaffen, roten Gesichtern und der Frauen, die unter dem Gewicht ihrer Haartürme tapfer Haltung bewahrten, klang verzweifelt. Für die dritte Szene machte ein Mann, der mit drei anderen Männern zusammensaß, folgenden Vorschlag: eine Ehefrau hat den Verdacht, daß ihr Mann, der ausschließlich in Gesellschaft trinkt und es jederzeit sein lassen kann, falls er das überhaupt will, in Wirklichkeit Alkoholiker ist. »Stellen Sie sich vor, diese Frau wird von Tag zu Tag hysterischer«, sagte er. »Stellen Sie sich vor, sie verwässert den Jack Daniels, ruft den Arzt und die Anonymen Alkoholiker an. Wenn er um einen Drink bittet, bringt sie ihm Ginger Ale mit einem Löffel McCormick's-Brandy-Extrakt. Wenn er einen netten Abend mit seinen Kumpels verbringen will, sagt sie –«

»Bitte, mein Herr!« sagte Barry und hob die Hand. »Sie machen uns ja arbeitslos!«

Darüber lachten alle, außer Emily.
Sie sollten drei Abende im Bridle-Club auftreten. Am zweiten Abend ging Emily nicht mit. Sie lief statt dessen bis fast zehn Uhr in der Stadt herum und betrachtete die Auslagen in den dunklen Schaufenstern der Geschäfte. Von Zeit zu Zeit sausten Wagenladungen von Teenagern hupend und johlend an ihr vorbei, aber Emily beachtete sie nicht. Sie war überrascht, von ihnen überhaupt wahrgenommen zu werden, denn sie kam sich so viel älter vor als sie.
In der Drogerie, dem einzigen Laden, der noch geöffnet hatte, kaufte sie ein Reise-Kosmetik-Set mit Reißverschluß, komplett ausgestattet mit Plastikflaschen und Döschen und einer winzigen Tube Zahnpasta. Sie und Leon waren zu der Zeit so gut wie pleite. Sie mußten getrennt schlafen – Emily und die beiden anderen Frauen beim Christlichen Verein Junger Mädchen, die Männer im Bus. Auf gar keinen Fall konnten sie sich ein Kosmetik-Set für $ 4.98 leisten. Schuldbewußt und froh ging Emily eilig in ihr Zimmer. Sie machte sich daran, ihre Sachen neu zu ordnen. Sie füllte Handcreme in eine der Dosen und schob ihre silberne Haarbürste durch eine der Plastiklaschen. Aber sie benutzte eigentlich kaum Make-up; die Tasche mit dem Reißverschluß nahm mehr Platz weg, als ihre wenigen Kosmetikutensilien zusammen. Der Kauf war ein Fehler gewesen. Sie konnte noch nicht einmal ihr Geld zurückbekommen, denn sie hatte die Flaschen schon benutzt. Ihr wurde übel. Sie kramte ihren Koffer durch und warf ein paar Sachen weg – ihre weiße Schulbluse, die Jeans, ihre gesamte Unterwäsche. (Wenn sie nur noch Trikots trug, würde sie keine Unterwäsche brauchen.) Als sie fertig war, enthielt ihr Koffer nur noch zwei Wickelröcke zum Wechseln, zwei Trikots, ein Nachthemd und die Kosmetiktasche. Der kleine Papierkorb neben ihrem Bett quoll von hauchdünnen, knittrigen, unnützen Kleidungsstücken über.
Ihr dritter Auftritt im Bridle-Club wurde zugunsten der Freundin des Vetters vom Besitzer, einer Schnulzensängerin, abgesagt. »Ich wußte gar nicht, daß es so etwas noch gibt«, sagte Leon zu Emily. Er wirkte deprimiert. Er sagte, er sei nicht mehr davon

überzeugt, daß diese Erfahrung so wertvoll sei, wie er anfangs geglaubt hatte. Aber Barry May, der mehr oder weniger der Chef der Gruppe war, wollte nicht so schnell aufgeben. Er schlug vor, es in Baltimore zu versuchen, dort gab es eine Unmenge von Kneipen, meinte er. Außerdem lebte die Mutter von Victor Apple, einem der Gruppenmitglieder, in Baltimore, und bei ihr könnten sie wahrscheinlich umsonst wohnen.
Gleich als sie ankamen, wußte Emily, daß es in Baltimore nicht klappen würde. Obwohl sie kilometerweit durch die Stadt fuhren (Victor war es gelungen, sich zu verfahren), hatte Emily überall ein Gefühl von Enge und Beklommenheit: die düsteren Reihenhäuser, zum Teil nicht breiter als ein Zimmer, die schmalen Straßen und Durchgänge voller ausrangierter Reifen, leerer Flaschen und alter Matratzen; die erschöpft aussehenden, mutlosen Männer, die mit krummem Rücken auf den Veranden vor den Häusern hockten. Aber Victors Mutter war ihr auf Anhieb sympathisch. Mrs. Apple war eine große, forsche, fröhliche Frau mit kurzgeschnittenen grauen Haaren und ledriger Haut. Sie besaß ein Geschäft für Kunsthandwerk namens Crafts Unlimited und dazu das Haus, in dem es sich befand. Verschiedene Kunsthandwerker bewohnten ihre Wohnungen, von denen einige nur eine symbolische Miete bezahlten, bis sie finanziell auf eigenen Füßen stehen konnten. Sie gab der Schauspieltruppe eine Wohnung im zweiten Stock, die unmöbliert und schäbig, aber sauber war. Die Wohnung wurde von einem dunklen Flur geteilt; auf der einen Seite war das Wohnzimmer und ein Schlafzimmer, auf der anderen Seite die Küche und ein weiteres Schlafzimmer. Am Ende des Flurs lag ein altmodisches Badezimmer. Direkt vor seinem Fenster war vor langer Zeit das Nachbargebäude errichtet worden. Wenn man dort hinausschaute, blickte man nur auf eine Wand aus alten, porösen Mauersteinen. Irgendwie fand Emily das tröstlich. Es war seit langem der erste Ausblick, auf den sie sich verlassen konnte.
Sie hatte das Gefühl, die ständige Gewöhnung an neue Orte nutze Teile eines Menschen ab. Ganze Stücke von ihr waren abgebrochen und in New York, in Philadelphia, in Haightsville

geblieben – überall dort, wo sie gewissenhaft den silbernen Kamm und die silberne Haarbürste ihrer Mutter ausgepackt und auf einen abblätternden Frisiertisch gelegt hatte, der jemand anderem gehörte, und sich dann vorgegaukelt hatte, die bröckeligen Wände und die hohe, rissige Decke, die jemand anderem gehörten, seien ihr vertraut. Sie folgte Mrs. Apple überall hin; sie konnte nicht anders. Sie staubte unten im Laden die Schnitzereien und handgefertigten Möbel ab, und sie lernte, wie die Registrierkasse funktionierte. Wenn der Laden voll war, bediente sie die Kunden – nicht um Geld zu verdienen, sondern weil sie den sonnigen Duft nach frischem Holz und neuen Stoffen und die muntere, zwanglose Freundlichkeit von Mrs. Apple liebte.

Emily und Leon schliefen in Schlafsäcken im vorderen Zimmer. Victor breitete seinen Wust von Wolldecken in einer Ecke des Wohnzimmers aus. Barry und Paula und Janice schliefen alle gemeinsam im hinteren Zimmer. (Emily hatte es aufgegeben, sich darüber Gedanken zu machen.) Tagsüber war Barry unterwegs, um Auftritte zu besorgen, während die anderen zu Hause blieben und Karten spielten. Sie probten nicht mehr und sprachen auch nicht mehr von ihren Sketchen; aber manchmal, wenn Emily ihnen beim Pokern zusah, hatte sie das Gefühl, für diese Leute sei das ganze Leben ein Sketch. Wenn sie verloren, stöhnten sie und rauften sich die Haare. Wenn sie gewannen, sprangen sie auf, warfen ihre Karten in die Luft, gaben ein trompetendes »Tataam!« von sich und machten eine Verbeugung. Sie zogen beim Sprechen die Vokale stärker in die Länge als andere Leute, und sie betonten ungewöhnlich viele Wörter. Emily mußte manchmal auch so reden, um bei dem Lärm überhaupt gehört zu werden. Sie bemerkte, wie sie sich veränderte. Sie sprach in einem lauten Tonfall und zog die Worte dabei auseinander. Einmal erblickte sie sich unerwartet im Spiegel – ihr kleines, dürres Gesicht war gespenstisch bleich, aber sie hielt einen Arm mit großer Geste ausgestreckt, als stünde sie komplett kostümiert auf einer Bühne. Sie brach mitten im Satz ab und sank in sich zusammen.

Die Bars in Baltimore gehörten nicht zu der Sorte, in denen

Theaterstücke aufgeführt wurden. Es waren *Trinker*kneipen, sagte Barry, Baltimore war eine Trinkerstadt. Bei einer Adresse hätte er über einen Mann, der entweder bewußtlos oder tot quer über der Türschwelle lag, hinwegsteigen müssen, um hineinzukommen, aber er meinte, es hätte sowieso keinen Zweck gehabt, sich dort vorzustellen. Eine Woche verging, dann zwei. Sie lebten von billigen Thunfischkonserven, und Mrs. Apple lud sie mittlerweile nicht mehr so oft zum Abendessen ein. Der Karton mit der Theaterschminke war irgendwie kaputtgegangen. Ein paar offene Tuben rollten in die Ecken und blieben dort liegen. Häßliche, fleischfarbene Paste, die aussah wie dicke Kreidestücke, quoll heraus und verströmte einen blumigen alte-Damen-Duft. Janice und Paula sprachen nicht mehr miteinander, und Janice zog mit ihrem Schlafsack in die Küche.

Dann fand Barry einen Job, aber nur für sich allein. Der Freund eines Freundes inszenierte ein selbstgeschriebenes Stück. Emily war nicht dabei, als er die Neuigkeit verkündete. Sie hatte bei Crafts Unlimited ausgeholfen. Sie bekam nur mit, wie Barry, als sie zurückkehrte, gerade seinen Rucksack packte. Seine Unterlippe war stark angeschwollen, und Leon war nicht da. Die anderen saßen auf dem Fußboden und sahen zu, wie Barry mit zitternden Händen seine Jeans zusammenrollte. »Dein Mann ist völlig verrückt«, sagte er zu Emily. Sogar seine Stimme zitterte.

Emily sagte: »Was ist denn los?«, und dann redeten sie alle auf einmal. Barry konnte nichts dafür, sagten sie; wenn man eine Chance bekam, mußte man zugreifen; was hatte Leon denn erwartet? Emily fand die Einzelheiten nie heraus, aber sie begriff ungefähr, was passiert war. Es überraschte sie, wie gleichgültig sie darauf reagierte. Der Anblick von Barrys lädierter Lippe gab ihr ein Gefühl der Befriedigung. An der dicksten Stelle der Schwellung war die Haut aufgeplatzt; Emily mußte an eine überreife Pflaume denken. »Na ja«, sagte sie, »wahrscheinlich ist es besser so.«

»Denk an meine Worte«, sagte Barry zu ihr, »dein Mann ist unberechenbar. Ich verstehe nicht, daß du keine Angst vor ihm hast.«

»Oh, *mir* würde er nie etwas tun«, sagte Emily. Sie wußte gar nicht, warum Barry die Sache so ernst nahm. Kamen solche dramatischen, leidenschaftlichen Szenen im Leben dieser Leute nicht andauernd vor? Sie zog ein paar Haarnadeln aus ihrer Frisur und steckte ihre Zöpfe weiter oben auf dem Kopf fest. Die anderen sahen ihr zu. Sie fühlte sich anmutig und unbeschwert.

Janice und Paula gingen nach New York zurück; Janice wollte einen länger zurückliegenden Heiratsantrag annehmen. »Ich hoffe nur, das Angebot gilt noch«, sagte sie. Emily hatte keine Ahnung, was Paula machen wollte, aber das war ihr auch egal. Sie war es leid, in einer Gruppe zu leben. Sie kam bis zum Schluß gut mit ihnen aus und verabschiedete sich höflich von beiden, aber im Innern ging ihr jedes Wort, das sie sagten, auf die Nerven.

Also blieb nur Victor übrig. Victor war ganz in Ordnung. Er war erst siebzehn und wirkte sogar noch jünger – ein schmächtiger, schüchterner Junge mit hängenden Schultern und einem spärlichen Schnurrbart, den Emily am liebsten abrasiert hätte. Sobald die anderen weg waren, brachte er seine Decken in das hintere Zimmer. Zu den Mahlzeiten tauchte er mit scheuem, hoffnungsvollem Gesichtsausdruck auf. Es war fast so, als wäre er ihr Sohn, dachte Emily.

Sie hatten jetzt überhaupt kein Geld mehr, daher fing Emily an, als bezahlte Aushilfe bei Crafts Unlimited zu arbeiten. Leon fand einen Teilzeitjob bei einer Texaco-Tankstelle. Victor lieh sich einfach etwas von seiner Mutter. Mrs. Apple gab ihm das Geld, aber sie machte ihm gleichzeitig Vorhaltungen. Sie wollte, daß er wieder auf die Oberschule ging oder wenigstens eine Prüfung ablegte, die einem Schulabschluß entsprach. Sie drohte damit, ihn zu seinem Vater zu schicken, von dem Emily immer geglaubt hatte, er sei tot. Nach einem solchen Vortrag schlich Victor jedesmal in der Wohnung herum und trat gegen die Fußleisten. Er tat Emily zwar leid, aber sie fand, daß Mrs. Apple gar nicht so unrecht hatte. Sie fragte sich auch, wie es mit ihnen so weit gekommen war; sie schienen alle ein Leben ohne Ziel und Halt zu führen. »Wenn man es recht bedenkt«, sagte sie zu Victor, »ist es

erstaunlich, daß deine Mutter dich überhaupt nach New York gelassen hat. Sie ist eine sehr... bemerkenswerte Frau.«
»Ja klar, aus deiner Sicht«, sagte Victor. »Die Mütter von anderen Leuten kommen einem immer so nett vor. Aber in Wirklichkeit sind sie streng und besitzergreifend und humorlos.«
Dann kam Mrs. Apple mit einem Vorschlag zu Emily. (Sie glaubte wahrscheinlich, wenn sie damit zu Victor ginge, würde er ihn automatisch ablehnen.) Wenn sie unbedingt Theaterspielen wollten, sagte sie, warum traten sie dann nicht bei Kindergeburtstagen auf? Sie könnten sich ein Telefon zulegen, eine Anzeige in die Zeitung setzen und ihre Nähmaschine ausleihen, um ein paar Kostüme zu schneidern. Die Mütter könnten bei ihnen anrufen und »Rotkäppchen« oder »Rapunzel« bestellen. (Emily würde mit ihren langen blonden Haaren eine hübsche Rapunzel abgeben.) So etwas würde bestimmt gut bezahlt, da war sie sicher, denn Kindergeburtstage waren für Eltern ein wahrer Alptraum.
Emily erzählte den anderen von dieser Idee, denn sie glaubte, solche Auftritte könnten ihr liegen. Jedenfalls würde sie vor einer Gruppe kleiner Kinder auf der Bühne nicht vor Angst erstarren. Victor war sofort einverstanden, aber Leon sah skeptisch aus. »Nur wir drei?« fragte er.
»Wir könnten jeder mehrere Rollen spielen. Und hier im Haus sind immer genug Leute, wenn wir tatsächlich noch jemand brauchen.«
»Meine Mutter könnte als Hexe mitspielen«, sagte Victor.
»Also, ich weiß nicht«, sagte Leon. »So was kann man doch nicht ernsthaft als Theaterspielen bezeichnen.«
»Ach Leon.«
Sie ließ das Thema für ein paar Tage auf sich beruhen. Sie beobachtete, wie er hin und her überlegte. Er kam mit ölig-schwarzen Fingern von der Tankstelle nach Hause und hinterließ dunkle Schlieren auf Türgriffen und Lichtschaltern. Selbst nachdem er sich gewaschen hatte, blieben in den Hautfalten und unter seinen Fingernägeln Ölspuren zurück. Als er in der Küche auf der Anrichte saß und auf seinen Thunfisch wartete, spreizte er die Fin-

ger und betrachtete sie eingehend, dann drehte er seine Hände um und betrachtete die Innenseiten. Schließlich sagte er: »Also, zur Not können wir das mit diesen Kindervorstellungen ja mal versuchen.«

Emily sagte nichts.

Er sagte: »Solange wir nicht dabei hängenbleiben.«

Die ganze Zeit über hatten Emily und Victor den Plan weiterverfolgt, denn sie waren ganz sicher gewesen, daß Leon schließlich nachgeben würde. Sie hatten bereits ein Telefon für die Küche bestellt. Einen Tag nachdem Leon zugestimmt hatte, traf es ein. Sie gaben eine Anzeige auf und malten ein großes gelbes Plakat, das sie bei Crafts Unlimited aufhängten. *Rapunzel, Aschenputtel, Rotkäppchen* stand auf dem Plakat. *Oder ein Märchen Ihrer Wahl.* (»Solange man nicht hundert Leute dafür braucht«, spottete Leon.)

Dann lehnten sie sich zurück und warteten. Nichts geschah.

Nach sechs Tagen rief eine Frau an und fragte, ob sie auch Puppentheater machten. »Ich brauche keine Theatergruppe; ich brauche Puppenspieler«, sagte sie. »Meine Tochter ist verrückt nach Puppen. Sie mag normale Theatervorführungen überhaupt nicht.«

»Oh, tut mir leid –« sagte Emily.

»Letztes Jahr hatten wir Peters Puppenshow da, von denen war sie ganz begeistert, und sie haben nur zweiunddreißig Dollar verlangt, aber jetzt sind sie weggezogen und –«

»Zweiunddreißig Dollar?« fragte Emily.

»Vier Dollar pro Kind, für sieben Gäste und Melissa. Ich fand das annehmbar, Sie nicht?«

»Das ist mehr als annehmbar«, sagte Emily. »Für eine Puppenaufführung nehmen wir fünf Dollar pro Kind.«

»Du lieber Himmel«, sagte die Frau. »Na ja, vermutlich können wir die MacIntosh-Kinder wieder ausladen.«

Für die zwei Wochen bis zu dem Kindergeburtstag lieh Emily sich Mrs. Apples Nähmaschine und schneiderte eine Schöne, zwei Schwestern, einen Vater und ein Biest, das eigentlich bloß ein Fausthandschuh aus Webpelz mit Augen war. Sie hatte sich für »Die Schöne und das Biest« entschieden, weil das ihr Lieblingsmärchen war. Victor gefiel das Märchen auch. Leon schien es egal zu sein. Was ihn betraf, so war das nicht besser als der Job bei Texaco. Er nahm kaum Notiz von Emily, als sie mit der Schönen auf der erhobenen Hand stolz auf ihn zutänzelte.

Sie schnitt aus einem Pappkarton eine Bühne zurecht und kaufte einen schwarzen, gazeartigen Stoff für den Hintergrund. Sie und Victor kasperten herum. Sie nahmen kindliche Stimmen an, die zu den runden Puppengesichtern paßten. Sie ließen die zwei Schwestern auf der Fensterbank in der Küche Duette singen und Walzer tanzen. Leon starrte nur finster vor sich hin. Er hatte ausgerechnet, daß der größte Teil ihrer Gage bereits für Material ausgegeben war. »Reich werden wir davon nicht«, sagte er.

»Aber denk doch an das nächstemal«, sagte Emily, »dann haben wir schon die komplette Ausrüstung.«

»Ich hoffe sehr, es wird kein nächstesmal geben, Emily.«

Am Tag der Party – einem regnerischen Wintertag – luden sie alles in das Auto von Victors Mutter und fuhren in Richtung Norden zu Mrs. Tibbetts stuckverziertem Haus in Homeland. Mrs. Tibbett führte sie durch das Wohnzimmer in einen großen, ungemütlichen Hobbyraum, wo Leon und Victor die Pappbühne auf einem Ping-Pong-Tisch aufbauten. Inzwischen packte Emily die Puppen aus. Dann ließen sie und Victor die beiden Schwester-Puppen kichern und miteinander flüstern. Sie versuchten, Leon zum Mitmachen zu animieren. Er sollte das Biest übernehmen und hatte noch nicht einmal ausprobiert, ob die Puppe auf seine Hand paßte. Unterwegs hatten sie ihm die Geschichte erzählen müssen. Er behauptete, das einzige Märchen, das er kenne, sei »Aschenputtel«. Jetzt kümmerte er sich nicht um die Puppen, sondern lief rastlos auf und ab. Manchmal blieb er stehen, hob einen Vorhang hoch und schaute in den Garten hinaus. Es war wegen seiner Eltern, dachte Emily. Dieses Haus ähnelte dem Haus seiner Eltern, in dem Emily einmal in den Semesterferien zu Besuch gewesen war. Das Wohnzimmer hatte die gleiche steife, eisige Atmosphäre, mit den hellen Teppichen, die anscheinend noch nie jemand betreten hatte, den leeren Vasen, der tickenden Stille und den gestreiften, seidig glänzenden Sesseln, auf denen Kinder offenbar nicht sitzen durften. Sogar Mrs. Tibbett selber hatte eine gewisse Ähnlichkeit mit Mrs. Meredith – sie wirkte charmant und honigsüß, hatte gesträhntes Haar, schmale Lippen, und in ihrer Stimme lag ein unglücklicher Unterton, den Leon jedoch geflissentlich überhörte. Emily streckte die Hand aus, um seinen Arm zu drücken, hielt dann jedoch inne und zog die Finger wieder ein.

Die Türglocke ging – eine komplette Melodie ertönte. »Verflucht noch mal, man kommt sich ja hier vor wie in der Kirche«, murmelte Leon. Die ersten Gäste trafen ein und wurden von Melissa Tibbett, einem unscheinbaren Mädchen mit schmalem Gesicht in einem blauen Samtkleid, begrüßt. Die Kinder waren alle zwischen fünf und sechs Jahre alt, hatte Mrs. Tibbett gesagt. Sie waren so jung, daß sie zu früh ankamen und ihre festlichen Kleider schon auf dem Weg schmutzig gemacht hatten, aber immerhin alt genug, daß sie nicht heulend die mitgebrachten Geburtstagsgeschenke umklammerten, anstatt sie abzugeben. Emily beaufsichtigte das Auspacken der Geschenke. Mrs. Tibbett war verschwunden, und die beiden Männer schienen es für Emilys Aufgabe zu halten, sich um die Kinder zu kümmern. Sie merkte sich die wichtigsten Namen – den der Unruhestifterin (Lisa) und den der Schüchternen, die sich am liebsten in einer Ecke verkrochen hätte (Jennifer). Dann setzte sie die Kinder vor die Puppenbühne.

Victor spielte den Vater. Emily spielte abwechselnd alle drei Töchter. Hinter dem Prospekt verborgen, hatte sie kein Lampenfieber. »Was soll ich dir mitbringen, meine Tochter?« quäkte Victor.

»Bring mir ein Kästchen voller Perlen, Vater«, flötete Emily mit dünner Stimme.

Leon verdrehte die Augen.

»Und was soll ich *dir* mitbringen, Schöne?«

»Nur eine Rose, mein Vater. Eine makellose Rose.«

Sie konnte die Umrisse der Kinder durch den Prospekt erkennen. Sie hörten zu, aber sie wirkten etwas zappelig, dachte

Emily. Es machte sie nervös. Sie hatte Angst, das Ganze könnte ein fürchterlicher Reinfall werden. Während der langen Szene, in der der Vater allein im Palast ist, sah sie Mrs. Tibbetts flattrige Silhouette im Türrahmen. So ein Pech; sie mußte ausgerechnet während des langweiligsten Teils zuschauen. »Oh, ein Tisch ist hier für mich gedeckt, mit feinen Speisen«, sagte der Vater. »Und seht nur: ein güldenes Bett mit seidenen Laken. Wem mag das wohl gehören?« Mrs. Tibbett trat von einem Bein aufs andere.

Dann erschien das Biest. Emily erwartete, daß es brüllen würde, aber Leon sprach mit einem tiefen, glucksenden Grollen, das sie völlig überraschte. »Wer hat mein ganzes Essen verschlungen?« fragte er klagend. »Wer hat in meinem Bett geschlafen?« (O Gott, sie hoffte nur, daß er die Geschichte nicht mit »Schneewittchen« verwechselte.) »In meinem hübschen Bett, das seidene Laken hat, damit meine Frisur schön glatt bleibt!« stöhnte er.

Die Kinder lachten.

Er hatte ein Publikum gefunden. Sie sah, wie es ihm klar wurde. Sie sah, wie das Biest seinen scheckigen Kopf hob und die Kinder anschaute. Sie saßen jetzt ganz still und hatten die Gesichter vorgestreckt. »Wißt *Ihr* vielleicht, wer es war?« fragte er sie.

»Der da!« riefen sie und zeigten mit den Fingern auf den Vater.

»Was sagt ihr?«

»Er war's! Der da!«

Das Biest drehte sich langsam um. »Oho!« sagte es, und die Vater-Puppe wich zurück, als habe sie den heißen Atem des Biests gespürt.

Nach der Vorstellung reichte das Dienstmädchen Kuchen und Saft herum, aber die meisten der Kinder waren zu sehr mit den Puppen beschäftigt, um ans Essen zu denken. Emily zeigte ihnen, wie man den Mund des Biests bewegte, und sie ließ die Schöne für Melissa »Happy Birthday« singen. Mrs. Tibbett sagte: »Oh, das war viel besser als das Kasperletheater im letzten Jahr.«

»Wir spielen kein Kasperletheater«, sagte Leon ernst. »Es ist uns zu albern. Wir beschränken uns auf Märchen.«

»Nur eins wundert mich«, sagte Mrs. Tibbett.

»Was denn?«
»Nun ja, das Biest. Er hat sich gar nicht in einen Prinzen verwandelt.«
Leon schielte zu Emily hinüber.
»Prinz?« sagte Emily.
»Bei Ihnen lebt die Schöne bis ans Ende ihrer Tage glücklich mit dem Biest zusammen. Aber so geht die Geschichte doch gar nicht aus; das Biest verwandelt sich am Ende; sie sagt ihm, daß sie ihn liebt, und er verwandelt sich in einen Prinzen.«
»Oh«, sagte Emily. Es fiel ihr wie Schuppen von den Augen. Wie hatte sie das mit dem Prinzen nur vergessen können. »Na ja…«, sagte sie.
»Aber dazu braucht man wahrscheinlich zu viele Puppen.«
»Nein, nein«, sagte Emily, »wir spielen bloß eine realistischere Fassung.«
»Ach so, ich verstehe«, sagte Mrs. Tibbett.

3 Im Frühling gaben sie bereits ein bis zwei Vorstellungen pro Woche, anfangs bei Freundinnen von Mrs. Tibbett und dann bei Freundinnen der Freundinnen. (Mundpropaganda war in Baltimore anscheinend am wirksamsten.) Sie verdienten genug Geld, um Mrs. Apple Miete zu zahlen, und Leon gab seinen Job bei Texaco auf. Emily arbeitete weiterhin bei Crafts Unlimited, weil es ihr Spaß machte, aber sie verdiente inzwischen ebenso viel Geld mit ihren Puppen, die dort verkauft wurden. Und nach und nach wurden sie auch auf Schulfeste und Wohltätigkeitsbasare der Kirchengemeinden eingeladen. Einmal mußte Emily die ganze Nacht aufbleiben, um schnell noch Kostüme für Figuren aus der Bibel zu nähen. Eine Privatschule engagierte sie, um ein Stück über Zahnpflege zu spielen. »Zahnpflege?« fragte Emily Leon. »Was gibt es dazu schon zu sagen?« Aber Leon erfand eine Figur namens Muffelmund, einen verschlagenen kleinen Kerl, der sich den Bauch mit Süßigkeiten vollstopfte, seine Zahnbürste unter den Wasserhahn hielt, um seine Mutter zu täuschen, und

die Zahnseide zum Seilspringen benutzte. Natürlich nahm es ein böses Ende mit ihm, aber die Kinder liebten ihn heiß und innig. In der darauffolgenden Woche bekamen sie Einladungen von zwei weiteren Schulen, und ein prominenter Kinderzahnarzt zahlte ihnen fünfzig Dollar, damit sie am Samstag vormittag eine Vorstellung für zwanzig rückfällige Patienten und deren Mütter gaben, die (so fand Emily später heraus) fünfundzwanzig Dollar Eintritt pro Kind bezahlen mußten.
Ihr Erfolg ging größtenteils auf Leons Konto. Er murrte zwar immer noch vor jeder Vorstellung, aber Tatsache war, daß er von Anfang an genau gewußt hatte, was bei den Kindern ankam: würdevolle, verschrobene kleine Figuren (ohne quäkende Stimmen) und möglichst viel Zuschauerbeteiligung. Seine Helden ließen immer wieder Gegenstände fallen und konnten sie dann nicht wiederfinden, so daß die Kinder aufgeregt versuchten, ihnen zu zeigen, wo sie waren; und ständig mußte den Figuren erklärt werden, was um sie herum vorging. Emily dagegen kümmerte sich mehr um die Puppen selbst. Ihr machte es Spaß, sie zu entwerfen und zu nähen und nach den passenden Materialien zu suchen. Sie liebte den Augenblick, in dem eine Puppe zum Leben erwachte – was meistens geschah, sobald sie die Augen angenäht hatte. Einmal fertiggestellt, besaß jede Puppe ihre eigene Persönlichkeit. Die konnte man weder verändern noch unterdrücken, und man konnte sie auch nicht reproduzieren, fand Emily. Wenn eine Puppe so beschädigt war, daß sie nicht mehr repariert werden konnte – oder wenn sie gestohlen wurde, was auch manchmal vorkam –, dann konnte Emily höchstens eine neue machen, die dieselbe Rolle ausfüllte; sie hätte niemals dieselbe Puppe noch einmal nähen können.
Leon fand das lächerlich.
Sie stellte sich vor, daß es zwei Sorten von Menschen gab: die Bastler und die Macher. Sie war eine Bastlerin, Leon war ein Macher. Sie saß zu Hause und entwarf die Puppen, und Leon erweckte sie auf der Bühne mit viel Einfühlungsvermögen zum Leben. Es war allein den Umständen zuzuschreiben, daß sie den weiblichen Figuren ihre Stimme leihen mußte.

Victor paßte in keine der beiden Kategorien, er schien irgendwo dazwischen zu stehen, oder... Was war eigentlich mit Victor los? Es begann damit, daß er immer schweigsamer wurde und jedesmal eine Pause machte, bevor er reagierte, wenn sie etwas zu ihm sagte, so als müßte er seine Gedanken von irgendwoher zurückholen, wo sie mit wichtigeren Dingen beschäftigt waren. Er lief mit hängendem Kopf durch die Wohnung; er starrte Emily traurig an und strich sich über seinen dürftigen Schnurrbart. Als Emily ihn fragte, was er für ein Problem habe, teilte er ihr mit, er sei im falschen Jahr auf die Welt gekommen. »Wie kommst du darauf?« fragte sie ihn. Sie nahm an, er interessiere sich plötzlich für Astrologie. »Was spielt das Jahr für eine Rolle?«

»Es macht dir also nichts aus?«

»Warum sollte es mir etwas ausmachen?«

Er nickte und schluckte.

An diesem Abend schob er beim Essen seinen Teller mit gebakkenen Bohnen beiseite, stand auf und sagte: »Ich habe euch etwas zu sagen.«

Sie hatten immer noch keine Möbel, und er hatte sich zum Essen auf die Fensterbank gesetzt. Jetzt stand er vor dem Fenster, eingerahmt von einem leuchtendroten Sonnenuntergang, so daß Emily und Leon die Augen zusammenkneifen mußten, um ihn von ihren Plätzen auf dem Fußboden aus anzusehen. Er verschränkte die Finger und bog sie nach hinten, bis die Gelenke knackten. »Ich war noch nie ein Freund von Heimlichkeiten«, sagte er. »Leon, ich möchte dir mitteilen, daß ich in Emily verliebt bin.«

Leon sagte: »Hm?«

»Ich will nicht um den heißen Brei herumreden: Ich glaube, du bist nicht der richtige Mann für sie. Du bist ein Miesmacher. Du bist so hitzköpfig, und sie ist so... so gar nicht hitzköpfig. Du meinst, ihre Puppen sind nichts wert. Für dich ist das hier bloß eine unangenehme Pflicht, die du wohl oder übel erfüllst, bis du endlich deiner wahren Berufung als Schauspieler folgen kannst. Aber wenn du wirklich so ein großer Schauspieler bist, warum spielst du dann nicht Theater? Glaubst du, es gibt in dieser Stadt keine Theatergruppen? Ich weiß warum: du hast es dir mit diesem Bronson, Branson oder wie er heißt, verscherzt, als du bei ihm zum Vorsprechen warst. Du hast es dir mit allen verscherzt. Für das Tschechow-Stück kannst du nicht vorsprechen, weil Barry May mitspielt, und der würde allen anderen erzählen, wie du wirklich bist. Aber du behauptest andauernd, du würdest hier versauern und dein Talent vergeuden, du wärst Schauspieler und für etwas Besseres geschaffen. *Wofür* denn bitte?«

Leon hatte aufgehört zu kauen. Emily spürte, wie sich ihr die Kehle zuschnürte. Victor war kleiner und schwächlicher als Leon; er würde niemals zurückschlagen. Sie sah ihn schon vor sich, wie er geduckt am Fenster stand und schützend seine Arme vor den Kopf hielt, aber sie wußte nicht, wie sie den beiden Einhalt gebieten sollte.

»Mir ist klar, daß ich jünger bin als Emily«, sagte Victor, »aber ich könnte mich viel besser um sie kümmern. Ich würde sie besser behandeln; ich würde ihre Qualitäten zu schätzen wissen; ich könnte den ganzen Tag dasitzen und sie bewundern, wenn du es genau wissen willst. Wir würden ein richtiges Leben führen, nicht so wie jetzt, wo sie über ihre Nähmaschine gebeugt arbeitet und du schmollend in der Ecke hockst, ohne sie zu beachten, weil du aus irgendeinem unerfindlichen Grund sauer bist... Also, ich sage es ohne Umschweife: Ich möchte mit Emily von hier fortgehen.«

Leon drehte den Kopf zur Seite und schaute Emily an. Sie stellte fest, daß er gar nicht wütend war. Er wirkte vielmehr gelassen und belustigt und hatte ein nachsichtiges, freundliches Lächeln auf den Lippen. »Was sagst du dazu, Emily?« sagte er. »Möchtest du mit Victor fortgehen?«

Sie war plötzlich sehr niedergeschlagen.

»Vielen Dank, Victor«, sagte sie und preßte die Handflächen gegeneinander. »Das ist wirklich sehr nett von dir, aber ich bin ganz zufrieden so. Vielen Dank.«

»Oh«, sagte Victor.

»Ich weiß, du hast es gut gemeint.«

»Naja«, sagte Victor, »ich wollte damit nicht hinterm Berg halten.«
Dann setzte er sich wieder auf die Fensterbank und griff nach seinem Teller Bohnen.
Am nächsten Morgen war er weg – Victor und sein Haufen Dekken und sein Segeltuchrucksack und sein Pappkarton voller Langspielplatten. Er hatte sich noch nicht einmal von Mrs. Apple verabschiedet. Irgendwie war Emily erleichtert. Nach allem, was vorgefallen war, hätten sie nie wieder ungezwungen miteinander umgehen können. Und sie und Leon brauchten wirklich mal ein bißchen Zeit für sich. Sie waren schließlich verheiratet, und mittlerweile fühlte es sich auch so an, als seien sie ein Ehepaar. Sie wollte ein Baby. Leon war dagegen, aber mit der Zeit würde er seine Meinung schon ändern. Jetzt konnten sie Victors Zimmer als Werkstatt benutzen und später dann als Kinderzimmer. Es war eigentlich ein Glück, daß Victor fortgegangen war.
Aber sie fand es scheußlich, daß sein moosiger, erdiger Jungengeruch noch tagelang in dem leeren Zimmer hing.
Vorfälle wie diesen hatte es in Emilys Leben schon mehrfach gegeben. Manche Männer schienen auf sie fixiert zu sein – aber nicht auf sie persönlich, dachte sie. Sie waren in eine Vorstellung von ihr verliebt. Sie erinnerte sich an einen Jungen in ihrem Logik-Seminar, der ihr ständig Zettel schrieb, auf denen er sie bat, für ihn ihr Haar zu lösen. Ihr Haar: ein Haufen toter Zellen, die gar nichts mit ihr zu tun hatten. »Stell dir vor, Haare wären Fingernägel, nur länger und dünner«, hatte sie kühl zurückgeschrieben. Sie mochte es nicht, wenn man nur ihre äußeren Merkmale wahrnahm – blonde Haare und ein altmodisches Gesicht. Einmal, in New York, war ein Mann jeden Tag zum Essen in das Lokal gekommen, in dem sie arbeitete, und jedesmal, wenn sie an seinem Tisch vorbeikam, erzählte er ihr von seiner Ex-Frau, die ebenfalls aufgesteckte Zöpfe getragen hatte. Es war immer dasselbe: Emily brachte ihm Brot, und er sagte: »Bei unserer zweiten Verabredung sind wir in den Zoo gegangen.« Sie schenkte ihm Kaffee nach, und er sagte: »Ich bin überzeugt, daß sie mich von Anfang an geliebt hat.« Etwa nach zwei Wochen kam er

nicht mehr, aber Emily mußte immer wieder an die Ex-Frau denken. Sie war zu ihrem zweiten Ich geworden; bestimmt hätte sie sich gut mit ihr verstanden, aber die Frau war weggelaufen und hatte es Emily überlassen, die Schuld auf sich zu nehmen. Und jetzt überlegte Emily, was für eine Frau Victor wohl im Sinn gehabt hatte. Ganz sicher nicht sie, die in fusseligen alten Sachen herumlief und ständig nach geeigneten Nasen für ihre Puppen suchte. Es mußte eine andere gewesen sein, die aussah wie Emily, in deren Leben aber für mehr Leute Platz war. Armer Victor! Es war wirklich zu schade, dachte Emily. Sie war überrascht, wie sehr sie ihn vermißte. Sie konnte sich nicht vorstellen, jemand anderen als Leon zu lieben, aber wenn sie eine Puppe genäht hatte und sie gerne ausprobieren wollte, dachte sie an Victor und ihre gemeinsamen, quäkenden Duette. Sie erinnerte sich daran, wie sie auf jener ersten Geburtstagsfeier mit den Schwestern der Schönen herumgealbert hatten, während Leon im Zimmer auf und ab ging.
Mit Leon konnte man nicht so herumalbern.

4

Sie zog Gina ein T-Shirt, einen rosafarbenen Cord-Overall und einen Skianzug an. Sie schloß die Schnallen ihrer kleinen roten Schuhe. Gina konnte es kaum erwarten, loszugehen. »Gehen wir zum Spielplatz schaukeln?« fragte sie.
»Heute nicht, mein Schatz.«
»Ich will aber zum Spielplatz und schaukeln.«
»Vielleicht morgen.«
»Aber *warum* gehen wir nicht zum Spielplatz schaukeln?«
Sie war jetzt fast zwei. Nervtötende Zweijährige: sie hatten ihren eigenen Willen. Aber das war bei Gina in jedem Alter so gewesen. Irgendwie hielt dieses kleine Kind seine Eltern ständig auf Trab und brachte sie an den Rand der Erschöpfung. Sie mußten etwas falsch machen. Andere Leute schienen mit ihren Kindern leichter fertigzuwerden.
Emily zog ihren Mantel an und band sich einen Schal um den

Kopf. Es war ein feuchter, kalter Tag im Februar. Sogar in der Wohnung war es kalt. Sie steckte den Kopf durch die Küchentür, um Leon auf Wiedersehen zu sagen. Er saß an dem abgeblätterten Emailletisch, den sie bei Goodwill günstig erstanden hatten, und las die *Village Voice*. »Leon?« sagte sie. »Ich gehe mit Gina ein Stück spazieren.«
»Soll ich mitkommen?«
»Nein, nein, ich bin bald wieder da.«
Er nickte und wandte sich wieder seiner Zeitung zu. Emily schob Gina zur Tür hinaus. Sie stiegen die knarrende Treppe hinunter, gingen am Seiteneingang von Crafts Unlimited vorbei und dann durch die Glastür an der Vorderseite des Gebäudes hinaus. Sie warf einen Blick hinüber zum Waschsalon auf der anderen Straßenseite. Niemand war zu sehen. Sie nahm Gina auf den Arm und ging in Richtung Beacon Avenue. Gina wehrte sich und zappelte, um heruntergelassen zu werden; sie lief lieber auf ihren eigenen Beinen. (Das dauerte ewig.) Sie war inzwischen so schwer, daß man sie nicht mehr so leicht tragen konnte. Emily lief schneller, als sie vorgehabt hatte, denn Gina rutschte auf ihrem Arm hin und her und brachte sie aus dem Gleichgewicht. Ihre Schuhe machten ein raschelndes, tappendes Geräusch.
Sie trafen fünf Minuten zu früh in der E-Z-Cafeteria ein, aber Leons Mutter war schon da. Sie saß kerzengrade am vordersten Tisch und hatte die Hände über ihrer Handtasche gekreuzt. Als sie Emily erblickte (oder vielmehr, als sie Gina erblickte), schien sie richtig aufzublühen. Sie hob das Gesicht, löste ihre Hände aus der Verschränkung, und die Federn auf ihrem Hut gerieten in Bewegung. »Ah!« rief sie. Sie stand auf und legte ihre Wange kurz an Emilys. »Ich wußte nicht, ob ihr kommen würdet«, sagte sie zu Emily. »Ich wußte nicht, ob du bei diesem Wetter mit ihr auf die Straße gehen würdest.«
»Ach, wir gehen mit ihr bei jedem Wetter raus«, sagte Emily.
Mrs. Meredith setzte Gina auf den hohen Kinderstuhl, den sie schon herangeholt hatte. »Hat meine Kleine gefroren?« säuselte sie. »Ist ihr Gesichtchen ganz kalt geworden?« Sie wickelte Gina wie ein Paket aus ihrem Skianzug und strich ihr über das dicke,

dunkle Haar. »Genau wie Leons Haar«, sagte sie. (Das sagte sie jedesmal.) »Und so groß ist sie geworden. In dem einen Monat ist sie so gewachsen, daß ich sie gar nicht wiedererkannt hätte. Obwohl ich sie natürlich überall wiedererkennen würde«, sagte sie und widersprach sich damit selber. Gina starrte sie nachdenklich an. Sie war in Gegenwart ihrer Großmutter immer stiller als sonst.

Die E-Z-Cafeteria entsprach nicht ganz Mrs. Merediths Geschmack, aber es war ein Lokal, in das man gut mit Gina gehen konnte. Sie konnten sie an der Selbstbedienungstheke vorbeischieben, anstatt am Tisch auf ihre Bestellung warten zu müssen, und sie konnten jederzeit aufbrechen, wenn sie quengelig wurde. Sie hatten eine Weile gebraucht, um darauf zu kommen. Das erstemal hatten sie sich auf Vorschlag von Mrs. Meredith im »Elmwood« getroffen, einem Lokal in der Nähe von Towson. Emily mußte mit dem Bus dorthin fahren. Es war das einzige Restaurant in der Umgebung von Baltimore, das Mrs. Meredith kannte. Und sie hatte, mußte man gerechterweise dazusagen, keine Ahnung, daß sie auch ein Baby zum Mittagessen eingeladen hatte.

Als sie und Leon heirateten, hatte Emily natürlich ihre Großtante Mercer in Taney darüber informiert. Tante Mercer war nicht besonders erfreut gewesen, aber sie hatte sich damit abgefunden. Auf ihrem dicken Briefpapier mit Silberrand, das roch, als habe sie es die letzten zehn Jahre im Keller aufbewahrt, schrieb sie Emily einen Brief, in dem sie fragte, wer dieser junge Meredith denn sei. *Wie heißt sein Vater? Kenne ich vielleicht seine Familie? Er ist doch keiner von den Merediths aus Nashville, oder?* Und sobald sie eine Antwort auf ihre Fragen bekommen hatte, fühlte sie sich verpflichtet, seinen Eltern einen Höflichkeitsbrief zu schicken. Daraufhin erhielt Leon einen Brief von seiner Mutter, der direkt an seine New Yorker Adresse gerichtet war: *An Mr. Leon Meredith*. Emilys Name stand nicht dabei. Leon warf ihn ungeöffnet weg. »Aber Leon!« sagte Emily. Sie fühlte sich zwar in Gegenwart seiner Eltern nicht besonders wohl, aber man konnte doch den Kontakt mit seinen einzigen Verwandten nicht völlig abbrechen. Leon sagte: »Ich habe ja

gleich gesagt, daß es ein Fehler war, deiner Tante zu schreiben. Wie du siehst, hatte ich recht.« Und der Brief blieb im Papierkorb liegen.
Sie zogen nach Baltimore, aber die Briefe erreichten sie auch dort, denn seine Mutter brauchte bloß Tante Mercer nach seiner neuen Adresse zu fragen. Und Leon warf die Briefe weiter in den Papierkorb. Vielleicht hätte er irgendwann doch einen aufgemacht (es konnte schließlich nicht ewig so weitergehen), aber dann taten die Merediths etwas Unverzeihliches: sie gaben seine Anschrift an das Musterungsbüro weiter.
Es geschah nicht aus Gehässigkeit, davon war Emily überzeugt, aber Leon faßte es so auf. »Da siehst du, wie meine Eltern sind«, sagte er. »Es ist ihnen lieber, daß ich im Dschungel umgebracht werde, als daß ich glücklich und zufrieden mein eigenes Leben führe.« Auch nachdem er ausgemustert worden war, verfluchte er sie noch. Es stellte sich heraus, daß eines seiner Beine als Folge eines Oberschenkelbruchs in seiner Kindheit drei Zentimeter kürzer war als das andere. Niemandem war es je aufgefallen. Er kam humpelnd und mit schmerzverzerrtem Gesicht zurück und sagte: »Ich bin frei, aber ich werde nie vergessen, was sie mir antun wollten.« Und er warf weiterhin ihre Briefe in den Papierkorb.
Wären die Umschläge auch an Emily adressiert gewesen, hätte sie sie geöffnet. Sie war damals bereits schwanger und sehnte sich nach ihrer Mutter. Tante Mercer war keine große Hilfe – sie schrieb nur in ihrer blassen, stählernen Handschrift: *Die Krokusse kommen dieses Jahr sehr spät, und die Wühlmäuse haben meinen Schneeglöckchenzwiebeln arg zugesetzt* – und Mrs. Apple zeigte sich mitfühlend, hatte aber keinerlei Erinnerung ans Kinderkriegen. (»Vielleicht habe ich bei der Geburt eine Narkose bekommen und geschlafen«, sagte sie. »Bekommt man bei so was eine Narkose? Es könnte sogar sein, daß ich die ganzen neun Monate verschlafen habe.«) Emily träumte, Mrs. Meredith würde plötzlich vor der Tür stehen, auf wundersame Weise molliger und mütterlicher geworden, und sie in die Arme nehmen und wie eine Tochter behandeln. Aber das geschah nicht.
Drei Monate nach Ginas Geburt war es dann soweit: *Mrs. Leon*

Meredith. Emily staunte darüber, wie lange es gedauert hatte. Sie schloß sich im Badezimmer ein, um den Brief heimlich zu lesen.
Ich weiß, Sie wollen uns unseren Jungen wegnehmen. Ich habe gleich gemerkt, daß Sie eine kaltherzige kleine Person sind. Aber er ist unser einziges Kind. Was glauben Sie denn, wie wir uns fühlen?
Emily war verblüfft. Sie verstand nicht, wie jemand so unfair sein konnte. Ihre Augen wurden feucht, und die Ziegelsteinmauer vor dem Fenster verschwamm.
Wie können Sie so etwas behaupten? schrieb sie zurück. *Ich habe rein gar nichts damit zu tun. Das ist allein eine Sache zwischen Ihnen und Leon.*
Seine Mutter schrieb: *Anscheinend fühlen Sie sich durch irgend etwas beleidigt. Können wir nicht noch einmal von vorn anfangen? Wollen wir uns nächsten Mittwoch um zwölf Uhr im* Elmwood *treffen?*
Emily wollte sie nicht treffen. Sie hätte den Brief am liebsten zerrissen. Sie sah zu Gina hinüber, die fröhlich krähend in ihrem Pappkarton lag, und überlegte, was Gina tun müßte – heiraten, den falschen Mann heiraten, einen Mord begehen –, um sich so mit ihr zu überwerfen, wie Leon sich mit seinen Eltern überworfen hatte. Ihr fiel nichts ein. Sie würde es nicht zulassen. Gina war das Wichtigste in ihrem Leben; selbst Emilys Gefühle für Leon erschienen blaß gegen das, was sie für Gina empfand. Sie strich den Brief auf ihrem Schoß glatt und stellte sich Mrs. Merediths angespanntes, gepudertes Gesicht vor – mit den gezupften Augenbrauen, die zwei gebogenen, dünnen Drähten glichen, und den leicht geschwollenen Lidern darunter, die den Eindruck erweckten, als wäre sie ständig den Tränen nahe.
Emily hatte gelernt, daß man bestimmte Regeln einhalten mußte. Sie würde hingehen müssen, wenigstens dieses eine Mal.
Mrs. Meredith war den ganzen Weg von Richmond mit dem Taxi gekommen. Offenbar konnte sie nicht Auto fahren und hatte einfach für einen Tag ein Taxi gemietet. Der Fahrer saß am Nebentisch, strich Leberpastete auf seine Cracker und las die neueste Ausgabe von *Male*. Mrs. Meredith saß stocksteif da und war-

tete auf Emily. Vor ihr stand ein beschlagenes Martini-Glas. Dann kam Emily herein. Gina hing über ihrem Arm, so wie sie es damals am liebsten mochte – den Po auf Emilys Hüfte gestützt, den Blick mit gerunzelter Stirn auf die eigenen nackten Zehen gerichtet. »Oh!« rief Mrs. Meredith aus, hob mit einer plötzlichen Bewegung eine Hand an den Hals und fegte dabei das Martini-Glas in ihren Schoß.

Wenn sie jetzt daran zurückdachte, hatte Emily das Gefühl, sie hätte Mrs. Meredith warnen sollen. Einfach so mit einem unerwarteten Enkelkind hereinzustürmen, war zu theatralisch gewesen. So etwas paßte eher zu Leon. Sie schien einige von Leons Eigenschaften übernommen zu haben. Und er schien einige von ihren übernommen zu haben. (Er sprach nur noch selten davon, aus Baltimore wegzugehen.) Sie mußte an Autounfälle denken, bei denen ein Wagen mit dem Kotflügel den Kotflügel eines anderen rammte. Es hatte sie immer erstaunt, daß die beschädigten Kotflügel beide Spuren vom Lack des anderen Autos aufwiesen. Man sollte doch annehmen, daß die Farbe nur an einem Auto zu sehen wäre, nicht an beiden. Es war so, als hätten sie ihre Farben ausgetauscht.

Nach dem Mittagessen mit Mrs. Meredith machte sie einen Versuch, Leon davon zu erzählen. »Übrigens schreibt deine Mutter jetzt an *mich*«, sagte sie.

Aber Leon sagte: »Emily, ich will davon nichts hören, und ich will damit auch nichts zu tun haben. Ist das klar?«

»Na gut, Leon«, sagte Emily.

Und seltsamerweise schien auch Mrs. Meredith mit dem Stand der Dinge zufrieden zu sein. Anscheinend wollte sie nur eine Verbindung zu ihrem Sohn herstellen, und durch wen diese Verbindung aufrechterhalten wurde, war ihr nicht so wichtig. Sie bat Emily, ihr von Leon zu erzählen. Half er ihr mit Gina? »Er trägt sie nachts auf dem Arm herum und paßt auf sie auf, wenn ich im Laden arbeite«, sagte Emily, »aber er bringt es noch nicht über sich, ihr die Windeln zu wechseln.«

»Genau wie Burt früher«, sagte Mrs. Meredith. »Ganz genauso!« Aber sie drang nie weiter in Emily. Vielleicht fand sie es einfacher so. Sie flüchtete sich oft in Geschichten aus Leons Kinderzeit, als er noch jemand war, den sie verstehen konnte. »Er war ein wunderhübsches Baby«, sagte sie. »Alle Schwestern sagten das. So ein hübsches Kind hatten sie noch nie gesehen! Sie trauten ihren Augen kaum!« Irgendwie schien sie bei ihren Erzählungen immer übers Ziel hinauszuschießen. »Sogar die Ärzte kamen vorbei, um einen Blick auf ihn zu werfen. Der eine, ein Herzchirurg, kam direkt nach einer Operation, nur um ihn zu sehen. ›Mrs. Meredith‹, sagte er, ›ich habe noch nie im Leben ein so hübsches Baby gesehen. Von dem jungen Mann werden wir mit Sicherheit noch hören. Der wird es mal weit bringen!‹ Er rief seine Frau an; ich hörte ihn im Flur telefonieren. ›Du mußt dir dieses Baby ansehen, das wir hier haben! Du mußt es dir unbedingt ansehen!‹«

Als nächstes, dachte Emily, würde über dem Kreißsaal ein Stern aufgehen. Sie begriff allmählich, warum Leon in Gegenwart seiner Mutter immer so gereizt war. Mrs. Merediths stark geschminktes Gesicht, das freudig in den Anblick eines unsichtbaren Babys vertieft war, machte einen gewollt verschlossenen, starrsinnigen Eindruck.

Genaugenommen reagierte Emily auf sie ebenfalls gereizt, und die gemeinsamen Mittagessen bereiteten ihr weder Vergnügen, noch führten sie dazu, daß bei Emily ein Gefühl der Zuneigung zu Mrs. Meredith entstand. Wenn sie ihr erzählte, was es Neues gab – und sogar, wenn sie in Mrs. Merediths Anwesenheit mit Gina sprach –, merkte Emily, wie ihre eigene Stimme einen gekünstelten Tonfall annahm, der gar nicht zu ihr paßte. Sie hatte das Gefühl, nichts, was sie sagte, würde jemals Mrs. Merediths Erwartungen entsprechen. Aber was konnte sie schon tun? Am Tag nach ihrem Mittagessen im »Elmwood« begann Mrs. Meredith, Fahrstunden zu nehmen. Einen Monat später besaß sie einen Führerschein und einen nagelneuen Buick. Sie fuhr ganz alleine die weite Strecke von Richmond bis nach Baltimore, obwohl sie, wie sie sagte, schreckliche Angst vor den mehrspurigen Highways hatte und nur sehr ungern schneller als fünfzig Stundenkilometer fuhr. Als sie Emily aus einer Telefonzelle anrief

und atemlos verkündete: »Ich habe es geschafft! Ich bin hier, um dich zum Essen einzuladen«, konnte Emily da einfach »Nein danke« sagen und auflegen?
Sie trafen sich in regelmäßigen Abständen: an jedem ersten Mittwoch im Monat. Emily erzählte Leon nichts davon. Sie wußte, Gina würde es irgendwann verraten. Jetzt, da Gina sprechen konnte, war es nur eine Frage der Zeit. »Als ich und Oma beim Essen waren...«, würde sie sagen, und Leon würde sagen: »Du und *wer*?« und dann wäre der Teufel los. Bis dahin ging Emily pflichtbewußt und mit angestrengt gerunzelter Stirn zu den Verabredungen.
Einmal kam auch Mr. Meredith mit. Das Baby schien ihn nervös zu machen. Er überließ das Reden seiner Frau und starrte inzwischen die schmuddeligen alten Männer an, die in der E-Z-Cafeteria ihre Suppe schlürften. »Wo ist denn mein Herr Sohn?« fragte er schließlich.
»Er... er ist zu Hause, er hat zu tun«, sagte Emily.
»Kannst du dir vorstellen, daß er auch einmal so ein kleiner Wurm war?« fragte er und schwenkte das Kinn in Ginas Richtung. »Ich konnte ihn auf der flachen Hand tragen. Jetzt reden wir nicht mal mehr miteinander.«
»Burt«, sagte Mrs. Meredith.
»Er hat schon immer leichtfertig Menschen vor den Kopf gestoßen.«
Später, als sie aufbrachen, fragte er Emily, ob sie alles beisammen hatte.
»Beisammen?« sagte Emily.
Vielleicht wollte er wissen, ob sie noch ganz bei Trost war, weil sie seinen Sohn geheiratet hatte.
Aber er sagte: »Na, du weißt schon: Bettchen, Kinderwagen, Laufstall, Kinderstuhl...«
»Ach so. Das brauchen wir alles nicht«, sagte Emily. »Sie schläft in einem Pappkarton. Das geht wunderbar.«
»Ich schicke euch ein Kinderbett«, sagte Mr. Meredith.
»Nein, Mr. Meredith, bitte tun Sie das nicht.«
»Ich schicke es euch gleich morgen. Das muß man sich mal vor-

stellen! Ein Pappkarton!« sagte er und ging kopfschüttelnd hinaus. Er machte ein zufriedenes Gesicht, als wären zumindest *seine* Erwartungen ausnahmslos erfüllt worden.
Das Bettchen traf ein: es war weiß, hatte Rollen und einen Baldachin mit Lochmuster. Sie hatte noch nie etwas so Absurdes gesehen. Zwei Lieferanten trugen es – in seine Einzelteile zerlegt – keuchend die Treppe hinauf und stellten es an der Wand im Flur ab. Sie schob einen Finger unter die Plastikverpackung und befühlte den Stoff des Baldachins. In diesem Moment kam Leon herein. Er warf den Kohlkopf, den er für sie auf dem Markt gekauft hatte, von einer Hand in die andere. »Wo kommt denn das ganze Zeug her?« fragte er.
»Deine Eltern haben es geschickt«, sagte sie.
Er wich einen Schritt von dem Bett zurück.
»Leon«, sagte sie. »Wo wir gerade dabei sind: Ich muß dir etwas erzählen.«
Er sagte: »Ich will es nicht hören, ich will es nicht wissen, und ich will, daß dieses Monstrum verschwunden ist, wenn ich wiederkomme.«
Dann drehte er sich um und ging hinaus, den Kohlkopf noch in der Hand.
Emily dachte nach. Sie zerdrückte für Gina zum Abendessen eine Banane und fütterte sie damit. Geistesabwesend aß sie selber auch ein paar Löffel davon. Sie blickte durch die Küchentür auf den Flur hinaus, wo das Bett würdevoll an der Wand lehnte. Gina war damals sechs Monate alt, und sie wurde langsam zu groß für den Pappkarton. Sie schlief öfter bei ihren Eltern und nuckelte dann immer noch träge an Emilys Brust. Es wäre schön, einen Platz zu haben, an dem sie gut aufgehoben war, dachte Emily. Sie kratzte etwas Bananenbrei von Ginas Kinn und schob ihn ihr wieder in den Mund. Erneut betrachtete sie das Bett.
Als Leon wiederkam, war das Bett noch da, aber er sagte nichts. Vielleicht hatte er auch ein bißchen nachgedacht. Am nächsten Tag machte Emily sich daran, es aufzubauen. Sie fügte zwei Teile zusammen und ließ sie dann eine Weile liegen, als wäre das Ganze bloß ein Zeitvertreib – wie ein Kreuzworträtsel oder eine

Handarbeit. Etwas später zog sie eine Schraube fest; dann blätterte sie in der Zeitung. Nach ein paar Tagen hatte sie das Bett zusammengesetzt. Sie fand es albern, es auf dem Flur stehenzulassen, wo es ihnen im Weg war; also schob sie es ins Schlafzimmer. Der Effekt war verblüffend. Gegen das Weiß des Bettes sah das ganze Zimmer trist aus. Die Matratze auf dem Fußboden wirkte klumpig und zerschlissen.

Sie ging zurück auf den Flur, holte Gina und setzte sie in das Bettchen. Gina betrachtete erstaunt die ungewohnte Umgebung, die Rüschen des Baldachins, die bunten Dekorationen, die Gitterstäbe. Was für ein Schock, schien sie sagen zu wollen. Wie bin ich in dieses Gefängnis geraten?

Es hatte sich Stück für Stück so ergeben. Gegen gewisse Dinge war man machtlos.

5

Das Kind hatte ihr Leben von Grund auf verändert, stärker als sie es für möglich gehalten hatten. Man sollte meinen, jemand so Kleines würde einfach eine bestehende Lücke ausfüllen, und das Leben ginge weiter wie gewohnt, aber so war es ganz und gar nicht. Von Anfang an beanspruchte Gina ihre gesamte Aufmerksamkeit. Schon als kleines Baby war sie energisch, ausgelassen und begeisterungsfähig, eine Krakeelerin, die selten schlief und hartnäckig versuchte, sich aufzurichten. Sie legten sie abends zum Schlafen auf den Bauch, und augenblicklich schnellte ihr Kopf wieder in die Höhe, wackelte unsicher, und sie riß die Augen so weit auf, daß ihre Stirn ganz runzelig wurde. Sie liebte es, wenn man mit ihr redete, ihr etwas vorlas oder sie hoch in die Luft warf. Als sie älter wurde, verliebte sie sich in Rotkäppchens Wolf, und sie mußten ihn ihr überlassen. Wenn sie überhaupt einmal schlief, dann lag das Gesicht des Wolfes dicht neben ihrer Wange, und sie wickelte verträumt seine rote Filzzunge um ihren Finger. Die Zunge riß immer wieder ab, und dann war sie tiefunglücklich – sie weinte und klammerte sich so lange an Emily, bis Emily die Zunge wieder annähte. Und sie wollte auf keinen Fall alleingelassen werden. Hannah Miles von nebenan paßte gerne auf sie auf, aber jedesmal, wenn Emily und Leon ausgehen wollten, weinte Gina herzzerreißend, und Emily blieb zu Hause. Oder, wenn Leon darauf bestand, ging sie widerstrebend mit, aber ihre Gedanken waren die ganze Zeit bei Gina, und während des Films oder der Lesung spielte sie nervös an ihren Mantelknöpfen herum und bekam kaum etwas mit. Dann wurde Leon wütend, und sie stritten sich, und der Abend war verdorben; aber wenn sie später nach Hause kamen, so gegen elf oder zwölf Uhr abends, saß Gina fröhlich und hellwach im Bett, schaute mit Hannah Bilderbücher an und nahm kaum Notiz von ihnen.

Sie fragten sich natürlich niemals, ob Gina all das wert sei. Sie war der Mittelpunkt ihres Lebens. Immer wieder bewunderten sie Ginas kleine kühle Nase, ihre pummeligen Finger oder die klare Linie ihres Mundes. Wenn sie endlich schlief, kam ihnen die Wohnung ohne Ginas geballte Energie wie ausgestorben vor. Emily wanderte dann oft von einem Zimmer ins andere und wußte nicht, was sie als nächstes tun sollte, obwohl sie den ganzen Tag über so viel hatte erledigen wollen und zu rein gar nichts gekommen war. Sie fragte sich, wie sie so ein Kind zustande gebracht hatten. Sie selber war immer ganz brav gewesen und hatte es allen recht machen wollen; Leon war zwar ebenso temperamentvoll wie Gina, besaß aber nicht ihre fröhliche Gutmütigkeit. Woher hatte sie die bloß? Sie mußte ein Wechselbalg sein. Sie war mit den Eigenschaften von jemand anderem auf die Welt gekommen. Sie war das Kind eines Kobolds, nicht ihr eigenes.

Er stand in der Tür des Waschsalons, den Hut tief in die Stirn gezogen, und wenn sie vorbeigingen, trat er zurück in die Dunkelheit. Mal war sein Hut spitz, mal flach, mal breitkrempig. Zuweilen schien er gealtert zu sein, als hätten seine Kräfte plötzlich nachgelassen, wie es bei manchen Leuten vorkam; er trug eine Brille mit Goldrand, und sein Bart war so kurz gestutzt, daß es fast aussah, als habe er sich bloß ein paar Tage nicht rasiert. Einige Zeit später tauchte er dann wundersam verjüngt wieder auf, ohne Brille und mit üppig sprießendem Bart. Und manchmal wirkte er kein bißchen koboldhaft, sondern war nur ein langnasiger, vornehmer Herr, der so gepflegte Anzüge trug, daß man den Eindruck bekam, jemand anders habe sie für ihn ausgesucht. An anderen Tagen hätte er in eine Puppentheater-Vorstellung hineinplatzen können, ohne fehl am Platze zu wirken. Sein Gang war unverkennbar und hätte eher zu einem wesentlich jüngeren Mann gepaßt – ein verwegener, in den Knien federnder, halb rennender, halb springender Gang, bei dem seine Fersen kaum den Boden berührten. Einmal jedoch sahen sie ihn mit den bedächtigen Schritten eines Mannes im mittleren Alter aus einem Secondhand-Laden kommen. Er hatte sich die Haare unvorteilhaft lang wachsen lassen, so daß sie häßlich und strähnig über seinen Kragen fielen. Kurz vor Weihnachten glaubte Leon, ihn sogar bei einer Puppenaufführung in der Nähe von Washington gesehen zu haben; aber vielleicht war es nur jemand gewesen, der ihm ähnelte, meinte er. Später sagte er zu Emily, er frage sich, wie er nur so dumm hatte sein können – nicht weil er geglaubt hatte, daß es Morgan war (der Mann war schließlich überall), sondern weil er gedacht hatte, es könnte irgendwo, irgendwann irgend jemanden geben, der Morgan auch nur im entferntesten ähnelte.

1971

1 Morgans älteste Tochter heiratete. Er hatte es sich Stück für Stück zusammenreimen müssen. Niemand hatte es ihm mitgeteilt. Er bemerkte nur, daß seit Monaten ständig ein bestimmter junger Mann zu Besuch kam, für den schon bald beim Abendessen automatisch mitgedeckt wurde und der, ebenso wie alle anderen Familienmitglieder, von Bonny um Rat gefragt wurde, als sie nicht wußte, in welcher Farbe sie das Eßzimmer streichen sollte. Er hieß Jim. Er hatte das ausdruckslose, sandfarbene Gesicht einer Schaufensterpuppe und schien eine übertriebene Vorliebe für Pullover mit rundem Halsausschnitt zu besitzen. Morgan hatte keine Ahnung, worüber er mit ihm reden sollte. Er brauchte diesen Knaben nur anzusehen, und schon überkam ihn eine eigenartige Trägheit und ihm wurde schlagartig bewußt, wie wenige Anlässe es im Leben gab, die die Anstrengung des Sprechens, die Auseinandersetzung mit den verzwickten Regeln der Grammatik und der Aussprache und das Aufbringen einer ausreichenden Stimmlautstärke lohnten.

Dann begann Amy immer mehr Sätze mit »wir«. *Wir* glauben dieses und *wir* hoffen jenes. Und schließlich: Wenn wir erst etwas mehr Geld verdienen; wenn wir eine schöne Wohnung finden; wenn wir eigene Kinder haben. Man konnte sagen, es schlich sich so ein. Ohne große Bekanntmachung. An einem Sonntagnachmittag wurde Morgan von Bonny gefragt, ob der Garten hinterm Haus wohl zu klein für den Empfang sei. »Empfang?« sagte Morgan.

»Und das Problem ist nicht nur die Größe, sondern auch das Wetter«, sagte Bonny. »Was machen wir, wenn es regnet? Du weißt ja, wie das Wetter im April sein kann.«

»Aber es ist doch schon März«, sagte Morgan.

»Wir setzen uns heute abend alle zusammen«, sagte Bonny, »und treffen eine Entscheidung.«

Also ging Morgan zu seinem Kleiderschrank und wählte eine passende Aufmachung: einen Nadelstreifenanzug, den er aus dem Nachlaß von Bonnys Vater übernommen hatte. Er war ihm an den Schultern zu weit, aber Morgan nahm an, Mr. Cullen habe diesen Anzug getragen, als Morgan bei ihm um Bonnys Hand angehalten hatte. Und ganz bestimmt hatte er die Manschettenknöpfe aus Onyx getragen. Morgan fand die Manschettenknöpfe hinten in einer Schublade, und er brauchte eine Weile, bis er sie durch die rutschigen, gestärkten Manschetten seines einzigen Hemdes mit Klappmanschetten gesteckt hatte.

Aber als sie dann alle vier beisammensaßen, wurde Morgan kein einziges Mal nach seiner Meinung gefragt. Die anderen redeten nur übers Essen. Lohnte es sich, einen Partyservice zu beauftragen, oder sollten sie das Essen selber zubereiten? Amy meinte, ein Partyservice wäre das einfachste. Jim wollte lieber hausgemachte Speisen. Morgan war darüber erstaunt. Schließlich hatte Jim oft genug bei ihnen zu Abend gegessen. Bonny war keine besonders gute Köchin. Sie verließ sich voll und ganz auf Sherry – und gab einen Schuß davon in jedes Gericht, dem ihrer Meinung nach der Pfiff fehlte. Fast alles, was sie aßen, schmeckte nach amerikanischem Cocktail-Sherry.

Morgan saß im Schaukelstuhl und zog Strähne für Strähne seine Barthaare in die Länge. Wenn er jetzt aufstand und hinausging, sagte er sich, würden sie es vielleicht gar nicht bemerken. Er dachte über eine Kränkung nach, die ihm vor langer Zeit zugefügt worden war. Bonny hatte damals, als sie Liz oder vielleicht auch Molly erwartete, vergessen, ihm mitzuteilen, daß sie schwanger war. Bonny behauptete immer, das stimme nicht; natürlich habe sie es ihm gesagt, sie erinnere sich ganz genau daran. Aber Morgan wußte es besser. Er hatte sogar den Verdacht, daß sie es ihm absichtlich verschwiegen hatte: Er neigte dazu, sich über ihre Nachlässigkeit bei der Verhütung zu ärgern. Soviel er wußte, hatte er die Anzeichen der Schwangerschaft erst bemerkt, als Bonny eines morgens in dem weiten blauen Baumwollhemd in die Küche kam, das sie gewöhnlich als Umstandskittel benutzte. Er hätte sich ganz bestimmt noch daran erinnert, wenn sie es ihm gesagt hätte.

»Amy wird die Treppe herunterkommen«, sagte Bonny. Offensichtlich planten sie jetzt die Trauungszeremonie. »Ihr Vater wird sie am Fuß der Treppe erwarten und bis in die Mitte des Wohnzimmers führen.«

»Daddy, du mußt mir versprechen, keinen von deinen Hüten zu tragen«, sagte Amy.

Morgan schaukelte auf seinem Stuhl hin und her, zupfte weiter an seinem Bart und dachte an den hohen schwarzen Brautvaterzylinder, den er zu diesem Anlaß anschaffen würde. Er wußte auch schon, wo er ihn bekommen konnte: bei Tuxedo-Toms-Abendgarderoben-Discount. Langsam fühlte er sich etwas besser.

Später jedoch, als Jim und Amy ausgegangen waren, überkam ihn ein Gefühl der Traurigkeit. Er dachte daran, wie fröhlich Amy als kleines Mädchen gewesen war. Ihr kräftiges gelocktes Haar hatte über den Ohren abgestanden, so daß es aussah, als trüge sie eine holländische Trachtenhaube. Es war dieses Trachtenhauben-Kind, dem er nachtrauerte, nicht die einundzwanzigjährige tüchtige, bei einer Lebensversicherungsgesellschaft angestellte Sekretärin, die Amy inzwischen war. Ihm fiel wieder ein, wieviel Sorgen er sich damals um ihre Sicherheit gemacht hatte. Er hatte immer mehr Angst um die Kinder gehabt als Bonny. »Weißt du was«, sagte er zu Bonny, »ich war davon überzeugt, daß eines unserer Kinder sterben würde. Oder sogar alle – auch das konnte ich mir vorstellen. Ich habe ständig befürchtet, sie könnten von einem Auto überfahren oder entführt werden oder an Kinderlähmung erkranken. Ich habe sie immer wieder gewarnt, nicht mit einer Schere in der Hand herumzulaufen, nicht mit Stricken oder Messern oder spitzen Stöcken zu spielen. Weißt du noch, wie oft du zu mir gesagt hast: ›Mach dich nicht verrückt?‹ Aber sieh sie dir jetzt an: sie sind tatsächlich irgendwie gestorben. All die lustigen kleinen, pummeligen Bälger, Amy in ihrem Oshkosh-Overall – wo sind sie? Sie sind tot. Ich habe mit meinen Befürchtungen recht behalten. Es ist nur viel langsamer gegangen, als ich vorausgesehen hatte.«

»Weißt du, Schatz, das ist nun mal der Lauf der Welt«, sagte Bonny.

Er sah sie an. Sie saß am Küchentisch und stellte die Gästeliste für die Hochzeit zusammen. Über ihr an der Wand hing eine Art Hutständer, der aus einer Reihe kurzer Holzstäbe bestand. Wenn man irgendwo im Haus auf einen der Perlmuttknöpfe drückte, ertönte der Küchen-Gong, und einer der Holzstäbe schnellte nach oben und rief einen nicht vorhandenen Diener. Die vergilbten Schilder unter den Stäben verrieten, wo oder (im Fall der Schlafzimmer) von wem geläutet worden war. *Mr. Armand. Mrs. Armand. Miss Caroline. Master Keith.* Als Morgan diese Schilder betrachtete, hatte er das Gefühl, es gäbe eine jüngere, vornehmere Familie, die neben ihnen her lebte und deren Mitglieder durch die Flure glitten und nach Tee und heißen Wärmflaschen verlangten. Die Mutter saß abends in einem weißen Hauskleid am Kamin und las ihren Kindern vor. Sie hatten links und rechts neben ihr Platz genommen. Ein Junge und ein Mädchen – wie es sich gehört. Beim Abendessen sprachen sie über gute Bücher, und sonntags machten sie sich fein und gingen in die Kirche. *Sie* stritten sich nie. *Sie* verloren oder vergaßen niemals etwas. Sie läuteten und warteten gleichmütig. Sie schauten mit dem gelassenen entrückten Gesichtsausdruck durch die Gowers hindurch, mit dem Theaterbesucher eine unbedeutende Belästigung in der Reihe vor ihnen ignorieren.

»Ich würde gerne Tante Polly einladen«, sagte Bonny, »aber dann muß ich auch Onkel Darwin einladen, und der ist stocktaub und schwierig.«

Sie hatte die strenge schwarze Hornbrille auf, die sie seit kurzem beim Lesen tragen mußte. Morgan sagte: »Und du bist auch gestorben, wenn man es sich recht überlegt.«

»Ich?«

»Was ist aus der jungen Frau geworden, mit der ich immer spazierengegangen bin? Ich habe immer deinen Arm genommen

und meine Hand bis unter deine Achsel geschoben, und du hast weggeschaut und bist errötet, aber du hast dich nie losgemacht.«
Bonny schrieb einen weiteren Namen auf ihre Liste. Sie sagte: »Spazierengegangen? Daran erinnere ich mich nicht. Ich dachte, wir sind immer mit dem Auto gefahren.«
Er strich mit den Fingern über die Innenseite ihres Oberarms, wo die Haut am seidigsten war. Sein Handrücken streifte ihre volle Brust. Sie schien es nicht zu bemerken. Sie sagte: »Jim hat zum Glück nicht viele Verwandte.«
»Sie heiratet ihn bestimmt nur aus Verzweiflung.«
Sie hob den Kopf und schaute ihn an. Sie sagte: »Liebst du die Mädchen denn gar nicht mehr? Man hört doch nicht auf, einen Menschen zu lieben, nur weil seine Körpergröße sich ändert.«
»Natürlich liebe ich sie.«
»Aber nicht so wie früher«, sagte sie. »Du hast immer eine ganz bestimmte Vorstellung von einer Person. Wie eine fixe Idee.« Sie klickte mit ihrem Kugelschreiber. »Und überhaupt, sind solche Gedanken nicht ein bißchen verfrüht? Sie sind ja noch nicht *alle* erwachsen. Molly und Kate gehen immer noch zur Schule.«
»Nein, nein, im Grunde haben sie uns alle verlassen«, sagte Morgan. »Sie gehen jeden Abend aus, sind ständig irgendwo unterwegs… sie haben uns verlassen, dabei bleibe ich.« Seine Miene hellte sich auf. »Oho!« sagte er. »Endlich allein, mein Lipplink!« Aber die Anstrengung war zu groß. Niedergeschlagen ging er zum Herd und zündete an einer Flamme eine Zigarette an. »Das Haus kommt mir so verdammt groß vor, daß wir uns am besten einen fahrbaren Staubsauger anschaffen sollten.«
»Du wolltest doch schon immer mehr Platz für deine Sachen haben«, erinnerte ihn Bonny.
»Sie sind abgehauen, und wir haben jetzt ihre Goldhamster auf dem Hals.«
»Morgan, heute waren wir zu neunt beim Abendessen, wenn man deine Mutter und Brindle mitzählt. Als ich ein kleines Mädchen war, mußte Mattie Ida aus der Stadt kommen und beim Bedienen helfen, wenn wir bei Tisch neun Personen waren.«

»Wir sollten wirklich umziehen«, sagte Morgan. »Wir könnten ein Haus auf dem Land kaufen und uns vielleicht selbst versorgen.« Er sah sich schon in Holzschuhen und einem groben blauen Bauernkittel. Er dachte an ein Blockhaus, das aus einem einzigen Raum bestand, mit riesigem Kamin, einem gewebten Teppich und einer Bettcouch, auf der eine handgearbeitete Decke lag. Unvermittelt hüpfte Amy mit ihren Trachtenhauben-Locken auf der Couch herum. Er zuckte zusammen. »Ich trete vorzeitig in den Ruhestand«, sagte er. »Ich fühle mich mit meinen fünfundvierzig Jahren älter, als ich erwartet hatte. Ich setze mich zur Ruhe, und dann haben wir mehr Zeit für uns. Wäre das nicht schön?«

»Nun steigere dich doch nicht wieder in eine von deinen verrückten Ideen hinein«, sagte Bonny. »Du wirst vor Langeweile sterben, wenn du dich zur Ruhe setzt. Du würdest dir nutzlos vorkommen.«

»Nutzlos?« sagte Morgan. Er runzelte die Stirn.

Aber Bonny war schon nicht mehr bei der Sache. Sie klopfte nachdenklich mit dem Kugelschreiber gegen die Zähne und sagte: »Meinst du, die Mutter der Braut sollte heutzutage mit der Braut noch ein Gespräch über gewisse Dinge führen?«

»Hmm?«

»Was ich damit sagen will, ist: Wird von mir erwartet, daß ich mit Amy über Sex rede oder nicht?«

»Mußt du es unbedingt *Sex* nennen, Bonny?«

»Wie soll ich es denn sonst nennen?«

»Nun ja...«

»Ich meine, es ist doch Sex, oder?«

»Ja, aber, ich weiß nicht...«

»Ich meine, oder wie würdest *du* es nennen? Ist es Sex oder nicht?«

»Bonny, würdest du bitte nicht so auf mich einreden?«

»Wie auch immer«, sagte sie, »ich wette, Amy würde mich auslachen.«

Morgan massierte mit zwei Fingern seine Stirn. Ihm kam der Gedanke, daß es zu diesem ganzen Aufstand nicht gekommen wäre, wenn Bonny als Mutter mehr Ernsthaftigkeit und Verantwortungsbewußtsein gezeigt hätte. Oder zumindest wäre es nicht so früh dazu gekommen. Ihm schien, daß Bonny mit der ihr eigenen ungezwungenen, heiteren Art die Erziehung der Kinder vernachlässigt hatte. Er erinnerte sich, daß sie einmal, als Kate in die sechste Klasse ging, bei einem Ausflug nach Washington als Aufsichtsperson mitgefahren war und alle acht ihr anvertrauten Schülerinnen im Smithonian-Institute verloren hatte. Sie wurden später zwischen den Schaukästen der Völkerkunde-Abteilung entdeckt, wo sie gerade die Rezepte für die Herstellung von Schrumpfköpfen abschrieben. Bei dem alljährlichen Mutter-Tochter-Picknick in der Schule, zu dem alle anderen Kartoffelsalat und Limonade mitbrachten, brachte Bonny eine große Tüte Big Macs und eine Thermosflasche Chablis mit. Ach ja, und ihre Wirkung auf Maschinen war katastrophal; sie brauchte sich nur hinter das Steuerrad eines Wagens zu setzen, und auf der Stelle ging der Wagen kaputt. Die Warnleuchten blinkten, die Heizung stieß Qualm aus, der Auspuff fiel ab, und die Radkappen rollten in alle Richtungen davon, klapperten den Rinnstein entlang oder rutschten in die Gullis. Wenn Bonny auch nur ein einziges Mal rechts abbog, funktionierte der Blinker nie wieder. Kein Wunder, daß er immer das halbe Wochenende in der Garage unter dem Wagen verbringen mußte! Und Bonny hatte dieses Talent auch noch den Mädchen vererbt. Während der ersten Fahrstunde, die er Amy gegeben hatte, war die Scheibe der Fahrertür von selber hinuntergeglitten und hatte sich nicht wieder hochdrehen lassen. Er hatte den Wagen in die Werkstatt bringen müssen.

Und dann seine Schwester, die seit Weihnachten ununterbrochen ihren Bademantel trug. Er klebte wie verwelkte Orchideenblüten an ihr – schlaff, geriffelt und übelriechend. Und das Gedächtnis seiner Mutter war schlechter denn je, obwohl sie jedesmal einen Wutanfall bekam, wenn jemand darauf anspielte. Um ihre geistige Frische zu beweisen, rezitierte sie beim Abendessen häufig ganze Abschnitte aus »Hiawatha« oder dem *Rubáiyát*. »Fülle den Becher, nimm einen Trunk...!« hub sie unvermittelt an und schlug mit der Gabel gegen ihr Glas. Brindle sagte dann: »O Gott, nicht schon wieder«, und die übrige Familie rund um den Tisch stöhnte auf und zerfiel in protestierende Grüppchen.

Überflüssig? Dieses Leben zu führen war derartig harte Arbeit, daß er, selbst wenn er morgen in den Ruhestand treten würde, keine Hoffnung hatte, sich überflüssig vorzukommen.

2 Amy stand ganz in Weiß mit einem Rosenstrauß auf dem Arm am oberen Ende der Treppe. Das Licht des Flurfensters beschien von hinten den hauchdünnen Stoff ihres langen Kleides. Am Fuß der Stufen wartete Morgan, eine Hand auf den Treppenpfosten gelegt. Er trug seinen neuen Zylinder und einen tiefschwarzen Anzug von Second Chance. (Es hatte ein bißchen Ärger wegen des Hutes gegeben, aber Morgan war hart geblieben.) Er hatte seinen Bart gestutzt. Eine Brille mit Goldrahmen (Fensterglas) thronte auf seiner Nase. Er kam sich vor wie Abraham Lincoln.

Eine von Morgans Schwächen war, daß formelle, offizielle Anlässe wie Hochzeiten und Beerdigungen ihn niemals wirklich berührten. Sie drangen einfach nicht bis in sein Innerstes vor. Er hatte die halbe Nacht wachgelegen und um seine Tochter getrauert, aber das einzige, worüber er sich jetzt, kurz vor Beginn der Zeremonie, Gedanken machte, war Amys Rosenstrauß. Er hatte deutlich gehört, wie die Dame, die das Hochzeitskleid brachte, ihr geraten hatte, die Blumen nicht zu hoch und nicht zu dicht am Körper zu halten – so tief wie möglich, denn Amy würde schon bei leichter Nervosität die Arme unwillkürlich anheben. Und jetzt, noch ehe die Musik eingesetzt hatte, hielt Amy den Strauß bereits in Brusthöhe. Das störte Morgan nicht weiter (er fand es völlig unwichtig), aber er überlegte, warum die Menschen, wenn sie nervös wurden, die Arme hoben. Ob sie damit ihr Herz schützen wollten? Morgan probierte es aus. Er faltete seine Hände erst vor dem Bauch und dann weiter oben. Er konnte keinen Unterschied entdecken. Dann hielt er die Hände direkt unter seinen Bart und summte eine auf- und abschwellende, rhythmische Prozessionshymne vor sich hin, während er durch die Diele tänzelte. »*Daddy*«, zischte Amy. Er ließ die Hände fallen und eilte zurück zum Treppenpfosten.

Kate senkte die Nadel auf die Schallplatte. Der Hochzeitsmarsch setzte mitten im Takt ein. Schlagartig verstummte das Gemurmel im Wohnzimmer. Morgan hörte nur noch das Knarren der geliehenen Stühle. Er blickte gefaßt lächelnd zu Amy hinauf. Das Licht brach sich in seinen Brillengläsern und warf zwei weiße Kreise auf ihr Gesicht. Sie ließ eine Hand leicht wie ein Blatt über das Geländer gleiten und setzte einen spitzen Satinschuh in die Mitte jeder Stufe. Die Messingstangen, die den persischen Läufer festhielten, klapperten bei der Berührung mit ihrem Kleid. Gestern vormittag hatte Bonny mit einem roten Filzstift die kahlen Stellen des Teppichs eingefärbt. Dann hatte sie einen braunen Filzstift für die Risse im Ledersessel benutzt. (Manchmal kam es Morgan so vor, als lebe er in einem der buntbemalten Papphäuser, die die Zwillinge früher gebastelt hatten.) Amy kam unten in der Diele an und nahm seine Hand. Er führte sie ins Wohnzimmer durch den improvisierten Mittelgang.

Auf diesem abgenutzten Teppich hatte er sie als Säugling stundenlang herumgetragen. Er hatte ihren Kopf gegen seine Schulter gelehnt, war auf dem Teppich hin und her marschiert und hatte Wiegenlieder gesummt. Die Erinnerung daran ließ ihn unberührt. Sie war einfach da, eine der unteren Schichten der zahlreichen Erinnerungsschichten dieses Zimmers. Er führte Amy zu Bonnys Pfarrer, den er nicht mochte (er mochte Pfarrer grundsätzlich nicht). Amy ließ seinen Arm los und stellte sich neben – wie-hieß-er-doch-gleich – Jim. Morgan trat zurück und nahm mit auseinanderstehenden Füßen und hinter dem Körper gefalteten Händen Aufstellung. Er bewegte sich leicht im Takt des Wiegenliedes in seinem Kopf.

»Wer übergibt diese Frau diesem Mann?« fragte der Pfarrer. Die Art, wie die Frage die Stille durchbrach, ließ Morgan vermuten, sie sei vielleicht, ohne daß er es bemerkt hatte, schon einmal ge-

stellt worden. Anscheinend hatte er einen Teil der Zeremonie verpaßt. »Ihre Mutter und ich«, sagte er. Eigentlich hätte er sagen sollen: »Ihre Mutter.« Er drehte sich um und ging zu seinem Platz neben Bonny, die ganz ruhig wirkte und wunderschön aussah. Sie trug ein weitausgeschnittenes blaues Kleid, dessen Träger immer wieder von ihren Schultern rutschten. Sie legte eine Hand auf seine Hand. Morgan entdeckte einen grauen Spinnwebfaden, der von der Decke baumelte.
Jim streifte einen Ring über Amys Finger. Amy streifte einen Ring über Jims Finger. Sie küßten sich. Morgan hatte einen Plan: Er wollte mit ihnen in ihrer neuen Wohnung zusammenleben. Sie hatten von nichts eine Ahnung, von rein gar nichts. Zweifellos würde nach einer Woche keines ihrer Küchengeräte mehr funktionieren und ihr Haushaltsbuch in einem chaotischen Zustand sein, und dann würde Morgan vorbeikommen, um alles zu reparieren und ihnen Ratschläge zu geben. Er würde wie ein alter Mann auftreten, wie einer dieser wirklich bedauernswerten, alten Männer ohne Zähne, ohne Arbeit, ohne Frau, ohne Familie. In bestimmten, unwichtigen Dingen würde er sich hilflos zeigen, damit Amy das Bedürfnis verspürte, sich um ihn zu kümmern. Vielleicht würde er in einem Hemd mit abgerissenen Knöpfen bei ihr auftauchen und sie bitten, die Knöpfe wieder anzunähen. Er selber sei dazu nicht in der Lage, würde er ihr sagen. In Wirklichkeit konnte Morgan sehr gut Knöpfe annähen. In Wirklichkeit nähte er nicht nur seine eigenen Knöpfe, sondern auch die von Bonny und den Mädchen wieder an, flickte ihre Jeans und änderte ihre Rocksäume, denn Handarbeiten waren nicht Bonnys Stärke. Amy wußte das natürlich. Sie wußte auch, daß er kein zahnloser alter Mann war und durchaus Frau und Kinder hatte. Dummerweise kannten die Kinder, die man in die Welt gesetzt hatte, einen allzu gut. Sie ließen es nicht zu, daß man die Tatsachen auch nur ein wenig verschob. Sie beobachteten einen ständig mit unnachgiebigem und kritischem Blick und waren jederzeit bereit, ein Urteil zu fällen. Sie konnten auf alle möglichen Gelegenheiten verweisen, bei denen man bleibende, nicht wiedergutzumachende Fehler begangen hatte.

3 Sie hatten, was das Essen anging, einen Kompromiß geschlossen. Bonny hatte mehrere kalte Platten bei einem Feinkostgeschäft bestellt, und dann hatte Morgan Käse und Kräcker besorgt, und die Mädchen hatten das Ganze am Vormittag auf Tellern arrangiert. Morgan hatte sich aufgeregt, als er feststellen mußte, daß es bei Feinschmeckerkäse anscheinend keine Sonderangebote gab. »Wissen Sie, was das Zeug kostet?« fragte er den Vater des Bräutigams, der gerade nach einem mit einer blaugeäderten Masse bedeckten Kräcker griff. Dann marschierte er über den Rasen, um beim Camembert nach dem Rechten zu sehen. Drei kleine Jungs standen vor dem Teller – wahrscheinlich Jims Neffen. »Der da riecht nach Stall«, sagte der kleinste gerade.

»Er riecht wie ein Mäusekäfig.«

»Er riecht wie... das Elefantenhaus im Zoo!«

Mit dem Wetter hatten sie Glück gehabt. Es war warm, und der Garten leuchtete gelb und grün. Neben der Garage blühten die Narzissen. Ein lächelndes, dunkelhäutiges Dienstmädchen, das sonst bei Onkel Ollie arbeitete, trug ein Tablett mit Getränken durch die Menge und versuchte dabei, den matschigen Stellen auszuweichen, wo das frisch gesäte Gras noch nicht angewachsen war. Die Braut nippte an einem Glas Sekt und hörte einem älteren Herrn zu, den Morgan noch nie gesehen hatte. Seine anderen Töchter – sie hatten sich schick gemacht und sahen in ihren Kleidern eigenartig normal aus – verteilten Schnittchen sowie Käsespieße, und seine Mutter erklärte der Mutter des Bräutigams, warum sie im zweiten Stock wohnte. »Früher wohnte ich im ersten Stock«, sagte sie, »aber ich mußte wegen des Ziegenbocks umziehen.«

»Ich verstehe«, sagte Mrs. Murphy und befingerte ihre Perlenkette.

»Der Ziegenbock war natürlich stubenrein, aber das Problem war, daß ich als einzige in dieser Familie das Time-Magazine lese. Ich habe sogar ein Abonnement. Und wie der Zufall so spielt, wurde der Ziegenbock ausschließlich mit dem Time-Magazine abgerichtet. Ich meine, er hat nur... Ich meine, wenn er den

Drang verspürte, ging das nur ... wenn ein Time-Magazine auf dem Boden ausgebreitet war. Vermutlich erkannte er den roten Balken wieder. Also, verstehen Sie, jedesmal wenn ich meine Zeitschrift weggelegt habe, und wenn es nur für einen Augenblick war, kam das Tier an und hat sofort ... hat einfach ... hat ...«

»Der Ziegenbock hat die Zeitschrift vollgepinkelt«, sagte Morgan. »Pech für meine Mutter, wenn sie sie noch nicht durchgelesen hatte.«

»Ah ja«, sagte Mrs. Murphy. Sie trank einen Schluck aus ihrem Glas.

Morgan stand neben einem ihm unbekannten Mann, der in einem ausgefransten Korbstuhl saß und ihm den Rücken zukehrte. Vielleicht gehörte er zum Bräutigam. Sein Hinterkopf wies eine kahle Stelle auf, über die er ein paar dünne Haarsträhnen gekämmt hatte. Er nahm einen Schluck von seinem Drink. Morgan sah den schweren Siegelring. »Billy?« sagte Morgan. Er ging um den Stuhl herum. Herr im Himmel, es war Billy, Bonnys Bruder.

»Nette Hochzeit, Morgan«, sagte Billy. »Ich war schon auf einer Menge Hochzeiten – die meisten davon meine eigenen. Ich bin also ein Experte auf dem Gebiet.« Er lachte. Seine Stimme klang sachlich, aber für Morgan hatte sie die unpassende, beängstigende Sachlichkeit, die er aus manchen Träumen kannte. Konnte das wirklich Billy sein? Was war geschehen? Morgan hatte Billy vor knapp einem Monat zuletzt gesehen. Er sagte: »Billy, von hinten habe ich dich gar nicht erkannt.«

»Tatsächlich?« sagte Billy unbeeindruckt. »Und von vorne?«

Von vorne sah er genauso aus wie immer – jungenhaft, mit hoher runder Stirn und strahlend blauen Augen. Aber wenn man ihm zufällig auf der Straße begegnete, wäre er dann nicht bloß einer der zahllosen Geschäftsleute mit Halbglatze? Nur jemand, der ihn so lange wie Morgan kannte, konnte die Knochen in seinem aufgedunsenen Gesicht erkennen. Morgan betrachtete ihn blinzelnd. Zuerst sah er einen namenlosen Mann mittleren Alters; dann Bonnys leichtlebigen kleinen Bruder; dann wieder den

Mann mittleren Alters – wie bei einer jener Postkarten, die abwechselnd zwei verschiedene Motive zeigen, wenn man sie hin und her bewegt. »Und?« sagte Billy.
»Wie wär's mit einem Glas Sekt?« fragte Morgan.
»Nein danke. Ich bleibe beim Scotch.«
»Dann nimm etwas von dem Käse. Der war sehr teuer.«
»Der gute alte Morgan«, sagte Billy und prostete ihm zu. »Knauserig wie eh und je, stimmt's?«
Morgan ließ Billy allein. Er suchte nach einem anderen Gesprächspartner, aber die Gäste waren alle nicht nach seinem Geschmack. Sie waren schrecklich vornehm und abgeklärt; sie nippten an ihrem Sekt, und die Frauen setzten ihre hohen Absätze vorsichtig auf, um nicht im Rasen einzusinken. War eigentlich jemand hier, mit dem er befreundet war? Er blieb stehen und schaute sich um. Nein, niemand. Es waren Freunde von Bonny, von Amy oder vom Bräutigam. Eine der Zwillinge lief vorbei – Susan. Sie trug ein Chiffonkleid. Ihr gerötetes, ernstes Gesicht und die beschlagenen Brillengläser erinnerten ihn daran, daß zumindest zwischen ihm und seinen Töchtern eine Verbindung bestand. »Sue!« rief er.
Aber sie entgegnete nur: »Ich bin nicht Sue, ich bin Carol!«
Natürlich. Dieser Fehler war ihm seit Jahren nicht mehr unterlaufen. Er ging kopfschüttelnd weiter. Unter dem Hartriegelbaum standen drei von Bonnys Onkeln in grauen Anzügen und hielten eine Art Besprechung ab. »Ich kümmere mich neuerdings nicht mehr um meinen Keller«, sagte einer von ihnen gerade. »Ich trinke, was noch da ist. Machen wir uns doch nichts vor. Ich bin vierundsiebzig Jahre alt. Im Juni werde ich fünfundsiebzig. Neulich wollte ich eine Kiste Wein kaufen, und der Händler empfahl, ihn noch acht Jahre zu lagern. ›Gut‹, wollte ich gerade sagen. Aber dann dachte ich: ›Nein, gar nicht gut.‹ Es war ein seltsames Gefühl. Eine merkwürdige Erkenntnis. Ich sagte: ›Das ist wohl nichts für mich. Trotzdem vielen Dank.‹«
Morgan zwängte sich durch ein Loch in der Hecke und stand auf dem Bürgersteig der lebhaften, lauten Straße. Es war ein ganz gewöhnlicher Samstagnachmittag. Sein Wagen parkte an der

Bordsteinkante. Er öffnete die Fahrertür und stieg ein. Eine Weile saß er bloß da und rieb sich mit seinen feuchten Händen die Knie. Aber die Sonne brannte durch die Windschutzscheibe, und schließlich kurbelte er das Fenster hinunter, suchte in seinen Taschen nach den Autoschlüsseln und startete den Motor.

Seine engsten Freunde waren: Potter, der Musikinstrumentenhändler, die Frau vom Hot-Dog-Stand, der Besitzer der Griechischen Taverne am Broadway und Kazari, der Teppichhändler. Zu keinem konnte er gehen. Aus verschiedenen Gründen gab es keinen Menschen, zu dem er sagen konnte: »Meine älteste Tochter hat heute geheiratet. Darf ich einen Moment mit dir hier sitzen und eine Zigarette rauchen?«

Er fuhr immer weiter in die Innenstadt, so als würde er in dunkle Wassermassen eintauchen. All's-Fair-Pfandleihe, Billardsalon, Wasserbetten, Bier, Die erste Kirche Christi, BLEIB COOL BRUDER. Blumen blühten an den unmöglichsten Stellen – um eine Mülltonne herum und in dem winzigen, verdörrten, unkrautüberwucherten Beet unter dem Fenster eines Reihenhauses. Er bog an einer Kreuzung ab, an der ein Mann auf der Bordsteinkante saß, der die Klinge eines Messers hervorspringen ließ, sie mit dem Handballen zurückschob und erneut hervorspringen ließ. Morgan fuhr weiter. Er kam durch die Meller Street und dann durch die Merger Street. Er bog in die Crosswell Street ein. Er parkte den Wagen, stellte den Motor ab und schaute hinüber zu Crafts Unlimited.

Er war seit Monaten nicht mehr hiergewesen. Das Schaufenster war jetzt mit Oster-Artikeln gefüllt – handbemalte Eier, Stoffhasen und eine Patchworkdecke in Frühlingsfarben. Die Fenster der Merediths waren wie immer leer: sie verrieten nichts. Vielleicht waren die Merediths umgezogen. (Sie könnten in zehn Minuten ihre wenigen Sachen in einen Koffer packen und dann mit einem Taxi umziehen.) Er stieg aus dem Wagen und ging über die Straße. Er stieg die Eingangsstufen hinauf, schob sich durch die Glastür und blickte durch das schmale Treppenhaus nach oben. Aber dann verließ ihn der Mut (Was wollte er sagen? Wie seinen Besuch erklären?). Also wandte er sich nach links und betrat durch eine weitere Glastür den Laden. Es roch dort nach unbehandeltem Holz. Eine grauhaarige, grobknochige Frau in einem Baumwollkittel stellte gerade handgeschnitzte Tierfiguren auf einen Tisch. »Hallo«, sagte sie, und dann blickte sie hoch und sah ihn erstaunt an. Vermutlich wegen des Zylinders. Er wünschte, er hätte etwas Passenderes angezogen. Und warum war er der einzige Kunde? Er stand ganz allein und unübersehbar in der malerischen Stille. Dann erblickte er die Puppen. »Was sehe isch hier?« sagte er. »'übsche Puppen!« Zu seiner Überraschung sprach er mit einem Akzent, konnte allerdings nicht sagen, aus welcher Sprache er stammte. »Isch kann kaufen diese Puppen?« fragte er.

»Ja, natürlich«, sagte die Frau.

Sie lagen auf einem Tisch in der Mitte des Raums: Pinocchio, eine Prinzessin, ein Zwerg, ein altes Mütterchen. Sie waren viel aufwendiger gestaltet als die Puppen, die sie damals benutzt hatten. Die Köpfe bestanden nicht mehr aus schlichten Gummibällen, sondern waren aus einem wattierten Stoff hergestellt. Winzige Nähte formten Falten und Wölbungen. Vor allem das alte Mütterchen hatte ein so runzliges Gesicht, daß Morgan es sich nicht verkneifen konnte, mit den Fingern darüberzustreichen. »'errlisch«, sagte er.

»Eine junge Frau namens Emily Meredith hat sie genäht«, erklärte die Frau. »Sie ist wirklich sehr geschickt.«

Morgan nickte. Er empfand eine Mischung aus Eifersucht und Freude. »Schon gut«, wollte er sagen, »ich kenne sie. Ich kenne auch ihren Mann. Was wissen Sie denn schon von den beiden?« Aber er wollte erfahren, was die Frau von ihnen hielt, was andere Leute über sie zu sagen hatten. Er stand wartend da, ohne die Puppe aus der Hand zu legen. Die Frau wandte sich wieder ihren Tierfiguren zu.

»Vielleicht isch könnte ihre Werkstatt sehen?«

»Wie bitte?«

»Sie wohnt in der Nähe, nischt wahr?«

»Ja, schon, sie wohnt hier im Haus, aber ich glaube nicht, daß sie –«

»Das würde mir sehr viel bedeuten«, sagte Morgan.
Ihm gegenüber, auf der anderen Seite des Tisches, stand eine Vitrine aus Kiefernholz voller Stoffballen. Die gewölbten Glastüren gaben ein verkleinertes und entstelltes Abbild von Morgan wider – einen gedrungenen, bärtigen Mann mit Zylinder. Toulouse Lautrec. Natürlich! Erfreut rückte er seinen Hut zurecht. Was schwarz war, sah in der Glasscheibe durchsichtig aus. Auf dem Kopf trug er eine regenbogenfarbene Stoffsäule, und an seinem Kinn hing ein dreieckiges Stück Stoff. »Wissen Sie, isch bin nämlisch auch Küünstler«, erklärte er der Frau. Keine Frage, sein Akzent war französisch.
Sie sagte: »Oh?«
»Isch bin ein Einzelgänger. Isch kenne keine anderen Küünstler.«
»Aber ich glaube, Sie verstehen nicht ganz«, sagte sie. »Emily und ihr Mann machen eigentlich Puppentheater für Kinder. Sie verkaufen die Puppen nur, wenn sie ein paar übrig haben. Sie sind nicht direkt –«
»Trotzdem«, sagte er, »würde isch sie gerne kennenlernen. Könnten Sie misch Ihnen vorstellen? Sie kennen so viele Menschen! Das 'abe isch gleisch gesehen. Eine Freundin der Kunst. Wie 'eißen Sie bitte?«
»Nun... Mrs. Apple«, sagte sie und dachte einen Moment nach. »Also gut. Ich glaube nicht, daß sie etwas dagegen hätte.« Sie rief in den rückwärtigen Teil des Ladens: »Ich geh mal kurz weg, Hannah.« Dann wandte sie sich wieder Morgan zu und führte ihn durch die Seitentür.
Er stieg hinter ihr die Treppe hoch. Es roch nach gebratenen Zwiebeln und Desinfektionsmittel. Mrs. Apples Hüften wirkten aus seiner Perspektive sehr breit. Er fand die Frau mittlerweile recht interessant: bestimmt sprach sie jeden Tag mit den Merediths, kannte ihren Tagesablauf und ihre Gewohnheiten ganz genau und goß ihre Blumen, wenn sie unterwegs waren. Er unterdrückte das Verlangen, ihr einen freundschaftlichen Klaps auf den Hintern zu geben. Sie schaute ihn über die Schulter an, und er lächelte ihr aufmunternd zu.

Im zweiten Stock wandte sie sich nach rechts und klopfte an eine hohe Eichentür. »Emily?« rief sie.

Aber als die Tür aufging, stand Leon vor ihnen. Er hatte eine Zeitung in der Hand. Als er Morgan erblickte, zog er sie ruckartig an die Brust. »Doktor Morgan!« sagte er.

Mrs. Apple sagte: »Doktor?«

Sie schaute erst Morgan an und dann Leon. »Was«, sagte sie, »ist das etwa der Arzt, von dem Sie mir erzählt haben? Der Gina zur Welt gebracht hat?«

Leon nickte.

»Aber ich dachte, Sie wären Künstler!« sagte Mrs. Apple. »Sie haben doch gesagt, Sie wären Künstler!«

Morgan ließ den Kopf hängen. Er scharrte mit den Füßen. »Ich war so verlegen wegen meines Hutes«, sagte er. »Ich komme gerade von einer Hochzeit; mir ist klar, wie lächerlich ich aussehe. Ich habe gesagt, ich sei ein Künstler, damit Sie nicht über mich lachen.«

»Ach, Sie Ärmster«, sagte Mrs. Apple. Dann mußte sie doch lachen. »Sie mit Ihrem ›isch‹ und ›misch‹. Sie mit Ihrem ›'errlisch‹.«

Er riskierte einen Blick auf Leon. Leon lachte nicht. Er blickte Morgan wütend an und hielt krampfhaft die Zeitung gegen die Brust gepreßt, so als wollte er etwas verbergen.

»Ich würde gerne Ihre Werkstatt sehen«, sagte Morgan zu ihm. »Ich will vielleicht eine größere Anzahl Puppen kaufen.«

»Wir haben keine größere Anzahl«, sagte Leon.

»Ach, kommen Sie schon, Leon«, sagte Mrs. Apple. »Warum wollen Sie ihm die Puppen denn nicht zeigen? Was ist denn schon dabei?« Sie stieß Morgan in die Seite. »Sie mit Ihren ›Küünstlern‹.« Sie fing wieder an zu lachen. In ihren Augenwinkeln erschienen unzählige Fältchen.

Leon sah Mrs. Apple zornig an. Dann sagte er unfreundlich: »Na, gut«, trat zurück, drehte sich um und ging vor ihnen den Flur hinunter.

Morgan warf einen schnellen Blick in das Zimmer zu seiner Rechten und sah ein durchgesessenes Sofa und ein halbleeres Bücherregal. Zu seiner Linken befand sich die Küche. Er nahm sie als kalten hellen Schimmer wahr. Die nächste Tür auf der linken Seite führte in die Werkstatt. Es gab dort keine richtigen Möbel – nur eine Nähmaschine am Fenster und eine niedrige Aluminiumtrittleiter, auf der Emily saß und etwas aus Pappe ausschnitt. Ihr schwarzer Rock hing herunter und verdeckte fast die ganze Leiter. Ihre hochgesteckten Zöpfe fingen von irgendwoher Licht ein, und sie glitzerten wie die Funken eines Feuers.

»Emily«, sagte Leon.

Sie schaute hoch. Dann sprang sie von der Trittleiter und versteckte das, woran sie gearbeitet hatte, hinter ihrem Rücken. »Was wollen *Sie* denn hier?« fragte sie Morgan.

»Aber, Emily. Du meine Güte«, sagte Mrs. Apple. »Das ist Doktor Morgan. Erkennen Sie ihn denn nicht? Er will Puppen kaufen. Eine größere Anzahl Puppen.«

»Kaufen Sie die Puppen unten«, sagte Emily mit bleichem Gesicht.

Man hätte glauben können, daß sie etwas gegen ihn hatte.

Morgan versuchte, nicht gekränkt zu sein. Er lächelte sie an. Er sagte: »Genaugenommen würde ich gerne sehen, wie sie hergestellt werden.«

»Hier wird nichts hergestellt.«

Er strich über seinen Bart.

Mrs. Apple sagte: »Aber… Emily? Zeigen Sie ihm doch die Schattenpuppen.« Sie erklärte Morgan: »Sie probiert etwas Neues aus, Herr Doktor: Schattenpuppen aus Pappe. Verstehen Sie?«

Sie ging hinüber zur Nähmaschine und holte etwas aus einer der Schubladen. Es war ein Scherenschnitt von einem Ritter in seiner Rüstung. Er war an einem dünnen Stab befestigt. »Wie Sie sehen, sind die Gelenke beweglich. Man spielt mit der Puppe hinter einer Leinwand, und sie wirft einen Schatten. Ist das nicht eine gute Idee?«

»Ja, wirklich«, sagte Morgan. Er blickte sich im Zimmer um. Er überlegte, worauf Emily wohl saß, wenn sie an der Nähmaschine arbeitete. Vielleicht auf der Trittleiter. Auch in seinen kühnsten

Träumen hatte er sich eine solche Kargheit nicht vorgestellt. Er war fasziniert. »Und werden Sie die Schattenpuppen in Zukunft für Ihre Vorstellungen benutzen?« fragte er Emily.
»Ja«, sagte sie kurzangebunden.
»Nein«, sagte Leon.
Stille trat ein. Mrs. Apple lachte kurz auf.
»Bei den Schattenpuppen«, sagte Leon, »hängt alles bloß von der Konstruktion ab, von sonst nichts. Die Bewegungen richten sich danach, wie Emily die Puppen zusammengesetzt hat.«
»Ja und?« sagte Emily.
»Man schiebt sie bloß dicht hinter der Leinwand hin und her und läßt die Arme und Beine schlackern. Man braucht nichts zu *tun*, noch weniger als bei den anderen Puppen.«
»Ja und?«
Sie starrten sich an.
Morgan räusperte sich.
»Ist es Ihre Tochter, die ich da höre?« fragte er.
In einem der anderen Zimmer sang ein Kind mit leiser, brüchiger Stimme ein Lied. Aber niemand antwortete Morgan. Er steckte den Kopf in den Flur. Dann überquerte er den Flur und ging ins Schlafzimmer. In einer Ecke lag eine Matratze, in einer anderen stand eine Frisierkommode und an einer Wand ein schmales Kinderbett. Auf der Pritsche saß ein kleines Mädchen und spielte mit Tinker-Toys-Steinen. Es war Gina. Sie sang »... wer nicht fragt, bleibt dumm...« Als sie Morgan sah, verstummte sie.
Morgan sagte: »Hallo, du.«
Sie schaute ihn unschlüssig an.
Er hörte die Merediths kommen und sagte schnell: »Möchtest du meinen Hut haben?« Er riß sich den Zylinder vom Kopf, setzte ihn ihr auf und schob ihn nach hinten, damit er nicht ihr ganzes Gesicht verdeckte.
Im Türrahmen sagte Emily: »Gina! Nimm ihn ab. Man setzt nicht die Hüte von fremden Leuten auf.«
»Das ist mein Hut«, sagte Gina. »Er hat ihn mir geschenkt.«
»Nimm ihn ab«, sagte Leon.
»Nein.«

Sie hatte ein rundes Gesicht und ein spitzes Kinn. Sie mußte ihr Kinn emporrecken, damit der Hut nicht über ihre Augen rutschte. Dadurch wirkte sie stolz und herausfordernd. Sie ähnelte Leon, dachte Morgan. Als Emily versuchte, ihr den Hut vom Kopf zu nehmen, stieß Gina ihre Hände weg. »Das ist *mein* Hut. Er gehört mir.«

Morgan sagte: »Natürlich. Ich habe ihn ihr geschenkt.«

Emily ließ Gina in Ruhe, blieb aber vor ihr stehen, als wolle sie ihre Tochter vor Morgan schützen. Emilys helle Augen wirkten kalt. Sie hatte die Arme eng vor dem Körper verschränkt. Leon stand entschlossen neben ihr.

Mrs. Apple kam atemlos ins Zimmer, sagte »Dr. Morgan?« und gab ihm eine Schattenpuppe. Diesmal war es ein König. Er hätte aus einem bunten Kirchenfenster stammen können: das Lochmuster seines Umhangs war mit rotem und blauem Transparentpapier beklebt. Wenn man ihn von hinten anstrahlte, würde er bunte, funkelnde Schatten auf die Leinwand werfen. »Großartig, nicht wahr?« sagte Mrs. Apple. »Das ist Kunst! Man könnte die Puppe ohne weiteres an die Wand hängen!«

»Sie haben recht, das könnte man«, sagte Morgan. Er strich mit einem Daumen über das bunte Papier. Die Genauigkeit des Entwurfs stimmte ihn traurig, und er fühlte sich irgendwie vernachlässigt. Sein Blick schweifte vom König ab und blieb einen Moment später an der Frisierkommode hängen. Auf der Kommode lag nicht der übliche Krimskrams herum. Keine Schachteln, keine Sicherheitsnadeln, keine abgerissenen Eintrittskarten. Es stand dort nur ein gerahmtes Foto, das Leon und Emily Hand in Hand vor dem Haus zeigte. Gina saß auf Leons Schultern. Ihre kleinen pummeligen Waden umklammerten seinen Hals. Alle drei lächelten blinzelnd in die Sonne. Morgan trat näher heran, beugte sich über das Foto und knetete dabei seine Unterlippe mit Daumen und Zeigefinger. Den König hielt er achtlos in der anderen Hand. Geistesabwesend starrte er in eine halbgeöffnete Schublade. Dann zog er sie weiter heraus und betrachtete ihren Inhalt: drei weiße Hemden und eine Packung Papiertaschentücher. »Dr. Morgan!« sagte Emily in scharfem Ton.

»Ja, ja.«

Er folgte den anderen auf den Flur und strich Gina im Vorbeigehen über den Kopf. Ihr Haar war so weich, daß es mehrere Sekunden später noch an seinen Fingern zu kleben schien.

Als sie wieder in der Werkstatt waren, sagte er: »Was machen Sie mit Gina, wenn Sie eine Vorstellung geben?«

Emily wandte sich ohne eine Antwort ab, aber Leon sagte: »Wir nehmen sie mit.«

»Und? Hilft Sie Ihnen bei den Aufführungen?«

»Nicht doch. Sie ist gerade erst vier geworden.«

»Aber sie weiß bestimmt schon genau Bescheid«, warf Morgan ein. »Schließlich wächst sie hinter der Bühne auf. Ich bin sicher, sie ist während der Vorstellungen mucksmäuschenstill.«

»Gina?« sagte Leon. Er lachte. »Gina ist noch keine Minute ihres Lebens still gewesen. Wir müssen sie während der Aufführungen immer wieder ermahnen, und bei Geburtstagsfeiern ist es besonders schlimm. Sie heult, wenn sie nicht die Kerzen ausblasen darf. Und sie kann es nicht leiden, wenn Emily ihre Aufmerksamkeit anderen Kindern schenkt.«

»Sie sollten sich wirklich mal eine ihrer Aufführungen anschauen«, sagte Mrs. Apple. Sie nahm Morgan den König aus der Hand. Ohne es zu bemerken, hatte er das bunte Papier an einer Stelle abgerissen. »Sie werden immer bekannter! Sie sind sogar schon in Washington aufgetreten. Und ein Mann, der ein Varieté betreibt, will sie engagieren; er will sie in seine Truppe aufnehmen, wie richtige Profis. Was haben Sie dem Mann eigentlich geschrieben, Leon? Haben Sie auf seinen Brief geantwortet?«

»Ich habe ihn weggeworfen«, sagte Leon.

»Weggeworfen!«

»Es war ein religiöser Laden. Mit Gospelsängern und so.«

»Aber – weggeworfen! Sie hätten ihm zumindest antworten können.«

»Und noch dazu in irgendeinem Kaff«, sagte Leon. »Tinville, Tindale...«

»Ich bezweifle, daß Sie je einen Ihrer Briefe beantworten«, sagte Morgan. Er war plötzlich fröhlich und aufgeregt.

Leon sagte: »Also, ich...«
»Was hat man schon davon? Warum soll man sich das Leben unnötig schwer machen? Man geht hin und wieder zum Briefkasten, wirft einen kurzen Blick auf die Post, schmeißt alles in den Mülleimer und kehrt mit leeren Händen zurück.«
»Na ja, manchmal –«
»Wann denn, zum Beispiel?« fragte Emily. Dann wandte sie sich an Morgan und sagte: »Wir sind nicht so, wie Sie glauben.«
»Hm?«
»Wir sind nicht die, für die Sie uns halten.«
»Kommen Sie und werfen Sie einen Blick auf Rip Van Winkle«, sagte Mrs. Apple.
»Wir führen ein ganz normales Leben. Wir kommen gut zurecht. Wir wollen in Ruhe gelassen werden«, sagte Emily. »Ich bringe Sie zur Tür.«
»Aber Emily!« sagte Mrs. Apple. »Er hat noch nicht alle Puppen gesehen.«
»Er hat genug gesehen.«
»Er wollte doch eine größere Anzahl kaufen!«
»Nein, nein, das ist schon in Ordnung... Ich muß jetzt wirklich los«, sagte Morgan. »Trotzdem vielen Dank.«
Emily verschwand mit wehendem Rock durch die Tür, und Morgan folgte ihr. Sie gingen hintereinander den Flur entlang – Emily, Morgan, Leon. Mrs. Apple blieb zurück; zweifellos betrachtete sie verwirrt die Puppen. »Vielleicht ein andermal?« rief sie ihm hinterher.
»Ja, vielleicht...«
Er rutschte auf einem Tinker-Toy-Stein aus, sagte: »Oh, Verzeihung«, und taumelte gegen die Wand. Er griff an seinen Kopf. »Ich sollte nach Hause fahren und mich umziehen.«
»Umziehen?« fragte Leon.
»Ja, ich... muß mir einen anderen Hut aufsetzen.«
Seine Stimme hatte einen hallenden Klang; sie waren im Treppenhaus angekommen. Aber anstatt die Treppe hinunterzusteigen, schaute er auf die gegenüberliegende Tür. »Wer wohnt dort?« fragte er.

»Joe und Hannah Miles«, antwortete Leon, aber Emily sagte: »Niemand.«
»Miles? Sind das auch Kunsthandwerker?«
»Wir bringen Sie noch bis zur Haustür«, sagte Emily zu ihm. Sie schob ihn ungeduldig zur Treppe, und als er seinen Fuß auf die erste Stufe setzte, folgte sie so dicht hinter ihm, daß er sich gehetzt fühlte. »Ich verstehe Sie nicht«, sagte sie. (Er hätte es wissen müssen. Sie war offen und ehrlich. Sie verheimlichte ebensowenig wie ihre unverhüllten Fenster.) »Was wollen Sie von uns? Was haben Sie vor? Warum lauern Sie uns auf, verstecken sich in Hauseingängen und gehen uns nach?«
»Ach? Das haben Sie bemerkt?« sagte Morgan. Er stolperte vor Verlegenheit und hielt sich am Geländer fest.
»Sie hätten einfach zu uns kommen und ›hallo‹ sagen können, wie jeder normale Mensch.«
»Ja, aber ich war so... ich hatte mir ein festes Bild von Ihnen gemacht. Ich fand es fast schöner, Sie zu beobachten, wissen Sie. Meine Familie ist schrecklich. Anstrengend und langweilig«, sagte er. Er blieb auf dem letzten Treppenabsatz stehen. »Oh, *Sie* haben vermutlich eine sehr romantische Vorstellung von meinem Leben«, sagte er. »Großstadtarzt! Leben retten. Aber meistens fühle ich mich wie in einer Tretmühle. Ich praktiziere in einem verrufenen Viertel. Die meisten meiner Patienten sind bettelarm. Meine Praxis ist zweimal von Junkies ausgeraubt worden, die nach Drogen suchten. Und einmal sogar in meiner Anwesenheit. Sie fesselten meine Sprechstundenhilfe mit dem Gürtel eines Mantels an ihren Stuhl und zwangen mich, alle Schreibtischschubladen zu öffnen. Es war furchtbar. Ich stand da und breitete vor ihnen Gratis-Packungen mit Nasentropfen, Grippemitteln und Kinderhustensirup aus... Ich bin kein Held. Ich gab ihnen alle Medikamente, die ich hatte. Ich erzähle Ihnen das, damit Ihnen klar wird, was für ein Leben ich führe. Emily, Leon...«
Er war außer Atem. Er spürte eine schwindelige Leere in seinem Kopf, so als würde er sich in ungewohnter Höhe befinden. »Lassen Sie mich erzählen, was letzten Sommer passiert ist«, sagte er.

»Einer meiner Patienten war in eine Messerstecherei verwickelt. Eine Messerstecherei vor einer Bar in Fells Point, bei der es, glaube ich, um eine Frau ging. Man brachte ihn zu mir und weckte mich mitten in der Nacht auf. So sieht's aus – schöne Patienten habe ich. Kein Auftragsdienst, keine Eigentumswohnung in Ocean City, wo ich übers Wochenende hinfahren könnte... Na, jedenfalls seine linke Seite war vom Brustkorb bis zum Hüftknochen mit einem langen, flachen Schnitt aufgeritzt. Zum Glück nicht in der Herzgegend. Ich habe ihn auf den Behandlungstisch in meinem Sprechzimmer gelegt und ihn gleich dort wieder zusammengenäht. Ich habe eineinviertel Stunden dafür gebraucht – eine mühsame Angelegenheit, wie Sie sich vielleicht vorstellen können. Und gerade als ich die letzte Naht verknote, geht – rums! – die Tür auf, und herein kommt der Mann, der ihn aufgeschlitzt hat, zieht ein Messer und schlitzt seine *rechte* Seite vom Brustkorb bis zum Hüftknochen auf. Weiter ging es mit Nadel und Faden. Noch mal eineinviertel Stunden.«
Leon lachte plötzlich schnaubend, aber Emily schob Morgan bloß vorwärts, und Morgan stieg mühsam weiter die Treppe hinunter und stützte sich, wie ein rheumatischer alter Mann, auf dem Geländer ab. Er sagte: »Sie kommen mit allen möglichen Sachen zu mir, die von alleine weggehen... Kopfschmerzen, Erkältungen, blauen Augen. Ein Mann, der im Sitzen arbeitet – sagen wir mal, ein Taxifahrer – schleppt am Wochenende bei einem Umzug Möbel und holt mich dann Sonntagnacht aus dem Bett. ›Doktor, ich habe höllische Rückenschmerzen. Sind das die Bandscheiben? Eine Blockierung? Muß ich operiert werden?‹ Und für so was habe ich Medizin studiert!«
»Da wären wir«, sagte Emily. Sie waren bei der Eingangstür angekommen. Sie öffnete die Tür und streckte ihm ihre Hand entgegen. »Auf Wiedersehen«, sagte sie. Hinter ihr lächelte Leon verlegen, so als versuche er, die Kränkung abzumildern. Morgan nahm ihre Hand und war verblüfft, wie leicht und trocken sie war.
»Sie wollen nicht vielleicht doch Freundschaft mit mir schließen?« fragte er.

»Nein«, sagte Emily zu ihm.
»Ach«, sagte er. »Und warum nicht?«
»Ich kann es nicht leiden, wie Sie versuchen, sich in unser Leben zu drängen. Ich hasse das! Ich kann es nicht leiden, wenn man mir nachspioniert.«
»Emily«, sagte Leon.
»Nein, nein«, sagte Morgan zu ihm. »Das ist schon in Ordnung. Ich kann sie verstehen.« Er wandte seinen Blick ab und schaute hinüber zu seinem staubigen, klapprigen Auto. Er spürte überhaupt nichts mehr. Er fühlte sich ausgelaugt. »Vielleicht sollten Sie meine Frau kennenlernen«, stieß er mühsam hervor. »Wollen Sie Bonny kennenlernen? Habe ich Ihnen von ihr erzählt? Oder vielleicht würden Sie gerne meine Kinder kennenlernen. Ich habe sehr nette Kinder, ganz durchschnittlich, ganz normal. Sie scheinen normal sein zu *wollen*. Zwei von ihnen gehen noch zur Schule. Eine ist schon richtig erwachsen, sie ist Sekretärin, und die vier anderen sind auf verschiedenen Colleges. Den größten Teil des Jahres sind sie weg. Wir hören kaum etwas von ihnen. Aber so ist es nun mal. Das geht allen Eltern so. Wie Sie sehen, bin ich ein Familienvater. Ändert das etwas für Sie? Nein, vermutlich nicht.« Er merkte, daß er immer noch Emilys Hand festhielt. Er ließ sie los. »Meine Älteste hat heute geheiratet«, sagte er. »Ich bin kein Arzt. Ich arbeite in einem Eisenwarenladen.«
Emily sagte: »Was?«
»Ich leite eine Filiale von Cullen-Hardware.«
»Aber… Sie haben doch Gina zur Welt gebracht!« sagte sie.
»Ach Gott«, sagte er, »schließlich war ich nicht umsonst bei den Geburten von dreien meiner Töchter dabei.« Er tastete alle seine Taschen nach Zigaretten ab. Als er eine Packung gefunden hatte, hielt er sie jedoch nur in der Hand und schaute in Emilys und Leons fassungslose Gesichter. »Die Sache mit der Messerstecherei, na ja, die habe ich in der Zeitung gelesen«, sagte er. »Ich habe Ihnen etwas vorgemacht. Das mache ich, ehrlich gesagt, öfter. Ich gebe mich häufig für jemand anderen aus. Es ist keine böse Absicht, müssen Sie wissen. Ich glaube fast, daß sich die Men-

schen mit mir verbünden und mich dazu drängen. An dem Tag, als Sie nach einem Arzt fragten, meldete sich niemand von den Zuschauern. Es entstand eine schrecklich lange Pause. Und es schien ganz leicht zu sein – Sie ein bißchen zu beruhigen und ins Krankenhaus zu fahren. Ich hatte keine Ahnung, daß ich tatsächlich ein Kind zur Welt bringen müßte – die Ereignisse haben mich sozusagen... überrollt.«

Er hoffte, sie würden etwas sagen. Aber sie starrten ihn bloß an. Inzwischen stieg eine junge Frau in einem altmodischen Kleid die Vordertreppe empor und sagte: »Hallo Emily, hallo Leon«, aber sie würdigten sie keines Blickes und traten auch nicht zur Seite, als sie sich an ihnen vorbeiquetschte.

»Bitte. Es ist nicht allein meine Schuld«, sagte er. »Warum glaubt man mir so leicht? Verraten Sie mir das mal. Und, das Deprimierende ist: Die Menschen glauben mir besonders gerne, wenn ich mit meinen Erzählungen ihre Illusionen zerstöre. Ich könnte Ihnen zum Beispiel erzählen, das Leben als Filmstar sei nicht so beneidenswert, wie man es sich immer vorstellt. Das Licht der Scheinwerfer ist so heiß, daß die Schminke verläuft und auf meinem Kragen ständig einen rosa-grauen Rand hinterläßt, der meine Frau zur Verzweiflung treibt. Mit Clorox geht er nicht weg; noch nicht einmal mit Wisk. Allerdings hat sie sich etwas ausgedacht, was dem Problem zum Teil vorbeugt. Sehen Sie, bevor ich ein Hemd anziehe, reibt sie den Kragen mit einem Stück weißer Badeseife ein. Und es funktioniert bis jetzt ganz gut. So etwas könnte ich Ihnen zum Beispiel erzählen.«

»Das ist verrückt«, sagte Leon zu ihm.

»Ja«, sagte Morgan.

»Sie müssen verrückt sein!«

Aber Emily sagte: »Also ich weiß nicht. Irgendwie verstehe ich, was er meint.«

Beide Männer wandten ihr die Köpfe zu und starrten sie an. Leon sagte: »Ach, wirklich?«

»Er will manchmal eben... sein Leben für eine Weile verlassen«, sagte sie.

Morgan stieß einen langen, erschöpften Seufzer aus. Dann sank er auf eine Treppenstufe. »Meine älteste Tochter hat heute geheiratet«, sagte er. »Darf ich einen Moment mit Ihnen hier sitzen und eine Zigarette rauchen?«

1973

1 In der Zeitung stand: *Kunsthandwerksboom in Baltimore? Große Ausstellung eröffnet am 2. Juni.* Daneben war ein Foto von Henry Prescott, der knöcheltief in Sägespänen stand und eine von seinen Lock-Enten schnitzte. Außerdem ein Foto von Leon Meredith, der eine Puppe in der Hand hielt. Seine Frau stand neben ihm, und seine Tochter saß zu seinen Füßen. Er war ein gutaussehender, grimmig blickender, kräftiger Mann, der um die Mundwinkel herum ausgeprägte Falten hatte. Er war nicht mehr jung. Erst durch das Foto fiel es Emily auf. Sie schob das Frühstücksgeschirr zur Seite, legte die Zeitung auf den Küchentisch, stützte die Ellbogen auf und beugte sich vor, um das Bild genauer zu betrachten. Durch die grobkörnige Abbildung wirkte Leons Gesicht dramatisch – es war voller Furchen und steiler Schatten. Neben ihm wirkte Emily beinahe konturenlos. Selbst Gina sah man nicht an, daß sie etwas Besonderes war.

»Das Interessante an unserer Arbeit«, wurde Leon zitiert, »ist das Improvisieren. Wir nutzen die Stimmung des Augenblicks. Wir verändern die Stücke von Aufführung zu Aufführung immer wieder. Ich spreche nur von unserem Spiel – nicht von den Puppen. Die Puppen macht meine Frau, und zwar nach einem festen Muster. *Sie* sind nicht improvisiert.«

Das stimmte und stimmte auch wieder nicht. Emily hatte ein selbstgemachtes Schnittmuster aus Packpapier, nach dem sie die Umrisse herstellte, aber die Umrisse waren nicht so wichtig. Entscheidend waren die Mulden und Falten der Gesichter, die den Ausdruck der Puppen bestimmten und sich ganz unerwartet und eigenwillig entwickelten, egal, wie straff sie den Stoff durch die Nähmaschine führte. Kein Zweifel, die Puppen waren ebenfalls improvisiert. Warum hatte sie das nicht erklärt, als der Reporter sie interviewte – warum hatte sie nichts zu ihrer Verteidigung gesagt?

»Die Köpfe sind wattiert«, sagte Leon, »und mit einer Art Appretur gehärtet. Meine Frau stellt die Appretur selber her. Sie hat ihr eigenes Rezept, ihre eigene Methode. Ich darf manchmal bei den Requisiten helfen, aber meine Frau besteht darauf, die Puppen ganz alleine zu machen.«

Emily faltete die Zeitung zusammen und legte sie beiseite. Sie ging den Flur hinunter zum hinteren Zimmer. Es war jetzt Ginas Zimmer. Die Nähmaschine und die Baumwollsäcke befanden sich inzwischen in Leons und Emilys Zimmer; Ginas Besitztümer hatten sich zu sehr vermehrt, um noch in eine Ecke zu passen. Ihr ungemachtes Bett war mit Stofftieren, Büchern und Kleidungsstücken übersät. Im Schaukelstuhl am Fenster saß ein Stoff-Snoopy, der größer war als Gina selbst. Großmutter und Großvater Meredith hatten ihn für sie zu ihrem sechsten Geburtstag mitgebracht. Emily fand es lächerlich, einem Kind etwas so Großes zu schenken – von dem Preis ganz zu schweigen. Was hatten sie sich bloß dabei gedacht? »Naja«, hatte Leon zu ihr gesagt, »so sind sie eben. *Du* kennst sie doch.«

Gina lag unter ihrem Bett. Sie kroch hervor. Ihr Haar war zerzaust, und sie hielt einen Turnschuh in der Hand. »Bist du immer noch nicht fertig?« fragte Emily. »Es wird Zeit.«

»Ich habe meinen Schuh gesucht.«

Emily nahm ihr den Turnschuh aus der Hand und löste den Knoten im Schnürsenkel. »Gina, hör mal zu«, sagte sie. »Wir geben heute außerhalb der Stadt eine Vorstellung, und wir müssen losfahren, bevor du nach Hause kommst. Wenn die Schule aus ist, kommst du mit den Berger-Mädchen heim und wartest unten im Laden, bis wir wieder da sind. Mrs. Apple hat versprochen, auf dich aufzupassen.«

»Wieso kann ich nicht zu Hause bleiben und mit euch mitfahren?«

»Bald ist es Sommer«, sagte Emily zu ihr. »Dann bist du die ganze Zeit zu Hause.«

Sie streifte den Schuh über Ginas Fuß und band ihn zu. Ginas Socken waren schon wieder faltig und schmuddelig und rutschten ihr über die Knöchel. Ihre Bluse war mit Eigelb beschmiert. Emily hatte Kinder wie Gina gekannt, als sie selber noch ein Kind war. Sie wirkten übermäßig verwahrlost; das ungepflegte Aussehen ihrer Kleidung hatte etwas Liederliches. Sie hatte immer angenommen, daß die Mütter daran schuld waren, aber inzwischen wußte sie es besser. Vor weniger als einer halben Stunde hatte Gina noch blitzsauber und adrett ausgesehen, dafür hatte Emily gesorgt. Sie zupfte eine Staubflocke aus Ginas Haar, das ebenso kräftig und voll war wie Leons. »Los jetzt«, sagte sie, »sonst kommst du zu spät.«

Sie hängte ihre Tasche über die Schulter, und sie verließen die Wohnung. Sie schlossen die Wohnungstür ganz leise, weil Leon noch schlief. Sie liefen die Treppe hinunter. Aus den Nachbarwohnungen drangen die verschiedensten Frühstücksgerüche ins Treppenhaus – Speck, verbrannte Butter, der Räucherhering der Conways. Sie gingen an der Tür zum Laden vorbei, der noch im Dunkeln lag, und traten hinaus auf die Straße. Der Morgen war warm und sonnig. Die Stadt sah wie frisch gewaschen aus; weiße, in goldenes Licht getauchte Gebäude ragten in der Ferne durch den Dunst empor, Frauen in Frühlingskleidern fegten ihre Veranden, grüner Efeu wucherte durch die Fenster eines leerstehenden Reihenhauses. Gina hielt Emilys Hand fest und sang hüpfend:

Miss Lucy hat ein Baby
sie nennt es Tiny Tim
sie setzt es in die Wanne
und guckt ob es wohl schwimmt

Emily sagte ›Guten Morgen‹ zu Mrs. Ellery, die gerade ihren Mob ausschüttelte, und zu dem uralten blinden Mann, dessen Tochter, oder wahrscheinlich war es seine Enkelin, ihn an jedem schönen Tag auf die Veranda vor dem Haus setzte und seine Beine in eine graue Decke wickelte. »Schönes Wetter heute«, rief Emily, und der alte Mann nickte und wandte seine Augen, deren

Lider wie versiegelt wirkten, wie eine Pflanze auf der Fensterbank der Sonne zu. An der zweiten Straßenecke blieb Emily stehen, um auf die Berger-Mädchen zu warten. Helena Berger scheuchte sie zur Tür hinaus – zwei kleine sommersprossige, rothaarige Mädchen in karierten Kleidern. Sie liefen mit Gina voraus, und bei der nächsten Kreuzung mußte Emily »Halt! Wartet« rufen. Sie rannte atemlos hinterher, während die Kinder ungeduldig zappelnd an der Bordsteinkante standen. Sie streckte beide Hände aus. Das jüngere der Berger-Mädchen ergriff die eine, Gina die andere. Das Berger-Kind war knochig und dünn, und Ginas warme, rundliche Hand, die sich in den Falten leicht klebrig anfühlte, löste in Emily einen plötzlichen Schwall heftiger Zuneigung aus. Zwischen den Kindern marschierte sie über die Straße und ließ auf der anderen Seite ihre Hände los. Sie liefen wieder voraus und hüpften wild durcheinander.

Miss Lucy ruft den Doktor
Miss Lucy ruft die Schwester
Miss Lucy ruft die Dame
mit dem ledernen Südwester

Emily spürte, daß jemand in der Nähe war. Eine wohlbekannte Gestalt. Sie wandte den Kopf und erblickte Morgan Gower, der mit federnden Schritten neben ihr herlief. Er tippte mit der Hand an seinen zerbeulten grünen Soldatenhelm und lächelte. »Morgan«, sagte sie. »Wieso bist du so früh schon unterwegs?«

»Ich bin um fünf Uhr aufgewacht und konnte nicht mehr einschlafen«, sagte er. »Bei uns zu Hause geht alles drunter und drüber.«

Bei Morgan zu Hause ging immer alles drunter und drüber. Sie war noch nie dort gewesen, aber sie stellte sich ein kleines wackeliges Haus vor, das aus allen Nähten platzte und in dem es von Menschen nur so wimmelte. »Was ist denn jetzt wieder los?« fragte sie.

»Es geht um Brindle. Meine Schwester. Ihr Herzallerliebster ist zurückgekommen.«

Emily hatte gar nicht gewußt, daß seine Schwester einen Herzallerliebsten hatte. Sie schirmte ihre Augen mit einer Hand gegen die Sonne ab und rief: »Kinder! Wartet auf mich!« Dann sagte sie: »Ist Kate ihr Gipsbein schon wieder los?«

»Wer?« fragte er. »Ach so, ja. Ja, das ist alles... aber weißt du, gestern abend, so gegen sieben, als wir gerade mit dem Essen fertig waren, klingelte es an der Tür, und Bonny sagte: ›Brindle, geh doch mal bitte nachsehen, wer da ist‹, denn Brindle saß am dichtesten bei der Tür. Also geht Brindle hinaus und...«

Sie waren an der Kreuzung angekommen. Emily streckte die Hände aus, und die Kinder umschwirrten sie, so daß Morgan ein paar Schritte zurückgedrängt wurde. Als sie die Straße überquert hatte und sich nach ihm umdrehte, hob er gerade seinen Helm aus dem Rinnstein auf. Er rieb ihn betrübt mit dem Ärmel ab und setzte ihn wieder auf seinen Kopf. Er paßte zu seiner Tarnjacke und den zerknitterten olivgrünen Dschungelhosen. Er zog sich immer für Katastrophen an, die höchstwahrscheinlich nicht eintreten würden, dachte sie. »Das hier sind garantiert schlangenbißsichere Stiefel«, sagte er jetzt. Er blieb stehen und hob einen Fuß hoch. »Ich habe sie bei Sunny's-Surplus gekauft.«

»Sie sind sehr schick«, sagte sie. »Kinder! Lauft nicht so schnell!«

»Wo kommen denn die beiden anderen Mädchen her?« fragte Morgan. »Ich kann mich nicht erinnern, sie schon mal gesehen zu haben.«

»Ich wechsle mich mit ihrer Mutter ab. Sie bringt Gina heute nach Hause, damit ich eine Vorstellung geben kann.«

»Also das kommt mir alles ziemlich chaotisch vor«, sagte Morgan. »Da komme ich zu euch, um ein bißchen Ruhe und Frieden zu finden, und dann herrscht ein solches Durcheinander. Gina hat mich noch nicht mal begrüßt.«

»Ach, das macht sie bestimmt noch; du weißt doch, wie gern sie dich mag. Das kommt nur daher, daß sie mit ihren Freundinnen zusammen ist.«

»Mir ist es lieber, wenn Leon auch dabei ist und Gina zwischen euch läuft, nur sie allein. Wo ist Leon eigentlich? Wieso ist er nicht hier?«

»Er schläft. Er war gestern abend lange weg. Er hat für eine Rolle vorgesprochen.«

»Es ist mir zu chaotisch«, sagte Morgan niedergeschlagen. Er blieb stehen und schaute an seiner Jacke hinunter. Dann griff er in eine Tasche und holte eine Schachtel Zigaretten hervor. »Brindle geht also zur Tür«, sagte er, »und dann passiert erst mal gar nichts. Stille. Wir dachten, sie hätte vielleicht vergessen, warum sie aufgestanden ist, und würde irgendwo im Haus herumwandern. Hätte sich verlaufen oder so was. Du kennst ja Brindle. Oder jedenfalls habe ich dir von ihr erzählt; sie streift die ganze Zeit im Bademantel durchs Haus und bläst Trübsal. Man fragt sie: ›Hattest du einen schönen Tag?‹ und sie sagt: ›Tag?‹ Tut so, als sei sie überrascht, daß es überhaupt einen Tag gegeben hat. ›Sieh mal nach, wo sie abgeblieben ist‹, sagt Bonny zu mir. ›Schließlich ist sie *deine* Schwester; geh nachsehen, was sie macht.‹ Also stehe ich auf und will sie suchen, und da steht sie im Hausflur und läßt sich von einem wildfremden Mann küssen. So ein langer, tiefer, engumschlungener Kuß, wie im Kino. Ich wußte nicht, was ich machen sollte. Es kam mir unhöflich vor, sie zu unterbrechen, aber wenn ich mich umgedreht hätte und weggegangen wäre, hätten sie bestimmt die Dielen knarren hören, also blieb ich einfach stehen und reinigte mir inzwischen mit Zahnseide die Zähne, während die beiden sich weiter küßten. Ein stämmiger Mann mit Pomade im Haar. Brindle im Bademantel. Schließlich frage ich: ›Wollten Sie etwas Bestimmtes?‹ Sie lösen ihre Umarmung, und Brindle sagt: ›Es ist Robert Roberts, meine Jugendliebe. Erkennst du ihn nicht?‹«

»Kinder!« rief Emily. Sie waren erneut an einer Kreuzung angelangt. Sie lief vor und nahm die Mädchen bei der Hand. Morgan folgte ihr und murmelte dabei etwas in sich hinein. Es klang wie: »Kenne ihn natürlich schon sein Leben lang. Kannte ihn schon, als er noch ein Winzling war und mit Brindle auf der Straße Roll-a-bat spielte. Nannte sie ›Blöde Gans‹ und ›Dumme Ziege‹, in der liebevollen, beleidigenden Art, mit der Jungs ihre Zuneigung zum Ausdruck bringen ...«

Die Schule kam in Sicht, ein düsteres, bedrohlich aussehendes

Gebäude mit einem Hof aus rissigen Betonplatten, auf dem es von Kindern wimmelte. Emily beugte sich hinunter, um Gina zu küssen. »Mach's gut, mein Schatz«, sagte sie, und Morgan sagte: »Und was ist mit dem alten Morgan? Kriegt Onkel Morgan keinen Kuß?«

Er bückte sich, und Gina schlang die Arme um seinen Hals und gab ihm einen Kuß auf die Wange. »Komm heute nachmittag bei uns vorbei und zeig mir noch mal den Trick mit dem Yo-Yo«, sagte sie.

»Geht in Ordnung, Mäuschen.«

»Versprochen?«

»Ehrenwort. Habe ich dich je enttäuscht?«

Als sie davonlief, blickte er ihr lächelnd nach und ließ dabei Zigarettenasche auf seine Stiefelspitzen fallen. »Ach ja. Ach ja«, sagte er. »Ist sie nicht entzückend? Ich wünschte, sie würde nie älter werden.«

»Ich kann diese Schule nicht leiden«, sagte Emily.

»Warum nicht? Was hast du denn an ihr auszusetzen?«

»Sie ist so überfüllt; die Klassen sind zu groß, und ich glaube, ich werde sie niemals unbesorgt alleine hierhergehen lassen können. Ich würde sie lieber auf eine Privatschule schicken. Leons Eltern haben angeboten, das Schulgeld zu bezahlen, aber ich weiß nicht recht, wie ich es Leon gegenüber zur Sprache bringen soll.«

»Nein, nein, laß sie ruhig hier. Bleib bei deinen Prinzipien«, sagte Morgan. Er nahm ihren Arm und drehte sie um, damit sie heimgehen konnten. »Ich hätte nie gedacht, daß du deine Tochter auf eine Privatschule schicken willst.«

»Warum nicht? Was für Prinzipien meinst du?« fragte Emily. »Du hast deine Töchter doch auch auf Privatschulen geschickt.«

»Das war Bonny«, sagte Morgan. »Sie hat Geld. Wir sehen es nicht und kaufen nie irgend etwas Interessantes davon, aber es ist da, für Dinge, die man kaum bemerkt – neue Dachziegel und die Ausbildung der Kinder. Ihr Geld ist ungeheuer brav! Ich selber hätte eine staatliche Schule vorgezogen. Auf jeden Fall.

Du willst sie doch nicht an irgendeinen abgelegenen Ort schikken. Das mit den Fahrgemeinschaften ist immer so kompliziert –«
»Mr. Meredith hat es mal erwähnt, als Leon gerade nicht im Zimmer war«, sagte Emily. »Absichtlich, vermute ich. Er hofft wohl, daß ich mit Leon sprechen werde und er vorbereitet ist, wenn sein Vater das Thema noch mal anschneidet. Aber ich habe nichts gesagt, weil Leon so seinen Stolz hat, wenn es um Geld geht. Und du weißt ja, wie aufbrausend er sein kann.«
»Aufbrausend?« sagte Morgan.
»Er würde vielleicht einen Wutanfall kriegen.«
»Also, das kann ich mir nicht vorstellen.«
»Er hat schon immer zu Zornausbrüchen geneigt.«
»Das kann ich mir einfach nicht vorstellen«, sagte Morgan.
Er blieb stehen und blickte sich um. »Ich würde dich ja gerne zu einer Spazierfahrt einladen«, sagte er, »um die Rückkehr von Robert Roberts zu feiern, weißt du. Ich bin heute viel zu aufgeregt zum Arbeiten. Aber leider wurde mein Auto gestohlen.«
»Oh, wie schrecklich«, sagte Emily. »Wann ist das denn passiert?«
»Jetzt gerade«, sagte er zu ihr.
»Jetzt? Heute morgen?«
»In diesem Augenblick«, sagte er. Er zeigte auf eine leere Parklücke am Straßenrand, vor einem Briefkasten. »Ich habe hier geparkt, weil ich dachte, du kommst hier vorbei. Jetzt ist mein Wagen verschwunden.«
Emily sperrte den Mund auf.
»Schon gut, schon gut, es ist halb so schlimm«, sagte er. »Wie du sagen würdest: Was bedeutet schon ein Auto?« Er breitete die Arme aus und lächelte. »Es ist doch bloß ein Anhängsel. Eine Belastung. Oder etwa nicht? Ich bin ohne besser dran.«
Emily verstand nicht, wie er so etwas sagen konnte. Ein Auto war sehr wichtig. Sie und Leon sparten schon seit Jahren auf ein Auto. »Du mußt sofort die Polizei rufen«, sagte sie zu ihm. »Komm mit mir nach Hause und ruf von dort aus an. Je eher, desto besser.«

»Das hat keinen Zweck«, sagte er. »Ich hatte noch nie besonderes Vertrauen zur Polizei.« Er nahm sie erneut beim Arm und zog sie weiter. Der Griff seiner angespannten, warmen Finger erinnerte sie an Gina. »Letzten Sommer«, sagte er, »als wir zum Strand fuhren, hielt uns ein Polizist an und bat uns, ihn mitzunehmen. Er sagte, sein Streifenwagen sei gestohlen worden. Stell dir vor! Er setzte sich zu Molly, Kate und meiner Mutter nach hinten... mit seinen riesigen, glänzenden Stiefeln und dem Schießeisen im Halfter... Er beugte sich über den Vordersitz und sah, wie Bonny einen Apfel mit dem Gehäuse aß. Er sagte: ›Meine Cousine Donna mochte immer so gern Apfelkerne. Das beste vom ganzen Apfel, behauptete sie. Da sammelten mein Bruder und ich das ganze Jahr über Apfelkerne in einem Schuhkarton und schenkten sie ihr zu Weihnachten. Sie war begeistert. Sie aß sie alle auf, und abends war sie tot. Hier steige ich aus‹, sagte er; also hielt ich an, und er kletterte aus dem Wagen, und wir sahen ihn nie wieder. Als wäre er nur mitgefahren, um uns das zu erzählen, verstehst du? Und weg war er. Ich sagte zu Bonny: ›Denk nur, das Leben von anständigen Bürgern liegt in den Händen so eines Mannes.‹ Das sagte ich zu ihr. ›Läuft mit einem Schießeisen rum‹, sagte ich. ›Wahrscheinlich geladen und gespannt, oder wie man das nennt.‹«

»Ja, aber...« sagte Emily.

Sie wollte ihm eigentlich sagen, daß bestimmt nicht alle Polizisten so seltsam waren. Aber dann kamen ihr Zweifel. Es schien Leute zu geben, die seltsame Ereignisse magisch anzogen. »Na, jedenfalls«, sagte sie, »kann es nicht schaden, die Polizei anzurufen.«

»Mag sein, mag sein«, sagte Morgan. Er las gerade ein abblätterndes Schild: EUNOLAS RESTAURANT. »Ist das ein gutes Lokal?« fragte er.

»Ich bin nie drin gewesen.«

»Du wohnst gleich um die Ecke und warst nie bei ›Eunola‹?«

»Es ist eine Frage des Geldes.«

»Laß uns reingehen und einen Kaffee trinken«, sagte Morgan.

»Ich dachte, du mußt deinen Laden aufmachen.«

»Ach, das macht Butkins schon. Er fühlt sich ohne mich sowieso wohler. Ich bin ihm nur im Weg.« Er zog die Tür auf und schob Emily hindurch. Drinnen standen vier kleine Tische, und es gab auch eine Theke, an der mehrere Männer mit Schutzhelmen auf dem Kopf saßen und unter einem Schleier aus Zigarettenrauch Kaffee tranken. »Setzen wir uns«, sagte Morgan und führte Emily zu einem Tisch. Er nahm ihr gegenüber Platz. »Ist dir klar, was das Auftauchen von Robert Roberts bedeutet? Bist du dir der Tragweite bewußt? Es ist einfach großartig! Jahrelang kommt Brindle nicht aus ihrem Bademantel und ihren Hausschuhen heraus, läuft den ganzen Tag mit hängendem Kopf herum und wartet auf die nächste Mahlzeit. Ich sage zu ihr: ›Koch dir doch selber etwas, wenn du Hunger hast‹, aber sie erwidert: ›Ach, ich weiß doch nicht, wo alles ist, die Vorräte und die Töpfe und so weiter.‹ Ich meine, sie lebt schon ewig bei uns. Warte mal, wann ist sie eingezogen? Es muß neunzehnhundertvierundsechzig gewesen sein oder vielleicht auch fünfundsechzig. Kate ging damals schon zur Schule, das weiß ich noch. Sue hatte gerade mit dem Flötenunterricht begonnen. Und dann taucht gestern Robert Roberts auf! Einfach so, aus heiterem Himmel. Er sagt, seine Frau sei gestorben. Und außerdem habe er nie aufgehört, Brindle zu lieben.

Ich kann mir gar nicht vorstellen, warum. Sie sieht völlig unscheinbar aus, und sie ist überhaupt nicht charmant. Aber er hat immer nur sie geliebt, sagt er. Und sie hat uns jeden Abend beim Essen von ihm erzählt. Unsere Kinder kannten Robert Roberts' Namen, noch bevor sie ihre eigenen kannten! Sie wußten, welche Brettspiele er am liebsten mochte und wie hoch seine Trefferquote beim Baseball war. Und auf einmal steht dieser Mann vor der Tür, den Arm voller Rosen; der ganze Flur war erfüllt von dem feuchten, teuren Duft der Rosen... und macht ihr einen Heiratsantrag! Ist das Leben nicht wunderbar ausgewogen? Ich hatte es wirklich unterschätzt.«

Eine Kellnerin stand neben ihnen und tippte ungeduldig mit dem Bleistift auf ihren Block. Emily räusperte sich und sagte: »Kaffee, bitte.«

»Für mich auch«, sagte Morgan. »Ja, es war ein denkwürdiger Abend. Die beiden blieben die ganze Nacht auf und schmiedeten Pläne. Ich habe ihnen Gesellschaft geleistet. Sie wollen im Juni heiraten.«
»In deiner Familie finden ja wirklich häufig Hochzeiten statt«, sagte Emily.
»Ach nein, eigentlich sind es gar nicht so viele«, sagte er. Er griff über den Tisch nach ihrer Handtasche, machte sie auf und schaute hinein. »Amys natürlich, und dann Jeans, aber Carols kann man nicht mitzählen; sie ließ sich wieder scheiden, noch bevor sie alle Hochzeitsgeschenke ausgepackt hatte.« Er drehte die Tasche um und schüttelte sie. Emilys Portemonnaie fiel heraus, gefolgt von einem Schlüsselbund. Er schüttelte die Tasche noch einmal, aber sie war leer. »Ich staune immer wieder«, sagte er, »wie ordentlich du bist.«
Emily sammelte ihre Sachen ein und steckte sie wieder in die Tasche. Morgan reckte selbstbewußt den Kopf. »Ich bin auch ordentlich«, erklärte er.
»Ach ja?«
»Also jedenfalls bin ich an Ordnung interessiert. Ich meine, Ordnung hat mich immer fasziniert. Als Kind dachte ich, Ordnungsliebe würde mit dem Stimmbruch kommen. Dann dachte ich, nein, vielleicht erst wenn ich mit der Schule fertig bin. Eine Zeitlang dachte ich, ich würde ordentlich werden, nachdem ich das erstemal mit einer Frau geschlafen hätte.«
Er nahm eine Serviette aus dem Ständer, faltete sie auseinander und legte sie auf seine Knie.
Emily sagte: »Und?«
»Was, und?«
»Bist du ordentlich geworden, nachdem du mit einer Frau geschlafen hattest?«
»Wie kannst du das fragen?« sagte er und seufzte.
Ihr Kaffee kam, und er griff nach der Zuckerschale. Er nahm vier Teelöffel, fünf... und zwischendurch rührte er jedesmal um. Von seinem Löffel tropfte Kaffee auf die Tischplatte und in die Schale. Karamelfarbene Klümpchen bildeten sich auf der Ober-

fläche des Zuckers. Emily starrte erst die Klümpchen und dann Morgan an. Morgan entblößte aufmunternd seine Zähne. Sie schaute weg.
Warum gab sie sich mit ihm ab? Er war so sonderbar, daß sie auf der Straße manchmal das Bedürfnis hatte, ein paar Schritte vor ihm zu laufen, damit niemand auf die Idee kam, daß sie zusammengehörten. Und wenn sie zu dritt waren, hängte sie sich demonstrativ bei Leon ein. Aber es war komisch, je länger man ihn kannte, desto mehr lernte man ihn schätzen. Sie konnte nicht genau sagen, woran es lag. Er bereicherte ihr Leben. In seiner Gegenwart wirkten die Dinge interessanter als sie waren. Manchmal begleitete er die Merediths zu einer ihrer Vorstellungen, und durch seine Begeisterung für alles, was sie taten, wurde ihr plötzlich klar, wie ausgefallen ihr Leben war – umherziehende Puppenspieler! Sie zogen zwar nicht direkt umher, aber dennoch... und sie sah Leon an und staunte, wie eindrucksvoll er wirkte, mit den geheimnisvollen, dunklen Augen und den flinken Bewegungen. Sie selber kam sich auch nicht mehr so farblos vor; und Gina, die sie manchmal ein bißchen pummelig fand, sah plötzlich aus wie die engelsgleichen Kinder auf Pralinenschachteln aus dem neunzehnten Jahrhundert.
»In der Zeitung war ein Foto von Leon«, sagte sie jetzt zu Morgan.
»Hm?«
Sie beugte sich vor. Ihr wurde klar, daß sie nur eingewilligt hatte, Kaffee trinken zu gehen, um ihm davon zu erzählen. »Sie haben einen Artikel gebracht«, sagte sie, »in der Morgenzeitung, über unsere Puppen.«
»Ach so, die Zeitung habe ich noch gar nicht gesehen«, sagte er. »Ich bin zu früh aus dem Haus gegangen.«
»Sie haben ein Foto von uns dreien gedruckt, aber der Artikel war eigentlich über Leon«, sagte sie.
Morgan zündete sich eine Zigarette an und kippte mit dem Stuhl nach hinten, um Emily zu betrachten.
»Er hat in dem Interview auch über die Puppen gesprochen und gesagt, daß sie... na ja, daß sie nicht improvisiert sind. Daß sie

nach einem Schnittmuster gemacht werden.« Sie faltete die Hände und starrte auf ihre Knöchel. »Er wollte damit etwas Bestimmtes zum Ausdruck bringen. Ich kann es nur schwer erklären. Du wirst sagen, ich bilde mir alles nur ein.«
»Tust du wahrscheinlich auch«, sagte Morgan.
»Gestern abend, da hatte er einen Vorsprechtermin... früher hat er fürs Vorsprechen immer den Text auswendig gelernt. Er ist nie einfach hingegangen und hat vorgelesen, wie die meisten es machen. Er hatte ein ausgezeichnetes Gedächtnis. Das machte immer großen Eindruck. Also setzte er sich gestern nachmittag hin, um den Text der Rolle zu lernen, die er spielen wollte, aber es klappte nicht. Er lernte eine Zeile auswendig, und dann noch eine, aber kaum hatte er sich die zweite Zeile gemerkt, hatte er die erste schon wieder vergessen und mußte von vorne anfangen. So ging das stundenlang. Es war richtig unheimlich. Sogar *ich* konnte den Text schließlich auswendig, nur vom Zuhören; aber er konnte ihn immer noch nicht. Und er gab mir die Schuld daran. Er hat es nicht direkt gesagt, aber ich weiß es.«
»Das bildest du dir nur ein«, sagte Morgan.
»Er hat sich wirklich verändert, seit wir uns kennengelernt haben«, sagte Emily.
Morgan kippelte rauchend und stirnrunzelnd mit dem Stuhl. Er sagte: »Habe ich dir eigentlich erzählt, daß ich früher schon einmal verheiratet war?«
»Was? Nein, ich glaube nicht. Und er hat jetzt ein fast freundschaftliches Verhältnis zu seinen Eltern. Natürlich kann er sagen, daß ich dafür gesorgt habe. Ich war diejenige, die den Kontakt zu ihnen gehalten hat. Aber inzwischen habe ich den Eindruck... also, um ehrlich zu sein, sie besuchen uns etwas zu oft. Und er versteht sich etwas zu gut mit ihnen.«
»Ich habe im letzten College-Jahr geheiratet«, sagte Morgan. »Sie hieß Letitia. Wir liefen zusammen weg, ohne jemandem etwas davon zu sagen. Aber kaum waren wir verheiratet, verloren wir das Interesse aneinander. Es war wirklich seltsam. Wir schlossen uns unterschiedlichen Cliquen an; Letitia wurde Mitglied in einer Gruppe, die Alte Musik spielte, und fuhr in den

Weihnachtsferien nach New York... wir lebten uns auseinander, wie man so sagt. Wir gingen getrennte Wege.«
Emily hatte keine Ahnung, warum er jetzt diese Geschichte erzählte. Sie nahm ihre ganze Aufmerksamkeit zusammen und setzte sich aufrecht hin. »Ah ja?« sagte sie. »Ihr habt euch also scheiden lassen?«
»Nein, nein.«
»Was ist denn dann passiert?«
»Nichts ist passiert«, sagte Morgan. »Wir gingen einfach getrennte Wege. Schließlich wußte niemand, daß wir weggelaufen waren.«
Emily dachte noch einmal über das, was er ihr erzählt hatte, nach. Sie sagte: »Dann bist du ja Bigamist.«
»Genaugenommen bin ich das wohl«, sagte Morgan fröhlich.
»Aber das ist ungesetzlich!«
»Naja, das ist es vermutlich irgendwie.«
Sie starrte ihn an.
»Aber eigentlich ist es eine ganz natürliche Sache«, erklärte er. »Wenn man in Ruhe darüber nachdenkt, ist es doch nur recht und billig. Besteht unser Leben nicht aus einer Anhäufung von Ereignissen? Und diese Ereignisse sind nicht fein säuberlich voneinander zu trennen. Manchmal vermischen sie sich eben. Ist es nicht so?«
»Also ehrlich«, sagte Emily. »Ich weiß nicht, worauf du hinauswillst.« Sie griff nach ihrer Tasche und stand auf. Morgan stand ebenfalls auf und lief um den Tisch, um ihren Stuhl zurückzuziehen, aber sie war schneller als er. Sie wartete nicht einmal, bis er bezahlt hatte. Sie ging geradewegs hinaus und ließ ihn an der Kasse stehen. Er mußte rennen, um sie einzuholen.
»Emily?« sagte er.
»Ich muß jetzt nach Hause.«
»Anscheinend bin ich ganz vom Thema abgekommen. Durch dein Gerede über Bigamie und Gesetze habe ich vergessen, was ich eigentlich sagen wollte.«
»Morgan«, sagte Emily, »ich habe den Eindruck, du erzählst mir die meiste Zeit nichts als Lügen. Eben hast du mir doch

wieder eine aufgetischt. Stimmt's? Hast du gelogen oder nicht?«
»Komm schon, Emily«, sagte Morgan, »natürlich hat er sich verändert. Wir verändern uns alle; wir treiben alle auf dem Fluß des Lebens dahin, gleiten in Nebenarme hinein und wieder heraus, rammen Baumstämme, rasen Stromschnellen hinab... halt, ich darf mich nicht so mitreißen lassen. Aber, Emily, ihr seid euch doch immer noch nah. Ihr habt keine unterschiedlichen Richtungen eingeschlagen. Ihr seid euch noch immer sehr ähnlich.«
»Ähnlich!« sagte Emily. Sie blieb vor einem Zeitungskiosk stehen. »Wie kannst du so etwas sagen? Wir sind vollkommen verschieden. Wir kommen aus ganz unterschiedlichen Verhältnissen. Wir gehören noch nicht einmal der gleichen Konfession an.«
»Wirklich?« sagte Morgan. »Was ist Leon denn?«
»Ach, Presbyterianer, Methodist...« Sie ging weiter. »Wir ähneln uns kein bißchen.«
»In meinen Augen seid ihr euch ähnlich«, sagte Morgan. »Und ihr versteht euch so gut.«
»Ha«, sagte Emily bitter.
»Ihr führt die glücklichste Ehe, die ich kenne, Emily. Ich finde eure Ehe großartig!«
»Ich kann mir nicht vorstellen, warum«, sagte Emily.
Aber sie verlangsamte ihren Schritt, damit er sie einholen konnte.
Sie kamen an einer Frau vorbei, die gerade ihre Haustür hellgrün anstrich. »Apfelgrün, meine Lieblingsfarbe!« rief Morgan, und die Frau lachte und verbeugte sich wie eine Schauspielerin auf der Bühne. Sie kamen an einem offenen Fenster vorbei, aus dem »I'm Walking« von Fats Domino drang, und Morgan breitete die Arme aus und tanzte dazu. Weil er eine Zigarette zwischen die Zähne geklemmt hatte, sah es schwierig und gefährlich aus, und Emily mußte an die russischen Tänzer denken, die beim Tanzen ein Glas Wodka auf dem Kopf balancieren. Sie stand daneben, schwenkte unbeholfen ihre Handtasche hin und her und lächelte. Dann hielt Morgan inne und nahm die Zigarette aus dem Mund.

»Nun schau mal einer an«, sagte er. Er starrte irgend etwas direkt hinter ihr an. Sie drehte sich um, aber sie konnte nichts Besonderes entdecken – nur ein Auto, das vor einem Briefkasten stand.
»Mein Wagen!« sagte er.
»Dein was?«
»Das ist mein Wagen!«
»Bist du sicher?«
Aber es war eine dumme Frage; sogar Emily war sicher. (Und warum sollte er wohl Besitzansprüche auf ein solches Wrack anmelden, wenn es ihm nicht gehörte?) Morgan rannte um das Auto herum und stieß dabei kleine Qualmwolken aus. »Siehst du?« sagte er. »Da ist Lizzies Tennisschläger, mein Turban, mein Matrosenanzug, den ich mitgebracht habe aus... Siehst du die Limonadenflasche da? Die rollt schon seit einem halben Jahr auf der Hutablage herum. Oder«, sagte er und stutzte, »könnte es sein, daß jemand anders genau so ein Auto hat?«
»Also wirklich, Morgan«, sagte Emily. »Natürlich ist es deins. Ruf die Polizei an.«
»Wozu denn? Ich stehle es mir einfach zurück.«
»Aber willst du denn nicht, daß der Dieb verhaftet wird?«
»Doch«, sagte er, »aber es steht im Parkverbot, und ich könnte einen Strafzettel bekommen.«
»Du hast es doch nicht dort hingestellt!«
»Heutzutage kann man nie wissen«, sagte er. »Ich habe Bonny versprochen, keine Strafzettel mehr zu bekommen.« Er probierte alle Türen aus, aber sie waren verschlossen. Er ging zur Vorderseite des Autos und hockte sich vor den Kühlergrill. »Ich nehme an, du hast nicht zufällig dein Schweizer Offiziersmesser dabei?« sagte er.
»Mein was? Nein.«
Er zog an einem Faden, der durch den Grill gesteckt war. Dann brachte er sein Gesicht nah an den Grill heran und biß den Faden durch. Die Frau, die ihre Tür strich, ließ den Pinsel sinken und schaute zu. »Ich verstehe nicht, was du vorhast«, sagte Emily.
»Der Schlüssel«, sagte Morgan. Etwas fiel klirrend zu Boden. Er tastete unter dem Auto danach.

»Weiter rechts«, sagte Emily. »Näher am Rad.«
Morgan legte sich auf den Bauch und streckte die Beine nach hinten aus. (Die Sohlen seiner schlangensicheren Stiefel hatten ein Profil, das so tief war wie das von Winterreifen.) Er schob seine Hand weiter unter das Auto. »Hab ihn«, sagte er. Ein kleiner dreirädriger Postwagen von der Größe eines Golfkarrens kam angefahren und hielt. »Hilfe!« schrie Morgan und hob den Kopf. Sie hörte, wie sein Helm gegen die Unterseite der Stoßstange krachte. »Ich bin getroffen!« sagte er.
»Morgan?«
»Ich bin überfahren worden! Mein Bein!«
Ein Postbeamter stieg pfeifend aus dem Wagen und ging auf den Briefkasten zu. Emily ergriff seinen Ärmel und sagte: »Fahren Sie weg.«
»Hm?«
»Fahren Sie Ihren Wagen weg! Sie haben einen Mann angefahren.«
»Du meine Güte«, sagte der Postbeamte. »Hat er denn das Parkverbotsschild nicht gesehen?«
»Fahren Sie gefälligst sofort den Wagen weg!«
»Schon gut, schon gut«, sagte der Postbeamte. Er ging zurück zu seinem Wagen und blickte im Vorbeigehen zu Morgan hinunter. Morgan wandte ihm ein Gesicht zu, das nur aus Zähnen zu bestehen schien.
»Machen Sie schnell«, sagte Emily und zerrte nervös an ihrem Rock.
Jetzt kam auch die Frau mit dem Pinsel, von dem apfelgrüne Farbe tropfte, herbei. »Oh, der arme, arme Mann«, sagte sie. Emily kniete sich neben Morgan. Sie hatte ein flaues Gefühl in der Magengegend. Wenigstens war kein Blut zu sehen. Morgans Schienbein lag eingequetscht unter dem schmalen Reifen. Es sah plattgedrückt aus, schien aber noch intakt zu sein. Er atmete heftig. Emily legte eine Hand auf seinen Rücken. »Tut es weh?« fragte sie ihn.
»Nicht so sehr, wie man annehmen sollte.«
»Er wird den Wagen gleich wegfahren.«

»Was für ein blöder, lächerlicher –«
»Mach dir nichts draus, so etwas kann jedem passieren«, sagte Emily und klopfte ihm auf die Schulter.
»Ich sprach von dem Postbeamten.«
»Ach so.«
Der Postbeamte löste die Handbremse. Der Wagen machte ein knirschendes Geräusch und rollte ein paar Zentimeter zurück.
»Uff!« sagte Morgan. Er setzte sich auf und untersuchte sein Bein. Auf der grünen Hose war ein staubiger, dreieckiger Abdruck zu sehen.
»Ist es gebrochen?« fragte Emily ihn.
»Ich weiß nicht.«
»Reißen Sie seine Hose auf«, schlug die Frau mit dem Pinsel vor.
»Nicht die Hose!« sagte Morgan. »Sie stammt aus dem Zweiten Weltkrieg.«
Emily rollte das Hosenbein behutsam hoch und hielt dabei aus Angst vor dem Anblick einer scheußlichen Wunde den Atem an. Zwei ältere Damen mit Einkaufstaschen hatten sich inzwischen zu ihnen gesellt, und der Postbeamte sagte: »Wenn ich gemein wäre, würde ich ihn wegen Falschparkens anzeigen.«
»Nichts zu sehen«, sagte Emily. Sie betrachtete prüfend Morgans blasses, behaartes Schienbein. »Kannst du mit den Zehen wackeln?«
»Ja.«
»Kannst du aufstehen?«
Er legte haltsuchend einen Arm um Emily und versuchte es. Er war schwerer, als er aussah, muskulös und warm, und er verströmte den scharfen, fahlen Geruch eines Menschen, der schon seit langer Zeit rauchte. »Ja«, sagte er. »Ich kann stehen.«
»Vielleicht ist er nur über dein Hosenbein gefahren.«
Er trat empört einen Schritt zurück. »Wie kannst du das behaupten«, sagte er.
»Aber es ist kein Blut zu sehen, und das Bein ist nicht gebrochen...«
»Ich habe es genau gespürt. Ich habe den Druck gespürt, ein

Kneifen an der Wade. Meinst du, ich merke nicht, wenn ich überfahren werde? Nicht jede Verletzung ist von außen zu sehen. Du kannst nicht einfach so dastehen und darüber entscheiden, ob ich verletzt bin oder nicht. Glaubst du vielleicht, ich merke nicht, wenn mich ein Postwagen der amerikanischen Regierung aufs Pflaster nagelt?«

»Du meine Güte«, sagte der Postbeamte.

Die beiden alten Damen gingen weiter, und die Frau kehrte zu ihrer halbgestrichenen Tür zurück. Der Postbeamte schloß den Briefkasten auf. Morgan hob eine Hand, die etwas Blankes festhielt. »Immerhin habe ich den Schlüssel«, sagte er zu Emily.

»Ach ja, der Schlüssel.«

Er öffnete die Beifahrertür. »Na los, spring rein«, sagte er.

»Ich?«

»Rein mit dir. Ich will nicht warten, bis der Dieb auftaucht. Das gibt nur unnötige Scherereien...«

Er ließ sie einsteigen, dann machte er die Tür zu und ging zur Fahrerseite hinüber. »Ich hatte in letzter Zeit mehr als genug Aufregung«, erklärte er. »Ich möchte wissen, warum mein Leben nicht etwas ruhiger verlaufen kann.« Er ließ sich stöhnend auf den Sitz fallen und beugte sich vor, um den Schlüssel ins Zündschloß zu stecken. »Nun sieh dir das an«, sagte er. »Schon wieder ein Problem.«

Er konnte den Schlüssel nicht ins Schloß stecken. Ein anderer Schlüssel steckte bereits. Daran baumelte ein Lederetui. »Wo kommt denn der her?« fragte er Emily.

»Der muß im Wagen eingeschlossen gewesen sein«, sagte sie.

»Ich staune immer wieder«, sagte Morgan, »wie unfähig die meisten Verbrecher heutzutage sind.«

»Aber vielleicht wurde das Auto gar nicht gestohlen«, meinte Emily.

»Wie meinst du das?«

»Vielleicht *dachtest* du nur, du hättest ein paar Straßen weiter geparkt.«

»Nein, nein«, sagte er ungeduldig, »das ist doch lächerlich.«

Er ließ den Motor an, machte einen Bogen um den Postwagen

und fuhr die Straße hinunter. Es hörte sich an, als habe er den falschen Gang eingelegt. »Komm mit zu mir nach Hause, dann kannst du Bonny kennenlernen«, sagte er.

»Aber Leon wird sich schon fragen, wo ich bin. Und überhaupt, mußt du nicht zur Arbeit?«

»Ich kann heute nicht arbeiten, ich habe letzte Nacht bloß eine Stunde geschlafen. Wegen dieser Geschichte mit Brindle. Hat man so was schon gehört? Robert Roberts, nach all den Jahren!«

Emily hoffte, er würde nicht wieder von Robert Roberts anfangen. Sie war erschöpft. Es kam ihr vor, als hätten sie für die kurze Strecke von Ginas Schule bis hierher Stunden, oder sogar Tage, gebraucht. Sie fühlte sich um Jahre gealtert. Morgans Anblick verursachte ihr Kopfschmerzen. (Er wirkte munter wie ein Fisch im Wasser, summte fröhlich »I'm Walking« und schlug dazu im Takt gegen das Lenkrad.)

Aber dann kam ihr Haus in Sicht. Crafts Unlimited machte gerade auf, und die Neonröhren flackerten, als hätten sie Mühe, ihre Kräfte zu sammeln. Die Fenster über dem Laden waren dunkel. Man konnte meinen, das Gebäude sei nichts als eine leere Hülle. Morgan rauschte summend daran vorbei. Emily machte keinen Versuch, ihn zum Anhalten zu bewegen.

2

Emily und Leon hatten oft über Morgans Frau nachgedacht. Sie hatten sich gefragt, was wohl mit ihr los sein mochte, wo Morgan doch so viel Zeit ohne sie verbrachte? Ständig kam er auf einen kurzen Besuch bei den Merediths vorbei und erzählte, wo er vorher überall gewesen war und wo er hinterher noch hinwollte. War er eigentlich nie zu Hause? Nicht mal am Wochenende? Denn samstags machte er regelmäßig einen seiner speziellen Einkaufsbummel. Er fuhr in die hintersten Winkel von Baltimore und kehrte mit erstaunlicher Ausbeute zurück: zerbeulte Konservendosen oder wulstige Pakete in braunem Packpapier, die rundherum mit Bindfaden verschnürt und mit

Dutzenden von dicken Knoten zugebunden waren. (Man konnte meinen, daß in den Läden, wo Morgan einkaufte, die Verkäufer noch nie etwas von Taschen oder Tüten gehört hatten.) Sonntags ging er auf Jahrmärkte oder Straßenfeste. Es kam vor, daß Emily und Leon ihn rein zufällig bei einer ihrer Puppentheatervorführungen trafen. Sie schauten durch den dünnen Prospekt auf die sitzenden Zuschauer – ein langer, sanft ansteigender Hügel – und sahen ihn wie eine unerwartete Erhebung hinter den Reihen stehen. Er hatte immer einen ausgefallenen Hut auf dem Kopf, war immer allein, schien über irgend etwas nachzugrübeln und paffte eine Zigarette. (Aber wenn sie hinterher herauskamen und sich verbeugten, dann strahlte er übers ganze Gesicht und klatschte so begeistert wie ein stolzer Vater.) Im Winter, wenn es keine Jahrmärkte gab, ging er auf alle Kirchenbasare und alle Wohltätigkeitsveranstaltungen, und waren sie auch noch so unbedeutend. Er hatte immer genug Zeit, um anzuhalten und Röcke mit aufgenähten Weihnachtsbäumen aus Filz oder knopfäugige Schneemänner aus Styropor zu begutachten. Wer also war diese Bonny, mit der er auf keinen Fall seine Zeit verbringen wollte? Vielleicht nörgelte sie ständig an ihm herum, meinte Leon. Vielleicht war sie eine unnachgiebige, verkniffene Frau, die allein in ihrem ordentlichen Wohnzimmer thronte, inmitten von blankgeputzten Porzellanfiguren, die Morgan nicht anfassen durfte, und glänzenden Kristallaschenbechern, in denen er seine Zigaretten nicht ausdrücken durfte. Aber das glaubte Emily nicht. Nach allem, was sie von Morgan gehört hatte (die unzähligen Unfälle und Katastrophen in seinem Leben, seine Bewunderung für die spärlich möblierte Wohnung der Merediths), hielt sie Bonny für eine Schlampe in einem Hauskleid mit Lockenwicklern im Haar. Sie war nicht überrascht, als Morgan vor einem gepflegten Backsteinhaus im Kolonialstil anhielt – schließlich wußte sie, daß Bonnys Familie Geld hatte und das Dach mit Schiefer gedeckt war –, aber sie blinzelte ungläubig, als sie ausgestiegen waren und sie eine braunhaarige Frau in Rock und Bluse erblickte, die vor dem Haus in einem Petunienbeet Unkraut jätete. Nun, vielleicht war es die Schwester. Aber Morgan sagte: »Bonny?«

Bonny richtete sich auf und wischte sich mit dem Handrücken über die Stirn. Um die Augen hatte sie ein paar feine Lachfältchen. Ihr glanzloser roter Lippenstift war rissig. Sie wirkte freundlich, aber zurückhaltend; sie schien auf eine Erklärung von Morgan zu warten.

»Bonny, ich möchte dir Emily Meredith vorstellen«, sagte Morgan.

Bonny schwieg weiterhin abwartend.

»Emily und ihr Mann betreiben ein Puppentheater«, sagte Morgan.

»Oh, tatsächlich?«

Emily war nie der Gedanke gekommen, daß er Bonny noch nichts von ihr erzählt hatte. (Schließlich hatte er ihr von Bonny erzählt.) Sie war ein bißchen gekränkt. Sie streckte die Hand aus und sagte: »Sehr erfreut, Mrs. Gower.«

Bonny schüttelte ihr die Hand. Sie sagte: »Sind Sie... sind Sie hier, um Morgan zu besuchen? Oder was?«

»Sie ist hier, um *dich* zu besuchen«, sagte Morgan.

»Mich?«

Morgan sagte: »Die Sache ist die: Mein Auto wurde gestohlen, aber dann habe ich es gleich wieder zurückgestohlen, aber trotzdem war alles so aufregend, die ganze Geschichte mit Robert Roberts und so...«

»Du meinst, du hast sie gebeten, hereinzukommen?«

»Oh!« sagte Emily. »Also, ich will Sie wirklich nicht von der Arbeit abhalten.«

»Ist schon gut«, sagte Bonny. »Roll doch bitte dein Hosenbein herunter, Morgan.« Sie drehte sich um und ging auf die Haustür zu.

»Aber, Mrs. Gower –«

»Bleib doch, bleib«, bat Morgan sie aus seiner gebückten Haltung heraus. Er strich sein Hosenbein über dem Knöchel glatt. »Sie ist nur etwas überrascht. Jetzt bist du schon einmal hier, also bleib!«

Emily folgte Bonny die Stufen zum Hauseingang hinauf. Sie schien keine andere Wahl zu haben, obwohl sie viel lieber woanders gewesen wäre. Sie gingen an einem Tontopf vorbei, der mit Kräutern bepflanzt war – Schnittlauch und Majoran, oder vielleicht Thymian. Emily betrachtete die Kräuter wehmütig. Unter anderen Umständen, dachte sie, hätte sie Bonny durchaus liebgewinnen können, aber ihre Bekanntschaft hatte unter schlechten Vorzeichen begonnen. Es war Morgans Schuld. Er war so gedankenlos und schroff. Gereizt betrachtete sie seinen schüsselförmigen Helm, während er neben ihr auf und ab hüpfte. »Sieh dir Bonnys Rosen an«, sagte er. Es sollte vielleicht ein Wink sein, ein Tip, wie sie Bonny schmeicheln konnte – aber Bonny sagte, ohne sich umzudrehen: »Wie kann sie das, sie blühen ja noch gar nicht.«

Sie betraten alle drei die Diele. Auf dem Heizkörper lag ein Stapel Bücher aus der Bibliothek mit schäbigen Plastikumschlägen, daneben stand eine Gießkanne und eine Schachtel Kekse. Emily bahnte sich vorsichtig einen Weg durch ein Gewühl von Schuhen, und dann standen sie im Wohnzimmer. »Sieh mal hier!« sagte Morgan und stürzte zu einer Vase hinüber. »Die hat Amy im Ferienlager gemacht, als sie zehn war.«

»Sie ist sehr hübsch«, sagte Emily. Die Vase war schief und hatte an einer Seite einen langen Riß.

»Es wäre schön, wenn du Amy kennenlernen könntest, aber sie wohnt jetzt in Roland Park. Aber dafür kannst du meine Mutter und Brindle kennenlernen.«

»Brindle ist in die Stadt gefahren, um einen Trauring zu kaufen«, sagte Bonny.

»Natürlich, einen Ring! Ich habe Emily davon erzählt. Und sieh mal, das ist ein Foto von Molly, da auf dem Sims. Ist sie nicht hübsch? Es wurde bei einer Schulaufführung gemacht; angeblich hat sie schauspielerisches Talent. Ich kann mir gar nicht vorstellen, wo sie das herhat. Wir hatten noch nie einen Schauspieler in der Familie. Wie findest du sie? Bonny, haben wir nicht noch irgendwo Jeannies Hochzeitsfotos?«

Er wirkt hektisch, dachte Emily. Er schoß durch das Zimmer und wühlte fieberhaft in verschiedenen überladenen Regalen herum. Emily und Bonny standen in der Tür und sahen ihm zu.

Einmal trafen sich ihre Blicke zufällig, aber als Emily Bonnys seltsam verkniffenen Gesichtsausdruck sah, schaute sie gleich wieder weg. »Bitte«, sagte sie zu Morgan, »ich muß jetzt wirklich gehen. Ich fahre mit dem Bus nach Hause.«
»Aber ich habe dir meine Mutter noch gar nicht vorgestellt!« sagte er und blieb abrupt stehen. »Und ich wollte, daß Bonny dich kennenlernt; ich wollte, daß ihr beide... Bonny, heute stand etwas über Emily in der Zeitung.«
»Ach ja?« sagte Bonny.
»Wo ist die Zeitung? Hast du sie weggeworfen?«
»Ich glaube, sie ist in der Küche.«
»Komm mit in die Küche. Laßt uns alle in die Küche gehen! Wir trinken eine Tasse Kaffee zusammen«, sagte er. Er sauste davon. Bonny löste sich vom Türrahmen, um ihm zu folgen, und Emily lief hinterher. Sie wünschte, sie könnte sich einfach in Luft auflösen. Sie dachte daran, sich heimlich aus dem Haus zu schleichen und verschwunden zu sein, bevor sie etwas merkten. Sie machte einen Bogen um ein selbstgemachtes Mobile aus Papierschiffchen und betrat dann die Küche.
In der Küche stapelte sich das schmutzige Geschirr, und auf dem Boden standen zahlreiche Freßnäpfe. Eine Wand war mit vergilbten Cartoons, Zeitungsausschnitten, Hockey-Tabellen, Rezepten, Kalendern, Zahnarztterminen und Telefonnummern auf abgerissenen Zetteln, Fotografien und Einladungen tapeziert – sogar ein Abiturzeugnis war dabei. Emily fühlte sich umzingelt, überflutet. Morgan stand neben der Tür zum Garten und durchwühlte einen Stapel Zeitungen. »Wo ist sie denn? Wo ist sie denn bloß? Ist sie überhaupt schon gekommen?« fragte er. »Aha!« Er hielt eine Zeitung in die Höhe. Er legte sie auf den Fußboden, leckte seinen Daumen und fing an, die Seiten umzublättern. »Nachrichten... Kommentare... Kunsthandwerksboom in Baltimore!«
Emily schaute über seine Schulter und sah Leons ernstes Gesicht. Wie aus einer anderen Welt starrte es ihr entgegen. »Bonny, das hier ist Leon. Emilys Mann«, sagte Morgan. »Und ihre Tochter Gina. Siehst du?«

»Sehr nett«, sagte Bonny, während sie Kaffeetassen auf den Tisch stellte.
»Weißt du«, sagte Morgan nachdenklich, »ich sah früher ein bißchen aus wie Leon.«
Bonny warf einen Blick auf das Foto. »Wie der Mann da? Niemals«, sagte sie. »Er ist ein ganz anderer Typ als du.«
»Ja, das schon«, sagte er, »aber um die Augen herum gibt es vielleicht eine gewisse Ähnlichkeit; ich weiß nicht genau. Oder vielleicht ist es der Mund. Oder die Stirn. Ich weiß nicht.«
Er stand auf, ließ die Zeitung liegen und rückte einen Stuhl vom Tisch ab. »Setz dich, setz dich doch«, sagte er zu Emily. Er nahm auf der anderen Seite des Tisches Platz, wie um es ihr vorzumachen, und sah sie eindringlich und auffordernd an, bis sie sich ebenfalls hinsetzte. Sie kam sich vor wie in der Falle. Die Geschirrberge waren so hoch, daß sie Angst hatte, sie würden anfangen zu schwanken und auf sie niederstürzen. Eine Schreibmaschine stand in einer Orangensaftpfütze auf dem Tisch. Ein Blatt Papier war eingespannt... *über den Vorschlag wurde per Handzeichen abgestimmt*, las sie, *und Matilda Grayson beantragte*...
Bonny stellte einen Becher Sahne und eine zerdrückte Packung Zucker vor sie hin.
»Arbeiten Sie gerade an etwas Bestimmtem?« fragte Emily und deutete auf die Schreibmaschine.
»Ja«, sagte Bonny. Sie reichte Emily eine Tasse Kaffee und setzte sich neben sie.
»Em... was sind Sie denn von Beruf, Mrs. Gower?«
»Ich bin von Beruf Morgans Ehefrau.«
»Oh, ich verstehe.«
»Ja«, sagte Bonny. »Aber ist Ihnen auch klar, daß das eine Vollzeitbeschäftigung ist? Glauben Sie mir, ich habe damit rund um die Uhr zu tun. Für Außenstehende wirkt er wie ein komischer Kauz, so unbeschwert, so heiter und sonderbar, aber stellen Sie sich mal vor, wie es ist, wenn man Tag ein, Tag aus mit ihm zu tun hat. Ich meine, stellen Sie sich mal in allen Einzelheiten vor, wie es ist, wenn man zu Hause sitzt, während er sich irgendwo herumtreibt, und sich fragt, was für eine Rolle er jetzt wieder spielt.

Wir könnten uns ja alle so aufführen. In einem rotgefütterten Samtcape und Federhut auf dem Kopf durch die Gegend sausen. Das ist ganz einfach. Aber stellen Sie sich vor, Sie sind seine Frau und müssen eine Reinigung finden, wo sie Straußenfedern annehmen. Sein Abendessen warmhalten. Mit dem Essen warten, während er mit seinen Kumpeln, die ich überhaupt nicht kenne, herumzieht – Obdachlose, Astrologen oder andere arglose, anhängliche Gestalten, die er irgendwo aufliest.«
Emily stellte ihre Tasse ab.
»Sie denken, ich weiß nicht, was ich an ihm habe. Sie fragen sich, warum er mich geheiratet hat«, sagte Bonny.
»Nein, nein«, sagte Emily. Sie schaute zu Morgan herüber, der völlig gelassen wirkte. Er kippelte zufrieden mit seinem Stuhl, wie ein Kind, das sicher ist, im Mittelpunkt zu stehen, und paffte seine Zigarette. Verschlungene Rauchfäden hingen über seinem Kopf in der Luft.
»Emily«, sagte Bonny.
Emily wandte sich zu ihr um.
»Emily, Morgan ist Geschäftsführer eines Eisenwarenladens.«
Emily wartete, aber es kam nichts mehr. Bonny schien zu erwarten, daß sie etwas sagte. »Ja«, sagte Emily nach einer Weile.
»Cullen-Hardware«, sagte Bonny.
»Das weiß sie, Bonny«, sagte Morgan.
»Tatsächlich?«
Bonny starrte ihn an. Dann fragte sie Emily: »Sie halten ihn also nicht für einen... Rabbi oder einen griechischen Reederkönig?«
»Nein«, sagte Emily.
Sie beschloß, nicht zu erwähnen, wie sie sich kennengelernt hatten.
Bonny drückte ihre Finger gegen ihre Lippen. Ein paar Sommersprossen waren auf ihrem Handrücken verstreut. Sie war eine sympathische Frau; sie lachte leise. »Sie müssen mich für verrückt halten«, sagte sie. »Die verrückte Bonny. Morgans verrückte Frau.«
»O nein.«

»Ich war nur besorgt, daß er Sie... in die Irre geführt hat. Morgan ist manchmal, wie soll ich sagen, ein echter Witzbold.«

»Ja, das habe ich bemerkt.«

»Ach wirklich?« sagte Bonny.

Sie schielte zu Morgan hinüber. Morgan lächelte engelhaft und stieß eine Qualmwolke aus.

»Aber ich habe den Eindruck, er versucht sich zu bessern«, sagte Emily.

»Oh, das kann ich nur hoffen!« sagte Bonny. »Wirklich! Man braucht so viel Phantasie für diese ganzen Dummheiten... überlegen Sie doch mal, wie weit er es bringen könnte, wenn er seinen Verstand auf nützliche Dinge verwenden würde! Wenn er vernünftig würde. Wenn er sich entschließen könnte, normal zu werden.«

»Nicht sehr weit«, sagte Morgan fröhlich.

»Wie bitte, Schatz?«

»Ich würde es bestimmt nicht sehr weit bringen. Was meinst du denn, was ich statt dessen machen könnte?«

»Nun, also... mehr Verantwortung übernehmen. Ich meine, dort sein, wo du hingehörst.« Sie wandte sich an Emily. »Es ist doch keine Schande, einen Eisenwarenladen zu führen, oder? Meine Familie hat mit Eisenwarengeschäften immer gutes Geld verdient; es gibt keinen Grund, darüber die Nase zu rümpfen. Aber Onkel Ollie sagt, Morgan ist nicht mit dem Herzen dabei. Was hat ein Laden für einen Sinn, sagt er, wenn man dem Geschäftsführer die Waren förmlich aus der Hand reißen muß? Sofern man den Geschäftsführer überhaupt antrifft. Ich sage immer zu Onkel Ollie: ›Ach, laß ihn nur. Cullen-Hardware ist auch nicht gerade das A und O‹, sage ich zu ihm, aber er hat recht, Morgan könnte sich wirklich ein bißchen mehr auf die Arbeit konzentrieren. Er kann einfach nicht nein sagen. Er läßt sich einfach zu leicht mitreißen.«

»Es liegt hauptsächlich an den Muskeln«, sagte Morgan.

Er mußte ihr das schon öfter gesagt haben, denn Bonny rollte nur mit den Augen und sah Emily an. Morgan wandte sich an Emily und wiederholte es. »Eine Frage der Muskeln«, sagte er.

»Ich verstehe nicht ganz.«
»Ich folge den Impulsen meiner Muskeln. Gehst du nicht zum Beispiel auch manchmal in die Küche und hast dann vergessen, was du dort wolltest? Du stehst in der Küche und versuchst, dich zu erinnern. Dann macht dein Handgelenk eine kleine drehende Bewegung. Ach ja! denkst du. Die Drehung gleicht der Bewegung, mit der man einen Wasserhahn aufdreht. Wahrscheinlich wolltest du Wasser aus der Küche holen! Ich vertraue einfach meinen Muskeln, verstehst du? Sie sagen mir, warum ich hier bin. Sie werden mich eines Tages zu meiner wahren Berufung führen. Ich lasse mich von ihnen leiten.«
»Er läßt sich von ihnen dazu verleiten zu behaupten, er sei Glasbläser«, sagte Bonny, »oder Schlepperkapitän bei der Curtis-Bay-Towing-Company oder ein Mohikaner, der Wolkenkratzer baut. Und das sind nur die Geschichten, die ich zufällig mitbekommen habe; weiß der Himmel, was er sonst noch alles erzählt.« Ihre Lippen zuckten, als wolle sie ihre Belustigung verbergen. »Man läuft mit ihm die Straße entlang, und ein völlig Fremder fragt ihn, wann das nächste Treffen der internationalen Bruderschaft der Zauberer stattfindet. Man hört sich die Rede eines Politikers an und entdeckt plötzlich Morgan auf dem Podium, der mit einer Nelke im Knopfloch neben der Frau eines Senators sitzt. Man stellt sich auf dem Markt in der Lexington Street beim Fischstand an, um Krebse zu kaufen, und wer sonst als Morgan steht in einer Gummischürze hinter der Theke und erzählt den anderen Kunden, wo er die wundervollen Austern gesammelt hat. Man erfährt, daß er von einem Onkel mütterlicherseits ein Boot geerbt hat, ein kleines flaches Boot ohne Motor –«
»Motoren schaden den Austernbänken«, sagte Morgan. »Und ich mag auch keine mechanischen Sammelvorrichtungen. Was für meinen Onkel mütterlicherseits gut genug war, ist auch gut genug für mich, sage ich immer.«
Bonny lächelte ihm zu und schüttelte den Kopf. »Da geht man kurz aus dem Haus, um Milch zu holen, während er noch im Schlafanzug ist, und auf dem Heimweg trifft man ihn in einem

lila Satinhemd mit einer Satinmütze auf dem Kopf an der Straßenecke, wo er gerade vier kleinen Jungs von dem geheimen Zauberspruch erzählt, durch den er der einzige unbesiegte Jockey in der Geschichte von Pimlico wurde. Ein Jockey, der einen Meter achtzig groß ist! Warum glauben ihm bloß alle? Er benutzte niemals eine Reitgerte, müssen sie wissen, er flüsterte dem Pferd nur etwas ins Ohr. Er flüsterte etwas, das so *klang* wie eine Gerte. Wie war noch gleich das Wort?«

»Szintillieren«, sagte Morgan.

»Ach ja«, sagte Bonny. Sie lachte.

Morgan galoppierte auf seinem Stuhl, unsichtbare Zügel in der Hand. »Szintillieren, szintillieren«, flüsterte er, und Bonny musste noch mehr lachen. Sie wischte sich die Augen.

»Er ist unmöglich«, erklärte sie Emily. »Er ist einfach... unberechenbar, wissen Sie.«

»Das kann ich mir gut vorstellen«, sagte Emily höflich.

Sie fing an, Bonny zu mögen (ihr rosiges, heiteres Gesicht und die Art, wie sie sich auf ihrem Stuhl vor Lachen krümmte). Morgan dagegen war in ihrer Achtung gesunken. Es war ihr nie in den Sinn gekommen, daß er genau wußte, wie er auf die Leute wirkte, und daß er ihr Staunen genoß und es vielleicht sogar herausforderte. Sie sah ihn stirnrunzelnd an. Morgan zupfte sich nachdenklich an der Nase.

»Sie hat recht«, sagte er. »Ich bin ziemlich schwierig. Aber ich will mich ändern. Hast du gehört, Bonny?«

»Ach ja, willst du das?« sagte Bonny. Sie stand auf, um das Küchenfenster hochzuschieben. »Ich weiß nicht, was in meinem Garten los ist«, sagte sie und schaute hinaus. »Ich bin sicher, ich habe irgendwo Gemüse ausgesät, aber es scheinen überall nur Blumen zu kommen.«

»Ich meine es ernst«, sagte Morgan. Er erklärte Emily: »Sie glaubt mir nicht. Bonny, siehst du denn nicht, was sich hier vor deinen Augen abspielt? Das ist Emily Meredith; ich habe sie mitgebracht. Ich habe sie in unser Haus gebracht. Ich habe ihr und Leon, beiden, ohne Umschweife gesagt, wer ich bin. Ich habe ihnen von dir und den Mädchen erzählt. Sie wissen über Amys

Baby Bescheid und auch darüber, daß Kate damals den Wagen kaputtgefahren hat.«
»Stimmt das?« fragte Bonny Emily.
Emily nickte.
»Also, ich kann mir nicht vorstellen, wozu das gut sein soll«, sagte Bonny. »Warum langweilt er Sie mit alldem?«
»Ich stelle eine Verbindung zwischen zwei Welten her!« sagte Morgan und prostete Bonny mit seiner Kaffeetasse zu.
Aber Bonny sagte: »Die Sache muß einen Haken haben. Irgend etwas ist daran faul. Ich verstehe nicht, was er damit bezweckt.«
Emily verstand es auch nicht. Sie schüttelte den Kopf; Bonny schüttelte ebenfalls den Kopf. Man hätte meinen können, Bonny und Emily wären alte Freundinnen und Morgan wäre der Außenseiter. Er saß etwas abseits; er hockte unter seinem Helm wie eine Elfe unter einem Pilz und ließ die Augen von einer zur anderen wandern, während die Frauen ihn forschend ansahen, um herauszufinden, was er wohl im Schilde führte.

1975

1 Auch wenn Morgan schlief, gelang es ihm nicht, völlig abzuschalten. Ein Teil von ihm schlief, während der übrige Teil wach und betriebsam blieb. Er zählte Heftzwecken, Matratzenknöpfe, die Blumen auf dem Kleid einer seiner Töchter, die Löcher in einem Lochwand-Verkaufsregal für elektrisches Zubehör. Ein Klempner kam herein und verlangte sechs Knie und ein Dutzend Flansche. »Sofort«, sagte Morgan, aber er konnte sich ein Lachen nicht verkneifen. Dann nahm er an einem Gesangswettbewerb teil. Er sang ein Lied aus den fünfziger Jahren, das »Moments to Remember« hieß. Er kannte den Text, war aber nicht in der Lage, die Worte richtig auszusprechen. Aus *the ballroom prize we almost won* wurde *the barroom brawl we almost won*. Seine Partnerin war sowieso keine gute Tänzerin, und sie hatten überhaupt keine Chance zu gewinnen. Sieh an! Seine Partnerin war Laura Lee Keller, seine erste große Liebe. Er hatte den Kontakt zu ihr schon verloren, noch ehe »Moments to Remember« geschrieben wurde. Nach dem Abschlußball war die Hälfte der Klasse zum Strand gefahren, und dort hatten er und Laura Lee auf einer Decke am Meer gelegen und sich geküßt. Sogar jetzt noch, nach all den Jahren, erinnerte ihn das Rauschen des Meeres an die vielversprechenden Möglichkeiten, die sich vor ihm aufgetan hatten, neu, unerforscht und zum Greifen nah. Er machte die Augen auf und hörte das wenige Straßenzüge entfernte Meer. Es war das gleiche Meer, an dem er mit Laura Lee gelegen hatte, aber er war inzwischen im mittleren Alter und reizbar geworden und Laura Lee, wo sie auch sein mochte, vermutlich ebenfalls; und er hatte einen verbrannten Geschmack im Mund, weil er am Abend vorher zuviel geraucht hatte.

Es war sechs Uhr morgens in Bethany Beach, Delaware, in dem windschiefen, mit Dachpappe gedeckten Ferienhaus, das sie jedes Jahr im Juli von Onkel Ollie mieteten. Hohe Nut und Federwände, die vor zu langer Zeit in einem schmuddeligen Blau gestrichen worden waren, erhoben sich hinter dem durchgelegenen Bett. Eine altersschwache gelbe Jalousie schlug klappernd gegen das Fenster. (Solche Fenster gab es nur in der Nähe des Meeres. Der schlichte Aluminiumrahmen war fleckig von der salzigen Luft, und das schlaffe Fliegengitter wirkte wie aus weichem billigem Kunststoff. Nur dort waren die Fliegengittertüren und die Verandageländer mit diagonalen hölzernen Streben versehen, wodurch der Eindruck entstand, daß es in Hörweite des Atlantiks keine rechten Winkel gab.) Das Zimmer war mit ausrangierten Gegenständen vollgestopft: ein mächtiger Kleiderschrank, in dessen Tür ein halbblinder Spiegel steckte; eine bauchige, mit einem geflickten Tischläufer bedeckte Kommode (alle Schubladen klemmten, und von den Griffen aus geschliffenem Glas fehlten einige); ein rosafarbener, langfloriger Teppich, so zerschlissen und verknittert wie ein Badevorleger, und, neben dem Bett, ein runder einbeiniger Tisch, in dessen Mitte auf einem Spitzendeckchen ein alter brauner Radiowecker stand. Morgan setzte sich auf und schaltete das Radio ein. Die Sechs-Uhr-Morgenandacht ging gerade zu Ende. Guy und Ralna sangen: »What a Friend we have in Jesus.« Bonny drehte sich im Bett um und sagte: »Morgan? Was in aller Welt...?«

Er stellte den Ton etwas leiser. Er kletterte langsam aus dem Bett, nahm einen Sombrero aus dem Schrank und setzte ihn auf, ohne in den Spiegel zu schauen. Barfuß und in Unterhosen schlich er über den Flur in die Küche. Schon jetzt war die Luft so warm und schwer, daß er sich matt fühlte.

Das Ferienhaus hatte vier Schlafzimmer, aber nur drei davon waren belegt. Nur seine Mutter und Kate, die einzige seiner Töchter, die noch bei ihnen wohnte, waren mitgekommen. Früher war das Haus immer völlig überfüllt gewesen. Die Mädchen schliefen zu zweit in den Betten und auf dem Sofa. Brindle teilte sich ein Zimmer mit Louisa; die jeweiligen Freunde seiner Töchter nächtigten in Schlafsäcken auf der Veranda. Morgan hatte sich damals über das Durcheinander beschwert, aber jetzt fehlte es ihm. Er fragte sich, warum er überhaupt noch herkam. Kate war meistens nicht da – sie war inzwischen achtzehn, ging eigene Wege und besuchte andauernd ihre Freunde, die in dem südlich der Stadt gelegenen, häßlichen neuen Apartmenthaus wohnten. Was Louisa anging, so schien die Fahrt ihr Gedächtnis durchgeschüttelt zu haben; sie war verwirrter denn je. Nur Bonny schien die Ferien zu genießen; sie stapfte mit einem Eimer in der Hand den Strand entlang und suchte Muscheln. Ihren Nasenrücken zierte ständig ein rosafarbener, abpellender Fleck. Manchmal saß sie mit gespreizten Beinen, deren Oberseite sonnenverbrannt war, in der Brandung und plantschte wie ein kleines Kind. Dann lief Morgan stets im Sand hinter ihr auf und ab, die Daumen unter den Hosenbund geschoben, der Sonne und der klebrigen Gischt trotzend, denn er hatte immer ein ungutes Gefühl, wenn ein Mitglied seiner Familie im Wasser war. Er hielt Schwimmen (ebenso wie Segeln oder Skifahren) für unnatürliche, sinnlose Aktivitäten, mit denen sich reiche Leute die Zeit vertrieben. Obwohl er schwimmen konnte (er schwamm in Brustlage mit kurzen, langsamen Zügen, den Mund fest geschlossen und den Kopf so weit aus dem Wasser gereckt, daß kaum die Spitzen seines Bartes benetzt wurden), würde er niemals nur zum Vergnügen schwimmen. Und schon gar nicht im Meer. Sein Mißtrauen gegenüber dem Meer empfand er als klug und begründet. Er achtete darauf, dem Wasser nicht zu nahe zu kommen, und trug auch am Strand immer feste Schuhe und Wollsocken. Er hörte lediglich der Brandung zu und versank dabei in einen tiefen Dämmerzustand, in dem er abermals mit Laura Lee Keller unter dem Sternenhimmel auf einer Decke lag.

Es war zu warm, um Kaffee zu trinken, aber wenn er darauf verzichtete, würde er Kopfschmerzen bekommen. Er machte sich mit kaltem Leitungswasser einen Pulverkaffee. Der gesüßte Kaffee schmeckte deutlich nach dem entsalzten Meerwasser, aber er trank das mit Clowns bemalte Marmeladenglas trotzdem leer. Dann spülte er das Glas. Dann nahm er Bonnys Portemonnaie vom Küchentisch und legte es in das Gefrierfach des Kühl-

schranks. (Eine weitere Torheit von reichen Leuten war ihr Glaube, daß in Ferienorten keine Verbrechen verübt wurden. Morgan wußte es besser. Er witterte in Bethany Beach überall Gefahr und hätte sich mitten in Baltimore sicherer gefühlt.)
Er ging zurück ins Schlafzimmer. Bonny saß gegen ihr Kopfkissen gelehnt im Bett. »Wieso bist du schon so früh auf?« fragte sie. »Und warum hast du das Radio angestellt?«
»Ich wollte Nachrichten hören«, sagte er.
Das stimmte nicht: Nachrichtensendungen berührten ihn überhaupt nicht. Er hatte vielmehr das Geräusch des Meeres übertönen wollen. Es war Dienstag. Sie waren seit drei Tagen hier. Vor ihnen lagen noch elf Tage. Er seufzte und setzte sich auf die Bettkante, um seine Socken anzuziehen. »Ich gehe zum Bäcker und kaufe fürs Frühstück ein«, sagte er zu Bonny. »Soll ich dir aus der Stadt irgend etwas mitbringen?«
»Der Bäcker hat noch nicht auf.«
»Dann warte ich dort. Ich werde eine Zeitung kaufen. Hier ist es mir zu still.«
»Gut, dann bring ein paar von den gefüllten Plundern mit Kirschen mit...« Sie gähnte und fuhr sich mit den Händen durchs Haar, bis es ganz verwuschelt war. Auf ihrer linken Wange war der Abdruck des Kopfkissens zu sehen. »Du Glücklicher«, sagte sie. »Du bist gestern abend sofort eingeschlafen.«
»Ich hatte eine furchtbare Nacht.«
»Du bist auf der Stelle eingeschlafen.«
»Aber ich habe die ganze Nacht geträumt«, sagte Morgan, »und bin mehrmals aufgewacht und habe auf die Uhr geschaut. Ich weiß nicht mehr genau, was ich geträumt habe. Ein Mann in einem Frack kam aus dem Schrank. Bonny, ich glaube, in diesem Haus spukt es.«
»Das sagst du jedes Jahr«, entgegnete ihm Bonny.
»Na ja, es spukt ja auch jedes Jahr.« Er zog ein gestreiftes T-Shirt über den Kopf. Als sein Gesicht wieder zum Vorschein kam, sagte er: »Immer diese schlaflosen Nächte und sonderbaren Gedanken... immer wenn ich Urlaub mache, kann ich nur hoffen, daß ich es hinterher schaffe, mich davon zu erholen.«

»Mein Bruder kommt heute zu Besuch«, sagte Bonny, während sie aus dem Bett stieg.

Morgan zog den Reißverschluß seiner Wandershorts zu. Sie waren neu und mit Taschen und Fächern übersät, die er noch nicht ausprobiert hatte. An einer Tasche war ein Karabinerhaken befestigt, der wahrscheinlich für einen Kompaß gedacht war. »Du hast nicht zufällig einen Kompaß mitgebracht?« fragte er Bonny.

»Kompaß?«

Er schaute zu ihr hinüber. Sie stand in einem kurzen, schlichten Nachthemd, das er entzückend fand, vor dem Kleiderschrank. Er fand sogar die dunkelroten Adern an ihren Waden und ihre knubbeligen Knie entzückend. Er wollte sich schon anschleichen und ihren Hals küssen, aber dann fühlte er, wie die Hitze und das Meer und die Nut und Federwände ihn niederdrückten.

»O Gott, ich muß unbedingt mein Leben ändern«, sagte er.

»Was stimmt denn mit deinem Leben nicht?« fragte sie und nahm eine Bluse vom Bügel.

»Es hat zu nichts geführt. Zu nichts.«

Sie schaute ihn an und öffnete den Mund, als wolle sie eine Frage stellen. Aber dann sagte er: »Plunderstücke, stimmt's? Mit Kirschen.«

Er war verschwunden, noch ehe sie ihre Frage, wie immer sie lautete, stellen konnte.

2

Er hatte eine Hand unter den Ellbogen seiner Mutter geschoben und führte sie den Bürgersteig entlang. Es war fast Mittag, und sie trug zum Schutz gegen die Sonne einen Hut, der so groß wie ein Wagenrad war. Ihr gestreiftes Frotteestrandkleid war langärmelig und reichte ihr bis zu den Knöcheln. Darunter trug sie nicht einen Badeanzug, sondern ein gewöhnliches Kleid, denn sie konnte, wie sie immer sagte, ebensowenig schwimmen wie fliegen. Ihr Gesicht war trotz der Hitze blaß und verkniffen, und ihre Fingerspitzen fühlten sich kalt an, als sie seinen Arm berührte. Sie berührte seinen Arm, um ihm zu signalisieren, daß er für einen Augenblick stehenbleiben sollte. Sie wollte ein halbfertiges Haus betrachten.

»Was für eine ungewöhnliche Bauweise«, sagte sie.

»Ein sogenanntes Nur-Dach-Haus«, sagte Morgan.

»Du lieber Himmel, ein Haus, das praktisch ein einziger Dachboden ist.«

Morgan konzentrierte sich. Wenn sich Louisa, wie in diesem Moment, ihrer Umgebung vollkommen bewußt war, versuchte er immer, eine richtige Unterhaltung mit ihr zu führen. »Die Baukosten«, sagte er, »sind, glaube ich, bedeutend niedriger als bei anderen Häusern.«

»Ja, das kann ich mir gut vorstellen«, sagte sie. Sie klopfte wieder auf seinen Arm, und sie gingen weiter. Sie sagte: »Laß mich mal überlegen: Wie lange sind wir schon hier?«

»Seit drei Tagen, Mutter.«

»Dann liegen noch elf vor uns.«

»Ja.«

Sie sagte: »Meine Güte.«

»Vielleicht ist unsere Familie für Urlaubsreisen einfach nicht geeignet«, sagte Morgan.

»Vielleicht.«

»Das muß an unserer Arbeitsmoral liegen.«

»Also, ich verstehe nicht, wie du *darauf* kommst. Mir scheint eher, als würden wir, jeder für sich, das ganze Jahr über mehr oder weniger Ferien machen.«

»Wie kannst du so etwas sagen?« fragte Morgan. »Und was ist mit meinem Eisenwarenladen?«

Sie gab keine Antwort.

»Wir sind Städter«, sagte Morgan. »Unsere Lebensweise ist städtisch, wir sind immer in Bewegung... Diese Nichtstuerei ist gefährlich. Man kommt dabei nur auf dumme Gedanken. Du und Vater, ihr seid doch auch nie verreist. Oder?«

»Das weiß ich nicht mehr«, sagte sie.

Sie erinnerte sich niemals an Dinge, die seinen Vater betrafen. Manchmal fragte sich Morgan, ob ihre mangelnde Erinnerung an

Ereignisse der jüngsten Vergangenheit von der mangelnden Erinnerung an ihren Ehemann herrührte; vielleicht gab es selektive Vergeßlichkeit einfach nicht. Da sie beschlossen hatte, bestimmte Dinge zu vergessen, mußte sie auch alles andere vergessen. Er spürte den plötzlichen Drang, sie zu schütteln. Er wollte fragen: Werde ich meinem Vater ähnlicher, jetzt wo ich älter bin? Habe ich mich zu weit von ihm entfernt? Bin ich ihm zu nah? Woran kann ich mich orientieren? Ich tappe völlig im Dunkeln. Ich bin inzwischen älter, als mein Vater jemals war. Statt dessen fragte er: »Seid ihr nicht einmal nach Ocean City gefahren?«
»Nicht daß ich wüßte«, sagte sie pikiert.
»Mein Gott, bist du *stur*«, rief er und schlug auf seine Oberschenkel. Seine Mutter blieb ungerührt, aber zwei Mädchen in Bikinis, die vor ihnen gingen, schauten ihn über die Schulter an.
»Hast du jemals darüber nachgedacht, wie es mir geht?« fragte er seine Mutter. »Manchmal finde ich mich einfach nicht zurecht. Ich kenne niemanden mehr aus meiner Jugend. Ich fühle mich wie ein Fremder, vollkommen auf mich allein gestellt. Brindle zählt nicht. Sie ist viel jünger und überhaupt die ganze Zeit mit diesem Ehemann von ihr beschäftigt...«
»Aber, du hast doch immer noch mich«, sagte seine Mutter, die gerade einem Kleinkind mit einem Eimer in der Hand auswich.
»Ja«, sagte er, »aber du bist häufig so... abwesend, Mutter, als wärst du gar nicht wirklich da.«
Er hatte sie verletzt. Einen Augenblick lang war er froh darüber, aber dann bedauerte er es zutiefst. Seine Mutter hob den Kopf und schaute in Richtung eines Nur-Dach-Hauses, von dessen Balkongeländer flatternde Badehandtücher herabhingen. »Also!« sagte sie, »das ging ja ruckzuck.«
»Was meinst du, Mutter?«
»Sie haben das Nur-Dach-Haus fertiggebaut«, sagte sie. »Wie schnell doch die Zeit vergeht.« Und sie streckte ihm das Kinn entgegen und starrte ihn mit einem verbitterten, triumphierenden Blick an.
»Da hast du recht, liebste Mutter«, sagte er.

3 Morgan holte aus der Stadt eine Pizza für das Abendessen. Als er zurückkam, war Bonnys Bruder angekommen. Er hatte seine neue Frau mitgebracht. Sie hieß Priscilla, war jung, blond und hübsch und hatte ihre kurzen, glatten Haare mit einem silbernen Haarreif aus der Stirn geschoben. Die beiden waren erst seit wenigen Wochen verheiratet. Sie trugen ähnliche, neu aussehende, weiße Hosen und pastellfarbene Hemden, so als wären sie auf Hochzeitsreise. Morgan hatte Priscilla noch nie gesehen – das wurde jedenfalls allgemein angenommen, denn Billy stellte sie ihm vor, und sie gab Morgan förmlich die Hand. Bonny sagte zu Morgan: »Priscilla ist zusammen mit den Semple-Pears-Töchtern auf die Roland-Park-Country-School gegangen.«

»Ach so«, sagte Morgan, aber er hätte schwören können, daß Billy nicht zum erstenmal mit Priscilla verheiratet war. Er glaubte, sich an sie zu erinnern. Möglicherweise war sie sogar schon zu Besuch in dem Ferienhaus gewesen. Aber sie benahm sich so, als sei sie zum erstenmal dort. »Das Haus ist so gemütlich«, sagte sie. »Es hat so viel... Persönlichkeit«, und sie ging wie eine Fremde im Wohnzimmer umher, faßte die Muschelaschenbecher an, betrachtete das Foto von Onkel Ollies 1934er Lacrosse-Mannschaft und las alle Titel der Reader's Digest-Literatur-Kurzfassungen vor. Morgan ließ sie wortlos gewähren. Als Bonny jedoch die Pizza in die Küche brachte, nutzte er sofort die Gelegenheit, um mit ihr unter vier Augen zu sprechen.

»Sag mal, Bonny«, flüsterte er, »ist Priscilla nicht eine Ex-Frau von ihm?«

»Nein, Schatz, sie ist seine jetzige Frau.«

»Aber Billy war doch schon einmal mit ihr verheiratet?«

»Wovon sprichst du?«

»Ich weiß es genau«, sagte er. »Nach der Hochzeit kam er mit ihr hierher. Es war auch im Sommer.«

Bonny richtete sich vom Backofen auf. Sie wirkte erhitzt; die Haare an ihren Schläfen waren feucht. Sie sagte: »Morgan, ich bin nicht in der Stimmung für deine Sticheleien gegen meinen Bruder.«

»Sticheleien? Was für Sticheleien?«
»Nur weil er eine Vorliebe für einen bestimmten Frauentyp –«
»Ich rede nicht von einem Frauen-*typ*, ich rede von Priscilla. Er war vor Jahren schon einmal mit ihr hier, und sie hatte einen kleinen Hund namens Kelty oder Kilty ... willst du das etwa bestreiten? Es ist doch nichts dabei, jemanden zweimal zu heiraten. Viele Menschen fangen noch mal von vorne an, nehmen einen neuen Anlauf und bemühen sich, es beim zweitenmal besser zu machen. Warum soll man daraus ein Geheimnis machen?«
Sie seufzte nur und ging zurück ins Wohnzimmer. Morgan folgte ihr und sah, daß Billy und Priscilla auf dem Korbsofa saßen und sich mit Morgans Mutter unterhielten. Billy wirkte mit seinem kahlen rosa Schädel und den zerzausten weißen Haaren hinter den Ohren alt und lächerlich in seiner jugendlichen Kleidung. Eine Hand von Priscilla lag in seinem Schoß, und er strich über sie wie über eine Trophäe. Priscilla tat so, als gehöre die Hand nicht zu ihr. Sie beugte sich vor und lauschte mit ernstem Gesicht Louisas Schilderung der Fahrt nach Bethany. »Ich habe für unterwegs eine Thermoskanne Tee mitgenommen«, sagte Louisa. »Und zwei schöne saftige Nektarinen und eine Schachtel Pfeilwurzkekse, die mir Bonny manchmal für meine Verdauung kauft.« Priscilla nickte eifrig und strahlte. Sie war sehr jung, zu jung, um vor einigen Jahren schon verheiratet gewesen zu sein; vor einigen Jahren war sie noch ein Schulmädchen in einem königsblauen Roland-Park-Country-School-Pullover gewesen. Morgan war verwirrt. Er setzte sich in einen Schaukelstuhl.
Louisa sagte: »Auf der Bay-Bridge gab es einen Stau, darum hielten wir an und setzten uns neben der Straße ins Gras. Da war ein Junge, ein kleiner Knirps, dem ich eine halbe Nektarine geschenkt habe, und er hat mir eine Handvoll Knabberkirschen gegeben.«
»Knupperkirschen«, murmelte Morgan. Er konnte es nicht ertragen, wenn man sie auslachte.
»Das waren Knabberkirschen. Ich habe ein paar davon gegessen und die restlichen in eine Tüte gesteckt. Dann sind wir wieder in den Wagen gestiegen und über die Brücke gefahren, aber in Dela-

ware haben wir noch einmal angehalten, bei einem Wohltätigkeitsbasar vom Kiwanis-Club, wo es gegrillte Hähnchen gab. Ich habe ein halbes Hähnchen, eine Limonade und eine Tüte Kartoffelchips gekauft. Die Mixed Pickles waren ihnen ausgegangen. Bei Farmer-John's-Gemüsestand...«
Priscillas Handtasche hatte einen Holzgriff und war eines dieser verwandelbaren Modelle mit Knöpfen. Man nannte sie wohl Bermuda-Bags. Man konnte unendlich viele verschiedene Überzüge an ihnen festknöpfen, damit sie zur jeweiligen Kleidung paßten. Er hätte wetten können, daß Priscilla in ihrem Koffer unzählige dieser Überzüge hatte – in zartrosa, marineblau... seine Gedanken schweiften ab. Warum hatte er bloß den Fotoapparat zu Hause gelassen. Er hing an einem Lederriemen in einem Schrank im Erdgeschoß. Zum erstenmal seit zwanzig Jahren würde es keine Urlaubsfotos geben. Aber andererseits, wozu sollte er Fotos machen? Es waren doch Jahr für Jahr die gleichen Aufnahmen. Die gleiche Brandung, die gleichen Sonnenbrände, die gleichen angestrengt lächelnden Gesichter.
»Als wir in Bethany ankamen, hatte ich Appetit auf eine Kleinigkeit. Also ging ich mit Kate zum Markt und kaufte eine Wassermelone. Eine herrliche, große Wassermelone. Sie machte ein sattes Geräusch, wenn man sie schüttelte, und als wir wieder hier waren, brauchten wir sie bloß mit der Messerspitze zu berühren, schon platzte sie auf. Aber sie schmeckte nach nichts. Könnt ihr euch das vorstellen? Nach rein gar nichts. Sie sah so schön aus, hatte aber überhaupt kein Aroma. Ich verstehe das nicht«, sagte Morgans Mutter.
Plötzlich fiel Morgan ein weiterer Traum der letzten Nacht ein. Er stand auf einem Rasen neben einer wunderschönen, eleganten Frau, die er noch nie gesehen hatte. Sie führte ihn zu einer Schaukel, die am Ast eines Baumes befestigt war. Morgan stellte sich auf die Schaukel, und die Frau nahm zwischen seinen Füßen Platz. Sie schaukelten über den Rand einer Klippe hinaus. Weit unter ihnen lag eine mit winzigen gelben Blumen gesprenkelte Wiese. Morgan wußte, wenn sie hoch genug schaukelten, würden sie abstürzen. Er würde sterben. Aber das beunruhigte ihn

nicht. Dann lehnte die Frau ihren Kopf gegen seinen Körper, und er spürte an seinen Beinen ihren Brustkorb und die samtige Kühle ihres Kleides. Er fühlte sich wie ein kleiner Junge und zitterte. Ihm wurde klar, daß er, solange er dieses Gefühl hatte, weiterleben wollte, und plötzlich hatte er Angst vor dem Absturz. Schlagartig wurde er wach, und sein Herz schlug so laut, daß sein ganzer Körper zu vibrieren schien.

4

In den letzten Jahren war Morgan zum Briefschreiber geworden. Er konnte nicht genau sagen, warum. Manchmal war er einfach nervös und unbeherrscht; er konnte dann nicht stillsitzen und wollte jemandem etwas mitteilen, ohne dabei eine bestimmte Person vor Augen zu haben und ohne zu wissen, was er sagen wollte. Dann setzte er sich hin und schrieb Briefe – obwohl ihn auch das nicht ganz befriedigte; es war nur die zweitbeste Lösung. Im Laden benutzte er seine Woodstock-Schreibmaschine, die eine schmierige, ungleichmäßige Schrift mit hüpfenden Buchstaben erzeugte.

Er tippte mühsam mit zwei Fingern und hielt nach fast jedem Wort inne, um die A-Taste, die nicht von alleine zurücksprang, wieder hochzuziehen. Zu Hause schrieb er mit einem klecksenden Füllfederhalter, dessen Patronen er mit einer Einwegspritze auffüllte. (Er hatte die Spritze aus dem Mülleimer der Notaufnahme gerettet, als eine seiner Töchter einen Unfall hatte. Neue Patronen zu kaufen hielt er für Verschwendung.) Er schrieb allen seinen Töchtern, auch denen, die noch in Baltimore lebten. Er schrieb den Vertretern, die er aus dem Laden kannte. Er schrieb seinen Freunden – Kazari und dem griechischen Restaurantbesitzer. Weil er nur selten wußte, was er schreiben sollte, gab er in der Regel gute Ratschläge: *Ich habe entdeckt, daß die Pflanzensprühflaschen Ihrer Firma außerordentlich gut dafür geeignet sind, vor dem Zubettgehen das Feuer im Kamin zu löschen. Man füllt einfach die Flasche mit Wasser, stellt die Düse auf Stufe 4 und…*

oder

Liebe Amy,
mir ist aufgefallen, daß Du anscheinend einige Probleme mit der Unordnung in Deinem Haushalt hast.
Ich mache Dir daraus keinen Vorwurf, denn Deine Mutter hat die gleichen Schwierigkeiten. Aber es gibt, wie ich Deiner Mutter schon seit Jahren sage, eine Lösung.
Gehe einfach mit einem Pappkarton durch die Wohnung und packe alle Spielsachen und schmutzigen Kleidungsstücke und so weiter hinein und stelle ihn in einen Schrank. Wenn jemand etwas vermißt, weißt Du, wo es ist. Wenn eine Woche vergangen ist, und ein Gegenstand von niemandem *vermißt wurde (jetzt kommt der springende Punkt), wenn niemand danach fragt, dann kannst Du sicher sein, daß er entbehrlich ist, und Du schmeißt ihn weg. Du wirst überrascht sein, wie viele Gegenstände entbehrlich sind. Schmeiß sie alle weg, jedes einzelne Stück. Mach Dir Dein Leben leichter! Überleg nicht lange!*

In Liebe Dein
Daddy

Am Abend, nachdem alle anderen ins Bett gegangen waren, setzte er sich an den Küchentisch und schrieb eine Postkarte an Potter, den Musikinstrumentenhändler. *...das Wetter ist schön, wir hatten an allen drei Tagen über 25 Grad... wir sollten dem Herrn dafür danken, denn, wie ich höre, sind in Rehoboth innerhalb von 47 Minuten 4½ cm Niederschlag gefallen... Mit christlichen Grüßen, Ihr Gower Morgan, S.J.* Er schrieb Todd, seinem dreijährigen Enkel, einen Brief von Mann zu Mann: *Der neue Pick-up fährt sich sehr gut, und der Stauraum kommt mir wirklich sehr zupaß. War in der Lage, die komplette Encyclopedia Britannica mit ans Meer zu nehmen. Ich habe jetzt 24 152 km auf dem Tacho, die Benzinkosten betragen 1,3 Cent/km, die Betriebskosten insgesamt 2,96 Cent/km. Wenn man eine 30-prozentige Wertminderung pro Jahr berücksichtigt, ...*
Er adressierte den Brief und legte ihn auf die Postkarte an Potter.

Einen Augenblick lang saß er mit ausdrucksloser Miene am Tisch. Dann nahm er ein neues Blatt Papier. *Liebe Emily, Lieber Leon, Liebe Gina*, schrieb er. *Das Wetter war bisher gut, mit Temperaturen von über 25 Grad...*
Aber es hatte noch nie etwas genützt, zweimal dasselbe zu schreiben. Er strich den Satz durch und schrieb: *Wollt Ihr nicht übers Wochenende zu Besuch kommen? Ihr fahrt einfach über die Bay-Bridge, dann weiter bis Wye Mills, dort auf den Highway 404 und bis zum Highway 18...*

5

Am späten Donnerstag vormittag tauchte Brindle auf. Niemand hatte mir ihr gerechnet. Morgan saß auf der vorderen Veranda in einem buntbemalten Schaukelstuhl und blätterte einen Band der Encyclopedia durch. Zufällig schaute er gerade auf die Straße, als Brindle in dem kleinen roten Sportwagen vorfuhr, den sie von Robert Roberts zur Hochzeit geschenkt bekommen hatte. Brindle zog ruckartig die Handbremse an und stieg aus. Sie war in Tränen aufgelöst. Sie trug den weißen Chiffonschal, in dem sie nachts schlief, damit ihre Haare glatt blieben, und einen weiten, knöchellangen, weißen Mantel. Sie erinnerte Morgan an die ersten Autofahrerinnen. »Schick siehst du aus«, sagte er, als sie die Stufen zur Veranda hinaufkam. »Dieser Schleier und der Staubmantel...«
»Das ist kein Staubmantel, sondern ein Bademantel«, sagte Brindle. Sie schneuzte sich in ein durchnäßtes Papiertaschentuch. Die Tränen hatten ihr Gesicht weich und rund gemacht, und sie sah beinahe hübsch aus. Ihre Augenlider glänzten, und auf ihrer fahlen Haut lag ein schwacher rosiger Schimmer. Sie sank neben Morgan auf einen Stuhl und faltete ihr Taschentuch so lange, bis sie eine trockene Stelle fand. »Ich habe ihn letzte Woche bei Steward's gekauft«, sagte sie. »Von zweiunddreißig achtundneunzig auf sechzehn neunundvierzig heruntergesetzt.«
»Zum halben Preis – gar nicht schlecht«, sagte Morgan. »Hier, nimm eine Zigarette.«

»Ich rauche nicht«, sagte sie zu ihm.
»Nimm eine, Schwesterchen. Sie wird dir guttun.«
Er hielt ihr die Packung entgegen und schüttelte die Zigaretten einladend, aber Brindle betupfte bloß ihre Augen. »Ich halte es nicht mehr aus«, sagte sie. »Ich muß nicht ganz bei Trost gewesen sein, als ich diesen... Baum, diesen Felsbrocken geheiratet habe. Er sitzt nur mit Trauermiene herum. Es ist nicht zum Aushalten.«
»Möchtest du ein Rolaid? Ein Hustenbonbon? Einen Kaugummi?« sagte Morgan. Er durchwühlte seine Taschen.
»Er hat mein Schulabschlußfoto auf den Fernseher gestellt. Wenn er behauptet fernzusehen, schaut er die Hälfte der Zeit das Foto an. Ich sehe, daß er seine Augen wieder auf den Bildschirm richtet, wenn ich ins Zimmer komme. Wenn er sich unbeobachtet fühlt, geht er zu dem Foto, nimmt es in die Hand und betrachtet es. Dann schüttelt er den Kopf und stellt es wieder hin.«
Ihre Gesichtszüge entgleisten, und sie fing an zu schluchzen. Morgan wandte den Blick ab und starrte auf die Straße. Er summte zwar nicht direkt, aber von Zeit zu Zeit machte er »Mm-mm mm-mm« und trommelte mit den Fingern auf das offene Buch. Ein kleiner Junge fuhr klingelnd auf einem Fahrrad vorbei. Zwei Frauen in Badeanzügen mit Schößchen trugen einen Korb mit Wäsche den Bürgersteig entlang.
»Natürlich gibt es immer schwierige Momente«, sagte Morgan. Er räusperte sich.
Dann kam Bonny auf die Veranda. »Brindle!« sagte sie. »Was machst du denn hier?«
»Bonny, ich ertrage es einfach nicht mehr«, sagte Brindle.
Sie streckte die Arme aus, und Bonny umarmte sie und sagte: »Na komm, Brindle, nimm's nicht so schwer.« (Im Gegensatz zu Morgan fand sie immer die passenden Worte.) »Nimm's nicht so schwer, komm schon, Brindle.«
»Ich bin inzwischen so weit, daß ich eifersüchtig auf mich selber bin«, sagte Brindle mit erstickter Stimme. »Ich bin eifersüchtig auf das Foto von mir und auf das silberne Namensarmband, das ich ihm geschenkt habe, als ich dreizehn war. Er nimmt das Arm-

band niemals ab. Er schläft damit; er badet damit. ›Laß die Vergangenheit ruhen‹, will ich ihm sagen, ›kannst du sie denn nicht vergessen?‹ Er sitzt im Fernsehzimmer und starrt das Foto an... manchmal hat er sogar Tränen in den Augen. Ich sage: ›Robert, bitte sprich mit mir‹, und er sagt: ›Ja ja, gleich.‹«

Bonny schob ein paar Strähnen von Brindles Haar zurück unter den weißen Schal. Morgan sagte: »Ach, das geht bestimmt vorüber.«

»Das geht nie vorüber«, sagte Brindle, richtete sich auf und schaute ihn wütend an. »Das ist schon seit zwei Jahren so, wie kannst du da glauben, daß es jemals vorübergehen wird? Ich sag dir was: Das Schlimmste, was zwei Menschen, die voneinander träumen, passieren kann, ist, daß sie ein Paar werden. Heute morgen wachte ich auf und stellte fest, daß er nicht im Bett gewesen war. Ich ging hinunter ins Fernsehzimmer, und dort schlief er tief und fest mit dem Foto von mir im Arm. Da habe ich meine Schlüssel von der Anrichte genommen und bin verschwunden. Ich habe mir nicht mal die Mühe gemacht, mich anzuziehen. Ich habe mich benommen, als hätte ich den Verstand verloren. Ich bin den ganzen Weg zu eurem Haus gefahren, habe den Wagen geparkt und bin ausgestiegen. Dann fiel mir ein, daß ihr in Bethany seid. Wißt ihr, daß dieser Idiot von Zeitungsjunge euch immer noch die Zeitung bringt? Sie lagen überall auf dem Rasen verstreut. Die Ausgabe von Sonntag sah so zerknittert und gelb aus, daß man hätte glauben können, sie sei vollgepinkelt – und vielleicht war sie es auch. Hör zu, Morgan, wenn in eurer Abwesenheit bei euch eingebrochen wird, dann könnt ihr mit vollem Recht den Zeitungsjungen verklagen. Denkt an meine Worte: Das muß auf jeden Dieb, der vorbeikommt, wie eine Einladung wirken.«

»Aber es fing doch so gut an«, sagte Morgan. »Ich hatte so große Hoffnungen, als Robert Roberts dich zum erstenmal besuchte. Er klingelte an der Tür, schenkte dir Rosen –«

»Was für Rosen? Er hat mir nie Rosen geschenkt.«

»Natürlich hat er das.«

»Hat er nicht.«

»Ich erinnere mich *genau* daran.«
»Bitte, Morgan«, sagte Bonny, »kannst du damit nicht aufhören?«
»Na gut. Aber wie er dich in seine Arme geschlossen hat... daran erinnerst du dich doch?«
»Das war nur Heuchelei.«
»Heuchelei?«
»Wenn er nur halbwegs ehrlich gewesen wäre«, sagte sie, »hätte er mein Schulabschlußfoto in die Arme geschlossen. Und es auf die Lippen geküßt. Und ihm einen Sportwagen geschenkt.«
Ihr Kinn zitterte wieder, und sie preßte das feuchte, zusammengeknüllte Taschentuch gegen ihren Mund. Bonny warf Morgan über Brindles Kopf hinweg einen Blick zu. Sie schien zu erwarten, daß er etwas unternahm. Aber was sollte er unternehmen? Er hatte zu Brindle nie ein besonders enges Verhältnis gehabt; er hatte sie nie verstanden, obwohl er sie natürlich liebte. Der Altersunterschied zwischen ihnen war so groß, daß man sie kaum als richtige Geschwister bezeichnen konnte. Als sie geboren wurde, ging er schon zur Schule und spielte die meiste Zeit mit seinen Freunden auf der Straße. Auch der Tod ihres Vaters hatte sie einander nicht nähergebracht. Es war bloß deutlich geworden, wie wenig sie gemeinsam hatten. Sie hatten beide auf völlig verschiedene Weise getrauert. Brindle hatte sich fest an ihre Mutter geklammert, während Morgan in sich gekehrt und dickköpfig durch die Welt marschiert war. Man konnte fast sagen, daß sie um zwei verschiedene Menschen getrauert hatten.
Er beugte sich vor und kratzte die Spitze seines Sombreros. »Weißt du«, sagte er, »ich war mir sicher, daß er Rosen mitgebracht hat.«
»Er hat keine Rosen mitgebracht«, sagte Brindle.
»Ich hätte es schwören können: rote Rosen; ein riesiger Strauß.«
»Das hast du dir nur eingebildet«, sagte Brindle. Sie stopfte das Taschentuch in die Tasche ihres Bademantels.
»Wie schade«, sagte Morgan traurig. »Das hat mir an der Geschichte immer am besten gefallen.«

6 Zum Mittagessen kochte er Spaghetti – Brindles Leibgericht. Mit Hilfe einer fleckigen weißen Schürze und einer Matrosenmütze verwandelte er sich in den Koch eines Schnellrestaurants und übernahm in der Küche das Kommando, während Bonny und Brindle am Tisch saßen und Kaffee tranken. »Spaghetti à la Morgan!« sagte er und schwenkte eine Packung Nudeln. Die Frauen starrten ihn nur ausdruckslos an. Sie waren mit ihren Gedanken woanders. »Ich habe es von Anfang an geahnt«, sagte Brindle, »aber ich wollte es nicht wahrhaben. Du weißt ja, wie das ist. Beinahe die ersten Worte, die er an dem Tag, als er plötzlich wieder auftauchte, zu mir sagte, waren... er trat einen Schritt zurück, nahm meine Hände und schaute mich an. ›Ich begreife es nicht‹, sagte er. ›Ich weiß nicht, warum ich dich die ganzen Jahre nicht vergessen konnte. Du bist nicht gerade eine Schönheit und warst es auch nie‹, sagte er. ›Ich werde immer älter‹, erklärte ich ihm, ›und mein Zahnarzt sagt, daß meine Zähne von Jahr zu Jahr schlechter werden.‹ Oh, ich habe ihm nie etwas vorgemacht. Ich habe nie so getan, als wäre ich jemand, der ich nicht bin.«

Bonny schnalzte mit der Zunge. »Er weiß nicht, was er an dir hat«, sagte sie. »Er gehört zu den Leuten, die Abstand brauchen, ehe sie wissen, was sie für jemanden empfinden – dieser Abstand kann nur durch Abwesenheit entstehen oder dadurch, daß sie die Person mit den Augen anderer sehen oder sie als Bild vor sich haben, in einem Buch oder auf einem Foto. Es war richtig von dir, ihn zu verlassen, Brindle.«

Morgan spürte, wie ein leichter Schmerz seine Schläfen durchfuhr. »Aber sie hat ihn doch nicht *verlassen*. Sie macht nur eine Weile Ferien von ihm«, sagte er zu Bonny.

Bonny und Brindle starrten ins Leere. Wahrscheinlich hatten sie nicht einmal gehört, was er gesagt hatte.

Im letzten Frühjahr hatte sich Bonnys ehemalige Zimmergenossin vom College nach siebenundzwanzig Ehejahren scheiden lassen. Und dann gab es natürlich die vielen Ehefrauen von Billy (jede einzelne hatte ihn verlassen, manche sogar ohne Abschiedsbrief), und auch Morgans Tochter Carol war schon eine Woche nach ihrer Hochzeit, als wäre nichts gewesen, wieder in die

Wohnung eingezogen, die sie sich mit ihrer Zwillingsschwester geteilt hatte. Außerdem wußte Morgan genau, daß zwei von Bonnys besten Freundinnen an Scheidung dachten; eine von ihnen hatte sogar schon mit einem Anwalt gesprochen. Morgan hatte Angst, es könnte ansteckend sein und sich wie ein Virus ausbreiten. Er machte sich Sorgen, daß dieser Virus auch Bonny befallen könnte, daß sie zur Besinnung kommen und ihn verlassen würde. Und mit ihr würde... was genau würde sie mitnehmen? Er dachte an etwas Bestimmtes, fand aber nicht die richtigen Worte dafür. Es war wie die Zahlenkombination eines Schlosses, wie ein Geheimnis, das er unbedingt herausfinden wollte und das sie schon ihr Leben lang kannte. Wenn Bonny mit einer Freundin zum Essen gewesen war, wies Morgan immer sofort auf die Fehler und Hintergedanken dieser Freundin hin: »Sie ist von Natur aus unzufrieden, das sieht doch ein Blinder. Wie konnte dieser arme Trottel von Ehemann sich nur in sie verlieben. ...Glaub kein Wort von dem, was sie dir erzählt«, sagte er. Ja, die Gefahr ging von den Freundinnen aus, nicht etwa von anderen Männern, sondern von Frauen.

Er schlug mit dem Bratenwender gegen eine Pfanne, um Bonnys Aufmerksamkeit zu erregen. Er zog eine kurze Koch-im-Schnellrestaurant-Nummer ab. »Spiegeleier auf Toast für Tisch vier!« rief er. »Sandwich Schinken Tomate-Salat, ohne Mayo!«

Bonny und Brindle schauten ihn beide mit trägem, erstauntem Katzenblick an.

Er wechselte die Taktik und sagte: »Bonny, ich sehe hier nirgendwo Knoblauchzehen.«

»Nimm das Pulver.«

»Das Pulver! Vertrockneten Knoblauch? Kommt nicht in Frage!«

»Keiner wird den Unterschied schmecken.«

»Ich wünschte, du würdest dir angewöhnen, eine Einkaufsliste zu führen«, sagte er. »Du solltest Ordnung in dein Leben bringen, Bonny. Häng eine Liste an die Kühlschranktür und schreib es gleich auf, wenn irgendwas zur Neige geht.«

Bonny strich sich mit den Fingern durch das Haar. Es sah aus, als würde sie es flechten. Sie nahm jeweils eine Strähne und schob sie zwischen andere Strähnen hinter das Ohr.

»Ich weiß, was wir machen«, erklärte er ihr. »Wenn wir nächste Woche wieder in Baltimore sind, werde ich mit einem Zettel in den Supermarkt gehen. Ich werde den Inhalt der Regale aufschreiben: Regal eins: Oliven, Mixed Pickles, Senf; Regal zwei: Kaffee, Tee... ich werde nichts auslassen. Und du kannst die Liste dann zweihundertsechzigmal fotokopieren.«

Die Bewegung ihrer Hände stoppte. »Wie oft?«

»Fünf mal zweiundfünfzig. Damit kommst du fünf Jahre aus.«

Sie schaute ihm in die Augen.

»Nach fünf Jahren mache ich dir eine neue«, sagte Morgan. »Dann haben sie im Laden vielleicht umgeräumt.«

»Ja, das halte ich für sehr wahrscheinlich«, sagte Bonny.

Sie warf Brindle einen kurzen, verstohlenen Blick zu, und beide lächelten sich an. Ihr Lächeln war so heiter und verbindlich und so offenkundig vertraulich, daß Morgans Unbehagen auf der Stelle zurückkehrte. Er hatte den Eindruck, daß sie häufig hinter seinem Rücken über ihn redeten. »Ach, du kennst doch Morgan«, sagten sie sicher augenrollend. »Du weißt ja, wie er ist.«

»Wie auch immer«, sagte er. »Ich wollte doch nur... Verstehst du, wenn wir die Posten auf der Liste ankreuzen, wäre das Einkaufen ganz leicht. Es könnte nichts schiefgehen. Das kannst du doch nicht bestreiten.«

»Nein, nein.«

»Soll *ich* die Fotokopien machen?«

»Nein, Schatz, ich werde sie machen«, sagte Bonny. Dann seufzte sie und lachte auf ihre typische Art und trank ihren Kaffee aus. »Erst mal«, sagte sie zu Brindle, »werden wir beide jetzt in die Stadt gehen und Knoblauch kaufen.«

»Nicht nötig; ich nehme das Pulver«, sagte Morgan eilig.

Aber sie sagte: »Ach, der Spaziergang wird uns guttun. Wir nehmen auch deine Mutter mit.« Sie stand auf und schaute unter einen Stapel Zeitschriften. Dann schaute sie in den Backofen und schließlich in den Kühlschrank. Sie nahm ihr Portemonnaie her-

aus und gab Morgan einen Kuß. »Brauchst du sonst noch was?« fragte sie ihn.
»Du könntest Sahne mitbringen.«
»Sahne ist noch da.«
»Ja, aber wir bekommen morgen Besuch, und der wird vielleicht schon zum Frühstück hier sein.«
»Wer kommt?«
»Die Merediths.«
»Merediths?«
»Ich *glaube* zumindest, daß sie kommen«, sagte er. »Ich habe ihnen ein paar Zeilen geschrieben, mußt du wissen, weil Brindle nicht hier war und ich nicht wußte, daß Billy noch übers Wochenende bleibt. Ich dachte, wir hätten genug Platz. Wir werden sie schon irgendwie unterbringen. Ich weiß auch schon wie! Wo haben wir denn die Schlafsäcke gelassen?«
»Morgan, ich wünschte, du würdest vorher mit mir darüber sprechen, wenn du jemanden einladen willst.«
»Aber du magst sie doch! Du sagst immer, daß du sie magst.«
»Wen mag sie?« fragte Brindle. »Von wem ist eigentlich die Rede?«
Bonny sagte: »Ach, von den... du wirst dich an sie erinnern, Brindle, die Merediths. Du hast sie mehrmals bei uns zu Hause getroffen. Leon und Emily Meredith. Also, natürlich mag ich sie. Ich finde sie beide ganz reizend, das weißt du, aber trotzdem –«
»*Ich* persönlich fand sie ein bißchen humorlos«, sagte Brindle. »Die Frau zumindest. Nein, quietschvergnügt am Strand kann ich sie mir nicht vorstellen.«
»Ach, Emily ist gar nicht humorlos, nur ein bißchen –«
»Und überhaupt«, sagte Morgan zu Brindle, »ich erinnere mich nicht, dich nach deiner Meinung gefragt zu haben. Und da ich dich übrigens auch nicht nach Bethany eingeladen habe, hältst du dich mit deiner Kritik an meiner Gästeliste besser zurück.«
»Also wirklich, Morgan«, sagte Bonny.
»Schon gut«, sagte Brindle, »sie werden sowieso nicht kommen. Mach dir keine Sorgen, Bonny. Emily mag bestimmt keinen

Sand. Sie mag bestimmt keine Unordnung. Sie wird nicht in dem schmutzigen, nassen Ozean schwimmen wollen. Ich kenne die Sorte. Die verstehen es einfach nicht, sich zu amüsieren«, sagte sie.
Dann verließ sie mit Bonny die Küche. Sie war so stolz auf ihre Menschenkenntnis, daß ihr Gesicht vor Freude ganz spitz wurde und man meinen konnte, es habe niemals einen Robert Roberts gegeben.

7 Aber sie kamen doch. Sie erschienen am nächsten Vormittag in dem kleinen schwarzen VW, den Leon gebraucht gekauft hatte. Morgan hatte sich noch nicht ganz an den Gedanken gewöhnt, daß sie einen Wagen besaßen (aber wenn es nun einmal sein mußte, war dieses winzige runde Auto vermutlich am passendsten. Und schwarz; das war ein hübsches Detail. Und was war schon dagegen einzuwenden, daß umherziehende Puppenspieler ein Fortbewegungsmittel besaßen? Vielleicht sollten sie sich auch noch einen Wohnwagen kaufen). Morgan stand im Vorgarten, wippte auf den Fußsohlen hin und her und beobachtete, wie sie einparkten. Emily stieg zuerst aus und schob für Gina die Sitzlehne nach vorne. Emily hatte die falschen Schuhe an – Docksider. Morgan traute seinen Augen kaum. Angesichts ihres Trikots und des weich fallenden Rockes wirkten die klobigen, steifen braunen Halbschuhe mit den weißen Gummisohlen völlig unpassend. Und Gina, die sich die Augen rieb, hatte den mürrischen Gesichtsausdruck von jemandem, der aus dem Schlaf gerissen wurde. Leon wirkte verbissen. Er mußte sich beim Rasieren geschnitten haben, denn er hatte in seiner Kinnspalte eine mit einem kleinen Stück Toilettenpapier bepflasterte Wunde. Die Merediths waren ganz entschieden nicht in Hochform. Anscheinend brauchte Morgan bloß die Stadt zu verlassen, und schon rannten sie los, warfen all ihren üblichen Charme über Bord und kauften geschmacklose Kleidungsstücke. (Leons neues Polohemd war neon-blau. Der Anblick schmerzte beinah.) Den-

noch ging Morgan ihnen entgegen und setzte ein Willkommenslächeln auf. »Hallo! Wie schön, euch zu sehen«, sagte er und küßte Emily auf die Wange. Dann umarmte er Gina und schüttelte Leon die Hand. »Hattet ihr eine gute Fahrt? Viel Verkehr? Stau auf der Bay-Bridge?« fragte er. Leon murmelte etwas über Rentner am Steuer und riß die Kofferraumklappe auf.

»Wir sind gut durchgekommen, aber ich habe nichts von der Landschaft gesehen, denn Leon ist so schnell gefahren, daß ich alles nur undeutlich erkennen konnte«, sagte Emily.

»Emily glaubt, ich rase«, sagte Leon, »wenn sie nicht jedes Straßenschild, jedes Zirkusplakat und das Kleingedruckte auf jeder Reklametafel lesen kann. Wenn sie nicht die Äpfel der Obststände am Straßenrand zählen kann.«

»Nun, offensichtlich war der Verkehrspolizist derselben Meinung wie ich.«

»Der Tacho von dem Kerl funktionierte nicht richtig«, sagte Leon. »Und das werde ich auch vor Gericht sagen.« Er holte einen kleinen Koffer hervor und warf die Klappe zu. »Diese Leute müssen eine Quote erfüllen. Sie greifen sich irgendwen heraus, wenn sie an einem Tag noch nicht genug Strafmandate verteilt haben.«

»Also«, sagte Morgan beschwichtigend, »immerhin seid ihr heil angekommen. Das ist die Hauptsache.« Er nahm Leon den Koffer ab, der schwerer war, als er erwartet hatte. »Kommt, gehen wir ins Haus«, sagte er. »Bonny! Die Merediths sind da!«

Er führte sie die Stufen zum Eingang hinauf und ins Wohnzimmer. Der Geruch im Haus – nach Mehltau und Kerosin – fiel ihm zum erstenmal unangenehm auf. Er bemerkte, daß die Kissen in den Rattansesseln schmuddelig und flach wie Pfannkuchen waren und sich das Rattan selbst spiralförmig von den Armlehnen löste. Vielleicht war diese Einladung keine so gute Idee gewesen. Emily und Leon sahen sich unsicher um. Gina hockte neben der Tür und pulte eine Heftzwecke aus der Wand. Anscheinend war sie gerade dabei, ihren Babyspeck zu verlieren. Ihr Trägerhemd hing lose um ihre schmale, flache Brust. Morgan betrachtete sie plötzlich alle, sich selber eingeschlossen, unter geometrischen

Gesichtspunkten – als schlechtsortierte Ansammlung von Kugeln und Quadern, die wahllos im Zimmer verteilt waren. Dann sagte Emily: »Ich habe eine Kamera mitgebracht.«
»Hm?« sagte Morgan. »Ach so, eine Kamera.«
»Es ist bloß eine Kodak-Instamatik.«
»Aber das ist ja großartig!« sagte er. »Ich habe meinen Fotoapparat dieses Jahr zu Hause gelassen. Es ist großartig, daß du daran gedacht hast.« In dem Moment tauchte Bonny aus der Küche auf. Sie lächelte und wischte sich die Hände an ihrem Rock ab. Er wußte, es würde doch noch alles gut werden. (Im Leben gab es immer wieder solche kurzen grauen Augenblicke des Trübsinns. Sie kamen und gingen und hatten nichts weiter zu bedeuten.) Freudestrahlend sah er zu, wie Bonny alle drei umarmte. Dann kam, ebenfalls lächelnd, seine Mutter herein. »Mutter«, sagte er, »du erinnerst dich doch bestimmt an die Merediths.«
»Natürlich«, sagte sie. Sie gab zuerst Leon und dann Emily die Hand. »Sie haben mir letztes Jahr zu Weihnachten den Früchtekuchen geschenkt«, sagte sie zu Emily.
»Ach ja, richtig.«
»Er war mit einer herrlichen Glasur überzogen.«
»Oh, vielen Dank«, sagte Emily.
»Und hat sich Ihr Mann von dem Schlaganfall wieder erholt?«
»Wie bitte?«
Morgan war auf der Stelle klar, was passiert sein mußte. Seine Mutter hatte Emily mit Natalie Czernov verwechselt. Mrs. Czernov hatte, als Morgan ein Kind war, im Nachbarhaus gewohnt und ebenfalls zu Weihnachten Früchtekuchen gebakken. Er war so fasziniert von diesem Zeitsprung (als ob der Früchtekuchen eine Art Schlüssel war, der gleichzeitig verschiedene Türen zu verschiedenen Schichten der Vergangenheit öffnete), daß er vergaß, Emily zu Hilfe zu eilen. Emily sagte: »Das hier ist mein Ehemann, Mrs. Gower.«
»Wie schön, daß es ihm wieder bessergeht.«
Emily schaute Morgan an.
»Vielleicht sollte ich euch zeigen, wo ihr schlafen werdet«, sagte er.

Er nahm den Koffer wieder in die Hand und führte sie durch den Flur in Kates Zimmer. Das Bett war frisch bezogen, und auf dem Boden lag ein Schlafsack für Gina. »Das Badezimmer ist nebenan«, sagte er, »über dem Waschbecken hängen Handtücher. Wenn ihr sonst noch etwas braucht...«
»Wir kommen schon zurecht«, sagte Emily. Sie machte den Koffer auf. Morgan erspähte mehrere neu aussehende, viereckig gefaltete Kleidungsstücke. Plötzlich lief Leon durch das Zimmer und schaute aus dem Fenster. (Die Aussicht bestand nur aus ein paar verbeulten Mülleimern.) Dann richtete er seinen Blick auf das Bild, das über dem Bett hing. Es zeigte ein mattblaues, spiegelglattes Meer, auf dem ein Boot aus echten Muscheln schwamm. »Wir hätten nicht kommen sollen«, sagte er, während er ein Venusmuschel-Segel anstarrte.
»Leon, wir können ein bißchen Erholung gut gebrauchen«, sagte Emily.
»Wir haben am Montag vormittag eine Vorstellung. Das heißt, entweder quälen wir uns am Sonntag durch den Rückreiseverkehr auf der Bay-Bridge, oder wir fahren am Montag in aller Frühe los, rasen wie der Teufel und können nur beten, daß wir unterwegs keinen Platten haben oder in einem Stau steckenbleiben.«
»Es ist schön, mal aus der Stadt herauszukommen«, sagte Emily zu Morgan. Sie holte die Kamera aus dem Koffer und klappte den Koffer wieder zu. »Leon meinte, wir hätten keine Zeit, aber ich habe zu ihm gesagt: ›Ich muß mal was anderes sehen. Laß uns fahren. Ich brauche eine Pause von den Puppen.‹«
»Sie braucht eine Pause von den Puppen«, sagte Leon. »Wer wollte denn unbedingt Puppentheater spielen, wenn ich fragen darf? Wer hat denn damit angefangen? Ich tue nur, was du von mir verlangt hast, Emily. Es war schließlich deine Idee.«
»Aber trotzdem können wir doch mal übers Wochenende wegfahren.«
»Sie glaubt, wir können wegfahren, wann immer es uns paßt«, sagte Leon zu Morgan.
Morgan strich mit einer Hand über seine Stirn. Er sagte: »Bitte,

es wird sicher alles gut werden. Wollt ihr euch jetzt das Meer anschauen?«
Weder Leon noch Emily antworteten ihm. Sie starrten sich über das Bett hinweg an, als seien sie auf eine ernsthafte Auseinandersetzung gefaßt. Als Morgan aus dem Zimmer ging, schienen sie es nicht einmal zu bemerken.

8

Nein, es war keine gute Idee gewesen, sie einzuladen. Das Wochenende verging furchtbar langsam, es verging weniger, als daß es sich vorwärts *quälte*, und immer wieder gab es Momente, an denen die Zeit stillzustehen schien. Morgans Nerven wurden arg strapaziert. Allerdings waren nicht allein die Merediths daran Schuld: vielmehr war Brindle daran Schuld, die ein dutzendmal pro Tag in Tränen ausbrach. Und Bonny, die das Sonnenbaden übertrieb und Fieber und Schüttelfrost bekam. Und Kate, die in Ocean-City wegen des Besitzes von fünfzehn Gramm Marihuana festgenommen wurde. Aber dennoch machte er die Merediths verantwortlich. Er konnte sich des Eindrucks nicht erwehren, daß Leons schlechte Laune wie ein böser Fluch über ihnen allen lastete. Außerdem ärgerte ihn, daß Emily kaum von Bonnys Seite wich, (wessen Freundin war sie eigentlich? Wer hatte sie als erster entdeckt?) Er kannte sie kaum wieder – sie hatte sich allein dadurch, daß sie andere Schuhe trug, sehr verändert. Er fing an, ihr aus dem Weg zu gehen, und kümmerte sich lieber um Gina – ein trauriges, dünnes Mädchen, genau in dem Alter, in dem Morgan Kinder rührend fand. Er baute ihr aus einem Plastiksack einen Drachen, und sie bedankte sich wohlerzogen bei ihm, aber er bemerkte, als er sie ansah, daß sie in Wirklichkeit ihre Eltern beobachtete, die sich am anderen Ende der Veranda in gedämpftem Tonfall stritten.
Er dachte über Joshua Bennett nach, ihren neuen Nachbarn in Baltimore. Dieser Bennett war Antiquitätenhändler (ein beneidenswerter Beruf). Er sah aus wie Heinrich VIII. und führte das Leben eines echten Gentlemans – abends aß er kleine, teure

Mahlzeiten und trank anschließend, während er ledergebundene Geschichtsbücher las, aus einem Schwenkglas Brandy. Zu Beginn des letzten Frühlings, als Bennett gerade eingezogen war, hatte Morgan ihm einen Besuch abgestattet, und Bennett hatte ihn in einer rotbraunen Hausjacke aus Samt mit abgesteppten Satinaufschlägen empfangen. (In welchem Geschäft konnte man Hausjacken kaufen?) Bennett hatte irgendwie den Eindruck gewonnen, daß Morgan aus einer alteingesessenen Baltimorer Seefahrerfamilie stammte und auf seinem Dachboden eine große Menge antiker Bronzen lagerte, und er war äußerst zuvorkommend gewesen – er hatte Morgan ein Glas Brandy und eine Zigarre mit Elfenbeinspitze angeboten. Morgan überlegte, ob Bennett eine Einladung ans Meer wohl angenommen hätte. Er malte sich seine Rückkehr nach Baltimore aus: die Freundschaft, die er aufbauen, und die Gespräche, die er mit Bennett führen würde. Er konnte es kaum erwarten.

Unterdessen schleppte sich das Wochenende voran.

Kate hatte Schande über die Familie gebracht, behauptete Bonny. Ihr Name war jetzt in den Polizeiakten vermerkt, und sie war fürs Leben gezeichnet. Bonny nahm das anscheinend sehr ernst. (Der Sonnenstich verlieh ihrem Blick etwas Hektisches, Durchdringendes.) Weil das Ferienhaus kein Telefon hatte, mußte die Polizei aus Ocean-City auf dem Revier in Bethany anrufen, damit die Polizisten dort die Gowers benachrichtigten. Deshalb hatte sich die Neuigkeit bestimmt schon überall herumgesprochen. Am Sonntag legte Bonny während des Frühstücks eine feuerrote Hand auf Louisas Arm und fragte Kate: »Was glaubst du, wie deine Großmutter sich fühlt. Der Name ihres seligen Mannes war bisher unbesudelt.« Morgan hatte noch nie gehört, daß sie das Wort »unbesudelt« benutzt hatte, und er war sich auch nicht sicher, ob es überhaupt existierte. Er dachte eine Weile darüber nach. Inzwischen löffelte Louisa friedlich weiter ihre Grapefruit. »Was sagst du dazu, Mutter?« fragte Bonny sie.

Louisa blickte sie geistesabwesend an und sagte: »Also, ich weiß gar nicht, warum ihr so einen Aufstand macht. Früher haben wir kleinen Kindern immer Marihuana gegeben. Das hat sie beruhigt, wenn sie zahnten.«

»Nein, nein, Mutter, du meinst Belladonna«, sagte Bonny.

Kate wirkte eher gelangweilt. Brindle schnaubte. Die Merediths saßen wie Geschworene bei Gericht in einer Reihe nebeneinander und hörten aufmerksam zu.

Und am Strand – wo sich das Meer unter dem tiefblauen Himmel abwechselnd hob und senkte und über ihren Köpfen die Möwen wie Segelboote vorbeiglitten – bildeten sie ein buntgewürfeltes Durcheinander aus Decken, Thermoskannen, sandigen Handtüchern, einem Sonnenschirm, bei dem jedesmal, wenn der Wind darunterfuhr, die Hälfte der Speichen zum Vorschein kam, einem quäkenden Radio und zerknitterten Zeitungsseiten. Kate, die für den Rest der Ferien unter Aufsicht gestellt war, blätterte trotzig in einer Ausgabe von Seventeen herum. Bonny schwitzte und zitterte unter mehreren schützenden Kleidungsschichten. Das weiße Zinkoxyd auf ihrer Nase und ihrer Unterlippe verlieh ihr, zusammen mit der riesigen schwarzen Sonnenbrille, das insektenähnliche Aussehen einer Gestalt aus einem Science-fiction-Film. Gina grub ein Loch in den Sand und kletterte hinein. Billy und Priscilla zogen eine Show ab, indem sie dicht beieinander auf ihrer Decke lagen.

Und Emily trug einen unvorteilhaften blaßblauen Badeanzug, der ihre dünnen, schlaffen Beine entblößte, und sie machte Fotos, die bestimmt langweilig werden würden. Aber sie weigerte sich, Morgan die Kamera zu geben. Sie hatte Angst, daß er einen Schnappschuß von *ihr* machen würde, sagte sie. Morgan schwor, er würde es nicht tun. (In seinem Gedächtnis gab es schon ein Bild von ihr, auf dem sie ihren glänzenden schwarzen Rock und die Ballettschuhe trug. So sollte sie für immer aussehen. Freiwillig würde er ihr anderes Ich, das jetzt zum Vorschein gekommen war, bestimmt nicht auf einem Foto festhalten.) »Ich will doch nur ein paar Gruppenaufnahmen machen«, erklärte er ihr, »versteh doch, ein bißchen Leben in die Bilder bringen.« Er konnte die endlosen Verzögerungen und die gestellten Posen, auf denen sie bestand, nicht ertragen. Morgan selber fotografierte immer zügig und mit viel Elan. Er knipste die Menschen, während sie beieinander standen, sich gerade bewegten oder lachten. Emily nahm immer nur einzelne Menschen auf. Sie näherte sich ihnen durch den Sand, blieb alle paar Schritte stehen, um einen ihrer weißen Füße wie wild zu schütteln, und dann dauerte es noch eine Ewigkeit, bis sie mit allem zufrieden war. Sie blinzelte durch den Sucher, blinzelte in den Himmel –, als glaubte sie, durch irgendwelche Einstellungen eine Aufnahme mit einer Kodak-Instamatik beeinflussen zu können. »Bitte jetzt nicht bewegen«, sagte sie zu ihrem Opfer, aber dann wartete sie noch eine ganze Weile, so daß der Gesichtsausdruck der betreffenden Person immer angestrengter und gekünstelter wurde und Morgan mehrmals schrie: »Nun *mach* schon, verdammt noch mal!« Dann senkte Emily die Kamera, drehte sich mit aufgerissenen Augen und geöffnetem Mund um und mußte wieder von vorne beginnen.

Am Sonntag nachmittag hatten die Merediths einen Streit über den Zeitpunkt ihrer Abreise. Emily wollte bis Montag bleiben, aber Leon wollte noch am Abend zurückfahren. »Verschwindet um Himmels willen!« hätte Morgan ihnen am liebsten zugerufen, und nicht nur ihnen, sondern auch allen anderen. Am besten wäre es, sie ließen ihn allein am Strand zurück. Der Herbst würde anbrechen, und er würde unter dem über den Boden wirbelnden Sand und den wenigen vom Land herübergewehten braunen Blättern begraben werden. Er malte sich aus, wie gelassen er schließlich werden würde. Die Wellen würden sich für ihn bewegen, während er regungslos dalag. Er hätte endlich die Gelegenheit, mit sich selbst ins reine zu kommen. Andere Menschen brachten sein Leben nur in Unordnung – Louisa in ihrem gestreiften Strandkleid, in dem sie aussah wie ein hakennasiger Beduine, oder Brindle in dem ausgeleierten Badeanzug von Bonny, der um ihren verspannten Körper Falten warf. Morgan saß unter dem Sonnenschirm und trug seinen Sombrero, Shorts und Schuhe mit Wollsocken. Seine nackte, verschwitzte Brust juckte. Er kaute auf einem Streichholz herum und hörte dem Streit der Merediths zu.

Leon sagte, sie kämen, wenn sie Montag zurückfahren würden,

wahrscheinlich zu spät zu ihrem Auftritt. Emily sagte, es sei ja nur eine Puppenaufführung. Leon wollte wissen, wie sie dazu käme, *nur* zu sagen. *Sie* habe das doch unbedingt gewollt, habe ihn dazu gedrängt – diese blöden Puppen mit ihrem dämlichen Grinsen. Sie habe ihm doch all die Jahre ihren Willen aufgezwungen. Sie entgegnete, sie habe ihm niemals ihren Willen aufgezwungen, und überhaupt sei es allein seine Sache, was er mit seinem Leben anfange. Er habe es aus freien Stücken getan, sagte sie. Dann sprang Leon auf und lief mit großen Schritten nach Süden, in Richtung Stadt. Morgan schaute ihm nach und bemerkte unwillkürlich, daß sich über Leons Hosenbund ein leichtes Fettpolster abzeichnete. Er war zu einem kräftigen, kompakten Mann geworden. Eine Horde schlanker Mädchen bildete eine Gasse, um ihn durchzulassen. Er marschierte an ihnen vorbei, ohne sie anzusehen.
Möglicherweise hatten Billy und Priscilla auch Streit, denn sie saßen weit voneinander entfernt und Billy zog mit den Fingern tiefe Kreise in den Sand zwischen seinen Füßen. Die Frauen rückten näher zusammen. Die Männer blieben, beide für sich allein, etwas abseits. Die sanften Frauenstimmen verschmolzen mit dem Rauschen des Meeres. »Schau dir die Vögel an«, sagte Emily zu Gina. »Schau, wie sie über dem Wasser kreisen. Sie sind auf der Jagd nach Fischen.«
»Vielleicht wollen sie auch nur die Unterseiten ihrer Flügel lüften«, sagte Louisa.
Bonny betrachtete durch ihre dunklen Brillengläser den Horizont und redete mit ruhiger, weit entfernt klingender Stimme. »Genau an diesem Strand«, sagte sie, »wurde mir zum erstenmal bewußt, daß ich älter werde. Auch als ich schon jahrelang verheiratet war, hatte ich immer noch geglaubt, ich sei jung. Damals war ich neunundzwanzig und schwanger mit den Zwillingen. Ich war mit Amy und Jeannie zum Spielen an den Strand gegangen. Ich sah, wie der Rettungsschwimmer zu mir herüberschaute und dann irgendeinen Punkt hinter mir fixierte, und ich erkannte, daß er mich gar nicht richtig wahrgenommen hatte. Sein Gehirn registrierte: Frau, Kinder, Strandspielzeug, und er schaute wo-

anders hin. Also, ich gehörte zwar nie zu den Frauen, denen die Männer nachpfeifen. Sogar als ich ein Teenager war, standen die Verehrer nicht bei mir Schlange. Aber ich kam für die Männer zumindest in Frage, und das war jetzt vorbei. Ich wurde zurückgestuft. Ich war darüber furchtbar traurig. Ich hatte das Gefühl, als wäre mir etwas weggenommen worden, über das ich gar nicht mehr nachgedacht hatte, weil es für mich selbstverständlich war, es zu besitzen. Ich hatte nicht damit gerechnet, daß es mir genauso ergehen würde wie jeder anderen Frau.«
Morgan sah jemanden auf sie zukommen. Es war ein Mann in einem tristen Straßenanzug aus einem steifen metallgrauen Material. Alle, an denen er vorbeiging, starrten ihm einen Augenblick lang hinterher. Er versetzte sie, wie ein unerwarteter Windstoß, kurz in Erstaunen, und dann wandten sie ihre Blicke wieder ab. Es war Robert Roberts. Morgan sagte: »Brindle.« Offenbar war Brindle, nur durch den Klang seiner Stimme, vollkommen im Bilde. Sie krümmte sich ohne hochzuschauen auf ihrem Laken noch mehr zusammen, umklammerte ihre Knie und runzelte die Stirn. Also war Morgan an der Reihe. Er stand auf und spuckte sein Streichholz aus. »Na so was, Robert Roberts!« sagte er und streckte – viel zu früh – seine Hand aus. Robert war noch ein Stück entfernt und stolperte Morgan hastig entgegen, um ihn nicht warten zu lassen. Seine Handfläche war feucht. Sein Gesicht glänzte. Er war ein Mann ohne sichtbare Ecken oder Kanten. Sein dünnes braunes Haar war fast in der Mitte gescheitelt und an den Schädel geklatscht. Er schien im Sand zu versinken. Der Sand steckte in den Ritzen seiner Schuhe und vor allem in den Aufschlägen seiner Hosenbeine. Er packte Morgans Hand so fest wie ein Ertrinkender und blickte ihm direkt in die Augen – aber das war zweifellos nur ein Ergebnis einer Vertreterschulung. »Nenn mich Bob«, sagte er.
»Bitte?«
»Ich bin Bob. Wenn du mich Robert Roberts nennst, klingt das immer wie ein Witz.«
»Tatsächlich?«
»Ich komme wegen Brindle.«

Morgan drehte sich zu Brindle um. Sie umklammerte ihre Knie noch fester, schaukelte hin und her und starrte aufs Meer.
»Jetzt geht wieder alles von vorne los, stimmt's?« sagte Robert zu Morgan. »Es ist das alte Lied. Wieder trennt sie sich von mir.«
»Na ja... setz dich erst mal, Robert, Bob. Steh nicht so da.«
Robert beachtete ihn nicht. »Brindle«, sagte er, »als ich Donnerstag morgen aufwachte, warst du nicht da. Ich dachte, du wärst vielleicht wegen irgendwas eingeschnappt, aber inzwischen sind drei Tage vergangen, und du bist nicht zurückgekommen. Werden wir uns unser Leben lang im Kreis drehen, Brindle? Wir sind zusammen, du verläßt mich, wir sind zusammen, du verläßt mich?«
»Hast du immer noch mein Foto?« sagte Brindle zum Meer.
»Was meinst du damit?«
Brindle stand auf. Sie klopfte den Sand von ihrem Badeanzug und rückte einen Träger zurecht. Dann ging sie zu Robert Roberts und stellte sich so dicht vor ihn, daß er einen Schritt zurückwich. »Schau her«, sagte sie und klopfte gegen die gelbliche Haut über ihrem Wangenknochen. »Das bin *ich*. Brindle Gower Teague Roberts. Die ganze Namenskette.«
»Ja, natürlich Brindle«, sagte Robert.
»Das sagst du so einfach! In den Jahren seit unserer Jugend habe ich geheiratet und bin Witwe geworden. Ich habe den alten Horace Teague von nebenan geheiratet und bin in sein Reihenhaus gezogen; ich habe kleine Dosen Schinken in den Feinkostabteilungen der Kaufhäuser –«
»Das weiß ich alles, Brindle.«
»Ich bin nicht das Mädchen auf dem Foto.«
Sie hatte recht. Die Haut unter ihren Augen hatte die gleiche matschige Farbe wie bei Morgan. Aus dem Grübchen in einer ihrer Wangen war ein tiefer Spalt geworden – Morgan hatte das noch nie bemerkt. Sie war achtunddreißig Jahre alt. Morgan strich über seinen Bart.
»Was meinst du damit, Brindle?« fragte Robert Roberts. »Meinst du damit, daß du mich nicht mehr liebst?«

Aus der kleinen Gruppe von Frauen (die es höflich vermieden, die beiden anzuschauen) ertönte ein leises Zischen, das wie ein Lachen oder Seufzen klang. Robert schaute zu ihnen hinüber. Dann wandte er sich Morgan zu. »Was meint sie damit?« fragte er.

»Ich habe keine Ahnung.«

Louisa sagte: »Wenn die beiden heiraten, muß ich hoffentlich nicht bei ihnen leben.«

»Sie *sind* verheiratet, Mutter«, erklärte ihr Morgan.

»Du kannst dir nicht vorstellen, wie schlimm es ist«, sagte Louisa, »wenn man nicht weiß, wohin man als nächstes verfrachtet wird.«

»Mutter, haben wir dich jemals irgendwohin verfrachtet?«

»Habt ihr nicht?« fragte sie. Sie zog sich zum Nachdenken in die Kapuze ihres Strandkleides zurück. »Zumindest kommt es mir so vor, als hättet ihr es getan«, sagte sie. »Nein, ich bleibe lieber bei euch. Bonny, du wirst doch nicht zulassen, daß er mich zu Brindle schickt, oder? Das Zusammenleben mit Morgan ist nicht einfach, aber... ereignisreich ist, glaube ich, das richtige Wort.«

»O ja«, sagte Bonny trocken.

»Versprecht ihr es mir?«

»Mutter«, sagte Morgan. »Sie sind verheiratet. Sie sind bereits verheiratet, und niemand hat dich irgendwohin verfrachtet. Los, Brindle, sag es ihr. Los, Robert, Bob...«

Aber Robert blickte, ohne zuzuhören, aufs Meer. Seine Haare standen, vom Wind zerzaust, stachelig vom Kopf ab, was ihm ein verzweifeltes Aussehen verlieh. Während die anderen ihn beobachteten, beugte er sich hinunter, um den Sand von seinen Hosenbeinen zu klopfen. Er zog die Manschetten seines Hemdes bis zur richtigen Länge unter den Ärmeln des Jacketts heraus. Dann marschierte er auf das Wasser zu.

Er wich einem Kind mit einer Schaufel aus und stieg über einen Wassergraben und eine mit Zinnen versehene Sandburg hinweg. Aber seine Beobachtungsgabe schien nachzulassen, als er sich dem Meer näherte. Er stolperte in ein flaches Wasserbecken, das drei kleine Jungen gerade aushuben. Er kletterte wieder hinaus,

ohne auf ihr Geschrei zu reagieren. Seine Hosenbeine waren jetzt dunkel und sahen aus wie mit Zucker überzogen. Unabsichtlich zerquetschte er mit einem Fuß einen Pappbecher. Er erreichte die Brandung und marschierte weiter. Ein junger Mann, der ein kreischendes Mädchen in die Höhe hielt und es gerade untertauchen wollte, setzte es ab und starrte Robert mit offenem Mund an. Robert stand bis zu den Knien im schäumenden Wasser. Dann bis zu den Hüften. Als sich die Brecher nach einem Ansturm zurückzogen, wirkte er in seiner schweren Kleidung, die an ihm zerrte, fast wie eine biblische Gestalt.
Bis jetzt hatte sich niemand gerührt. Sie hätten die Badegästetupfer auf einer Postkarte sein können. Aber dann schrie Brindle: »Tut doch was!« und die Frauen erhoben sich von ihren Laken. Der Rettungsschwimmer sprang von seinem hölzernen Hochsitz auf und formte die Lippen zu einem Pfiff. Billy sauste vorbei. Morgan hatte noch nicht einmal mitbekommen, daß er auch aufgestanden war. Morgan warf den Sombrero in Bonnys Schoß und lief Billy hinterher, aber der Rettungsschwimmer war schneller. Als Billy und Morgan sich in die Brandung stürzten, stand er schon bis zur Hüfte im Wasser und warf Robert seinen orangefarbenen Torpedo zu. Robert schob den Torpedo zur Seite und stapfte weiter.
Eine Welle schlug gegen Morgans Knie. Das Wasser war kälter, als er gedacht hatte. Er haßte das Gefühl nasser Wollsocken. Aber er kehrte nicht um. Es ging ihm weniger darum, Robert zu retten, als ihn vielmehr zu besiegen. So leicht würde ihm Robert nicht davonkommen. Es kam nicht in Frage, daß er sich so einfach aus dem Staub machte. Das konnte man ihm nicht durchgehen lassen. Morgan kämpfte sich durchs Wasser, und er hatte Mühe, das Gleichgewicht zu halten. Eine Frau zog mit überraschtem Blick die Ohrenklappen ihrer Badehaube nach oben und schaute dem Treiben gebannt zu. Der Rettungsschwimmer nahm Robert von hinten in den Würgegriff, und Robert (dessen Haare bis dahin vollkommen trocken geblieben waren) strauchelte und fiel hintenüber. Er wurde von einer Welle überspült und tauchte, immer noch im Griff des Rettungsschwimmers,

prustend wieder auf. Der Rettungsschwimmer zerrte ihn an Land. Morgan folgte ihnen mit ausgebreiteten Armen und energisch vorgestrecktem Kopf. Der Rettungsschwimmer zog Robert auf den Strand und ließ ihn dort fallen wie ein Bündel nasser Wäsche. Er stieß ihn mit einem seiner großen, braungebrannten Füße an. »Ojemine«, sagte Morgan erschöpft und setzte sich neben Robert und betrachtete seine vom Salzwasser ruinierten Schuhe. Billy sank ganz in der Nähe atemlos zu Boden. Robert prustete immer noch und versuchte die Leute wegzuscheuchen, die sich um ihn drängten. »Treten Sie bitte zurück, meine Herrschaften«, sagte der Rettungsschwimmer. Er fragte Morgan: »Was ist mit ihm? Ist er betrunken?«

»Ich habe nicht die leiseste Ahnung«, sagte Morgan.

»Ich muß aber einen Bericht darüber schreiben.«

»Das wird nicht nötig sein«, sagte Morgan und stand auf. »Ich bin von der Behörde.«

»Woher?«

»Für öffentliche Parkanlagen und Sicherheit«, sagte Morgan. »Wie heißen Sie, mein Sohn? Ich werde Sie Ihrem Vorgesetzten gegenüber lobend erwähnen.«

»Nun ja, Hendrix«, sagte der Rettungsschwimmer. »Danny Hendrix, mit *x*.«

»Gut gemacht, Hendrix«, sagte Morgan. Er schüttelte dem Rettungsschwimmer kräftig die Hand. Der Rettungsschwimmer blieb noch einen Augenblick bei ihm stehen und kratzte sich am Kopf, dann ging er zum Wasser und schaute zu, wie sein orangefarbener Torpedo aufs Meer hinaustrieb.

Morgan und Billy richteten Robert auf und legten sich jeder einen Arm von ihm um den Hals. Er schien unverletzt zu sein, aber er war schwer und träge und ließ die Füße schleifen. »Na los, Kumpel«, sagte Billy aufmunternd. Er machte einen fröhlichen Eindruck. Vielleicht fühlte er sich an seine Zeit in der studentischen Verbindung erinnert. Er hatte Morgan einmal verraten, daß er nie wieder in seinem ganzen Leben so glücklich gewesen war wie damals. Morgan selbst sagte kein Wort. Er sehnte sich nach einer Zigarette.

Sie zerrten Robert an den Decken vorbei. Die Frauen packten gerade ihre Habseligkeiten zusammen. Brindle glättete Handtücher und faltete sie. Sie würdigte Robert keines Blickes. Morgan war stolz auf sie. Sollte Robert ruhig merken, mit wem er es zu tun hatte! Sollte er ruhig merken, daß sie – alle zusammen – mit der Situation fertig wurden. Denn es ging um mehr als bloß einen Ehekrach oder einen Streit unter Verliebten. Robert hatte diesmal seine Meinung über die ganze Familie kundgetan – über ihr chaotisches Familienleben. Robert hatte direkt neben diesem Laken gestanden, oder etwa nicht, und mitangehört, daß Louisa vergessen hatte, in welchem Jahr sie sich befand, daß Morgan ihr widersprach, und hatte zugesehen, wie sich alle anderen zu rivalisierenden Kampfgruppen zusammenschlossen... und dann hatte er das Weite gesucht. Dieser Schuft. Er hatte sie alle beleidigt, jedes einzelne Mitglied der Familie. Eine Welle von Zorn durchfuhr Morgan. Er blieb ohne Vorwarnung stehen, tauchte unter Roberts Arm hindurch, drehte sich um und blickte den Strand entlang, als wolle er nach Hendrix Ausschau halten. Robert kippte zur Seite und fiel beinahe zu Boden. Morgan schirmte seine Augen mit der Hand gegen die Sonne ab. Hendrix sandte dem Rettungsschwimmer am benachbarten Strandabschnitt Signale. Morgan kannte das Flaggenalphabet nicht, aber er konnte sich die Unterhaltung zwischen den beiden ohne weiteres vorstellen. WAS WAR LOS lautete die Frage bestimmt, und Hendrix würde antworten: AUFRUHR CHAOS...

Kate schaute Hendrix auch zu. (Zweifellos fand sie ihn gutaussehend.) Morgan sagte: »Verstehst du, was er dem anderen signalisiert?«

Sie zuckte mit den Achseln. »Das ist bloß das Klar-Zeichen.«

»Das was?«

»Du weißt schon – alles klar, alles in Ordnung.«

»Was weiß der schon«, sagte Morgan.

9 Bonny teilte Morgan mit, daß die Schlafplätze knapp wurden. Würden die Merediths heute abend oder morgen früh abreisen? fragte sie ihn. Diese Unterhaltung fand am späten Nachmittag in der Küche statt, während Bonny Eiswürfelschalen über einem Krug ausleerte. Von den knackenden und klirrenden Geräuschen der Eiswürfel begleitet, flüsterte sie ihm zu, daß es sehr hilfreich wäre, wenn die Merediths heute noch fahren würden. Dann könnten Brindle und Robert deren Zimmer nehmen. Morgan glaubte nicht, daß Brindle bereit war, mit Robert in einem Zimmer zu schlafen. »Laß gut sein, Bonny«, sagte er. »Gib Robert einen Schlafsack, dann kann er sich auf die Veranda legen.«

»Aber sie sind doch verheiratet, Morgan.«

»Der Mann ist ein Spinner. Sie ist ohne ihn besser dran.«

»Du warst doch dagegen, daß sie ihn verläßt«, sagte Bonny. »Und jetzt, nur weil er ein paar Meter ins Meer gelaufen ist …«

»In voller Montur. Mit seinem Anzug an. Er hat uns zum Gespött der Leute gemacht. Wir müssen wie Geisteskranke auf einem Ausflug gewirkt haben …«

»Niemand hat über uns gelacht«, sagte Bonny.

»Der beste Beweis für das Mißlingen dieses Urlaubs«, sagte Morgan, »ist, daß ich anfange, mir Gedanken über den Eisenwarenladen zu machen.«

»Er hat ihr nur gezeigt, daß sie ihm nicht gleichgültig ist.«

»Ich bin drauf und dran, morgen früh Butkins anzurufen, um zu fragen, ob er die Laubsäcke schon nachbestellt hat. Jetzt, wo es bald Herbst wird …«

»Was redest du da? Wir haben erst Juli.«

Morgan zupfte sich an der Nase.

»Geh zu Emily und frag sie, was die beiden beschlossen haben.«

»Willst du, daß ich sie bitte abzureisen?«

»Nein, nein, frag sie einfach. Wenn sie bleiben wollen, werden wir schon eine Lösung finden.«

»Vielleicht könnten *wir* abreisen«, sagte er hoffnungsvoll. »Die anderen könnten bleiben, und wir reisen ab.«

Bonny sah ihn wortlos an.
Er ging ins Wohnzimmer, wo seine Mutter und Priscilla Scrabble spielten. Kate malte sich an einem kleinen Rattantisch die Fingernägel an. Der Geruch des Nagellacks lag in der Luft – ein stechender, städtischer Geruch, der Morgan gefiel. Er hätte sich gerne zu ihnen gesetzt, aber er sagte: »Hat jemand Emily gesehen?«
»Sie ist draußen«, sagte Priscilla.
Er betrat die Veranda und ließ die wackelige Fliegengittertür hinter sich zuschlagen. Emily machte wieder Fotos. Sie fotografierte Gina, die gerade Austernschalen nebeneinander auf das Geländer legte. Sie fotografierte Robert, der steif und gedemütigt in einem Schaukelstuhl saß und geliehene Sachen trug – eine hochzeitsweiße Hose und ein buntgestreiftes Hemd von Billy. Dann fotografierte sie Morgan. Morgan mußte furchtbar lange still stehenbleiben, während Emily ihn durch den Sucher betrachtete. Er versuchte seine Verärgerung so gut es ging zu verbergen. Zumindest hatte Emily nicht mehr den Badeanzug an. Sie trug ihren schwarzen Rock und ein schwarzes Trikot und ging barfuß. Aus ihr war wieder die altvertraute graziöse, elfengleiche Ballettänzerin geworden. Sobald Morgan das Klicken des Auslösers hörte, sagte er: »Ich mache jetzt schnell eins von dir. Du siehst gerade so hübsch und nett aus.« Er ging die Eingangsstufen hinunter und nahm ihr die Kamera aus der Hand. Diesmal sträubte sie sich nicht. Sie wirkte erschöpft. Auch als er ein paar Schritte zurücktrat und die Kamera auf sie richtete, strich sie nicht über ihre Haare und setzte auch kein Lächeln auf.
Er machte die Aufnahme und gab ihr die Kamera zurück. »Übrigens... Bonny würde gerne wissen«, sagte er, »ob ihr drei noch über Nacht hierbleibt.«
»Ich weiß nicht«, sagte sie. Sie spulte den Film mit einem kurzen *Ratsch* vor. »Ich muß erst mit Leon sprechen«, sagte sie schließlich.
»Ach? Wo *ist* er denn?«
»Er ist von seinem Spaziergang noch nicht zurück. Ich hatte gerade beschlossen, in die Stadt zu gehen, um ihn zu suchen.«

»Ich begleite dich«, sagte Morgan. »Gina? Kommst du mit auf einen Spaziergang?«
»Keine Zeit«, sagte Gina, die gerade mit einer neuen Reihe Austernschalen begann.
»Robert?«
»Ich warte auf Brindle.«
Morgan und Emily traten hinaus auf die schmale, schlecht asphaltierte Straße. Sie konnten ohne Angst vor Autos in der Mitte der Fahrbahn laufen. Sie kamen an einer Frau vorbei, die Badelaken aufhängte, und an einem kleinen Mädchen, das auf einer Treppenstufe Seifenblasen machte. Die Häuser standen so dicht nebeneinander, daß es fast schien, als würden die beiden eine Zimmerflucht durchqueren - sie hörten Neil Diamond aus einem Radio und dann ein Oboenkonzert, nahmen den Geruch von Kaffee und fritierten Krebsen wahr, sahen, wie ein Mann und ein Junge auf einer grünen Verandaschaukel ihre Angelausrüstung auslegten. Emily sagte: »Da kann er lange warten.«
»Wer?«
»Robert Roberts. Brindle ist nach Baltimore zurückgefahren.«
»Wirklich?«
»Billy hat sie nach Ocean-City zum Bus gebracht.«
»Aber ihr Auto steht bei uns vor der Tür!«
»Sie will es nicht mehr haben, hat sie gesagt.«
»Oh«, sagte Morgan. Er dachte darüber nach. »Dann ist sie zu mir nach Hause gefahren, oder?«
»Ich habe sie nicht gefragt«, sagte Emily.
»Das geschieht ihm recht«, sagte Morgan. »Ich war zwar bisher auf seiner Seite, weil es mir gefiel, wie er bei uns an der Tür geklingelt und ihr Rosen mitgebracht hat, aber heute, diese Sache mit dem Meer... Also nein. Die Leute glauben, daß sie einen dadurch an sich binden können. Sie fügen sich selber Schaden zu und glauben, wir würden die Verantwortung dafür übernehmen. Aber sie unterschätzen uns. Das machen sie sich nicht klar. Brindle wird ihm niemals verzeihen.«
Emily schwieg. Er schaute auf sie hinunter. Sie lief neben ihm her und hielt die Kamera fest in einer blutleeren Hand. Er fand, sie

sah blaß und abgespannt aus. Wie hatte sie es geschafft, keinen Sonnenbrand zu bekommen? Sie war genauso lange am Strand gewesen wie alle anderen. Er wischte sich mit dem Ärmel den Schweiß von der Stirn. »Nun«, sagte er, »vermutlich findest du uns ziemlich anstrengend. Stimmt's?«
»Es war ein herrliches Wochenende«, sagte sie.
»Was?«
»Es war ein herrliches Wochenende.«
»Ja, also, das ist sehr nett von dir, aber… egal. Ich weiß, du bist etwas anderes gewöhnt. Unser Leben kennt keine geregelten Bahnen. Glaub nicht, daß ich das nicht weiß.«
»Es war herrlich. Ein richtiger Urlaub«, sagte Emily. »Nachdem dein Brief bei uns angekommen war, wurde ich ganz aufgeregt – ich bin losgegangen und habe uns allen etwas Neues zum Anziehen gekauft. Ich war seit Jahren nicht mehr am Meer. Seit meiner Schulzeit.«
»Ach ja, die Schulzeit«, sagte Morgan seufzend.
»Er sagt immer, daß wir zu beschäftigt sind. Er bleibt lieber zu Hause. Wenn wir keine Vorstellung geben, bleiben wir zu Hause. Manchmal glaube ich, es ist die reine Boshaftigkeit – er gibt mir damit zu verstehen: ›Du wolltest doch heiraten und seßhaft werden, oder? Also gut, wir werden uns jetzt nie wieder vom Fleck bewegen.‹ Es ist komisch: Ich hatte gehofft, ich würde ihm ähnlicher werden, irgendwie… aktiver, aber stattdessen ist er mir ähnlicher geworden. Wir sitzen die ganze Zeit zu Hause. Ich sitze immerzu an meiner Nähmaschine. Ich komme mir vor wie eine von den Märchenfiguren, die sich ständig abrackern müssen, wie die Tochter des Müllers, die aus Stroh Gold spinnen soll. Der Besuch hier war genau das richtige für uns – bei euch ist immer was los, wir haben uns keine Minute gelangweilt.«
»Ach Emily«, sagte Morgan. Er war ganz verlegen, und er hatte seine Zigaretten vergessen. Sie kamen an einem Mann vorbei, der auf der Vordertreppe seines Hauses rauchte, und Morgan zog den würzigen grauen Rauch tief ein. »Der Sonnenuntergang ist hier ganz anders«, sagte er. »Die Sonne versinkt langsamer und

ruhiger. Das Licht ist ganz – matt.« Er ging schneller. Emily hielt mit ihm Schritt. Sie bogen nach links ab und kamen zu einer Ladenzeile.

»Ich fühle mich von ihm in die Ecke gedrängt«, sagte sie. »Er tut immer so, als sei alles meine Idee gewesen, als sei allein ich für den Verlauf unseres Lebens verantwortlich, aber das stimmt nicht. Ich meine, was hätte ich denn tun sollen, wo *er* doch nur untätig herumsaß? Verrat mir das bitte!«

Morgan sagte: »Ich glaube ehrlich gesagt nicht, daß ich es hier noch einen Tag länger aushalte.«

»In Bethany?« fragte Emily. Sie schaute sich um. »Aber die Stadt ist wunderschön«, sagte sie.

»Sie riecht nach totem Fisch.«

»Was redest du da, Morgan?«

Sie kamen an dem mit gelben Netzen bespannten Schaufenster eines Andenkenladens vorbei, in dem stachelige, glasierte Trompetenschnecken aus Florida, zinngraue Sanddollar, in Briefbeschwerern eingelassene Seepferdchen und Pappdeckel voller Ohrstecker in Form von Seesternen und Delphinen ausgestellt waren. Sie stiegen ein paar verwitterte Holzstufen empor, und auf dem Weg zum Pier warf Morgan einen Blick in die getönte Fensterscheibe des Holiday-House-Restaurants. »Um Himmels willen«, sagte er.

Emily drehte sich zu ihm um.

»Schau her!« sagte er, während er seine Wangen betastete und die Glasscheibe anstarrte. »Wie alt ich bin! Ein richtiges Wrack! Ich... falle auseinander!«

Sie lachte.

»Also, ich finde das gar nicht komisch«, sagte er zu ihr.

»Mach dir keine Sorgen. Du siehst gut aus. Man hat immer dieses Gefühl, wenn man sich unvermittelt im Spiegel sieht.«

»Ja, aber jetzt sehe ich mich nicht mehr unvermittelt«, sagte er. »Und trotzdem! Schau her!«

Sie hörte auf zu lachen und sah ihn mitfühlend an. Aber natürlich konnte er nicht erwarten, daß sie ihn verstand. Ihre Haut schien mit einer dünnen Goldschicht überzogen zu sein. Die hellen

Strähnen ihres Haars glitzerten in der Sonne. Sie ging weiter, und einen Augenblick später folgte er ihr, befühlte jedoch weiterhin sein Gesicht mit den Fingerspitzen.

»Ich dachte, er wäre hier irgendwo«, sagte Emily, nachdem sie sich auf dem Pier umgeschaut hatte.

»Vielleicht ist er in ein Café gegangen?«

»Nein, so etwas würde er alleine nie tun.«

Das fand Morgan interessant. »Warum nicht?« fragte er. »Was ist denn dagegen einzuwenden?«

Sie gab keine Antwort. Sie legte ihre Hände auf das Geländer des Piers und schaute aufs Meer. Es war mindestens fünf Uhr, vielleicht auch später, und kaum jemand badete noch. Ein einsames weißes Styroporfloß tanzte auf den Wellen. Mehrere Paare gingen dicht am Wasser spazieren, und ihre saubere, trockene Kleidung verlieh ihnen das liebevoll umsorgte Aussehen von kleinen Kindern, die gerade aus dem Mittagsschlaf erwacht sind. An den Stellen, wo Familien tagsüber ihr Lager aufgeschlagen hatten, war der Sand von den Decken plattgedrückt, und überall standen verlassene Sandburgen mit eimerförmigen Türmen. Aber Leon war nirgends zu sehen. »Vielleicht ist er inzwischen wieder bei uns im Haus«, sagte Morgan. »Emily?«

Sie weinte. Tränen liefen ihr über die Wangen, während sie mit weit aufgerissenen Augen stur geradeaus blickte. »Na komm schon, Emily.« Er wünschte, Bonny wäre bei ihnen. Er legte ungeschickt einen Arm um Emily und sagte, was Bonny seiner Meinung nach gesagt hätte: »Na komm schon. Nimm's nicht so schwer«, sagte er zu ihr und nahm sie, als sie sich ihm zuwandte, in die Arme und sagte erneut: »Nimm's nicht so schwer, Emily.« Ihr Haar roch wie frischgewaschenes Leinen, das den ganzen Tag zum Trocknen in der Sonne gehangen hatte. Die Kamera, die sie an die Brust gedrückt hielt, lag eckig zwischen ihnen, aber ansonsten fühlte sie sich weich, zart und federleicht an. Sie wirkte nahezu körperlos. Ein Schmerz durchzuckte ihn, und wie durch einen Reflex drückte er sie fest an sich. Sein Kopf fühlte sich ganz leicht an. Sie holte tief Luft und machte sich von ihm los. »Warte, Emily!« stieß er mühsam hervor. »Laß es dir erklären, Emily«, aber sie lief weg und ließ Morgan taumelnd und mit schamrotem Kopf zurück, und ehe er die Folgen dieser neuerlichen Katastrophe mindern konnte, schaute er nach unten und sah, wie Leon, in die Abendausgabe der Zeitung vertieft, vorbeiging.

10

Das gute Wetter ließ sie ab Montag im Stich. Erst am Donnerstag schien die Sonne wieder, und da war es bereits zu spät. Alle, die noch in Bethany geblieben waren, gingen sich gegenseitig auf die Nerven. Billy und Priscilla reisten nach einem Krach vorzeitig ab – Priscilla fuhr mit Brindles Wagen. Louisa hatte einen Streit mit Kate wegen ein paar Blaubeermuffins, und Bonny erklärte Morgan, daß Louisa mit ihm im Pickup nach Hause fahren müßte. Sie würde auf keinen Fall beide zusammen in ihrem Auto mitnehmen. Aber Morgan wollte nicht, daß Louisa bei ihm mitfuhr. Er hatte sich darauf gefreut, die Fahrt alleine zu machen. Er wollte so früh wie möglich aufbrechen und unterwegs nicht anhalten. Er hatte sich vorgenommen, sobald er zu Hause angekommen war, Joshua Bennett, dem Antiquitätenhändler, einen Besuch abzustatten. Und vielleicht würde er danach in die Stadt fahren, um zu sehen, was in seiner Abwesenheit passiert war. Louisa paßte nicht in seinen Plan. Also warf er am Sonntagmorgen, als die anderen noch packten, die Encyclopedia auf die Ladefläche, sagte »Auf Wiedersehen, alle miteinander« und fuhr los. Bevor er von der schmalen Straße, an der das Ferienhaus lag, in Richtung Highway abbog, sah er im Rückspiegel, daß Kate ihm nachlief, Bonny laut rufend die Verandastufen herunterkam und Louisa in der Tür stand und mit einer Hand ihre Augen gegen die Sonne abschirmte. In dieser Familie war ein klarer Abschied ein Ding der Unmöglichkeit. Man zog immer einen Rattenschwanz hinter sich her.
Er fuhr ein bißchen schneller als erlaubt und wich sogar einmal auf den Standstreifen aus, um eine Autokolonne zu überholen. Bei Kent Narrows war ein kurzer Stau, aber auf der Bay-Bridge hatte er freie Fahrt, und er sauste beschwingt hinüber. Er er-

reichte Baltimore um elf und war um zwanzig nach elf zu Hause – lange vor Bonny und den anderen.
Der Vorgarten sah ungepflegt aus und war mit zusammengerollten Zeitungen übersät. Wegen der geschlossenen Jalousien war die Luft im Haus kühl und muffig. In der Diele lag ein Berg Post unter dem Briefschlitz. Brindle saß im Eßzimmer und legte eine Patience. Ihr Bademantel war voller Kaffeeflecken. Sie trommelte geistesabwesend mit den Fingern auf die Tischplatte, und dann legte sie einen Karo-Buben auf eine Pik-Dame. »Tut mir leid, daß ich die Zeitungen nicht reingeholt habe«, sagte sie, »aber ich wollte nicht aus dem Haus gehen, weil Robert Roberts fast die ganze Woche direkt vor der Tür in seinem Wagen saß.«
»Er gibt nicht auf, was?« sagte Morgan. Er setzte sich neben sie, um die Post durchzusehen.
»Ich konnte noch nicht einmal Milch holen oder Brot kaufen, daher mußte ich mit dem vorlieb nehmen, was im Haus war. Ich habe hauptsächlich von Sardinen und Cornedbeef gelebt. Ich fühle mich wie in einem U-Boot: ich habe einen Heißhunger auf frischen Salat. Aber es war gar nicht so schlimm. Es hat mir nichts ausgemacht, Morgan. Ich mußte an unsere Kindheit denken, an die Zeit, als wir arm waren«, sagte sie, und ihre Hand, die eine Kreuz-Zehn hielt, verharrte in der Luft. »Glaubst du nicht auch, daß wir damals, obwohl wir es schwer hatten, in gewisser Weise glücklicher waren?«
»Wenn du mich fragst, haben wir es immer noch schwer«, sagte Morgan.
Der elegante blaue Umschlag mit Priscillas Absender enthielt bestimmt einen Dankbrief. Er hatte keine Lust, ihn zu lesen. Er wandte sich einem dickeren, vielversprechender aussehenden Umschlag zu und riß ihn auf. Er enthielt, eingewickelt in einen Brief, einen Stapel Fotografien. Morgan schaute auf die Unterschrift: Emily. Und was schrieb sie? *Lieber Morgan, liebe Bonny* (ihre saubere, schräge Handschrift wirkte auf ihn gehemmt) *Nochmals vielen Dank für das schöne Wochenende. Ich hoffe, wir haben Euch nicht zu viele Umstände bereitet. Wir hatten es*

am Schluß so eilig, loszukommen, um auf dem Rückweg nicht in die Dunkelheit zu geraten, daß wir uns, glaube ich, gar nicht richtig verabschiedet haben. Aber es war sehr freundlich von Euch, uns einzuladen, und wir haben uns alle ganz …

Morgan verzog das Gesicht und wandte sich den Fotos zu. Er schaute sie flüchtig durch. Dann setzte er sich kerzengerade hin und betrachtete die Aufnahmen erneut. Er legte ein Foto auf den Tisch und dann ein anderes daneben und noch eins. Bonny, Robert, Brindle, Kate …

Jede Person war einzeln fotografiert und in ein bernsteinfarbenes Licht getaucht, das es in Bethany-Beach, Delaware bestimmt nicht gab. Bonny hatte die Arme vor dem Bauch gefaltet und zeigte ein strahlendes Lächeln. Robert Roberts glich in seinem geliehenen Hemd einem zufriedenen, frischgebackenen Ehemann, und auf Brindles Haut lag ein warmer Glanz, wie bei einem wertvollen Ölgemälde. Kate wirkte mit ihrem Schmollmund so verführerisch und geheimnisvoll wie eine exotische Frucht. Morgans in den Nacken geschobener Sombrero sah aus wie ein Heiligenschein, und die weißen Strähnen seines Barts verliehen ihm die Würde und die Gewichtigkeit einer in Stein gemeißelten Figur. Na ja, das lag nur am Film. Ein Sonderangebot, oder das Verfallsdatum überschritten, oder unterbelichtet.

Aber sie alle blickten ihn ganz unverwandt, vertrauensvoll und konzentriert an. Emily selbst, in Schwarz gehüllt und mit blassem Marmorteint, erwiderte seinen prüfenden Blick so freimütig, daß er sich einbildete, er könne durch ihre Augen hindurchsehen und erkennen, was dahinter lag, er könne sehen, was sie sah, wie sie seine Welt wahrnahm. Ein schwacher, heiterer Funke Hoffnung begann in ihm zu glühen. Immer und immer wieder ging er die Fotos durch, ordnete sie neu, breitete sie aus, legte sie beiseite und lächelte beglückt, seufzte und lachte, ohne auf den erstaunten Blick seiner Schwester zu achten: er war verliebt.

1976

1 Als der Frühling kam, fing Emily an, durch die Stadt zu laufen. Den ganzen Frühling und den ganzen Sommer über lief sie herum, durch enge Gassen, schäbige Parkanlagen und durch Läden, in denen es nach süß-sauer Eingelegtem und Knoblauch roch. Sie ging durch den Haupteingang hinein und durch den Hintereingang hinaus und befand sich plötzlich auf einer unbekannten Straße voller Lieferwagen, gestapelter Holzkisten und Bauarbeiter, die mit Preßlufthämmern das Pflaster aufrissen. Ihre Füße in den Ballettschuhen, die kaum ein Geräusch machten, folgten dem Rhythmus der Musik in ihrem Kopf. Sie mochte Songs über das Weggehen, über Frauen, die ihre Sachen packten und weggingen, und über Männer, die beim Aufwachen überrascht feststellten, daß das Bett neben ihnen leer war. *If you miss the train I'm on, you will know that I am gone*… Sie schlüpfte zwischen zwei Kindern hindurch, die aus einer Tüte Popcorn aßen. *One of these mornings, it won't be long, you'll call my name and I'll be gone*… Sie stieß gegen eine alte Frau mit einer Einkaufstasche voller Flaschen, bat nicht um Entschuldigung, lief weiter. *I know you, rider, going to miss me when I'm gone*… auf und davon, auf und davon: ihre Schuhe griffen den Takt auf. Anfangs lief sie mit energischem Schritt, aber mit jedem Tag wurde ihr Gang weicher; nach und nach ging sie langsamer, eine Mattigkeit überkam sie, und sie wurde allmählich ruhig. Sie dachte daran, wie Leons Jackett sich über der breiten, sanften Einbuchtung zwischen seinen Schulterblättern spannte. Wie ausgereift seine Worte klangen – überzeugender als die anderer Leute, mit ruhiger, gewichtiger Stimme gesprochen. Wie er immer die Lippen geschlossen hielt, nicht fest zusammengepreßt,

sondern entspannt und weich, und wie ihr das aus irgendeinem Grund den Eindruck vermittelte, daß in seinem Innern geheime Dinge vorgingen.

Sie seufzte und schlug schließlich doch den Weg nach Hause ein.

Auf ihren Spaziergängen folgte ihr oft Morgan Gower – ein breitkrempiger Lederhut und ein wirrer Bart. Er lief mit federnden Schritten hinter ihr her. Manchmal blieb sie stehen und wartete, bis er sie eingeholt hatte. Aber dann benahm er sich wie eine Nervensäge. Sein Verhalten ihr gegenüber hatte ein neues Stadium erreicht. Er hatte eine neue Marotte entwickelt, die zwar harmlos, aber äußerst lästig war. Er erklärte sich ihr an den unmöglichsten Orten – stand mitten in der Fischmarkthalle am Broadway vor ihr, breitete die Arme aus und schaute sie freudestrahlend an: »Letzte Nacht habe ich geträumt, du seist mit mir ins Bett gegangen.« Sie schnalzte mit der Zunge und ging weiter. Sie marschierte hinaus auf die Straße, bog in eine Gasse ein, lief an einem knirschenden Müllwagen vorbei, und Morgan folgte ihr, hielt jedoch einen gewissen Abstand. Sein Hut glitt rotierend wie eine fliegende Untertasse um die Häuserecken, während Morgan darunter über den Bürgersteig schlenderte. Sie blickte sich um und mußte lachen. Dann wandte sie sich schnell wieder ab, aber es war ihm nicht entgangen; sie hörte, wie er ebenfalls lachte. War ihm nicht klar, was ihr im Kopf herumging? Die Gedanken an Leon hingen bedrohlich über ihr, als wandere sie unter einer dunklen Wolke. Zuerst im Marschtempo, dann im Schlenderschritt, maß sie die Windungen und Knoten des Lebens mit Leon aus. Die Liebe war eine ernste Angelegenheit. Aber Morgan kam einfach daher und lachte. Sie gab sich geschlagen und blieb wartend stehen. Als er bei ihr angekommen war, zeigte er auf eine Neonreklame über ihren Köpfen. »Sieh mal! *La Trellas Pension. Zimmer wochenweise oder tageweise!* Laß uns einfach raufgehen.«

»Also wirklich, Morgan.«

Und auch in Leons Gegenwart – war Morgan eigentlich noch bei Trost? –, in Gegenwart des finster blickenden Leon sagte er:

»Emily, hol deine Zahnbürste. Wir hauen ab.« Sobald irgendwo Musik zu hören war – aus einem Autoradio auf der Straße –, legte er eine Hand um ihre Taille und tanzte mit ihr. Er tanzte andauernd. Er schien die Füße nicht stillhalten zu können. Sie hatte ihn noch nie so albern erlebt.

Leon nahm ihn zum Glück nicht ernst. »Du würdest dich wundern, was du dir mit ihr einhandelst«, sagte er zu Morgan.

Trotzdem sagte sie: »Morgan, mach bitte vor Leon nicht solche Witze. Was soll er bloß denken?«

»Was er denken soll? Daß ich dich ihm wegnehmen will«, sagte Morgan und lief in der Küche herum, wo Emily gerade das Geschirr abwusch. Er öffnete der Reihe nach alle Schränke. »Was willst du mitnehmen? Diese Teller hier? Diese Schüssel? Diesen Halbliter-Plastiksaftkrug?«

Sie legte ihre seifigen Hände auf den Rand des Spülbeckens und sah ihn an. »Morgan«, sagte sie. »Bist du niemals unsicher?«

»Nun ja«, sagte er.

Er schloß eine Schranktür. Er strich sich über den Bart.

»Das ist eine interessante Frage«, sagte er. »Ich bin froh, daß du mir diese Frage stellst. Tatsache ist ... ehm, doch, manchmal schon.«

Sie kniff die Augen zusammen. »Wirklich?«

»Tatsache ist«, sagte er, »in deiner Gegenwart: doch, da kommt es manchmal vor.«

Er stand vor ihr und lächelte. Er hatte etwas Unbeholfenes an sich, und sie sah plötzlich, wie er als Junge gewesen sein mußte – einer von diesen linkischen Jungen, die keine Ahnung haben, worüber sie mit einem Mädchen sprechen sollen; oder die vielleicht aus Nervosität zuviel reden – die zwanghaft die gesamte Handlung eines Spielfilms erzählen oder genau erklären, wie ein Verbrennungsmotor funktioniert. Sie war verblüfft; so hatte sie ihn sich nie vorgestellt. Aber wahrscheinlich täuschte sie sich, denn einen Augenblick später war er schon wieder der Morgan, den sie kannte: ein leicht ergrauter, augenzwinkernder Clown, der gerade in ihrer Küche einen Steptanz hinlegte.

Wenigstens konnte er sie zum Lachen bringen.

2 Sie lief den ganzen Sommer hindurch in den Herbst hinein. Natürlich tat sie auch noch andere Dinge – gab Puppentheatervorstellungen, nähte Kostüme, kochte, half Gina bei den Hausaufgaben. Aber nachts, wenn sie die Augen schloß, sah sie ein Gewirr von Straßen und Autos, ähnlich wie zwanghafte Schachspieler im Traum Schachbretter sehen. Die kleinsten Einzelheiten kehrten zurück – das Klappern eines Gullideckels unter dem Fuß eines Passanten, das Glitzern von Marienglas in einer Betonfläche und die altertümlichen Feuerhydranten, die wie verkrüppelte Babys ihre Armstümpfe ausstreckten. Sie öffnete die Augen, setzte sich im Bett auf und klopfte das Kissen zurecht. »Was ist los?« fragte Leon dann häufig.

Es gab darauf beliebig viele Antworten, die alle zutrafen. Manchmal sagte sie, sie habe das Gefühl, daß mit ihrer Ehe etwas nicht stimme, daß sie aus dem Lot geraten sei. Sie könne nicht genau sagen, woran es lag. Schon möglich, sagte Leon, aber was sollte er dagegen tun? Er glaube nicht, sagte er, daß es auf der Welt etwas gab, das sie glücklich machen würde. Es sei denn, es gelänge ihr, sämtliche Planeten des Sonnensystems nach ihrer Vorstellung neu zu ordnen, ohne daß auch nur ein einziger aus der Reihe tanzte. Was erwartete sie eigentlich von ihm, wollte er wissen. Sie schwieg.

Oder manchmal sagte sie, sie mache sich Sorgen um Gina. Sie war viel zu ernst für ein neunjähriges Kind, sagte sie. Es brach ihr das Herz, wie präzise sie die Stimmungen ihrer Eltern wahrnahm, sie aus der Entfernung beobachtete und jeden Streit zwischen ihnen zu schlichten suchte. Aber Leon meinte, Gina sei eben kein kleines Kind mehr. Alles ganz natürlich, sagte er. Laß sie nur, sagte er.

Außerdem, sagte Emily, liefen ihre Vorstellungen nicht mehr so gut wie früher. Bei jedem Stück ging irgend etwas schief – die Figuren fielen sich gegenseitig ins Wort, bewegten sich nicht im Einklang miteinander, sprachen holprig oder verpaßten ihren Einsatz und schauten dumm aus der Wäsche. Die Geschichten zerfielen in einzelne Textsplitter. Wenn Aschenputtel mit dem Prinzen tanzte, umschlangen sich ihre Stoffkörper, aber die

Hände in den Puppen schreckten voreinander zurück. Emily glaubte, die Zuschauer würden es merken. Sie war ganz sicher. Leon meinte, das sei lächerlich. Sie verdienten mehr Geld als je zuvor; sie mußten sogar Auftrittsangebote ablehnen. Alles lief prächtig, sagte Leon.

Im Schlaf träumte sie, sie ginge einen Bürgersteig entlang, der sich wie ein Karussell um sich selbst drehte, und als sie aufwachte, war sie davon ganz erschöpft.

Oft, wenn sie etwas mit der Hand zu nähen hatte, verbrachte sie den Vormittag unten bei Crafts Unlimited. Sie saß auf einem Hocker hinter dem Tresen und hörte beim Nähen Mrs. Apple zu. Mrs. Apple kannte unzählige Kunsthandwerker und deren interessante, ungewöhnliche Lebensläufe, und sie erzählte und erzählte, in ihrer vergnügten Art, und stellte dabei Verbindungen zwischen Leuten her, von denen Emily nie gehört hatte. Emily entspannte sich, sie blühte förmlich auf. Sie sah zu, wie gutgekleidete Großmütter ihre Puppen kauften. Einmal erschien Mrs. Apples Sohn Victor, der jetzt in Washington lebte, unerwartet im Laden. Er hatte sich spontan entschlossen, seine Mutter zu besuchen. Er war dicker geworden und hatte seinen Schnurrbart abrasiert. Seine Frau, ein hübsches Mädchen mit seidig blondem Haar, trug ihren kleinen Sohn auf dem Arm. »Sieh an, sieh an«, sagte Victor zu Emily und steckte die Daumen in die kleinen Taschen seiner Weste. »Du machst also immer noch Puppen.«

Sie hatte das Gefühl, sich verteidigen zu müssen. »Ja«, sagte sie, »aber sie sehen jetzt ganz anders aus. Eine völlig andere Machart.«

Doch als sie von ihrem Hocker glitt und zu einem Tisch hinüberging, um ihm einen König mit mürrischem Gesicht zu zeigen, war ihr bewußt, wie langweilig er sie finden mußte – sie wohnte immer noch im selben Haus, ging derselben Beschäftigung nach, kleidete sich auf dieselbe Art. Ihr wurde plötzlich klar, daß die Zöpfe auf ihrem Kopf schon fast zu Stein erstarrt sein könnten. Hätte sie sich nur nicht von Morgan Gower überreden lassen, wieder Ballettschuhe zu tragen. Wenn wenigstens Gina hier wäre – *sie* war eindeutig eine Veränderung in Emilys Leben. Victor wippte leicht auf den Fußballen, während er den König betrachtete. Melissa, dachte Emily unvermittelt. Melissa Tibbett – so hieß das Geburtstagskind, für das sie ihre allererste Vorstellung gegeben hatten. Victor hatte damals mit quäkender Stimme den Vater gespielt, der seine Töchter fragt, was er ihnen von seinen Reisen mitbringen soll. Melissa mußte inzwischen ein Teenager sein – mindestens sechzehn Jahre alt; schon lange aus dem Puppenalter heraus. Emily legte den König auf den Tisch zurück und strich seinen Samtumhang glatt.

»Und Leon?« fragte Victor. »Spielt der am Theater?«

»O nein, nicht sehr viel. Nein, zur Zeit nicht besonders viel«, sagte sie.

Er nickte. Sie verabscheute seinen wissenden Blick.

An diesem Nachmittag zog sie einen Pappkarton aus dem Schrank und packte ihre Marionetten aus. Sie experimentierte schon seit einigen Jahren mit Marionetten. Die Herausforderung reizte sie: sie waren schwieriger zu handhaben. Sie hatte ein eigenes Fadensystem entwickelt. Die Puppen hingen an einem einfachen Kreuz aus Eisstielen. Zwei Fäden bewegten die Hände, zwei die Knie und jeweils einer den Kopf und das Becken. (Auf Jahrmärkten hatte sie Puppen an doppelten und dreifachen Kreuzen gesehen, mit einem halben Dutzend zusätzlicher Fäden, aber diese Konstruktionen waren ihr nicht besonders zweckmäßig vorgekommen.) Sie nahm ein Rotkäppchen in die Hand, ihre gelungenste Arbeit, und ging damit ins Wohnzimmer. Leon saß auf dem Sofa und las die Zeitung. Gina schrieb einen Aufsatz für die Schule. »Seht mal her«, sagte Emily.

Leon schaute auf. Dann sagte er: »O Emily, nicht schon wieder diese Marionetten.«

»Aber sieh doch, wie leicht es geht!«

Sie ließ Rotkäppchen über den Fußboden hüpfen, dann auf das Sofa und auf Ginas Schoß. Gina kicherte. Dann tänzelte Rotkäppchen davon und schwenkte dabei den kleinen gelben Korb, der geschickt an ihrem Arm angebracht war. »Na, was hältst du davon?« fragte Emily Leon.

»Sehr hübsch, aber nichts für uns«, sagte Leon. »Emily, unsere alten Puppen können das auch und noch einiges mehr. Sie können den Korb abstellen und wieder aufheben. Bei ihnen sind keine Fäden im Weg.«
»Ach, es ist genau dasselbe wie mit meinen Schattenpuppen. Du willst einfach nichts Neues ausprobieren«, sagte sie. »Ich habe die alten Puppen satt.«
»Na und?« fragte er. »Du kannst nicht einfach jedesmal die Welt auf den Kopf stellen, wenn du sie satt hast.«
Sie packte die Marionetten wieder in den Karton. Sie machte einen Spaziergang, obwohl sie sich eigentlich um das Abendessen kümmern sollte. An der Ecke Crosswell-Street und Hartley-Street blieb sie an einer roten Ampel stehen, und Morgan Gower tauchte neben ihr auf. Er trug einen auffälligen schwarzen Anzug, ein Hemd mit Stehkragen und eine uralte, schäbige Melone. Er verbeugte sich und tippte mit dem Finger an seinen Hut. Sie mußte lachen. Ein Grinsen machte sich unter seinem Bart breit, aber er schien zu merken, in was für einer Stimmung sie war, und sprach sie nicht an. Als die Ampel grün wurde, fiel er wieder ein Stück zurück. Dennoch war sie sich seiner Gegenwart bewußt – er folgte ihr in angemessenem Abstand, summte ein kleines Lied und paßte auf sie auf.

3 Im Oktober rief Claire, Emilys Kusine zweiten Grades, an, um ihr mitzuteilen, daß ihre Großtante im Schlaf gestorben war. Sie hatte ihre sterbliche Hülle der Anatomie vermacht, sagte Claire (Tante Mercer hätte genau dieselben Worte benutzt), aber trotzdem würde im Gemeindehaus eine Messe für sie gelesen werden. Emily fühlte sich verpflichtet hinzufahren. Es war zwölf Jahre her, seit sie Tante Mercer zum letztenmal gesehen hatte – das war noch vor ihrer Hochzeit gewesen. Seitdem hatten sie sich nur jedes Jahr zu Weihnachten eine Karte geschrieben, mit höflichen, gutgemeinten Wünschen. Jetzt hinzufahren war natürlich sinnlos; aber trotzdem sagte Emily eine Vorstellung ab, ließ

Gina bei Leon und machte sich in dem Volkswagen auf den Weg nach Süden.

Sie hatte ein bißchen Angst vor der vierstündigen Fahrt, aber sobald sie auf der Autobahn war, fühlte sie sich großartig. Die Luft erschien ihr dünner und leichter. Sie war sogar von dem dichten Verkehr angenehm überrascht – so viele Menschen, die in ihren Wagen rasch dahinglitten! Zweifellos waren sie Tag und Nacht hier draußen, umkreisten unermüdlich den Planeten, und jetzt gehörte sie endlich zu ihnen. Sie lächelte jeden Fahrer an, den sie überholte. Sie war fasziniert von den fremden Welten, in die sie für einen Moment Einblick gewann – Landkarten und ausgestopfte Tiere hinter den Heckfenstern; ein Beifahrer, der mit offenem Mund schlief; zwei Kinder, die ihren Hund kämmten.

Sie verließ die Autobahn und fuhr über immer schmalere, kurvenreiche Straßen, die zuerst durch fruchtbares Ackerland, dann durch ärmliche Wohngegenden führten, vorbei an ungestrichenen Baracken, auf deren Dächern es von Fernsehantennen wimmelte und in deren Gärten Autowracks und aufgebockte Anhänger herumstanden. Dann brauste sie durch rötlichbraunes Waldland, wo im Unterholz ausrangierte Möbelstücke lagen. Am frühen Nachmittag kam sie in Taney an. Die Stadt war noch immer so klein, daß ihr mehrere der Männer, die vor der Shell-Tankstelle herumlungerten, bekannt vorkamen – sie schienen nicht einmal älter geworden zu sein; sie sahen aus wie gemalt, mit ihren selbstgedrehten Zigaretten in der Hand und dem verträumten Gesichtsausdruck. (Ihre Namen kamen Emily nach und nach wieder in den Sinn: Shuford und Grindstaff und Haithcock. Sie hatte sie all die Jahre im Gedächtnis behalten, ohne sich dessen bewußt zu sein.) Herbstlaub fegte die Main-Street entlang. Sie bog in die Erin-Street ein und parkte vor dem niedrigen kleinen Haus, in dem sie und ihre Mutter mit Tante Mercer gewohnt hatten.

Der Garten lag im Schatten riesiger alter Bäume. Es gab dort keinen Rasen – nur vereinzelte Stellen mit Wegerich, ein paar Unkrautranken, die sich aus einer Betonschale heraus ihren Weg über den klumpigen, orangefarbenen Boden bahnten, und eine laubbedeckte Buchsbaumhecke, die einen stechenden, düsteren

Geruch verströmte. Wo waren Tante Mercers Blumenbeete geblieben? In ihrem Garten hatte immer etwas geblüht, selbst zu dieser späten Jahreszeit. Emily stieg die Stufen zur vorderen Veranda hinauf und blieb stehen, unsicher, ob sie klopfen oder einfach eintreten sollte. Da ging die Tür auf, und Claire sagte: »Emily, meine Liebe!«

Sie hatte sich nicht verändert. Sie war füllig und lächelte freundlich. Ihre grauen Locken waren über der Stirn und im Nacken zu zwei runden Büscheln zusammengesteckt. Sie trug ein geradegeschnittenes, marineblaues Kleid aus festem Stoff, in das sie nur knapp hineinpaßte, und klobige, an den Zehen offene schwarze Schuhe. »Liebes, komm doch herein! Wo ist denn deine Familie?«

»Die habe ich zu Hause gelassen«, sagte Emily.

»Zu Hause gelassen! Bist du den ganzen Weg alleine gefahren? Und wir hatten so fest damit gerechnet, dein Töchterchen kennenzulernen...«

Emily konnte sich Gina in diesem Haus nicht vorstellen. Es war unmöglich; sie paßte einfach nicht hierher. Emily folgte Claire durch den Flur, in dem es nach alten Zeitungen roch, ins Wohnzimmer. Der Raum war angefüllt mit schweren, dunklen Möbeln, und Emily hätte die beiden Personen, die auf dem riesigen braunen Sofa saßen, beinahe übersehen. Es waren Claires Mann Claude und Tante Junie, Claires Mutter, eine massige alte Frau, die ebenfalls dort lebte. Sie waren beide keine Blutsverwandten von Emily, aber sie beugte sich trotzdem zu ihnen hinunter und küßte sie auf die Wangen. Sie hatte sie zuletzt gesehen, als ihre Mutter gestorben war, und damals hatten sie auch dort auf dem Sofa gesessen. Sie könnten die ganze Zeit über dort gesessen haben – verlassen und in sich zusammengesackt, wie zwei riesige Stoffpuppen. Als Claude den Arm hob, um ihr auf die Schulter zu klopfen, blieb sein restlicher Körper in den Polstern versunken; dadurch wirkte sein Arm überdimensional lang und von seinem Rumpf losgelöst. Tante Junie sagte: »O Emily, sieh dich nur an, wie erwachsen du geworden bist...«

Emily setzte sich zwischen die beiden aufs Sofa. Claire nahm auf einem Schaukelstuhl Platz. »Hast du schon gegessen?« fragte sie Emily. »Möchtest du dich frischmachen? Willst du eine Cola? Ein Glas Buttermilch?«

»Nein, danke«, sagte Emily. Sie fühlte sich geradezu sündhaft wohl, größer und stärker und zufriedener als sie alle drei zusammen. Sie faltete die Hände über ihrer Handtasche. Einen Moment lang herrschte Schweigen. »Schön, wieder hier zu sein«, sagte sie dann.

»Tante Mercer würde sich bestimmt freuen, meint ihr nicht auch?« fragte Claire.

Das brachte die Unterhaltung in Gang; sie hatten ein Thema gefunden. »Oh, sie wäre einfach entzückt, dich hier sitzen zu sehen«, sagte Tante Junie.

»Ich wünschte, sie könnte es noch erleben«, sagte Claire. »Ich wünschte, du hättest kommen können, bevor sie von uns ging.«

»Wenigstens hat sie nicht leiden müssen«, sagte Claude.

»Ja, das stimmt. So ein Tod ist nicht jedem vergönnt.«

»Wenn sie schon sterben mußte, dann war es so am besten.«

Claire sagte: »Sie hatte solche Schwierigkeiten mit den Gelenken; du machst dir keine Vorstellung, Emily. Sie waren von der Arthritis so angeschwollen, daß es aussah, als hätte sie überzählige Knöchel. Manchmal schaffte sie es kaum, sich etwas zu kochen, aber du weißt ja, wie sie war: Sie ließ sich nicht unterkriegen. Manchmal konnte sie nicht mal die Knöpfe an ihrem Mantel zuknöpfen oder eine Telefonnummer wählen, und Mama mit ihrem schlimmen Ellbogen... ich habe öfters gesagt: ›Tante Mercer, laß mich doch eine Weile zu euch ziehen‹, aber sie sagte: ›Nein, nein, ich komme schon zurecht.‹ Sie wollte immer alles selber machen. Niemand anders durfte ihre Katze füttern; sie behauptete, das Tier würde nur von ihr etwas annehmen, aber das hat sie sich natürlich nur eingeredet. Und sie bestand darauf, ihre Briefe selber zu schreiben. Zu Weihnachten – weißt du noch, Emily? Da hat sie dir immer geschrieben, mit der Hand. Und sie hat immer eine Kleinigkeit für das Baby mitgeschickt. Und zu Ostern hat sie uns jedes Jahr zum Essen eingeladen. Sie hat alles alleine gemacht. Hat das Silberbesteck geputzt, den Tisch gedeckt… und sie machte es immer mehrere Tage im voraus, falls ihre Arthritis, du weißt schon… Ich kam mal am Karfreitag vorbei, und der Tisch war festlich gedeckt, mit Tischtuch und dem guten Geschirr. Ich sagte: ›Tante Mercer, was hat denn das hier zu bedeuten?‹ ›Ich will nur sichergehen, daß alles rechtzeitig fertig ist‹, sagte sie, ›deine Mutter kann mir mit ihrem schlimmen Ellbogen nicht viel helfen, und ich bereite gerne beizeiten alles vor.‹ Weißt du, sie sprach nie über ihre Arthritis. Wir haben erst vom Arzt erfahren, was los war; er sagte: ›Sie hat große Schmerzen; sie läßt sich nur nichts anmerken.‹ Sie wollte uns nie zur Last fallen, wollte nie Hilfe von anderen annehmen. So gesehen ist es vielleicht ganz gut, daß Gott sie zu sich genommen hat.«

»O ja, es ist das beste so«, sagte Tante Junie.

Claude sagte: »Sie wurde erlöst.«

»Ich hätte früher herkommen sollen«, sagte Emily. »Ich hatte ja keine Ahnung. Sie hat in ihren Briefen nie etwas davon erwähnt.«

»Ja, ja, so war sie eben.«

»Aber sie wäre stolz, wenn sie wüßte, daß du jetzt gekommen bist«, sagte Tante Junie.

»Du willst sicher ihre Sachen durchsehen – sie hat so viele hübsche Sachen, und sie hätte bestimmt gewollt, daß du sie bekommst«, sagte Claire.

»Ich habe keinen Platz im Auto«, sagte Emily. Aber plötzlich hatte sie das Gefühl, sie würde gern das ganze Haus besitzen – die Tapete mit dem Muster aus taillierten Blumenkörben, den Teppich, der immer gegen den Strich gebürstet war, den Stöckelschuh aus Porzellan mit den pastellfarbenen Porzellanrosen darin. Sie stellte sich vor, wie es wäre, hier einzuziehen. Ihr einstiges Leben wieder aufzunehmen, morgens ihren Kakao aus dem selleriegrünen Glasbecher zu trinken, den sie in einer Cornflakes-Schachtel gefunden hatte, als sie acht Jahre alt war. Und als Claire sagte: »Aber ihre Anstecknadel aus Jade kannst du mitnehmen, Emily, die nimmt überhaupt keinen Platz weg«, hatte sie die Anstecknadel sofort vor Augen. Sie war an einer Seite mit

angelaufenen goldenen Blättern eingefaßt, und die Jade hatte eine holzartige Maserung. Emily war verblüfft darüber, wie viele Einzelheiten ihr im Gedächtnis haften geblieben waren. Ebenso wie die Shufords, die Grindstaffs und die Haithcocks lebte auch Tante Mercers Haus in ihr weiter, jede der verzogenen Dachschindeln und kleinen Fensterscheiben, ganz gleich, ob sie sich diese Dinge jemals in Erinnerung rief oder nicht. Sie würde die Anstecknadel Tante Junie vermachen, denn die trug solchen Schmuck, aber in gewissem Sinne würde sie für immer ihr gehören, und irgendwann, vielleicht in fünfzig Jahren, beim Spazierengehen oder kurz vor dem Einschlafen, würde sie flüchtig und beinahe unbemerkt vor ihrem geistigen Auge aufblitzen.
»Selbst dafür habe ich keinen Platz«, sagte sie.
Dann spreizte sie ihre Hände und betrachtete sie – ihre ausgetrockneten, weißen Handrücken, den goldenen Ehering, der so dünn wie Draht war.
Um vier Uhr standen sie auf und machten sich fertig, um zum Gemeindehaus zu gehen. Obwohl es ein warmer Tag war, zogen sie alle dicke Mäntel und Schals an. Sie halfen sich gegenseitig, wie gebrechliche alte Leute. Claire rückte Claudes Kragen zurecht und strich sein Revers glatt. »Hast du gar nichts zum Überziehen, Liebes?« erkundigte sich Tante Junie bei Emily. »Dein... wie nennt man das... Rock und Oberteil sind doch viel zu dünn. Soll ich dir einen Pullover geben? Du wirst dich noch erkälten.«
Aber Emily schüttelte den Kopf.
Auf der Erin-Street begegneten ihnen dann doch ein paar junge Leute. Sie trugen enge Jeans und modische Samtblazer, die auch in Baltimore gerade sehr beliebt waren. Diese Stadt war gar nicht so hinterwäldlerisch, wie Emily geglaubt hatte. Aber das Gemeindehaus der Quäker (es war das einzige in Taney County), ein flaches, graugestrichenes Holzhaus hinter der Baptistenkirche, sah noch genauso klein und ärmlich aus wie früher. Die Leute, die jetzt darauf zugingen, waren ausnahmslos alt. Sie hatten sich gegenseitig untergehakt und stiegen murmelnd die Vordertreppe hinauf. Emily hatte gehofft, ihre Freunde aus der Sonntagsschule zu treffen – sie waren dort selbst in den besten

Zeiten höchstens zu fünft gewesen –, aber sie mußten inzwischen weggezogen sein. Niemand der Anwesenden war unter fünfzig. Sie nahm auf einer der schlichten Holzbänke zwischen Tante Junie und Claude Platz. Sie sah sich in dem kleinen Raum um und zählte vierzehn Personen. Eine weitere Person trat ein und schloß die Tür hinter sich. Plötzlich herrschte eine Stille im Raum, die der Stille auf einem Segelboot glich, wenn der Motor abgestellt wird.

Mit dieser Stille war Emily aufgewachsen. Es war keine völlige Stille, sondern eine tickende, atmende Stille, die ab und zu von kleinen Geräuschen durchbrochen wurde – Stoffgeraschel, Füßescharren, einem Räuspern, dem Kramen in einer Handtasche oder dem Hantieren mit einem Hustentropfenfläschchen. Sie versprach sich nichts von dieser Stille. (Sie war noch nie religiös gewesen.) Sie fragte sich zum hundertsten Mal, was das staubige rote Glasgefäß auf dem Mauervorsprung über dem Ostfenster darstellen sollte. Es war fast bis zum Rand mit etwas gefüllt, das wie Wachs aussah. Vielleicht war es eine Kerze. Zu diesem Ergebnis kam sie jedesmal. (Aber zuerst dachte sie an etwas Lebendes: Pilzkulturen, Joghurt, Brotteig – eine gärende Masse, die sich von alleine vermehrt.) Emily versuchte, alle Bundesstaaten der USA aufzuzählen. Es gab vier, die mit A anfingen, zwei mit C... aber die mit M waren schwierig; davon gab es zu viele: Montana, Missouri, Mississippi...

Ein alter Mann mit schütterem Haar erhob sich und blieb auf seinen Stock gestützt stehen. »Mercer Dulaney«, sagte er, »ist einmal bei wahrem Rheumawetter vier Kilometer weit gelaufen, um meine Hunde zu füttern, als ich zu Besuch bei meiner Schwester in Fairfax County war. Daher werde ich jetzt ihre Katze zu mir nehmen und mich um sie kümmern, sofern sie sich einigermaßen mit meinen Hunden verträgt.«

Er setzte sich, suchte nach seinem Taschentuch und wischte sich über die Lippen. »Ach, ach«, sagte er. Es erinnerte sie an Morgan Gower; der sagte das auch manchmal. Sie war überrascht, daß sie an ihr anderes Leben dachte – an die Schnelligkeit, die Modernität, die hektischen Menschen, an die sie gewöhnt war. Sie dachte an Morgan, der auf der Straße hinter ihr herhetzte; an ihre Tochter (sie hatte eine Tochter!), die einem Autobus nachrannte; an Leon, der eine Handvoll Münzen auf den Schreibtisch warf, bevor er sich auszog. Sie dachte an ihre erste Begegnung mit Leon. Er war durch die Tür des Lesesaals der Bibliothek getreten, hatte dort in seinem Cordjackett gestanden und den Blick durch den Raum schweifen lassen, auf der Suche nach jemandem, hatte die Person nicht gefunden und sich zum Gehen gewandt; aber beim Umdrehen hatte sein Blick Emily gestreift, und er hatte innegehalten und sie noch einmal angesehen; dann hatte er die Stirn gerunzelt und war hinausgegangen. Erst eine Woche später hatte sie ihn tatsächlich kennengelernt. Aber jetzt kam es ihr vor, als sei ihr Leben in dem Augenblick, als er den Lesesaal betrat – schwungvoll, ein einziges Buch in den Händen (ihr waren seine feingliedrigen, braunen Finger und die strahlend weißen Manschetten aufgefallen) –, plötzlich in Bewegung geraten. Damals war alles in Gang gekommen, als griffen die Zahnräder eines komplizierten Getriebes endlich ineinander, und war seitdem mit rasender Geschwindigkeit vorwärtsgeprescht. Erst jetzt, in diesem Raum, in dem die Zeit stillstand, hatte sie Gelegenheit, auf das Geschehene zurückzublicken. Du meine Güte! Ihre Mutter war gestorben! Ihre Mutter; sie hatte gar nicht richtig um sie getrauert. Sie dachte an das letzte Gespräch mit ihr, am Telefon im Aufenthaltsraum des Studentenwohnheims. (»Hier regnet es«, hatte ihre Mutter gesagt. »Aber ich will unsere kostbaren drei Minuten nicht mit Klagen über das Wetter vergeuden. Hast du den Rock bekommen, den ich dir geschickt habe? Aber du meine Güte, ich will auch nicht die ganze Zeit über Kleidung reden…«) Sie dachte an ihr Zimmer im Studentenwohnheim, mit den beiden schmalen Eisenbetten und dem weißen Stoffeinhorn auf ihrem Kopfkissen. Früher hatte sie Einhörner gesammelt; sie hatte diese Tiere sehr gemocht. Was war aus ihrer Einhornsammlung geworden? Ihre Zimmergenossin mußte sie haben, oder sie war bei einem Wohltätigkeitsbasar gelandet oder einfach weggeworfen worden. Und noch andere Dinge waren abhanden gekommen: ihre Lieblingsbücher, die sie mit aufs College genommen hatte, ihr Tagebuch, ihr Medaillon mit ihrem einzigen Foto von ihrem Vater, das ihn als lachenden jungen Mann zeigte. All das vermißte sie jetzt schmerzlich. Sie hatte das Gefühl, es sei ihr eben erst gewaltsam entrissen worden. Sie dachte an Tante Mercer, an ihr scharfgeschnittenes, geistreiches Gesicht mit dem langen, schmalen Kinn und dem blassen, klar umrissenen Mund, der ständig ein Lächeln zu unterdrücken schien. Ihr Tod war ein großer Verlust; sie fühlte sich ganz verloren ohne Tante Mercer.

»Als wir klein waren«, sagte Tante Junie, während sie sich ächzend erhob und ihre Handtasche in Emilys Schoß plumpsen ließ, »gingen wir immer gemeinsam in die Schule. Wir waren die beiden einzigen Mädchen aus der Quäkergemeinde, und wir hielten uns von den anderen fern. Nicht im Traum hätte ich damals gedacht, daß ich einmal ihren Bruder heiraten würde. Ich fand ihn einfach abscheulich. Wir schmiedeten Pläne, von hier wegzugehen, einfach abzuhauen. Wir wollten uns den Zigeunern anschließen. Damals gab es hier überall Zigeuner. Mercer bestellte ein Buch über das Kartenlegen, aber wir wurden nicht schlau daraus. Die Karten muß ich noch irgendwo haben, und auch die Drahtpuppen aus der Zeit, als wir vorhatten, in einer Jahrmarktsbude Puppentheater zu spielen, und ein Buch über Sprechtechnik, denn danach wollten wir Schauspielerinnen werden... und natürlich gab es auch eine Zeit, da wollten wir Reporterinnen werden. Weibliche Nachrichtenreporter. Aber aus alldem ist nichts geworden. Was hätten wir wohl gemacht, wenn wir damals gewußt hätten, wie alles kommen würde? Wenn jemand uns gesagt hätte, wie wir unser Leben *tatsächlich* verbringen würden – daß wir in Taney, Virginia, alt werden und sterben würden?«

Dann setzte sie sich, nahm ihre Tasche aus Emilys Schoß, schloß die Augen und wartete.

4 Sie aßen bei Claire zu Abend. Mitglieder der Gemeinde hatten Aufläufe und Obsttorten gebracht. An den Formen waren Klebe-Etiketten mit ihren Namen befestigt. Sie aßen nicht viel. Claude kaute auf einem Zahnstocher und sah sich etwas in einem tragbaren Fernseher an, der in der Küche stand. Er war ein gebildeter Mann, Zahnarzt von Beruf, aber er wirkte grobschlächtig und bäuerlich, dachte Emily, als er wiehernd über die Wiederholung einer Folge von »Unser trautes Heim« lachte. Claire stocherte in einem Stück Obsttorte herum. Tante Junie starrte auf ihren Teller und kaute auf der Unterlippe. Später, nach dem Abwaschen, gingen sie ins Wohnzimmer hinüber, wo ein größerer Fernseher stand. Um neun Uhr sagte Tante Junie, sie sei müde, und Emily begleitete sie nach nebenan in Tante Mercers Haus, wo auch Emily übernachten sollte.

»Wir werden das Haus wohl verkaufen«, sagte Tante Junie, während sie sich mühsam den Bürgersteig entlang schob. »Es hat wenig Sinn, zwei Häuser zu behalten.«

»Aber wo wirst du wohnen, Tante Junie?«

»Oh, ich werde zu Claire und Claude ziehen«, sagte sie.

Emily kam das Bild einer Pupille in den Sinn, die sich zusammenzog und immer dunkler wurde. Früher hatte die Familie drei Häuser bewohnt, vor langer Zeit, als Emilys Vater noch am Leben war.

Tante Junie schlurfte vor Emily durch die Haustür. Die Flurlampe warf einen runden, gelben Lichtschein. »Schau dich um und such dir ein paar Sachen aus, die du behalten möchtest«, sagte Tante Junie. »Ein paar von den Möbeln sind antik. Such dir aus, was du mitnehmen möchtest.«

Sie stützte sich auf Emilys Arm, und sie gingen ins Wohnzimmer. Emily schaltete das Licht an und betrachtete die Möbel. Jedes Stück warf einen scharfumrissenen Schatten – ein Tisch mit herunterklappbaren Seitenteilen, von denen das hintere ausgeklappt war und gegen die Wand stieß; ein Ohrensessel; ein Schreibtisch mit schlanken, geschwungenen Beinen, bei deren Anblick Emily früher immer an eine dünne Frau in hochhackigen Schuhen denken mußte. Sie hätte weiß Gott alles davon ge-

brauchen können. Wenn man ihr sonst einen Schreibtisch oder ein Sofa angeboten hätte, hätte sie gesagt: »Oh, vielen Dank, unsere Wohnung wirkt tatsächlich ein bißchen kahl.« Und möglicherweise hätte sie eine Anwandlung von Habgier überkommen. Aber jetzt, da sie in diesem Zimmer stand und diese Möbelstücke vor sich sah, wollte sie keines davon haben. Sie waren zu wuchtig, vielleicht mit einer zu dicken Schicht von Erinnerungen bedeckt; sie konnte es nicht genau erklären. Sie sagte: »Tante Junie, verkauf alles. Du weißt mit dem Geld bestimmt etwas anzufangen.«
»Nimm wenigstens eine Kleinigkeit mit«, sagte Tante Junie. »Emily, Liebes, du bist unsere einzige jüngere Verwandte. Du und deine kleine Tochter: ihr seid die einzigen, denen wir etwas vermachen können.«
Emily stellte sich vor, wie Gina lesend in dem Ohrensessel saß und sich eine Stirnlocke um den Finger wickelte, wie sie es immer tat, wenn sie in ein Buch vertieft war. (Ob sie schon im Bett lag? Hatte sie sich auch die Zähne geputzt? Wußte Leon, daß sie immer noch wollte, daß man ein Nachtlicht brennen ließ, auch wenn sie es nicht zugab?) Sie vermißte Ginas wachsame Augen und ihren feingeschnittenen, farblosen, spröde wirkenden Mund – Tante Mercers Mund. Die Ähnlichkeit wurde Emily erst in diesem Moment bewußt. Sie war perplex.
Tante Junie lief währenddessen im Zimmer herum, den verkrüppelten Arm auf ihre gesunde Hand gestützt. »Vielleicht diesen Porzellanschuh. Oder diese kleinen Messingaffen: »Nichts Böses sehen, hören…«
»Glaub mir, Tante Junie, wir führen nicht diese Art Leben«, erklärte Emily.
»Welche Art Leben? Was für ein Leben muß man denn führen, um ein paar Messingäffchen auf den Couchtisch zu stellen?«
»Wir *haben* gar keinen Couchtisch«, sagte Emily lächelnd.
»Dann nimm doch den von Mercer mit.«
»Nein. Vielen Dank.«
»Dann eben Schmuck, eine Armbanduhr, die Jadebrosche. Du kannst sie an deinen Kragen stecken.«

»Ich habe auch keinen Kragen«, sagte Emily. »Ich trage nur Trikots, und die sind aus gestrickter Baumwolle, daran kann man keine Anstecknadeln befestigen.«
Tante Junie drehte sich um und sah sie an. Sie sagte: »Ach, Emily, deine Mutter hat dich so hübsch eingekleidet, ehe du weggingst. Sie hat in der *Mademoiselle* nachgelesen, was man so trägt, und dir lauter hübsche Sachen fürs College genäht. Sie machte sich Sorgen, daß du nicht passend gekleidet wärst. Außer dir ging *keiner* aus deiner Klasse aufs College, keiner von diesen Baptisten, diesen Haithcocks und Biddix'. Du solltest hübsch aussehen und es ihnen allen zeigen, mit einer guten Ausbildung zurückkommen und jemanden heiraten, der gut zu dir ist, so wie meine Claire es gemacht hat; sieh dir doch meine Claire an. Und sie hat dir das hübsche Paisley-Kleid gemacht, mit dem kleinen weißen Kragen und den Ärmelaufschlägen. Also *da*ran hättest du eine Brosche stecken können. Sie sagte, du könntest es zur Versammlung tragen. Du sagtest: ›Mama, ich habe nicht vor, zur Versammlung zu gehen, und ich werde sowieso nur Jeans tragen. Ich gehe weg von hier‹, hast du gesagt, ›ich will endlich dazugehören, ich will nie wieder Außenseiterin sein.‹ Was für ein komisches kleines Ding du warst! Aber natürlich schenkte sie deinen Worten keine Beachtung, und das war auch richtig so, wie du siehst, völlig richtig. Also, ich weiß nicht, wie man das nennt: Trikot? Heißt es so? In Baltimore trägt man sicher so was, aber glaub mir, Emily, Liebes, es ist nichts gegen das Paisley-Kleid, das deine Mutter für dich genäht hat.«
»Das Paisley-Kleid gibt es nicht mehr«, sagte Emily. »Es ist zwölf Jahre alt. Es ist jetzt ein Putzlappen.«
Tante Junie wandte sich mit steinernem Gesicht ab. Sie wirkte tief verletzt. Sie tastete sich an den Möbeln entlang – Sessel, Schreibtisch, noch ein Sessel – erreichte das Sofa und sank in die Polster.
»Aber natürlich habe ich es damals getragen«, log Emily.
Sie stellte sich vor, daß es immer noch in ihrem Kleiderschrank im College hing, ein Geist, der an jede neue Klasse von College-Anfängerinnen weitergegeben wurde. (›Dieses Kleid gehörte Miss Emily Cathcart, die an einem Sonntag im April spurlos ver-

schwand. Die Verwaltung läßt noch immer den College-Teich absuchen. Man sagt, ihr Gespenst geht am Brunnen vor der Bibliothek um.‹)
Sie setzte sich neben Tante Junie. Sie ergriff ihren Arm und sagte: »Es tut mir leid.«
»Aber warum denn?« fragte Tante Junie heiter.
»Wenn du willst, nehme ich die Brosche mit. Oder eine andere Kleinigkeit, irgend etwas, oder – ich habe eine Idee: die Marionetten.«
»Die – ?«
»Drahtpuppen hast du sie genannt. Hast du nicht gesagt, du hättest sie aufgehoben?«
»Ja«, sagte Tante Junie ohne großes Interesse. »Irgendwo müssen sie sein.«
»Ich werde eine davon mit nach Hause nehmen.«
»Ach ja, du hast ja erzählt, daß du irgendwelche Kinderfeste veranstaltest«, sagte Tante Junie. Sie rückte ihren gelähmten Arm unter ihrem vorstehenden Busen zurecht. »Es war ein anstrengender Tag«, sagte sie.
»Soll ich dich ins Bett bringen?«
»Nein, nein, geh nur. Ich komme zurecht.«
Emily küßte sie auf die Wange. Tante Junie schien es nicht zu bemerken.
In dem Zimmer, das Emily früher mit ihrer Mutter bewohnt hatte – sie hatten so viel Zeit gemeinsam hier verbracht, daß Emily sich selbst jetzt nicht ganz allein fühlte –, legte sie ihren Rock ab und zog die Schuhe aus. Ihr eigenes Gesicht, jünger als heute und fast konturenlos, lächelte sie aus einem silbernen Rahmen auf dem Schreibtisch an. Sie löschte das Licht, schlug die Decke zurück und stieg ins Bett. Die Laken waren so kalt, daß sie sich feucht anfühlten. Sie schlang die Arme um ihren Körper, preßte ihre klappernden Zähne aufeinander und betrachtete das wohlbekannte Muster des Mondlichts auf dem Fußboden. Tante Junie machte sich anscheinend irgendwo im Haus zu schaffen. Schubladen glitten auf, Riegel klickten. Emily glaubte die Dielen des Dachbodens knarren zu hören. In was für einer bleiernen,

schwerfälligen Welt alte Leute doch lebten! Sie sank in einen von Traumfetzen durchzogenen Schlaf. Ihre Mutter schien das Zimmer umzuräumen. »Also, mal sehen, wenn der Sessel hier steht, der Tisch hier, und wir das Bett unter das Fenster schieben...« Emily setzte sich kurz auf und zog die Bettdecke über ihre Schultern, damit ihr wärmer wurde. Eine Eule schrie in den Bäumen. Als sie diesmal einschlief, war ihr, als stürze sie ins Bodenlose.
Sie erwachte und fand das Zimmer von einem perlgrauen, vormorgendlichen Licht erfüllt. Sie stand auf, taumelte leicht, griff nach ihrem Rock und wickelte ihn um ihre Hüften. Sie zog die Schuhe an und ging hinaus in den Flur. Dort war es dunkler. Aus Tante Junies Zimmer drang Schnarchen. O Gott, wahrscheinlich würden sie alle noch stundenlang schlafen. Sie ertastete sich den Weg ins Wohnzimmer, um ihre Handtasche zu suchen, in die sie Kamm und Zahnbürste gesteckt hatte. Sie lag auf dem Couchtisch. Etwas Knorriges schaute aus ihr hervor. Emily knipste die Lampe an, blinzelte und zog eine uralte weibliche Marionette in einem Baumwollkleid hervor.
Der Kopf und die Hände waren aus Gips, mit groben Strichen angemalt. Sie hatte einen breiten, verblichenen Mund und zwei blasse rote Kreise auf den Wangen. Ihr schwarzes Haar war zu Zöpfen geflochten. Die verhedderten Schnüre waren an einem einfachen Holzkreuz befestigt, das dem, das Emily erfunden hatte, genau glich. Oder vielleicht (so schien es ihr jetzt) hatte sie es gar nicht erfunden, sondern es nur aus ihrer Kindheit in Erinnerung behalten. Obwohl sie sich nicht entsinnen konnte, daß ihr diese Puppe je gezeigt worden war. Vielleicht wurden bestimmte Dinge unausgesprochen von Generation zu Generation weitergegeben – womöglich galt das auch für die Neigung zum Puppentheaterspielen. Und sie hatte immer geglaubt, es weit gebracht zu haben und ein ganz anderes Leben zu führen! Plötzlich erschien ihr das Spiel mit Rotkäppchen in einem ganz neuen Licht. Es kam ihr vor wie ein Überbleibsel. Sie hielt die Marionette an ihrem Knäuel aus Fäden hoch. Die blauen Augen starrten sie ausdruckslos an. Die Gipshände – von einem Finger war ein Stück abgebrochen – hingen in gezierter, steifer Haltung an den Fäden.

Draußen in der Küche tickte eine Uhr. Der Ton klang gedämpft, als wäre die Uhr unter etwas begraben. Im Wohnzimmer war kaum genug Platz, um zwischen den Sesseln und Tischen hindurchzugehen. Das ganze Haus wirkte stickig und erdrückend. Sie setzte die Marionette auf das Sofa, nahm ihre Handtasche und verließ das Zimmer. Frische Luft, dachte sie, würde ihr vielleicht einen klaren Kopf verschaffen. Sie öffnete die Haustür und trat auf die Veranda hinaus. Sofort drang ihr die Kälte bis auf die Haut. Aber das stickige Gefühl ging nicht weg. Sie lief die Stufen hinunter. Sie ging auf die Straße und starrte zitternd das Auto an – Leons Auto, kompakt und schimmernd. Einen Augenblick später öffnete sie die Tür, ließ sich auf den Sitz gleiten und atmete gierig den ledrigen Geruch ein. Dann suchte sie die Schlüssel in ihrer Handtasche. Dann ließ sie den Motor an und fuhr davon, ohne die Scheinwerfer einzuschalten.

In Baltimore herrschte das geschäftige Treiben eines ganz normalen Vormittags mitten in der Woche; die Sonnenstrahlen wurden von einem Meer aus Metall zurückgeworfen. Überall hupten Autos, bogen hektisch ab oder schossen aus Seitenstraßen heraus. Emily fuhr die Crosswell-Street hinunter und parkte den Wagen einfach an irgendeiner Stelle, ohne genau wahrzunehmen, wo. Sie stieg aus, rannte ins Haus und stürmte die Treppe hinauf. Dann fand sie den richtigen Schlüssel nicht. Als sie klimpernd den ganzen Ring durchging, öffnete Leon die Tür. Er stand vor ihr und schaute mit einem Buch in der Hand auf sie hinunter. Sie fiel ihm um den Hals und preßte ihr Gesicht an seine Brust. »Emily, Liebling«, sagte er. »Ist etwas passiert?« Sie schüttelte nur den Kopf und hielt ihn fest umschlungen.

5

Fast täglich erhielt sie Briefe von Morgan, egal, ob er persönlich vorbeikam oder nicht. *Liebe Emily, anbei eine Anzeige von Sears, du brauchst unbedingt eine Rohrzange, und die von Sears sind besser als alle, die es bei Cullen-Hardware gibt*... Er kümmerte sich neuerdings um die Instandhaltung ihrer Wohnung und ging entschlossen gegen den Verfall vor, der in jeder Ecke lauerte; er schraubte vergnügt an den verschlungenen Rohrleitungen unter dem Küchenwaschbecken herum. *Liebe Emily, bin gestern abend auf einen Hinweis gestoßen, wie du vielleicht das Problem mit deinem Toaster lösen kannst. Schneide einfach ein Stück Pappe, zum Beispiel von einem Streichholzheftchen, auf 2 × 2 cm zurecht…*

Er war der persönliche Verbraucheranwalt der Merediths; er verfaßte auf seiner klappernden, altmodischen Schreibmaschine entrüstete Briefe an Radio-Shack, beschwerte sich bei Autoreparaturwerkstätten – löste jedes kleine Problem, das Emily ganz nebenbei erwähnte. Sie verließ sich inzwischen auf ihn. Manchmal sagte sie: »Also, ich sollte dich wirklich nicht darum bitten –«, aber er entgegnete nur: »Warum denn nicht? Wen würdest du denn lieber fragen? Komm schon, willst du mich beleidigen, Emily?«

Einmal hatte sie Ärger mit ihrem Kassettenrecorder, mit dem tragbaren Recorder, den sie für ihre Aufführungen gekauft hatte. Morgan war gerade nicht da, und als Emily an den Knöpfen drehte, ertappte sie sich dabei, wie sie ärgerlich dachte: Wo *ist* er bloß? Er konnte sie doch nicht einfach alleine lassen. Wie sollte sie ohne ihn zurechtkommen, wo er doch dafür gesorgt hatte, daß sie sich voll und ganz auf ihn verließ. Sie nahm den Recorder und rannte damit die ganze Strecke bis zu Cullen-Hardware. Sie kam atemlos dort an und knallte den Recorder zwischen Morgan und einen Kunden auf den Ladentisch. »Hör dir das an«, sagte sie und drückte auf einen Knopf. Die Trompete aus »Die Bremer Stadtmusikanten« ertönte – aber verzerrt und schwach, begleitet von einem Knistern im Lautsprecher. Der Kunde wich einen Schritt zurück und machte ein verblüfftes Gesicht. Morgan setzte sich auf seinen hohen Holzschemel und nickte gedankenvoll mit dem Kopf. »Es macht mich wahnsinnig!« teilte Emily ihm mit und stellte die Musik ab. »Und wenn du meinst, was wir eben gehört haben, klingt schlecht, dann solltest du es erst mal während der Vorstellung erleben, bei voller Lautstärke. Man weiß nicht, ob es eine Trompete oder ein Nebelhorn ist.«

Morgan ging zu einem Drehregal hinüber, nahm einen Pinsel heraus, kam zurück, legte den Recorder auf seinen Schoß und fuhr mit den Pinselborsten langsam und vorsichtig durch die Plastikrillen, die den Lautsprecher verdeckten. Weiße Körner fielen heraus. »Wahrscheinlich Zucker. Oder Sand«, sagte er. »Hmmm.« Er drückte auf den Knopf, und wieder ertönte die Musik. Der Klang der Trompete war klar und rein. Er gab Emily das Gerät zurück und addierte weiter die Einkäufe seines Kunden.

Wie ein Heinzelmännchen hinterließ er auf wundersame Weise reparierte elektrische Leitungen, einwandfrei funktionierende Fenster, nicht tropfende Wasserhähne und Toilettenspülkästen, die mit ausgeklügelten Konstruktionen aus Drahtbügeln bestückt waren, damit das Wasser nicht ständig lief. »Es muß großartig sein«, sagte Emily zu Bonny, »jemanden wie ihn im Haus zu haben, der alle Reparaturen erledigt«, aber Bonny sah sie nur verständnislos an und sagte: »Wer, Morgan?«

Naja, Bonny hatte andere Dinge im Kopf. Eine ihrer Töchter machte gerade eine schwierige Schwangerschaft durch, und Bonny kümmerte sich um sie. Der Geburtstermin war im Februar, aber es bestand die Gefahr, daß das Baby schon jetzt, Anfang November, zur Welt kommen würde; die Tochter war nach Hause gekommen und mußte für die nächsten drei Monate flach auf dem Rücken liegen. Bonny sprach von nichts anderem mehr. »Selbst wenn sie sich nur kurz aufsetzt, um das Kissen glattzustreichen«, sagte sie, »sehe ich schon im Geiste, wie das Baby nach unten rutscht und einfach aus ihr herausfällt, wie eine Münze aus einem Sparschwein, verstehst du? Und ich sage: ›Lizzie, Schätzchen, leg dich bitte sofort wieder hin.‹ Meine ganze Weltanschauung gerät dadurch ins Wanken. Für mich hat Schwangerschaft immer bedeutet, etwas in aller Ruhe wachsen zu lassen, bis es soweit ist; und jetzt denke ich nur noch, daß etwas zurückgehalten werden muß, das unbedingt herauskommen will. Und dann Morgan! Du kennst ja Morgan. Ständig unterwegs. Er hat einfach keine Ahnung… kommt abends nach Hause und liest ihr die Inhaltsangaben von Opern vor. Er interessiert sich plötzlich für Opern, hat er dir das erzählt? So was Verrücktes... ›Don Giovanni trifft ein Standbild und lädt es zum Abendessen ein‹, liest er. ›Klingt ganz nach einer Geschichte aus deinem Leben‹, sage ich zu ihm. Er liest unbeirrt weiter. Er denkt wohl, Liz ist noch ein Kind, das Gute-Nacht-Geschichten hören will; oder vielleicht braucht er auch nur eine Ausrede, um sie selber zu lesen – aber wenn es um alltägliche Dinge geht! Wenn es darum geht, ihr ein Tablett mit Essen zu bringen oder die Bettpfanne auszuleeren!«

Emily nickte. Sie hatte Verständnis für Bonny; sie konnte sich gut vorstellen, daß er einen zur Verzweiflung brachte, wenn man mit ihm zusammenlebte. Aber schließlich mußte Emily ja nicht mit ihm zusammenleben.

Sie erinnerte sich daran, wie seltsam er ihnen vorgekommen war, als sie ihn noch nicht lange kannten – seine Hüte und Kostümierungen, seine pedantische, altmodische Art zu sprechen. Inzwischen jedoch wirkte sein Benehmen auf sie... nicht direkt normal, aber doch einleuchtend. Allmählich war sie geneigt, seiner Vermutung zuzustimmen, daß es nicht zwangsläufig für alle Ereignisse im Leben eine Erklärung gab. Letzten Monat hatten sie und Leon mit Morgan in Eunolas Restaurant gesessen, und er hatte aus dem Fenster geblickt und gesagt: »Seltsam, da geht Lamount. Ich dachte, er wäre tot.« Er tat nicht sehr überrascht. »Das passiert in letzter Zeit häufiger«, sagte er munter. »Manchmal sehe ich beispielsweise den Vater meiner Mutter, Großvater Brindle, die Straße entlanglaufen, und dabei ist er schon seit vierzig Jahren tot. Dann sage ich mir, vielleicht ist er gar nicht gestorben – er hatte einfach nur genug von seinem alten Leben und ist weggegangen, um ohne uns ein neues anzufangen. Wer sagt denn, daß es so etwas nicht geben kann? Vielleicht existiert irgendwo eine ganze Siedlung – oder sogar eine Stadt – voller Leute, die angeblich gestorben sind, aber in Wirklichkeit noch leben. Habt ihr daran schon mal gedacht?«

Leon gab nur einen zischenden Laut von sich, wie er es oft tat, wenn Emily etwas Dummes gesagt hatte. Aber warum sollte es eine solche Siedlung nicht geben? Was war so unmöglich daran?

Emily setzte sich aufrecht hin und blickte schuldbewußt in ihren Schoß. »Das Leben ist schon merkwürdig«, sagte Morgan. »Tattrige alte Frauen, denen man nicht einmal zutrauen würde, einen Einkaufswagen zu lenken, rasen einem am Steuer von tonnenschweren Limousinen mit hundert Stundenkilometern entgegen. Unser Leben liegt in der Hand von wildfremden Menschen. So viele Dinge sind unlogisch. Oder lassen doch eine plausible Reihenfolge vermissen.«

»Du lieber Himmel«, sagte Leon.

Aber Emily fühlte sich durch Morgans Worte ermutigt; die Welt erschien ihr plötzlich in einem helleren Licht. (Das war kurz nach ihrer Rückkehr aus Taney. Die Weitschweifigkeit seiner Gedanken kam ihr wunderbar vor.) Sie lächelte ihn an. Er lächelte zurück. Er trug, seit das Wetter umgeschlagen war, eine russische Pelzkappe. Sie saß auf seinem Kopf wie ein Bärenjunges. Er beugte sich über den Tisch und sagte zu Leon: »Ich bin oft der Verzweiflung nahe. Das mag dir komisch vorkommen. Ich scheine zu den Leuten zu gehören, deren Niedergeschlagenheit komisch wirkt. Aber ich mache mir ernstlich Sorgen. Ich denke darüber nach, worauf das alles hier hinauslaufen wird. In zehntausend Jahren wird unser Planet nicht mehr existieren. Was hat das Leben schon für einen Sinn? Ich denke darüber nach, und dann steige ich in den falschen Bus ein. Aber wenn ich glücklich bin, gibt es dafür auch keine einleuchtende Erklärung. Dann stelle ich mir vor, daß ich äußerst geistreich bin und alle auf meiner Seite stehen, aber vermutlich ist das gar nicht der Fall.«

Leon atmete hörbar aus und sah zu, wie die Kellnerin ihnen Kaffee nachschenkte.

»Oh, ich gehe euch auf die Nerven«, sagte Morgan.

»Nein, tust du nicht«, entgegnete Emily.

»Irgendwie kommt es mir so vor. Leon? Gehe ich dir auf die Nerven?«

»Nicht im geringsten«, sagte Leon grimmig.

»Ich habe manchmal den Eindruck«, sagte Morgan, »daß es in meinem Leben gar keine realen Ereignisse gegeben hat, aber wenn ich zurückblicke, wird mir klar, daß ich mich irre. Mein

Vater ist gestorben, ich habe geheiratet, meine Frau und ich haben sieben menschliche Lebewesen aufgezogen. Meine Töchter haben die übliche Zahl von Unfällen und Problemen gehabt; sie sind großgeworden, haben geheiratet und Kinder bekommen, und einige haben sich wieder scheiden lassen. Meine Schwester hat sogar *zwei* Scheidungen hinter sich oder zumindest zwei Ehen beendet, und meine Mutter wird alt, und ihr Gedächtnis läßt sie immer mehr im Stich... aber irgendwie kommt es mir so vor, als sei das alles nur eine Geschichte, als sei das alles jemand anderem passiert. Ich fühle mich wie ein unbeteiligter Beobachter, der mehr oder weniger interessiert zuschaut und sich so seine Gedanken macht. Aha, so ist das also! Man könnte glauben, es sei gar nicht mein eigenes Leben. Man könnte meinen, ich würde darauf vertrauen, noch mehrere Chancen zu bekommen – noch einen zweiten und dritten Versuch zu haben, die beide besser sein werden als der erste. Anscheinend kann ich nichts richtig ernst nehmen.«

»Also, ich für meinen Teil habe noch zu arbeiten«, sagte Leon und stand auf.

Aber Emily sagte zu Morgan: »Ich verstehe, was du meinst.«

Ich *wünschte*, ich würde es verstehen, hätte sie eigentlich sagen müssen.

Sein Benehmen war grauenhaft (dachte sie oft); er rauchte zuviel und litt an einem chronischen Husten, der ihn eines Tages bestimmt ins Grab bringen würde; er aß zu viele Süßigkeiten (und zeigte eine Unmenge schwarzer Füllungen, wenn er den Mund aufmachte), streute sich Zigarettenasche aufs Hemd, kaute an den Nägeln, stocherte in seinen Zähnen herum, spielte mit seinem Bart, konnte nicht stillsitzen, lief nervös auf und ab, kratzte sich den Bauch, stimmte ein störendes Summen an, sobald jemand anderes redete; er war nicht gerade ein gemäßigter Mensch. Er trug die abgelegten Sachen reicher Männer, die fleckig, zerknittert und ungepflegt waren, und darüber einen unförmigen olivgrünen Nylon-Parka, dessen Kapuze einen filzigen Besatz hatte, der dem Fell eines ausgestopften Affen glich. Er roch ständig nach schalem Tabak. Wenn er eine Brille trug, waren die Gläser mit Fettflecken und Fingerabdrücken übersät, so daß man seine Augen kaum sehen konnte. Er war leicht zu begeistern und unberechenbar, manchmal geradezu besessen, und wenn es auch nett von ihm war, sich um ihre Angelegenheiten zu kümmern, benahm er sich doch oft... nun ja, anmaßend war wohl das passende Wort – er konnte aufdringlich und herrisch sein und unterwarf die Merediths der Vorstellung, die er von ihnen hatte und die nicht im entferntesten der Realität entsprach, nahm zu vieles als selbstverständlich hin und ging von Voraussetzungen aus, von denen er besser nicht ausgegangen wäre. Entweder er redete zuviel und wechselte andauernd das Thema, oder er wurde muffelig und langweilte sie mit ausgedehnten Nacherzählungen von Zeitungsmeldungen, schlauen Aussprüchen seiner Enkelkinder und Testergebnissen aus *Consumer Reports*; aber bei Anlässen, die Geselligkeit erforderten – wenn die Merediths Gäste hatten, zum Beispiel bei ihrer Halloween-Party –, standen die Chancen fünfzig zu fünfzig, daß er die ganze Zeit stumm wie ein Fisch mit finsterer Miene in einer Ecke stehen und die Hände tief in den Hosentaschen vergraben würde. Und erst seine eigenen Partys! Je weniger Worte man über sie verlor, desto besser. Er brachte Müllmänner mit Philosophieprofessoren zusammen, setzte kleine Kinder neben Pfarrer, die Hörgeräte trugen...

Aber einmal, als sie an einem Buchladen vorbeikam, bemerkte Emily zufällig im Schaufenster ein vergrößertes Foto des ersten erfolgreichen Motorfluges, und der Anblick von Wilbur Wright, der am Strand von Kitty-Hawk posierte – in voller Fliegermontur, ein merkwürdig elegant wirkender Mann, der für immer in seiner angestrengten, stolzen, startbereiten Haltung verharrte –, erinnerte sie aus irgendeinem Grund an Morgan, und sie hatte plötzlich das Gefühl, seine Freundschaft bisher nicht genug gewürdigt zu haben. Und ein andermal, als sie den Kassettenrecorder einschaltete, um zu hören, ob auf der eingelegten Kassette die Musik zu »Hänsel und Gretel« war, stellte sie fest, daß Morgan damit herumgespielt haben mußte, denn seine schroffe, durch den Bart gedämpfte Stimme ertönte. Mit einem deutschen Akzent sagte er: »Na? Wo ist der Knopf?«, und dann hörte sie ein japanisch klingendes »Ah so!« und ein zweifaches Klicken. Er mußte den Recorder aus- und wieder eingeschaltet haben. »Tam ti-tam«, sagte er in unmelodiösem Singsang und knisterte dazu mit Zellophan. Dann war zu hören, wie ein Streichholz angerissen wurde. Er stieß einen langen Lufthauch aus. »Pinocchio, du ungezogener Junge!« zwitscherte er. »Wie ich sehe, hast du schon wieder geschwindelt. Deine Nase ist achtzehn Zentimeter länger geworden!« Dann lachte er sein keuchendes, pfeifendes Raucherlachen, »heh, heh, heh«, das in ein Husten überging. Aber Emily lachte nicht mit. Sie hörte angestrengt und stirnrunzelnd zu. Sie brachte, ohne zu lächeln, ihr Ohr ganz nah an den Lautsprecher heran und versuchte, aus Morgan schlau zu werden.

6 Sie und Leon waren mit dem Puppentheater zur Thanksgiving-Feier der Percy-Schule eingeladen, wo sie noch nie zuvor aufgetreten waren. Sie war nicht sicher, welches Stück sie spielen sollten. »Rapunzel«? »Däumelinchen«? Eines nachmittags, ein paar Tage vor dem Fest, nahm sie Rapunzel aus ihrem Baumwollsack und setzte sie auf den Küchentisch. Rapunzel war eine Weile nicht benutzt worden und sah ungekämmt und vernachlässigt aus. Ihre überlangen Zöpfe waren fransig geworden. »Ich glaube, ich sollte ihr eine neue Perücke machen«, sagte Emily zu Gina. Gina machte gerade ihre Hausaufgaben; sie sagte nur »Mmm«.

Aber dann kam Leon herein und sagte: »Rapunzel? Was macht die denn hier?«

»Ich dachte, wir könnten ›Rapunzel‹ auf der Feier spielen.«

»Gestern abend hast du gesagt, wir spielen ›Dornröschen‹.«

»Wirklich?«

»Ich habe ›Dornröschen‹ vorgeschlagen, und du hast gesagt, du hättest nichts dagegen.«

»Wie kann ich das gesagt haben?« fragte Emily. »Wir können ›Dornröschen‹ nicht spielen. Da kommen dreizehn Feen vor. Und dann der König, die Königin, Dornröschen selber...«

»Ich sagte: ›Emily, warum machen wir nicht mal was ganz anderes, zur Abwechslung?‹, und du sagtest: ›In Ordnung, Leon –‹«
»Aber doch nicht ›Dornröschen‹«, sagte Emily.
»Ich sagte: ›Wie wär's mit ›Dornröschen‹? und du sagtest: ›In Ordnung, Leon.‹«
Er dachte sich das aus. Aber Leon dachte sich nie etwas aus. Sie konnte dieses Gespräch unmöglich geführt haben, nicht einmal im Halbschlaf. Du lieber Himmel, wenn man die alte Frau am Spinnrad mitzählte und den Prinzen... Es kam überhaupt nicht in Frage. Sie konnten unmöglich mit einer so großen Anzahl von Rollen fertig werden. Sie überlegte, ob es möglich war, daß er versehentlich mit jemand anderem über das Thema gesprochen hatte. Sie schienen in letzter Zeit häufig aneinander vorbeizureden. Jeden Morgen bemühten sie sich, liebenswürdig und zuversichtlich zu sein, aber im Laufe des Tages ließen diese Bemühungen nach, und am Abend lagen sie dann jeder am äußersten Rand des Bettes und kehrten einander den Rücken zu.
Sie bemerkte, wie sich zwei senkrechte Furchen in Leons Wangen gruben. Es waren nicht direkt Falten, eher Hohlräume, wie man sie bei Menschen sah, die aus Gewohnheit den Unterkiefer zu weit nach vorne schoben.
Dann sagte er: »Wie wär's, wenn wir Gina mitnehmen? *Sie* könnte doch einige von den Feen spielen.«
»Aber die Feier ist am Mittwoch nachmittag«, sagte Emily. »Da ist Gina noch in der Schule.«
»Oh, es macht mir nichts aus, die Schule zu schwänzen«, sagte Gina.
Emily hatte den Verdacht, daß sie nur einen Streit vermeiden wollte. Gina ging sehr gern in die Schule. »*Mir* macht es aber etwas aus«, entgegnete Emily.
»Ach, Mama.«
»Und dreizehn Feen! Selbst wenn wir so viele besäßen, wie sollten wir sie mit nur einem zusätzlichen Paar Hände alle bewegen?«
»Vielleicht könnten wir jeweils nur einige von ihnen auftreten lassen«, sagte Leon.

Emily lief mehrmals um den Tisch herum. Gina und Leon beobachteten sie. Gina kaute an ihrem Bleistift und baumelte mit den Beinen, aber Leon stand regungslos da. Dann blieb Emily vor ihm stehen und sagte: »Machst du das mit Absicht?«
»Wie bitte?«
»Ich meine, willst du damit irgend etwas beweisen, Leon? Willst du mir deutlich machen, ich sei... festgelegt? Legst du es darauf an, daß ich mich weigere, ein Stück mit achtzehn Puppen zu spielen und von meiner Tochter zu verlangen, daß sie dafür die Schule schwänzt, um dann behaupten zu können, ich sei stur und engstirnig?«
»Ich weiß nur, daß ich gesagt habe: ›Wie wär's mit Dornröschen, Emily –‹«
»Hast du nicht.«
Leon machte den Mund zu, zuckte die Achseln und ging hinaus. Emily blickte zu Gina hinüber, die ihn beobachtete, aber Gina hörte unvermittelt auf, an ihrem Bleistift zu kauen, und vertiefte sich wieder in ihre Hausaufgaben.
Da nahm Emily ihren Mantel vom Haken und verließ die Wohnung. Sie steckte die Hände durch die Ärmel, während sie die Treppe hinunterstieg. Es war inzwischen früh am Abend, und verschiedene Essensgerüche erfüllten das Treppenhaus: Kohl, grüne Paprikaschoten, Öl – erstickende Gerüche. Crafts Unlimited lag bereits im Dunkeln und wirkte wie tot. Sie stürzte auf die Straße hinaus. Die Dämmerung hatte den Gebäuden alle Farbe entzogen. Eine alte Frau blieb an der Ecke stehen, um ihre verschiedenen Tüten abzusetzen und neu zu sortieren. Emily wich ihr aus. Sie hatte die Hände in den Manteltaschen zu Fäusten geballt. Sie überquerte die Straße bei Rot und lief sehr schnell.
Er war unmöglich. Es war einfach hoffnungslos. Sie hatte sich für alle Zeiten an jemanden gebunden, den sie nicht ertragen konnte.
Sie kam an einem Jungen und einem Mädchen vorbei, die mitten auf dem Bürgersteig standen und Händchen hielten. Das Mädchen drehte sich auf ihren Absätzen hin und her und warf dem

Jungen ein scheues Lächeln zu. Es war herzzerreißend. Sie wäre gern stehengeblieben und hätte versucht, die beiden zur Vernunft zu bringen, aber natürlich würden sie nicht auf sie hören; sie würden davon überzeugt sein, daß sie alles besser machen könnten. Sie traf ein Kind, eine Freundin von Gina. »Hallo, Mrs. Meredith.« »Hallo, ehm, Polly«, sagte sie – mütterlich, matronenhaft, von anderen Frauen nicht zu unterscheiden.

Manchmal dachte sie, das Problem läge darin, daß Leon und sie sich zu gut kannten. Schon die unschuldigste Bemerkung konnte eine ganze Kette von Assoziationen auslösen und Kränkungen und Beleidigungen wieder an die Oberfläche bringen, die nie verziehen oder vergessen worden waren. Sie konnten kein einziges unkompliziertes Gefühl mehr füreinander empfinden.

Dann hörte sie hinter sich Fußtritte. Sie kamen näher. Emily verlangsamte ihre Schritte, und ihre Mundwinkel bewegten sich unwillkürlich nach oben, aber als sie sich umdrehte, war es jemand, den sie nicht kannte – ein Mann, der eilig irgendwohin ging. Er hatte das Gesicht in seinem Mantelkragen vergraben. Sie ließ ihn vorbeigehen. Dann blickte sie sich erneut um. Aber so lange sie auch wartete, der Bürgersteig blieb leer.

An der Meller-Street ging sie nach rechts und lief zielstrebig weiter. Sie überquerte eine Straße und bog links um die Ecke. Jetzt begegnete ihr ein ganzer Strom von dick angezogenen Leuten, die mit energischem Schritt nach Hause zum Abendessen hasteten. Ihr kam der Gedanke, daß Cullen-Hardware vielleicht schon geschlossen hatte. Sie runzelte die Stirn und ging langsamer. Aber nein, die Schaufenster waren noch von einem blassen Licht erleuchtet, das staubig wirkte. Sie stieß die Tür auf. Butkins stand über ein Blatt Papier gebeugt hinter dem Ladentisch. »Ist Morgan schon nach Hause gegangen?« fragte sie ihn.

Butkins richtete sich auf und strich sich mit der Hand über die hohe Stirn. »Oh, Mrs. Meredith«, sagte er. (Er war immer sehr förmlich, obwohl sie ihn schon seit Jahren kannte.) »Nein, er ist oben in seinem Büro«, sagte er.

Sie durchquerte den von Schneeschiebern und Streusalzsäcken gesäumten Gang und stieg die Stufen am Ende des Ladens hinauf. Die Dielen knarrten unter ihren Füßen. In Morgans Büro war es ungewohnt still – keine Sägegeräusche, kein Hämmern und Bohren, keine aufgewirbelten Sägespäne. Morgan lag auf dem kastanienbraunen Plüschsofa. Er hatte ausnahmsweise keinen Hut auf und trug eine Hausjacke mit Satinaufschlägen in fast derselben Farbe wie das Sofa. Sein Haar lag flach an seinem Kopf. Sein Gesicht schimmerte bleich im Zwielicht.

»Morgan? Bist du krank?« fragte Emily.

»Ich habe eine Erkältung«, sagte er.

»Ach so, nur eine Erkältung«, sagte sie erleichtert. Sie zog ihren Mantel aus und legte ihn auf den Schreibtisch.

»Nur eine Erkältung! Wie kannst du das sagen?« fragte er sie. Seine Energie schien zurückzukehren. Er setzte sich entrüstet auf. »Du hast ja keine Ahnung, wie ich mich fühle! Mein Kopf kommt mir vor wie ein Wasserball. Heute morgen hatte ich eine Temperatur von 37,7 und gestern abend sogar 38,4. Ich lag die ganze Nacht wach und hatte Fieberträume.«

»Beides auf einmal geht nicht«, sagte Emily. »Wachliegen und gleichzeitig Träumen.«

»Warum nicht?« wollte er wissen.

Er war immer mit Leib und Seele bei der Sache, auch wenn es ums Kranksein ging. Sein Büro sah aus wie ein Krankenzimmer. Auf dem Aktenschrank lag ein aufgeschlagenes medizinisches Handbuch, und auf dem Schreibtisch türmten sich Medikamente und fleckige Trinkgläser. Auf dem Boden neben der Couch stand eine Flasche Hustensirup, daneben lagen ein klebriger Teelöffel und ein Pappkarton, aus dem Papiere quollen. Sie bückte sich, um ein Blatt aufzuheben. Es war eine Fotografie der ältesten, einfachsten Waschmaschine, die sie je gesehen hatte, mit dazugehöriger Wringmaschine. *Modell 540 A*, las sie, *läßt sich problemlos an jede handelsübliche* ... Sie legte das Blatt zurück und setzte sich auf den Drehstuhl am Schreibtisch. Morgan nieste.

»Vielleicht solltest du lieber nach Hause gehen und dich ins Bett legen«, sagte sie zu ihm.

»Zu Hause kann ich mich nicht ausruhen. Da geht es zu wie im

Irrenhaus. Liz liegt immer noch flach auf dem Rücken und versucht, das Baby bei sich zu behalten. Sie bekommt das Frühstückstablett aus Korbgeflecht; ich muß mich mit der Fleischplatte aus Chrom begnügen. Und es treffen bereits die ersten Thanksgiving-Gäste ein.«

Butkins rief etwas von unten. Morgan sagte: »Hm?«

»Ich gehe jetzt, Mr. Gower.«

»Er sollte wissen, daß ich mit der Erkältung nicht so gut hören kann«, sagte Morgan zu Emily.

»Er sagt, er geht jetzt«, sagte Emily. »Soll ich dir helfen, den Laden zuzumachen?«

»Oh, vielen Dank. Ich bin wirklich nicht ganz ich selbst.«

Aber er blieb sitzen wo er war und betupfte weiter seine Nase mit dem Taschentuch. Emily hörte, wie sich die Vordertür hinter Butkins schloß.

»Wenn Butkins den Laden verläßt«, sagte Morgan, »frage ich mich manchmal, ob er sich in Luft auflöst. Hast du daran schon mal gedacht?«

Sie lächelte. Er betrachtete sie forschend und lächelte nicht. »Was ist los?« fragte er.

»Was? Nichts«, sagte Emily.

»Deine Nasenspitze ist weiß.«

»Es ist nichts.«

»Lüg mich nicht an«, sagte er. »Ich kenne dich seit neun Jahren. Wenn deine Nasenspitze weiß ist, dann stimmt etwas nicht. Leon, nehme ich an.«

»Er findet mich engstirnig«, sagte Emily.

Morgan nieste wieder.

»Er findet mich stur. Dabei ist er derjenige, der stur ist. Er spricht nicht mehr für Rollen in Theaterstücken vor, und dieser Mann von der Gospeltruppe bemüht sich immer noch um uns, aber Leon will nicht einmal mit ihm reden. Ich werde langsam klaustrophobisch. Ich kann im Dunkeln nicht mehr Auto fahren, weil zuwenig Platz da ist – verstehst du, der Lichtkegel, in dem das Auto fährt, ist mir zu klein. Ich habe das Gefühl, vor Ärger verrückt zu werden, bloß weil ich mich über lauter unbedeutende Kleinigkeiten ärgere. Und dann sagt er, ich sei diejenige, die engstirnig ist.«

Morgan schüttelte eine Zigarette aus einer ungewohnten grünen Schachtel. »Siehst du? Wir sollten zusammen weglaufen«, sagte er.

»Meinst du, es ist gut, wenn du rauchst?«

»Oh, diese sind okay. Die sind mit Menthol.«

Er steckte die Zigarette an und mußte husten. Er stand mühsam auf, als wolle er sich mehr Luft verschaffen, wanderte hustend im Büro umher und schlug sich dabei auf die Brust. Zwischen zwei Hustenanfällen sagte er: »Emily, du weißt, daß ich immer für dich da bin.«

»Willst du einen Löffel Hustensaft, Morgan?«

Er schüttelte den Kopf, hustete noch ein letztes Mal und setzte sich dann auf den Schreibtisch. Ein paar Arzneifläschchen fielen klimpernd um. Emily schob ihren Stuhl ein Stück zurück, um ihm Platz zu machen. Seine Socken, bemerkte sie, waren aus durchscheinender schwarzer Seide, und er trug spitze schwarze Lackschuhe, bei deren Anblick sie an Fred Astaire denken mußte. Er saß auf ihrem Mantel und zerknautschte ihn, aber sie beschloß, es nicht zu erwähnen.

»Du findest mich bestimmt lächerlich«, sagte er zu ihr.

»Naja, also *lächerlich* würde ich nicht sagen –«

»Aber ich meine es ernst«, sagte er. »Machen wir uns nicht länger etwas vor, Emily. Ich liebe dich.«

Er glitt vom Schreibtisch und befreite sich unter einigen Schwierigkeiten von ihrem Mantel, der sich irgendwie um sein Bein gewickelt hatte. Emily stand auf. (Was hatte er vor?) Er war immerhin ein ausgewachsener Mann, schlank, wahrhaftig. Als sie sah, wie begierig er an seiner Zigarette zog, trat sie hinter ihren Stuhl. Aber er ging an ihr vorbei. Er lief auf und ab. Er ging zum Treppenabsatz, blieb am Geländer stehen, ließ den Blick durch den dunklen Laden unter sich schweifen und kam zurück. »Natürlich«, sagte er, »habe ich nicht vor, eure Ehe zu zerstören. Ich bewundere eure Ehe sehr. Ich meine, in gewissem Sinne liebe ich auch Leon, und Gina; genaugenommen

euch alle zusammen, als Einheit... *Wen* liebe ich eigentlich? Dich, Emily...«
Er schnippte die Asche auf den Fußboden. »Ich bin einundfünfzig Jahre alt«, sagte er. »Und du bist wie alt? Neunundzwanzig oder dreißig. Ich könnte dein Vater sein. Ist das nicht zum Totlachen? Ich muß dir ja lächerlich vorkommen.«
Statt dessen kam er ihr traurig und liebenswürdig vor, und erschöpft. Emily trat einen Schritt auf ihn zu. Er umkreiste sie nachdenklich. »Du bist für mich wie eine Krankheit, die immer wieder ausbricht«, sagte er. »Wie Malaria. Ich verdränge den Gedanken an dich, weißt du. Manchmal vergehen Wochen... Ich habe den Eindruck, ich bin ein tiefsinnigerer Mensch, wenn es mir gelingt, es zu überwinden. Ich fühle mich dann stärker und weiser. Es macht mir sogar Freude, zu tun, was man von mir erwartet. Ich bringe den Müll raus; ich gehe pünktlich zur Arbeit...«
Sie berührte seinen Arm. Er wich ihr aus, durchmaß weiter mit gesenktem Kopf den Raum und blies Rauchwölkchen in die Luft.
»Ich rede mir ein«, sagte er, »daß das Triviale, Alltägliche auch seine Vorzüge hat. Ha! Was für eine Vorstellung. Ich denke an die Sendungen im Fernsehen, diese Geschichten über den Mann auf der Straße, in denen die Normalität triumphiert. Da halten sie ganz normale Leute an und fragen, ob sie ein Lied singen können oder ein Gedicht aufsagen... sie halten eine Motorradgang an. Das habe ich gesehen! Eine Motorradgang in schwarzen Lederjacken, und sie fragen: ›Können Sie alle Strophen von »Some Enchanted Evening« singen?‹ Und diese Burschen fangen an zu singen, todernst, sie geben sich richtig Mühe – ich meine, sie sehen aus, als hätten sie von »Some Enchanted Evening« noch nicht mal *gehört*. Stehen da, mit Schnappmessern in den Jackentaschen und Schlagringen in den Jeans, legen sich gegenseitig die Arme um die Schultern, setzen eine feierliche Miene auf und singen lieblich...«
Er hatte sie völlig vergessen. Er folgte seinen eigenen Gedanken, während er hektisch in seinem Büro hin und her lief. Emily setzte

sich auf die Couch und sah sich um. Über dem Aktenschrank hing eine Pinnwand, die mit Zeitungsausschnitten und den verschiedensten Gegenständen übersät war. Ein Adlai-Stevenson-Anstecker, eine zerzauste rote Feder, ein Schnappschuß von einer Braut, eine blaue Seidenrose... Sie stellte sich vor, wie Morgan mit diesen Dingen hereingestürmt kam, der Beute aus einem geheimnisvollen, privaten Krieg, wie er sie aufhängte, vor Vergnügen gluckste und wieder hinausstürmte. Plötzlich wurde ihr seine Isoliertheit bewußt, und die Erkenntnis traf sie wie ein Schlag. Es bestand keine Verbindung zwischen ihnen. Sie würde nie auch nur einen Teil von ihm wirklich verstehen.

»Sie halten eine dicke alte Frau an«, sagte er jetzt. »Völlig verwahrlost! Eine Katastrophe. Grau und aufgedunsen wie ein mißlungener Kuchenteig, in mehreren Schichten von Kleidungsstücken, die miteinander verschmolzen zu sein scheinen. ›Können Sie »June Is Bustin' Out All Over« singen?‹ fragen sie, und sie sagt: ›Natürlich kann ich das‹, und fängt gleich an, gehorsam und artig, mit einem strahlenden Lächeln, und beendet das Lied mit ausgebreiteten Armen und macht zum Abschluß einen kleinen Stampfer, etwa so –«

Er schob die Zigarette zwischen die Zähne und unterbrach seinen Marsch lange genug, um es vorzuführen – die Arme ausgestreckt, einen Fuß in die Luft gehoben, sang er: *»Just... because... it's* JUNE!«, und stampfte mit dem Fuß auf.

»Ich liebe dich auch«, sagte sie.

»JUNE!« sang er.

Er hielt inne. Er nahm die Zigarette aus dem Mund.

»Was?« sagte er.

Sie lächelte ihn an.

Er strich sich über den Bart. Er warf ihr einen langen Blick aus den Augenwinkeln zu, dann ließ er die Zigarette fallen und drückte sie langsam und gedankenverloren mit dem Absatz aus. Als er sich auf die Sofalehne setzte, schien er immer noch über etwas nachzudenken. Als er sich über sie beugte, um sie zu küssen, strahlte er eine struppige Wärme aus, wie ein pelziges Tier, und er roch nach Asche und Menthol.

1977

1 Das Baby von Morgans Tochter Liz wurde endlich, endlich in der kältesten Nacht des kältesten Februars seit Menschengedenken geboren. Morgan war derjenige, der aufstehen und sie ins Krankenhaus fahren mußte. Dann kam natürlich Chester, ihr Ehemann, aus Tennessee, und als Liz aus dem Krankenhaus entlassen wurde, wohnten sie und ihr Mann und das Baby noch ein paar Tage in Liz' altem Zimmer, bis sie kräftig genug für die Heimreise war. Unterdessen füllte sich das Haus weiter, als ob es vom Keller her überflutet werden würde. Amy und Jean schauten andauernd mit ihren Kindern vorbei, die Zwillinge reisten aus Charlottesville und Molly und ihre Familie aus New York an, und als schließlich noch Kate mit ihrem Freund ankam, war für den Freund nur noch in der Abstellkammer unter dem Dach Platz. Das war an einem Wochenende. Morgan erinnerte sich daran, daß sie am Montag alle verschwunden sein würden. Er liebte sie alle, er war verrückt nach ihnen, aber die Probleme häuften sich. Die Töchter, die schon in der Vergangenheit nicht gut miteinander ausgekommen waren, kamen inzwischen nicht besser miteinander aus. Das Neugeborene schien zu Koliken zu neigen. Und er hatte gar keine Zeit, Emily zu sehen.

»Wenn die Kinder in der Küche essen«, sagte Bonny und zählte die Personen an den Fingern ab, »dann sind wir im Eßzimmer sechzehn Erwachsene, oder fünfzehn, wenn Lizzie ihr Essen lieber ans Bett haben will. Aber dann müssen die Mütter hin und her rennen, um auf die Kinder aufzupassen, also sollten die Kinder vielleicht vorher essen. Aber dann werden sie wie eine Horde Wilder herumtoben, während wir bei Tisch sitzen, und mir fällt gerade ein, daß Liz gesagt hat, ihre alte Zimmergenossin aus dem

College würde um halb acht kommen, also können wir nicht allzu spät essen, oder meinte sie damit vielleicht, sie würde zum Abendessen kommen? Was glaubst du? In dem Fall wären wir *siebzehn* Erwachsene, vorausgesetzt, Liz will ihr Essen nicht ans Bett haben, was sie bestimmt nicht will, wenn ihre Freundin unten mit uns ißt, aber wir haben nur für sechzehn Personen Geschirr; das heißt, wir werden in zwei Gruppen essen müssen, sagen wir mal, zuerst du und ich und Brindle und deine Mutter und anschließend die Mädchen, deren Ehemänner und... du meine Güte, ich glaube, David ist Jude. Und es gibt Schweinebraten. Meinst du, den wird er essen?«
»Wer ist David?« fragte Morgan.
»Katies Freund. Paß doch ein bißchen besser auf, Morgan. Es ist alles gar nicht so kompliziert.«
Nach dem Abendessen brach sich dann ein Enkel einen Zeh, oder auch nicht. Niemand konnte es mit Sicherheit sagen, aber alle meinten übereinstimmend, daß ein gebrochener Zeh sowieso nicht geschient werden müßte und es daher nicht nötig sei, einen Arzt außerhalb der Sprechstunde damit zu behelligen. Es hätte Morgan allerdings nichts ausgemacht, den Jungen ins Krankenhaus zu fahren. Den Weg dorthin fand er mittlerweile im Schlaf. Im Haus war es ihm zu voll. Im Wohnzimmer wimmelte es von Menschen – sie lasen, strickten, balgten sich, stritten miteinander, stocherten im Kaminfeuer herum, lümmelten sich in den Sesseln, gähnten, diskutierten über Politik. Die Jalousien waren nicht geschlossen, und durch die Dunkelheit, die gegen das Haus drückte, wirkte der Raum noch beklemmender. Harry, Louisas schwarzer Labrador, hatte eine Jiffy-Tüte zerpflückt und die grauen Schnipsel über den ganzen Teppich verteilt.
Morgan ging nach oben ins Schlafzimmer, aber dort standen zwei kleine Mädchen vor der Frisierkommode und probierten Bonnys Lippenstift aus. »Raus mit euch!« rief er. Sie schauten mit ihren verschmierten Mündern wie betrunkene, kleinwüchsige alte Frauen zu ihm hoch, aber sie gehorchten ihm nicht. Er ging hinaus und knallte die Tür hinter sich zu. Der Geruch nach Schweinebraten im Flur erzeugte ein Völlegefühl in ihm. Er

hörte das Baby aufgeregt schreien und spürte, wie das Geräusch sich an seinem Kreuz festklammerte. »Mir wird das alles zuviel«, sagte er zu wie-war-doch-sein-Name, zu David, einem ernsthaften, dünnen jungen Mann, der gerade mit einem Taschenbuch in der Hand aus dem zweiten Stock herunterkam. David war zu höflich, um darauf einzugehen, aber an der Art und Weise, wie er gemeinsam mit Morgan die Treppe weiter hinabstieg, glaubte Morgan zu erkennen, daß er Verständnis für ihn zeigte.

Bonny ging mit dem Baby in der Diele auf und ab. Vermutlich war das der einzige Raum, in dem dafür Platz war. »Könntest du Pammy für eine Weile nehmen?« fragte sie.

»Pammy? Ach so. Das Baby.«

Er hatte keine Lust dazu, aber Bonny sah überanstrengt und ganz grau vor Erschöpfung aus. Er ließ sich das kleine warme, schlaffe Bündel geben. Bestimmt würde das Baby ihm die Schulter seines Familienoberhaupt-Nadelstreifenanzuges, den er bei solchen Anlässen immer trug, vollspucken. »Bonny, ich glaube, dieses Familientreffen wächst uns über den Kopf«, sagte er.

»Ach Morgan, das sagst du jedesmal. Und wenn sie dann am nächsten Tag nicht mehr da sind, streifst du durchs Haus wie eine Hündin, der man ihre Jungen weggenommen hat.«

»Ja, aber es werden auch jedesmal mehr, verstehst du«, sagte er. »Und ich habe das Gefühl, ihre Besuche dauern von Mal zu Mal länger.«

Molly kam mit einem Eimer in der Hand aus der Küche. »Christopher hat sich übergeben«, sagte sie.

»Wie gefällt dir dein Leben bisher?« fragte Morgan das Baby.

Es klingelte an der Haustür. Bonny sagte: »Wer kann das sein?«

»Sicher die Freundin von Liz.«

»Also wirklich, Morgan. Die Freundin von Liz sitzt im Wohnzimmer.«

»Ach ja?«

»Sie hat mit uns zu Abend gegessen, Morgan.«

Morgan öffnete mit der freien Hand die Tür. Emily stand vor ihm. Ihre Gegenwart drang wie ein matt leuchtender Lichtstrahl in sein Bewußtsein. Alles um ihn herum wirkte auf einmal heller und freundlicher. »Oh«, sagte er zu ihr. Sie lächelte ihn an. In der Hand hielt sie ein mit rosafarbenem Band verziertes Päckchen. (Er hatte den abwegigen Eindruck, daß es ein Geschenk für ihn war. Vielmehr schien *sie* das Geschenk zu sein.)

Dann sagte Bonny: »Emily!« und ging auf sie zu, um ihr einen Kuß zu geben. Emily schaute Morgan über Bonnys Schulter hinweg an. Mit kindlichem Ernst machte sie sich von ihr los, wandte sich ihm zu und tätschelte einen nackten Fuß des Babys.

»Sie ist süß«, sagte sie.

Sie starrte Morgan in die Augen.

Das Baby hatte Anstalten gemacht, wieder loszuschreien, aber es hickste nur und verstummte dann, vielleicht erschreckt von dem eisigen Wind, der durch die Tür wehte, oder von Emilys kalter Hand. »Komm rein«, sagte Bonny zu Emily. »Du bist bestimmt halb erfroren. Bist du mit dem Wagen hier? Hast du schon einmal solch eine Kälte erlebt?«

Sie führte Emily ins Wohnzimmer. Morgan folgte ihnen. Emily kam ihm wie ein ruhender Pol vor. Sie stand aufrecht inmitten des Gewimmels. Mit entzückender Förmlichkeit übergab sie Liz das Päckchen, so als wäre sie sich nicht sicher, ob das Geschenk angenommen werden würde. Aber Liz bedankte sich schon überschwenglich, noch ehe sie es ausgepackt hatte. (Durch die Schwangerschaft war sie fraulicher, weicher geworden. Sie trug einen Morgenmantel und verströmte einen milchigen Geruch.) Und natürlich fand sie die Lammpuppe, die Emily genäht hatte, großartig. Sie mußte sie herumreichen, und alle wollten sie ausprobieren. Das flauschige Gesicht des Lamms wurde gegen die Wange des Babys gestupst. Das Baby zuckte und schlug mit beiden Fäusten durch die Luft. »Warum bietest du Emily nicht etwas zu trinken an?« sagte Bonny zu Morgan.

Er beugte sich hinunter, um das Baby auf Louisas Schoß zu legen. Louisa nahm es unsicher entgegen und hielt mit einer ihrer knotigen Hände weiter ihr Glas Portwein fest. »Was ist das?« fragte sie.

»Das ist ein Baby, Mutter.«

»Mein Baby?«
Er überlegte es sich anders, nahm ihr das Baby ab und gab es Brindle. Brindle schaute sich gerade einen Versandhauskatalog an und gab es an eine der Zwillinge weiter. Das Baby schien sich dabei gut zu amüsieren. Es hatte während des ganzen Tages noch nie so zufrieden ausgesehen.
»Sie ist Liz wie aus dem Gesicht geschnitten«, sagte Emily. »Habe ich nicht recht? Sie sieht ihr ausgesprochen ähnlich. Nur die Augen hat sie von Chester.«
»Emily, meine Liebe, wo ist Leon?« fragte Bonny. »Und wo ist Gina? Wollte sie sich denn nicht das Baby anschauen?«
»Sie muß am Montag einen Naturkundeaufsatz abgeben. Sie muß das ganze Wochenende daran arbeiten.«
Morgan stellte sich die Stille in der Wohnung der Merediths vor. Das leere saubere Wohnzimmer und Gina, die in ein einzelnes Buch vertieft war.
»Aber wenigstens Leon«, sagte Bonny. »Du hättest Leon mitbringen können.«
»Er wollte sich eine Sendung im Fernsehen anschauen. Wenn ich deren Ende abgewartet hätte, wäre das Baby wahrscheinlich nicht mehr wach gewesen.«
Vor zwei Jahren hatten sich die Merediths einen kleinen Fernseher gekauft. Morgan vergaß das immer wieder. Jedesmal wenn Emily ihn erwähnte, blinkte in Morgans Gehirn eine Lampe, und er mußte unwillig sein Bild von ihnen zurechtrücken. Er ging zur Anrichte und schenkte Emily einen Sherry ein – das einzige alkoholische Getränk, das sie, soweit er wußte, je getrunken hatte. Als er ihr das Glas geben wollte, zog sie gerade ihren Mantel aus.
»Gib ihn mir, ich werde ihn aufhängen«, sagte er zu ihr.
»Nicht nötig. Ich bleibe nur einen Moment.«
Sie setzte sich auf das Sofa und redete mit Bonny und Liz. Morgan stapfte unterdessen durch das Wohnzimmer, stieg über ein Monopoly-Brett, legte ein weiteres Holzscheit auf das Feuer. Er zog die Uhr auf dem Kaminsims auf. Er ging ächzend in die Knie und hob das Einwickelpapier von Emilys Geschenk auf und legte es sorgfältig zusammen, damit es später erneut verwendet wer-

den konnte. Bestimmt hatte sie das Papier selbst verziert oder es bei Crafts Unlimited gekauft. Es war mit einem gleichmäßigen Muster aus kleinen Glöckchen bedruckt. Er liebte ihre altmodischen Kleinstadtmanieren – ihre prompten Geschenke, Kärtchen und Dankschreiben, ihren Früchtekuchen zu Weihnachten. Niemals vergaß sie einen offiziellen Anlaß. Sie war der wohlerzogenste Mensch, dem er je begegnet war. (Vor einiger Zeit hatte sie eine Ausrede erfunden, um eine Nacht von zu Hause wegzubleiben – das einzige Mal, daß sie eine ganze Nacht miteinander verbracht hatten. Sie waren es leid, immer nur für flüchtige Momente zusammenzusein. Sie hatte Leon erzählt, sie würde nach Virginia fahren. Sie hatte Morgan im Patrician-Hotel getroffen und darauf bestanden, sich mit ihrem richtigen Namen einzutragen – sie hatte ihren Namen, ihre Adresse und ihre Telefonnummer aufgeschrieben und den Stift dabei auf eine eigentümlich steife Art, die ihm gut gefiel, senkrecht gehalten. »Warum hast du keinen falschen Namen angegeben?« hatte er sie später gefragt. »Das wäre unrecht«, hatte sie geantwortet.)

»Ich habe den Wagen an der Ecke abgestellt«, erzählte sie Bonny gerade, »und kurz nachdem ich ausgestiegen war, sah ich diese Familie: ein Mann, eine Frau und zwei Söhne. Einer der Söhne war hingefallen und weinte, und ich ging langsamer, um zu sehen, ob er verletzt war: Du weißt ja, wie das ist, wenn man ein Kind weinen hört. Na ja, er hatte nur einen Kratzer, ein Knie war aufgeschürft. Aber der Vater war offenbar blind. Er schien nicht zu wissen, was passiert war. Er sagte die ganze Zeit: ›Was ist los, Dorothy? Dorothy, was ist los? Dorothy, ist er verletzt?‹ aber Dorothy antwortete ihm nicht. Sie nahm den Jungen, der hingefallen war, auf den Arm, und dann setzte sie den anderen, älteren Jungen, der viel zu groß war, um noch getragen zu werden, auf ihre Hüfte, und sie verschwand fast zwischen all den Wintermänteln und Schals, und sie hatte auch noch eine große Handtasche dabei und außerdem eine riesige Plastiktüte, wahrscheinlich mit Lebensmitteln, aber das war im Licht der Straßenlaterne schwer zu erkennen. Sie *schwankte* regelrecht und kam kaum vorwärts. Und er fragte immer noch: ›Was ist los?‹ und tastete verzweifelt mit seinem Stock umher. Sie sagte: ›Hör zu, du wartest hier. Ich muß den Wagen holen. Nicholas kann nicht laufen.‹ Er sagte: ›*Warum* kann er nicht laufen? Was um Himmels willen ist passiert?‹, und da wurde sie ärgerlich und sagte: ›Frag nicht soviel, warte einfach. Reg dich nicht auf. Bleib hier stehen, ich komme zurück. Jason, du wiegst eine Tonne. Nicholas, halt dich an Mami fest...‹ Ich hätte am liebsten zu dem Mann gesagt: ›Es ist nichts Schlimmes, nur ein Kratzer.‹ Zu der Frau hätte ich am liebsten gesagt: ›Wozu das Auto holen? Warum tun Sie das? Und wenn Sie schon den Wagen holen müssen, warum lassen Sie dann Ihre Kinder, Ihre Tüte und das ganze Zeug nicht bei ihm. Er wird bestimmt damit zurechtkommen. Warum mühen Sie sich so ab, *warum*? Warum sind Sie nur so eigensinnig und umständlich?‹«

»Ja, wenn man daran denkt, was für ein schweres Schicksal manche Leute haben«, sagte Bonny, »sollten wir dankbar sein, daß es uns so gut geht. Findet ihr nicht?«

Sie hatte nicht begriffen, worum es Emily ging. Die anderen vermutlich auch nicht, dachte Morgan. Das Klicken der Würfel und Klappern der Stricknadeln ging unvermindert weiter. Ein Holzscheit fiel in die Glut. Funken stoben nach allen Seiten, und der Hund schreckte auf und klopfte halbherzig mit dem Schwanz auf den Teppich. Brindle blätterte die Seiten ihres Katalogs um, die voller grellbunter, unscharfer Abbildungen waren. *Sensationelle Seifenschale!* las Morgan. *Superstabile Pinzette! Neuartiges Haarsieb hält den Abfluß frei!* Er hob den Blick und schaute in Emilys Augen. Sie sah wunderschön und entrückt aus, sie unterschied sich so sehr von den anderen, daß sie fast kleiner als die Kinder wirkte.

Als sie dann aufbrechen mußte, war es ausgerechnet Bonny, die Morgan bat, sie zum Wagen zu begleiten. Aus der falschen Deutung von Emilys Erzählung heraus sagte Bonny: »Achte darauf, Morgan, daß sie die Türen von innen verriegelt. Du hast ja gehört, was für sonderbare Leute draußen herumlaufen.« Emily ließ sich von Morgan in den Mantel helfen, winkte zum Abschied in die Runde und küßte Bonny auf die Wange. »Besuch mich mal unter der Woche«, sagte Bonny. »Wir können ja zusammen Mittag essen, wenn Gina in der Schule ist. Es ist schon ewig her, daß wir uns zum Mittagessen verabredet haben! Warum haben wir so lange nichts von dir gehört?« Emily gab darauf keine Antwort. Sie und Morgan gingen die Eingangsstufen hinunter und traten hinaus auf den Bürgersteig. Die Nachtluft war von schneidender Kälte, und Morgans Absätze machten bei jedem Schritt ein metallisches Geräusch. Er trug seinen dicken Parka und hatte die Kapuze aufgesetzt; Emilys Mantel dagegen sah überhaupt nicht warm aus. Zwar trug sie eine schwarze Strumpfhose, aber ihre schmalen, hauchdünnen Schuhe waren bestimmt kein Schutz gegen die Kälte. Er nahm ihre Hand. Sie hatte winzige hervorstehende Knöchel, und ihre Finger fühlten sich eisig an. »Morgen ist Sonntag«, sagte er. »Da kannst du vermutlich nicht weg von zu Hause.«

»Nein, ich glaube nicht.«

»Dann vielleicht am Montag.«

»Vielleicht.«

»Komm am frühen Abend vorbei. Du kannst ja sagen, daß du noch Milch holen mußt oder so. Ich warte im Laden auf dich.«

»Aber diese Ausrede benutze ich ständig.«

»Hat er denn schon einmal eine Bemerkung darüber gemacht?«

»Nein.«

Sie ließen ihre Hände los. Dieses »er«, das ihre Heimlichtuerei deutlich machte, entfernte sie voneinander. Wenn sie alleine waren, erwähnten sie Leon nicht mehr. Morgan konnte an ihn nicht ohne einen Anflug von Trauer und Reue denken. Er schien Leon mehr denn je zu mögen und empfand wachsende Achtung vor seinem würdevollen Gesicht mit den hohen Wangenknochen, das – wenn man es sich recht überlegte – so eindrucksvoll und stoisch wirkte wie das eines Indianers. (Leons große schwarze Augen hatten in letzter Zeit häufig einen stumpfen, ausdruckslosen und unbeteiligten Ausdruck, wenn er Morgan anschaute.) Aber Bonny gegenüber empfand Morgan überhaupt keine Schuld. Er hatte seine Gefühle für sie einfach in einem anderen

Ordner abgeheftet. Wenn er nach Hause kam, freute er sich immer noch genauso wie früher über ihr unbekümmertes Kichern, ihre schweren Brüste und die geistesabwesende Art, mit der sie ihn umarmte, wenn sie ihm auf einem der vollgestopften Flure über den Weg lief.

Sie waren bei Emilys Auto angekommen. Emily wollte gerade auf die Straße treten, um auf der Fahrerseite einzusteigen, aber er hielt sie fest und zog sie an sich. Der Duft ihrer Haut, rein und frisch wie Schnee, vermischte sich mit dem leichten Sherrygeruch ihres Atems. Er küßte die Mulde zwischen ihrem Kiefer und ihrem Ohrläppchen. »Morgan«, sagte sie, »jemand könnte uns sehen.« (Sie hatte übertriebene Angst vor Gerüchten. Sie hielt die Menschen für aufmerksamer, als sie es in Wirklichkeit waren.) Er hatte den Wunsch, sie ganz in sich aufzunehmen. Er küßte sie auf den Mund – ihre trockenen, klarumrissenen, zerfurchten Lippen erfüllten ihn mit einer seltsamen Rührung – und knöpfte ihren Mantel auf, schob seine Hände darunter und umfaßte sie. Ihr Körper war so dünn und biegsam, daß es Morgan vorkam, als würde ihm etwas entgehen, als gleite sie ihm aus den Händen.

»Bleib ein bißchen«, flüsterte er ihr ins Ohr.

»Ich kann nicht«, sagte sie, aber sie hielt ihn noch einen Augenblick fest. Dann machte sie sich los, lief um den Wagen herum und stieg ein. Die Scheinwerfer leuchteten auf. Der Motor sprang keuchend an, und sie fuhr los. Morgan schaute ihr nach. Er knetete seine Unterlippe mit den Fingern und dachte darüber nach, was er hätte sagen sollen: Ich will dich sehen, auch wenn morgen Sonntag ist. Versprich mir, daß du Montag kommst. Warum trägst du keine Handschuhe? Wenn ich morgens aufwache, fühle ich mich neuerdings immer schwungvoll und froh, und ich weiß, daß es wieder etwas gibt, wofür es sich zu leben lohnt.

2 Sobald das Wetter wärmer wurde, fing Emily an zu joggen. Morgan wunderte sich darüber – es paßte nicht so recht zu ihr. Sie kaufte ein Paar unförmige gelbe Laufschuhe und einen Schrittzähler. Beim Laufen trug sie einen alten Ledergürtel von Leon, an dem sie den Schrittzähler befestigte. Ein paarmal, als Morgan auf dem Weg zu ihr war, sah er sie schon einige Häuserblocks von ihrer Wohnung entfernt in seine Richtung laufen. Ihre Beine schnellten wie dünne Stäbe unter ihrem unsportlichen Rock hervor. Durch die gelben Schuhe wirkten ihre Füße überproportional groß. Es hatte immer den Anschein, als laufe sie nur *zufällig* – weil sie den Bus noch erwischen wollte oder ihr plötzlich eingefallen war, daß sie eine Herdplatte angelassen hatte. Vielleicht lag es an ihren kurzen Schritten, die sportlichen Ehrgeiz vermissen ließen. Vielleicht auch an dem Flattern und Wippen ihres Rocks. Aber sobald sie in Hörweite war, rief sie, ohne langsamer zu werden: »Bin gleich bei dir. Nur noch eine Runde!« Und wenn sie schließlich anhielt, überraschte ihn die Anzeige auf dem Schrittzähler: Sechs Kilometer. Sieben. Acht. Sie ging immer bis an ihre Grenze.

Einmal fragte Morgan, warum sie joggte.

»Nur so«, antwortete sie ihm.

»Willst du etwas für deinen Kreislauf tun? Oder für deine schlanke Linie? Trainierst du für einen Marathon?«

»Ich laufe einfach nur so«, sagte sie.

»Aber warum quälst du dich dann?«

»Ich quäle mich nicht.«

Sie quälte sich doch. Nach dem Joggen strahlte sie etwas Eindringliches aus. Sie war dann schweißgebadet, aufgewühlt, ein zitterndes Bündel harter Muskeln. Ihre Haare standen vom Kopf ab, als wären sie elektrisch aufgeladen, und jede Strähne war genauso gewellt wie Emilys gewellte, bernsteinfarbene Haarspangen. Sie hatte so wenig Ähnlichkeit mit anderen Frauen, daß Morgan nicht recht wußte, wie er mit ihr umgehen sollte. Sie verblüffte, rührte und faszinierte ihn zugleich, und er strich leidenschaftlich gerne über die neuen Muskelstränge in ihren Kniekehlen. Er konnte sich nicht vorstellen, wie es war, Emily zu sein.

Im Eisenwarenladen schloß er eines Nachmittags die Augen und sagte zu ihr: »Sag mir, was du siehst. Laß mich mit deinen Augen sehen.« Sie sagte: »Einen Tisch. Einen Aktenschrank. Ein Sofa.« Dann wußte sie anscheinend nicht weiter. Er öffnete die Augen und schaute sie an. Sie schien mit hilflosem Gesichtsausdruck zu überlegen, was er von ihr erwartete. Aber er hatte nichts weiter gewollt, als ihre klare, nüchterne Sichtweise zu teilen. Auch wenn er wußte, daß er sie sich nie länger als einen Moment würde zu eigen machen können.

Morgan selber war kein Freund von körperlicher Ertüchtigung. Genaugenommen haßte er es, Sport zu treiben (und genaugenommen war er natürlich viel älter als Emily und zudem nicht besonders gut in Form). Auch Leon war daran nicht interessiert. Leon gehörte zu den Menschen, die von Natur aus sportlich wirken. Er war in guter körperlicher Verfassung, kräftig und stattlich mit geschmeidigen Muskeln. Er sah distanziert und nachsichtig zu, wie Emily joggte. »Sie macht es ganz falsch«, sagte er zu Morgan. »Sie strengt sich viel zu sehr dabei an.«

»Ach! Das habe ich ihr auch schon gesagt.«

»Sie nimmt immer alles so ernst. Will immer gewinnen.«

Sie saßen an einem sonnigen Märztag auf den Eingangsstufen des Hauses in der Crosswell Street. Das Wetter hatte etwas Zaghaftes an sich. Nach dem schrecklichen, bitterkalten Winter trauten die Menschen dem Frühling noch nicht über den Weg. Sie zogen weiterhin dicke Wollkleidung an und legten, wenn ihnen zu warm wurde, ein Kleidungsstück nach dem anderen ab. Bonnys Buchsbaum war immer noch mit Jute bedeckt und Bonny trauerte schon jetzt um die Knospen ihrer Kamelien, die sich leichtsinnig hervorgewagt hatten und beim nächsten Frost bestimmt abfallen würden. Aber das Wetter wurde unaufhaltsam wärmer. Die Kamelienblüten öffneten sich triumphierend, und ihre kräftigen, seidigen Blätter leuchteten rosa. Morgan und Leon saßen in Hemdsärmeln auf der Treppe; sie fröstelten leicht, waren aber zu faul, ins Haus zu gehen, um ihre Jacketts zu holen. Emily bog um die Ecke: sie glich einem kleinen, in der Ferne flatternden schwarzen Schmetterling mit gelben Füßen. Es sah so aus, als würde sie bis in alle Ewigkeit so weiterlaufen. Sie war wie das bezopfte Bauernmädchen in einem Wetterhäuschen, das bei Regen wie bei Sonnenschein mit herzerwärmender Unverdrossenheit den ihm vorgezeichneten Weg geht. Morgan fühlte sich schwerelos vor Glück, und er räkelte sich in der Sonne und strahlte alles um ihn herum gleichermaßen liebevoll an: Leon und die dürren, ausschlagenden Bäume und Emily, die unbeirrt ihre Runden drehte, und die Möwen, die zwischen den Schornsteinen hindurch träge in Richtung Hafen segelten.

3 Leons Vater hatte einen Herzinfarkt, und Leon fuhr nach Richmond, um ihn zu sehen. Morgan besuchte Emily noch am selben Abend. In der Küche rührte Gina den Kuchen für einen Schulbasar an. Sie kam immer wieder ins Wohnzimmer und fragte, wo die Vanille oder das Mehlsieb waren, oder hüpfte um Morgan herum und durchsuchte ihn nach den Hustenbonbons, die sie so gerne lutschte. Morgan ließ sie gewähren. Er streckte geduldig die Arme aus, während sie in seinen Taschen herumkramte. Wenn sie dann in die Küche zurückgekehrt war, führten er und Emily eine beiläufige, gekünstelte Unterhaltung. Früher hätte er sich wahrscheinlich, ohne darüber nachzudenken, zu ihr auf das Sofa gesetzt, aber jetzt war er sorgfältig darauf bedacht, in angemessener Entfernung in einem der unbequemen Sessel zu sitzen. Er räusperte sich und sagte: »Bonny läßt dich fragen, ob sie dir ihr Auto leihen soll.«

»Das ist sehr nett von ihr, aber es ist nicht nötig.«

»Und was ist, wenn er längere Zeit wegbleibt? Dann brauchst du es vielleicht.«

»Nein.«

»Und was ist, wenn er übers Wochenende bleibt und du eine Vorstellung hast?«

»Dann sage ich ab.«

»Oder ich könnte an seiner Stelle mitkommen. Warum nicht? Ich komme als Leon mit.«

»Ich werde einfach absagen.«
Sie schauten sich an. Emily wirkte blasser als sonst. Sie strich ständig über ihren Rock, aber als sie seinen Blick bemerkte, hörte sie abrupt damit auf und faltete die Hände im Schoß. Die Belastung war vermutlich zu groß für sie. Sie war es nicht gewohnt, jemanden zu belügen. Er eigentlich auch nicht – zumindest nicht seine Familie. Er wünschte, sie könnten es allen erzählen und endlich mit dem Versteckspiel aufhören. Leon würde sagen: »Ich verstehe«, und Morgan könnte bei ihnen einziehen, und sie könnten endlich alle vier glücklich und zufrieden zusammenleben; sie würden Witze darüber machen, wie heimlichtuerisch sie anfangs gewesen waren, wie besitzergreifend, wie egoistisch.
Emilys Augen waren von dunklen Schatten umgeben, die ihr Ähnlichkeit mit einem Waschbären verliehen.
Morgan stand auf und sagte: »Ich muß los. Bringst du mich nach unten?«
»Ja, natürlich«, sagte Emily. Sie stand ebenfalls auf und glättete erneut mit einer nervösen Handbewegung, die gar nicht zu ihr paßte, ihren Rock.
Sie gingen den Flur entlang und kamen an der Küche vorbei. Emily steckte kurz den Kopf durch die Tür. »Ich bin gleich zurück, Gina«, sagte sie.
»Ist gut«, sagte Gina geistesabwesend. Sie wirkte hektisch und war über und über mit Mehl bedeckt.
Morgan nahm Emilys Hand und ging mit ihr durch die Wohnungstür. Aber auf dem Treppenabsatz hörte er, daß sich von unten Schritte näherten, und er ließ sie los. Es war Mrs. Apple, in einem flauschigen peruanischen Poncho. Sie klapperte geschäftig mit ihrem Schlüsselbund. »Oh! Emily. Guten Abend, Dr. Morgan«, sagte sie. »Ich wollte gerade vorbeischauen, um mich nach Leons Vater zu erkundigen. Wird er wieder gesund werden? Haben Sie schon etwas gehört?«
»Bis jetzt noch nicht«, sagte Emily. »Leon will mich heute abend anrufen.«
»Ich kann mir vorstellen, wie besorgt Sie sein müssen.«

Morgan lehnte sich ermattet gegen das Geländer und hoffte, daß sie sich kurzfassen würde.
»Aber für die moderne Medizin«, sagte Mrs. Apple, »ist so etwas kein Problem. Ein Herzinfarkt ist heutzutage ein Klacks. Man kann alles austauschen. Die Ärzte werden ihm einen Teflonschlauch oder eine Batterie oder sonst etwas einsetzen, und er wird damit noch jahrelang weiterleben. Er wird ewig leben, sagen Sie das Leon. Stimmt doch, Dr. Morgan?«
»Stimmt«, sagte Morgan und starrte an die Decke.
Wenn er seine Hand auf dem Geländer nach oben schob, konnte er die Rückseite von Emilys Rock berühren – den kühlen, glatten Stoff, durch den die Wärme des Körpers zu spüren war. Seine Fingerspitzen verharrten in einer ganz leichten Berührung. Mrs. Apple bemerkte es nicht. »Wenn er morgen abend noch nicht zurück ist«, sagte sie zu Emily, »kommen Sie mit Gina zum Abendessen zu mir. Es gibt zwar nichts besonderes: Sie wissen ja, ich bin seit kurzem Vegetarierin...«
Als sie die beiden alleine ließ, stürmte Morgan, ohne sich von ihr zu verabschieden, zur Haustür hinaus. Emily mußte rennen, um ihn einzuholen. »Ich kann die Frau nicht ertragen«, sagte er.
»Ich dachte, du magst sie.«
»Sie wiederholt sich ständig.«
In schnellem Tempo überquerten sie die Straße und gingen zu Morgans Pick-up. Es war eine kühle, windige Nacht, mit wolkenverhangenem Himmel. Trotzdem waren einige Menschen auf der Straße – eine Gruppe Jugendlicher hatte sich unter einer Laterne versammelt, ein paar Frauen saßen auf der Vordertreppe eines Hauses. Als Morgan bei seinem Pick-up ankam, legte er eine Hand auf den Türgriff und sagte: »Laß uns irgendwohin fahren.«
»Ich kann nicht.«
»Nur ein Stückchen. Nur um alleine zu sein.«
»Gina wird sich Sorgen machen.«
Er hielt sich an der Tür fest.
»Ich weiß nicht, was ich machen soll«, sagte sie.
»Machen?«

Er schaute sie an. Sie hatte die Arme verschränkt und fixierte irgendeinen Punkt auf der anderen Straßenseite. »Ich denke daran wegzugehen«, sagte sie. »Einfach zu verschwinden.«
Der Grund war bestimmt wieder Leon. Morgan hatte geglaubt, sie würde sich nicht mehr über ihn aufregen. Außerdem hatte er nie ganz verstanden, worüber sie sich eigentlich aufregte. Anscheinend übersah er irgend etwas. Meinten sie dieselbe Ehe? ›Emily, was *genau* ist das Problem?‹ wollte er sie manchmal fragen, aber er unterließ es jedesmal. Er lehnte sich gegen die Tür des Pick-ups, schob seinen Panamahut so weit ins Gesicht, daß seine Augen verdeckt waren, und hörte ihr aufmerksam zu.
»Meine Sachen sind so gut wie gepackt«, sagte sie. »Schon seit Jahren. Heute morgen wachte ich auf und dachte: ›Warum gehst du nicht einfach weg? Wäre das nicht das einfachste?‹ Meine Sachen lassen sich zusammenfalten und knittern nicht. Ich brauche für sie nur eine einzige Schublade, und sie passen problemlos in den Koffer, der im Wandschrank steht. Ich besitze immer noch das Kosmetikset, das ich gekauft habe, als ich jungverheiratet war. Ich bin zum Aufbruch bereit! Wahrscheinlich habe ich immer gewußt, daß es soweit kommen würde. Ich habe es so eingerichtet, daß ich jederzeit meine Sachen packen und verschwinden kann.«
Das interessierte Morgan. »Ja, ja«, sagte er nickend zu sich selber. »Ich verstehe, was du meinst.«
Emily redete ohne Pause weiter, wie jemand, der im Fieberwahn phantasiert. »Weißt du was, wenn ich jogge, stelle ich mir vor, daß ich mich auf einen Notfall vorbereite. Eine überstürzte Flucht, einen nationalen Notstand. Ich finde es beruhigend zu wissen, daß ich kilometerweit rennen kann. Manchmal wache ich nachts plötzlich zu Tode erschrocken auf, und mein Herz rast wie wild. Dann sage ich mir: ›Ruhig Blut, Emily, du schaffst es schon. Du weißt, wie man überlebt. Wenn es sein muß, kannst du acht Kilometer am Stück rennen, und du hast deinen Koffer in exakt dreißig Sekunden gepackt –‹«
»Was du brauchst, ist ein Rucksack«, sagte Morgan. »Ein Armeerucksack, damit du die Hände frei hast.«

Emily sagte: »Ich bin siebzehn Tage über die Zeit.«
»Siebzehn Tage!« sagte Morgan.
Zuerst glaubte er, sie spräche von einem neuen Ziel, das sie sich beim Joggen gesteckt hatte. Auch als er verstand, was sie meinte, hatte er Schwierigkeiten, die Bedeutung zu erfassen. (Es war Jahre her, seit er und Bonny sich zum letztenmal mit diesen Dingen auseinandersetzen mußten.) »So was aber auch!« sagte er, um Zeit zu schinden, und nickte schneller mit dem Kopf.
»Natürlich könnte es auch falscher Alarm sein.«
»Ach, ja, falscher Alarm.«
»Würdest du bitte aufhören, alles nachzuplappern.«
Dann begriff er plötzlich. Er stellte sich gerade hin, riß am Türgriff des Wagens, die Tür schwang auf, und Emilys Gesicht wurde in Licht getaucht. Sie sah schläfrig aus und blinzelte; ihre Augen hatten sich an die Dunkelheit gewöhnt. Aber sie hielt seinem Blick stand. »Emily«, sagte er, »was soll das bedeuten?«
»Was glaubst du denn, daß es bedeutet?«
Ihr Gesicht sah verkniffen aus, als habe sie Angst.
Er betrachtete die Angelegenheit auf einmal von ihrer Warte: sie hatte siebzehn Tage gewartet, ohne mit jemandem darüber zu sprechen. Er schloß die Tür wieder und legte einen Arm fest um sie. »Du hättest es mir schon früher erzählen sollen«, sagte er.
»Ich fürchte mich vor Leons Reaktion.«
»Tja, also ...«, er hüstelte. »Ehem ... wird er es denn wissen? Ich meine, wird er wissen, daß er, ehem, nichts damit zu tun hat?«
»Natürlich wird er das«, sagte Emily. »Er kann schließlich zählen.«
Morgan dachte darüber nach – und über das, was es offenbarte. Er klopfte ihr auf die Schulter und sagte: »Mach dir keine Sorgen, Emily.«
»Vielleicht sind es bloß die Nerven.«
»O ja. Die Nerven.« Er merkte, daß er ihr wieder nachplapperte, und fügte darum schnell hinzu: »Das ist ein – ich komme nicht auf den Ausdruck – ein *Circulus vitiosus*, ein Teufelskreis. Je größer die Verspätung, desto nervöser wirst du natürlich, und dadurch wird die Verspätung noch größer, und du wirst noch –«

»Ich bin nicht gegen Abtreibungen«, sagte Emily. »Aber für mich kommt das nicht in Frage.«
»Ach?« sagte er.
Er runzelte die Stirn.
»Für wen denn dann?«
»Ich will damit sagen, Morgan, daß ich mich zu dem Eingriff, glaube ich, nicht durchringen könnte.«
»Ah ja. Also –«
»Ich könnte mich nicht dazu durchringen. Das ist alles.«
»Aha, nein, natürlich nicht. Auf keinen Fall«, sagte er. »Nein, natürlich nicht.«
Er bemerkte, daß er ihr immer noch auf die Schulter klopfte. Es war eine automatische Bewegung, von der sich seine Handfläche allmählich taub anfühlte. »Wir sollten nicht hier draußen herumstehen«, sagte er. »Du gehst jetzt besser wieder rein.«
»Ich dachte, ich wäre so vorsichtig gewesen«, sagte sie zu ihm. »Ich verstehe es nicht.«
Das waren auch immer Bonnys Worte gewesen – vor langer, langer Zeit, als sie jung und unbeschwert waren. Er hatte das alles bereits durchgemacht. Er war mehrfacher Großvater. Er führte Emily mit dem zögernden Schritt eines alten Mannes zu ihrem Haus. »Tja nun, tja nun«, sagte er, um das Schweigen zu überbrücken. Auf den Eingangsstufen fiel ihm etwas ein. »Aber du könntest zumindest zum Arzt gehen und einen Test machen lassen.«
»Du weißt, daß ich Ärzte nicht ausstehen kann. Ich hasse es... jemandem ausgeliefert zu sein.«
»Schon gut, reg dich nicht auf. Morgen wirst du feststellen, daß es bloß die Nerven waren oder du dich einfach verzählt hast. Du wirst schon sehen.«
Er küßte sie zum Abschied, hielt ihr die Tür auf, während sie ins Haus ging, und lächelte ihr durch die Scheibe zu. Er war seelenruhig. Und warum auch nicht?
Das war alles nur ein Traum.

4 Von nun an bedeutete jeder Tag ein weiteres leeres Feld im Kalender, ein weiteres heimliches Gespräch am Telefon oder im Eisenwarenladen. Leon war aus Richmond zurückgekehrt; in seiner Gegenwart konnten sie nicht reden, aber Emilys verhangener Blick verriet Morgan, wenn er kurz bei ihnen hereinschaute, alles, was er wissen wollte.
Eine Woche verging und dann noch eine. »Was ist los mit Emily?« fragte Bonny. »Hast du sie in letzter Zeit gesehen? Sie besucht uns gar nicht mehr.«
Morgan spielte mit dem Gedanken, ihr die Wahrheit zu sagen. Schlicht und einfach die Wahrheit. »Nun ja«, würde Bonny dann vielleicht sagen, »das kommt eben vor.« Oder leichthin: »Ich hatte so etwas schon vermutet.« (Sie war schließlich seine älteste Freundin. Sie kannte ihn seit über dreißig Jahren.) Aber er schwieg – oder sagte etwas Beiläufiges, Abwegiges; nichts von Belang.
Einmal traf er Emily zufällig im Quick-Save-Supermarkt. Sie stand vor dem Regal mit den Dosensuppen. Sie diskutierten auf der Stelle, ohne sich überhaupt zu begrüßen, alle möglichen Anzeichen und Symptome. (»Ich leide kein bißchen unter morgendlicher Übelkeit. Und das müßte ich doch, meinst du nicht? Bei Gina war mir immer furchtbar übel.«) Mitten im Supermarkt schob Morgan seine Fingerspitzen sachkundig unter den Ausschnitt ihres Trikots, während er mit unbeteiligter Miene in eine andere Richtung schaute, aber ihre Brüste waren so klein und fest wie immer. Bestürzt stellte er fest, daß er große Lust hatte, auf der Stelle gemeinsam mit ihr in sein Büro zu gehen und sich dort auf das abgewetzte Sofa zu legen. Aber er schlug es nicht vor. Nein, wenn es sich als falscher Alarm erweisen würde, würden sie nichts als fröhliche, ausgelassene, ehrliche Kameraden sein, das schwor er sich – er und Emily und Leon, sie würden alle drei miteinander glücklich sein, und er würde noch nicht einmal Emilys Hände halten, außer... naja, wenn er ihr aus einem Boot helfen oder mit ihr aus dem Fenster eines brennenden Hauses springen würde.
Er wälzte diese Gedanken hin und her, verdrängte sie, zerrte sie

wieder an die Oberfläche, aber das Merkwürdige war, daß er vollkommen über den Dingen zu stehen schien. Er schien sich von allem entfernt zu haben. Sogar sein Haus und seine Familie sah er plötzlich mit den Augen eines unbeteiligten Beobachters. Häufig blieb er im Türrahmen, in der Tür zu seinem Zimmer beispielsweise, stehen und blickte umher, als wolle er sich eine Meinung über das Leben eines anderen bilden. Es gefiel ihm recht gut: das Fenster war offen, die Vorhänge flatterten im Wind. Er bemerkte, wie reizend Bonny aussah, wenn sie, was häufig passierte, in hilfloses Gelächter ausbrach. Wenn das Haus voller Frauen war, hörte es sich manchmal so an, als würde Wasser durch die Zimmer der oberen Stockwerke strömen. Seine Mutter und seine Schwester sprachen die altbekannten Sätze, die ebenso wohlgesetzt waren wie der Refrain eines Gedichts. »Jetzt beginnt wieder die Artischockenzeit, kleine spitze Blätter mit Zitronenbutter...« »Wenn Robert Roberts mir nicht all meine Kraft und all meine Liebe geraubt hätte...« Eine der Zwillinge – Susan, die nie geheiratet hatte – war zu Hause und erholte sich von einer Gelbsucht. Sie lag friedlich in ihrem alten Bett und strickte aus allen verfügbaren Wollresten eine wunderschöne, bunte Pudelmütze für Morgan. Und was seine anderen Töchter betraf – so fand er anscheinend jetzt, da er mit ihren lebhaften Kindern herumtollte, langsam Gnade vor ihren Augen. Die Eigenschaften, die ihnen an ihrem Vater peinlich gewesen waren, waren bei einem Großvater liebenswert exzentrisch. Ja, und auch seine Arbeit war, genaugenommen, gar nicht so furchtbar – der Eisenwarenladen roch nach Holz und Maschinenöl, und Butkins saß auf einem der Hocker hinter dem Tresen. Butkins! Ein dünner Mann mit aschfahler Haut, dessen Nase so spitz war, daß es den Anschein hatte, als hänge an ihr ständig ein durchsichtiger Tropfen. Auch er war jung gewesen – dreiundzwanzig –, als Onkel Ollie ihn eingestellt hatte, und in Morgans Vorstellung war er nie älter geworden, aber jetzt schaute Morgan ihn sich genauer an und sah, daß er auf die Vierzig zuging und ihm die schlechte Gesundheit seiner Frau und der Tod seines einzigen Kindes stark zu schaffen machten. Er war geradezu vor Kummer gebeugt, als sei er in der Mitte seines Körpers eingeknickt. Seine Augen waren von einem so blassen und milchigen Blau, wie Morgan es noch nie gesehen hatte, und sie wirkten unendlich milde und duldsam. Morgan fand, er habe zuviel Zeit vergeudet und es beinah verpaßt, sich mit diesem Mann näher zu beschäftigen. Er entwickelte die Angewohnheit, auf den Stufen zum Büro zu hocken, beiläufig eine Zigarette zu rauchen und Butkins so lange bei der Arbeit zu beobachten, bis Butkins nervös wurde und beim Kassieren das Wechselgeld auf den Tresen fallen ließ.

Emily rief Morgan im Eisenwarenladen an. »Ich bin zu Hause«, sagte sie. »Leon ist nicht da.«

»Wie geht's?« fragte er.

»Ganz gut.«

»Fühlst du dich wohl?«

»Ja, aber mein Rücken tut ein bißchen weh.«

»Rückenschmerzen. Das ist gut! Ja, ich bin mir sicher, das ist ein gutes Zeichen.«

»Oder auch nicht«, sagte Emily. »Und überhaupt, vielleicht bilde ich sie mir auch nur ein.«

»Nein, nein, wie soll man sich denn Rückenschmerzen einbilden können?«

»Das ist gut möglich. Ich finde es gar nicht abwegig.«

»Also, was genau spürst du?«

»Ich weiß nicht, vielleicht tut es gar nicht wirklich weh.«

»Bitte, Emily. Sag mir einfach, was du spürst.«

»Schnauz mich nicht an, Morgan.«

»Schatz, ich habe dich nicht angeschnauzt. Sag es mir einfach.«

»Du hast immer so einen... väterlichen Tonfall.«

Er zündete sich eine Zigarette an. »Emily«, sagte er.

»Also gut, es ist wie ein Zerren im Rücken. Ein ermüdendes In-die-Länge-gezogen-Werden. Glaubst du wirklich, das ist ein gutes Zeichen? Ich habe heute morgen versucht zu joggen, aber ich habe es nicht weiter als bis zur nächsten Straßenecke geschafft. Gleich muß ich zu Ginas Turnwettkampf, und ich habe das Gefühl, ich schaffe es einfach nicht. Ich weiß genau, daß ich es nicht schaffen werde. Am liebsten würde ich mich wieder ins Bett legen und schlafen. O je, Müdigkeit ist doch ein schlechtes Zeichen, fällt mir gerade ein. Ein deutlicheres Zeichen gibt es gar nicht.«

»Unsinn«, sagte Morgan zu ihr. »Du bist überanstrengt, weiter nichts. Das ist auch kein Wunder, Emily, du solltest dich ein bißchen ausruhen.«

»Naja, vielleicht nach Ginas Wettkampf.«

»Wann ist der? Ich werde an deiner Stelle hingehen.«

»Oh... in einer halben Stunde. Aber sie rechnet mit mir.«

»Ich werde ihr erklären, daß du dich nicht wohl fühlst und sie mit mir vorlieb nehmen muß.«

»Aber ich vernachlässige sie in letzter Zeit so oft –«

»Geh ins Bett, Emily«, sagte er. Er legte den Hörer auf.

Er sagte Butkins, daß er für eine Weile weg mußte. Butkins nickte und sortierte weiter alphabetisch Päckchen mit Blumensamen. Wenn all dies vorbei war, beschloß Morgan, würde er sich mit ganzer Kraft dem Eisenwarenladen widmen. Er würde belegte Brote von zu Hause mitbringen und auch während der Mittagspause im Laden bleiben. Er rückte sein Barett zurecht und machte sich auf den Weg zu seinem Pick-up.

Ginas Schule lag im Norden der Stadt – die St. Andrews-Mädchenschule. Leons Eltern hatten sie ausgesucht. Da sie das Schulgeld bezahlten, war ihnen die Wahl überlassen worden, nahm Morgan an. Er hätte es vorgezogen, wenn Gina auf der staatlichen Schule geblieben wäre. Er glaubte, daß Leons Eltern einen schlechten Einfluß ausübten. Letztes Jahr hatten sie Emily zu Weihnachten einen elektrischen Mixer geschenkt. Wenn Emily nicht aufpaßte, würde ihre Wohnung bald genauso vollgestopft sein wie alle anderen Wohnungen. So etwas schlich sich unmerklich ein, hatte Morgan ihr erklärt.

Er bog in die schattige Auffahrt der St. Andrews-Schule ein und parkte neben einem Schulbus. Das Gebäude direkt vor ihm mußte die Turnhalle sein. Er erkannte das typische Echo der Stimmen. Während er über den Schulhof ging, stopfte er sein Arbeitshemd in die Hose und kämmte mit den Fingern seinen Bart. Er wollte einen guten Eindruck machen. (Gina war inzwi-

schen zehn – ein Alter, in dem man langsam vorsichtig sein mußte. Es genügte eine Kleinigkeit, um sie tödlich zu beleidigen.)
Offensichtlich kam er zu spät. Der Wettkampf hatte bereits begonnen. Die riesige Halle hatte einen nach Lack riechenden Hartholzboden, von dem jedes Geräusch widerhallte, und an einem hohen Metallgestell turnte ein kleines Mädchen. Morgan ging zur Zuschauertribüne, setzte sich in die unterste Reihe zu einigen Müttern. Die Mütter waren allesamt blond, hatten Pagenschnitte und trugen Blazer. Er versuchte sich Emily zwischen ihnen vorzustellen. Er beugte sich vor und blickte auf der Suche nach Gina in der Halle umher. Er sah jede Menge kleiner Mädchen in blauen oder lavendelfarbenen Trikots, und er wußte noch nicht einmal, welche Farbe die Mädchen der St. Andrews-Schule trugen. Daher dauerte es eine Weile, bis er sie entdeckt hatte. Sie war die blaugekleidete mit dem runden Lockenkopf. Sie hatte immer noch ein pausbäckiges Gesicht – er würde die Augen mit den schweren Lidern und den bleichen, zierlichen Mund überall ausfindig machen –, aber ihr Körper war ganz dürr geworden. Ihre schmalen Hüften standen erbärmlich hoch über ihren langen Beinen, die so dünn waren, daß man die Bewegungen der Kniescheiben erkennen konnte, wenn sie lief. Sie kam zu ihm herüber, und ihre nackten Zehen schienen sich bei jedem Schritt am Boden festzuklammern. Normalerweise hätte sie ihn umarmt, aber in Anwesenheit ihrer Freunde machte sie das nie. »Wo ist Mama?« fragte sie.
»Sie fühlt sich nicht wohl.«
»Sie kommt nie mehr irgendwohin mit«, sagte Gina, aber es schien ihr nicht viel auszumachen. Sie war mit ihren Gedanken schon wieder woanders. Sie drehte sich um und beobachtete die Mädchen der anderen Mannschaft. Dann kreischte sie: »Morgan!« und wirbelte zu ihm herum. »Du darfst hier nicht rauchen!«
Sie mußte im Hinterkopf Augen haben. Morgan murmelte: »Entschuldigung«, und schob die Zigarette wieder in die Pakkung.
»Ich könnte vor Scham im Boden versinken«, sagte sie.

»Tut mir leid, Süße.«
»Fahre ich nachher mit dir zurück?«
»Gerne, wenn du willst.«
»Das rothaarige Mädchen da drüben ist Kitty Potts. Ich hasse sie wie die Pest«, sagte Gina. Sie lief davon.
Morgan beobachtete, wie eine Reihe von Mädchen langsam und zittrig Übungen auf einem Schwebebalken vorführten. Mehrmals fiel eins von ihnen herunter und mußte dann wieder hinaufklettern. Gina fiel, als sie an der Reihe war, zweimal herunter. Als sie fertig war, tat Morgan alles weh; er hatte die ganze Zeit den Atem angehalten. Er erinnerte sich daran, daß seine Tochter Kate vor einigen Jahren auch gerne geturnt hatte. Sie hatte mehrere Auszeichnungen gewonnen. Morgan glaubte nicht, daß er auch nur ein einziges Mal gesehen hatte, wie sie bei einem der Wettkämpfe, die er besucht hatte, vom Gerät gefallen oder einen Fehler gemacht hatte. Oder vielleicht hatte er es auch nur vergessen. Aber er war sicher, daß Kate besser benotet worden war. Gina bekam eine 4,3, die von einer gelangweilt aussehenden Frau hinter einem Mikrofon durchgegeben wurde. Er war hier fehl am Platze, stellte er fest. Er hatte keine Beziehung zu seiner Umgebung – zu der unbekannten Turnhalle, den eleganten Müttern, dem Mädchen in dem Trikot, das nicht seine Tochter war. Er wäre am liebsten aufgestanden und zum Eisenwarenladen zurückgefahren.
Die Übungen am Schwebebalken waren beendet, und das Pferd für den Sprung wurde hereingebracht. Morgan fand es langweilig, beim Pferdsprung zuzuschauen. Er zog die Füße an, damit die Mädchen, die nacheinander jeweils zwei Sprünge absolvieren mußten, nicht über seine Stiefel stolperten. Ihre Arme und Beine wirkten durch die Anspannung länger, und ihre konzentrierten Mienen hatten etwas Komisches. Gina rannte mit starrem Blick an ihm vorbei. Sie sprang ab, überquerte das Pferd, aber dann machte sie einen Fehler. Anstatt aufrecht stehend zu landen, stürzte sie mit verrenkten Gliedern zu Boden.
Die Mütter erstarrten. Eine von ihnen legte ihr Nadelkissen zur Seite. Morgan schnellte von der Bank hoch. Er war sicher, daß

Gina sich den Hals gebrochen hatte. Aber nein, es war nichts passiert – sie weinte zwar, schien aber nicht ernsthaft verletzt zu sein. Sie stand auf und rieb sich ein Handgelenk. Eine junge Frau in kurzer Hose, die eine Trillerpfeife um den Hals hatte, beugte sich über sie und stellte ihr Fragen. Ginas Antworten waren nicht zu verstehen. Sie wischte sich die Tränen mit dem Ärmel ab.
Die Frau führte Gina zur Anlaufmarke, damit sie ihren zweiten Sprung absolvierte, aber Gina schüttelte schluchzend den Kopf. Die Frau versuchte, sie zu überreden. Sie strich ihr übers Haar und redete beschwörend auf sie ein. Es war barbarisch. Morgan haßte Sport. Er setzte sich hin und schob sich mit zitternden Fingern eine Zigarette zwischen die Lippen, ohne sie anzuzünden.
Gina schob die Frau zur Seite, nahm Aufstellung und fixierte das Pferd. Sie gab noch ein paar kleine Schluchzer von sich. Es waren die lautesten Geräusche in der Turnhalle. Die Zuschauer saßen vorgebeugt auf den Bänken. Gina preßte die Zähne aufeinander und nahm Anlauf. Als sie bei Morgan vorbeikam, nahm er sie nur als verwischte, vorbeidonnernde Gestalt wahr. Graziös überquerte sie das Pferd, landete perfekt und reckte die Arme empor.
Morgan sprang auf und warf seine Zigarette weg. Er rannte über die Anlaufbahn, stürmte um das Pferd herum und schloß sie in seine Arme. Tränen liefen ihm über die Wangen. »Süße, du warst großartig«, sagte er. Sie sagte: »Oh, Morgan«, und kicherte. (Sie war unversehrt. Sie hatte alles längst vergessen.) Sie machte sich von ihm los und ging zu ihren Mannschaftskameradinnen. Morgan kehrte freudestrahlend auf seinen Platz zurück und wischte sich die Augen. »War sie nicht großartig?« sagte er zu den Müttern. Er putzte sich mit seinem Taschentuch die Nase. Er war plötzlich ganz außer sich vor Glück. Es gab nichts, was er nicht erreichen könnte. Er war ein weitherziger, tiefsinniger, machtvoller Mann, und es war an der Zeit, daß er etwas unternahm.

5 Emily fragte Gina: »Wie war der Wettkampf?«
»Ganz gut.«
»Es tut mir leid, daß ich nicht da war. Willst du reinkommen, Morgan?«
»Ja, vielen Dank«, sagte Morgan. Er war erschrocken über Emilys Aussehen. Vor vier Tagen – bei ihrem letzten Treffen – hatte sie zwar einen etwas erschöpften Eindruck gemacht, aber jetzt sah ihre Haut ganz gelb und rissig aus, wie altes Porzellan. »Emily, Liebes«, sagte er. Emily deutete mit den Augen auf Gina, um ihn an ihre Anwesenheit zu erinnern, aber er achtete nicht darauf. Er schaute sich noch nicht einmal nach Leon um, der inzwischen durchaus hätte zurück sein können. »Ich bin hergekommen, um dich zum Arzt zu bringen«, sagte er.
»Ist Mama richtig krank?« fragte Gina.
»Sie muß mal gründlich untersucht werden. Du bleibst hier, Gina. Es dauert nicht lange.«
Er durchstöberte den Kleiderschrank auf der Suche nach etwas leichtem zum Überziehen, einem Pullover oder einer Jacke, aber er fand nur Emilys Wintermantel. Er nahm ihn vom Bügel, half ihr hinein, und sie ließ widerstandslos zu, daß er ihn zuknöpfte.
»Es ist gar nicht so kalt«, sagte Gina.
»Wir müssen gut auf sie achtgeben.«
Er führte Emily durch die Wohnungstür und schloß sie hinter sich. Als sie auf dem Treppenabsatz angekommen waren, hörte er, wie die Tür wieder aufging. Gina lehnte sich über das Geländer. »Darf ich die letzte Banane nehmen?« fragte sie ihre Mutter.
Morgan sagte. »Ja. Um Himmels willen. Nimm, was du willst.«
Emily sagte kein Wort. Sie schleppte sich wie eine Schwerkranke die Treppe hinunter.
Im Wagen sagte sie: »Sind wir angemeldet?«
»Wir melden uns an, wenn wir da sind.«
»Es dauert Wochen, bis man einen Termin bekommt, Morgan.«

»Heute ganz bestimmt nicht«, sagte er und fädelte sich in den Verkehr ein.

Er fuhr in die St. Paul-Street, zu Bonnys früherem Geburtshelfer. Er konnte sich nicht mehr an die Hausnummer erinnern, aber er wußte noch genau, daß nebenan eine Polsterei war, und als er ein Schaufenster voller staubiger Samtmöbel sah, trat er auf die Bremse, parkte vor einer Einfahrt und half Emily aus dem Wagen.

»Zu wem gehen wir?« fragte Emily, während sie die schmucklosen, schmutzigen Gebäude betrachtete.

»Zu Dr. Fogarty. Er hat alle meine Töchter zur Welt gebracht.«

»Morgan!«

»Was?«

»Wir können nicht zu ihm gehen.«

»Warum nicht?« fragte er.

»Er kennt dich! Morgan, wir müssen uns einen anderen Arzt suchen, wo wir einen falschen Namen angeben können.«

Morgan nahm ihren Ellbogen, schob sie die Stufen zu der messingbeschlagenen Tür hinauf und dann durch die mit Teppichboden ausgelegte Eingangshalle. »Zerbrich dir darüber nicht den Kopf«, sagte er zur ihr und drückte auf den Knopf neben dem Fahrstuhl. »Jetzt ist nicht die Zeit für solche Mätzchen, Emily.«

Die Fahrstuhltür glitt auf. Auf einem Hocker in der Ecke saß ein sehr alter schwarzer Mann in einer purpurroten, goldbesetzten Uniform. Morgan hatte gar nicht gewußt, daß es noch Fahrstuhlführer gab. »Dritter«, sagte er. Er betrat mit Emily die Kabine. Die Stille im Fahrstuhl war schwer und drückend. Emily spielte mit dem obersten Knopf ihres Mantels herum.

In der Praxis sagte Morgan zu der Sprechstundenhilfe: »Morgan Gower. Notfall.«

Die Sprechstundenhilfe schaute Emily an.

»Wir müssen auf der Stelle zu Dr. Fogarty«, sagte Morgan.

»Das ist heute leider nicht möglich. Möchten Sie einen Termin vereinbaren?«

»Ich sagte Ihnen doch, es ist ein Notfall.«
»Was fehlt Ihnen denn?« sagte sie zu Emily.
»Das werden wir Dr. Fogarty erklären, wenn wir ihn sprechen«, sagte Morgan.
»Dr. Fogarty ist sehr beschäftigt, mein Herr. Wenn Sie mir Ihre Telefonnummer geben, dann ruft er Sie nach der Sprechstunde –«
Morgan ging um ihren Schreibtisch herum und marschierte zielstrebig auf die Eichentür hinter ihr zu. Früher hatte er sich, wenn er in den Wartezimmern verschiedener Ärzte ausharrte, häufig vorgestellt, so etwas zu tun, aber er hatte immer angenommen, zuerst die Sprechstundenhilfe zu Boden stoßen zu müssen. Diese Sprechstundenhilfe war jedoch ein schmales, unscheinbares Mädchen mit dünnen Haaren, und sie stand noch nicht einmal auf, als Morgan an ihr vorbeistürmte. Er lief einen kurzen, weißgestrichenen Flur hinunter, betrat ein Zimmer voller medizinischer Geräte, kam wieder heraus und ging in ein anderes Zimmer. Dort saß hinter einem nierenförmigen Tisch ein ergrauter, in die Jahre gekommener Dr. Fogarty. Er hatte die Fingerspitzen beider Hände gegeneinander gelegt und sprach gerade mit einem sehr jungen Paar. Das Paar sah verlegen und erfreut aus. Die Frau beugte sich mit ernstem Gesicht vor, um eine wichtige Frage zu stellen. Trotz seiner Hektik hatte Morgan Zeit für einen kurzen Anflug von Mitleid. Wie unbedarft sie wirkten! Wahrscheinlich glaubten sie, dies sei der bedeutendste Moment ihres Lebens.
»Entschuldigen Sie bitte«, sagte Morgan zu ihnen. »Es tut mir leid, daß ich einfach so hereinplatze.«
»Mr. Gower«, sagte der Arzt. Er schien nicht überrascht zu sein.
»Ach? Sie erinnern sich also an mich.«
»Wie könnte ich Sie je vergessen?«
»Es ist ein Notfall«, sagte Morgan.
Dr. Fogarty schwang nun doch mit seinem Stuhl nach vorne und löste die Hände. »Ist etwas mit Bonny?« fragte er.
»Nein, nein, diesmal geht es um Emily. Es geht um Emily.« Er

hätte sie mit hereinbringen sollen. Wo war er nur mit seinen Gedanken? Er griff sich an den Kopf und zog nervös an einer Haarsträhne. »Es ist furchtbar wichtig. Sie ist völlig mit den Nerven herunter, glaubt, sie ist schwanger... Doktor, wenn sie recht hat, müssen wir es sofort wissen, auf der Stelle und nicht erst um viertel nach zwei am nächsten Dienstag oder Mittwoch oder Freitag.«

»Ich muß schon sagen, Mr. Gower«, sagte der Arzt. Er seufzte. »Warum müssen Sie immer gleich aus der Fassung geraten, wenn eine neue Phase Ihres Lebens beginnt –«

Sofort fühlte Morgan sich erleichtert. Es war also nur eine Phase! Er wandte sich dem Paar zu und sagte: »Ich bitte vielmals um Entschuldigung. Habe ich das schon gesagt? Es tut mir leid, wenn ich einen unhöflichen Eindruck gemacht habe.« Das Paar starrte ihn mit naiven, ausdruckslosen Gesichtern an.

»Bringen Sie sie in das Zimmer nebenan«, sagte der Arzt. »Ich komme dann gleich zu Ihnen.«

»Oh, vielen Dank Dr. Fogarty.«

Ihn durchströmte eine Welle der Zuneigung für den Mann, mit seinem gutmütigen Gesicht und dem dichten grauen Schnurrbart. Es mußte herrlich sein, den Ereignissen des Lebens mit so viel Gelassenheit zu begegnen. Vielleicht sollte Morgan seinen Bart abrasieren und nur noch einen Schnurrbart tragen. Während er eilig das Sprechzimmer verließ, betastete er prüfend seinen Backenbart. Er ging ins Wartezimmer, wo Emily steif und abmarschbereit neben einer birnenförmigen Frau in einem Umstandskleid auf einem Verlobungssofa saß. Die Sprechstundenhilfe beachtete ihn gar nicht. (Vielleicht geschah so etwas jeden Tag.) Er winkte Emily zu sich. Sie stand auf, und er führte sie in den neben dem Sprechzimmer gelegenen Untersuchungsraum voller medizinischer Geräte und half ihr aus dem Mantel. Es gab keine Möglichkeit, ihn aufzuhängen, also faltete Morgan ihn zu einem länglichen Bündel zusammen und legte ihn auf einen flachen, emaillierten Stahlschrank. »Habe ich es dir nicht gesagt?« fragte er Emily. »Jetzt wird alles gut. Ich kümmere mich schon um dich, mein Liebling.«

Emily stand da und schaute ihn an.
»Setz dich hin«, sagte er zu ihr. Er deutete auf die Untersuchungsliege. Sie setzte sich zaghaft auf den Hocker, der davor stand und ordnete ihren Rock.
Dann streifte Morgan im Zimmer umher. Die vielen Instrumente fand er gräßlich – all die Zangen und Pinzetten. Was für ein *Innenleben* die Frauen hatten! Er schüttelte den Kopf. In einer Ecke entdeckte er eine Krankenhauswaage. Die Person, die zuletzt darauf gestanden hatte, hatte hundertzweiundachtzig Pfund gewogen. »Du meine Güte«, sagte er mißbilligend. Er schob die Gewichte nach rechts. Sie fühlten sich massiv und verläßlich an. »Ähem, junge Frau«, sagte er zu Emily, »wenn Sie bitte mal auf die Waage steigen wollen.«
»Ich hätte mir einen Termin im Krankenhaus besorgen sollen. Bei der Familienberatung oder so«, sagte Emily, wie zu sich selbst. »Ich habe es mir jeden Tag vorgenommen, aber, ich weiß auch nicht, in letzter Zeit komme ich mir erstarrt vor, wie gelähmt.«
»Wie wär's mit einem unserer Flügelhemden?« fragte Morgan, der gerade den Inhalt eines Schrankes inspizierte. »Schauen Sie mal, sie sind rosa. Warum schlüpfen Sie nicht schnell in eins unserer Schiaparelli-Flügelhemden, mein Fräulein...«
Emily reagierte nicht. Sie saß verkrampft auf dem Hocker und hatte die Hände fest im Schoß gefaltet.
Morgan ging zu ihr und berührte ihren Arm. »Mach dir keine Sorgen, Emily«, sagte er. »Das kriegen wir alles in den Griff. Emily? Geh ich dir auf die Nerven? Soll ich dich allein lassen? Ich werde vorne auf dich warten, das ist wohl am besten... Kopf hoch, Emily.«
Sie antwortete ihm immer noch nicht.
Er ging hinaus und nahm im Wartezimmer Platz. Er setzte sich auf den Stuhl, der am weitesten von der birnenförmigen Frau entfernt war. Dennoch lastete ihre Anwesenheit auf ihm. Sie sonderte eine aufdringliche Wärme ab, auch wenn sie ganz unschuldig tat und in eine Zeitschrift namens »Baby Talk« vertieft zu sein schien. Morgan ließ den Kopf sinken und vergrub das Ge-

sicht in den Händen. Er hatte sich etwas vorgemacht. Er kannte die Wahrheit, egal wie lange Dr. Fogarty noch für den wissenschaftlichen Beweis brauchen würde. Es gab kein Entrinnen.

Er war erledigt.

Die Frau blätterte die Seiten ihrer Zeitschrift um, in der Ferne hupten Autos, und das Telefon klingelte mit einem gedämpften, schnurrenden Ton. Morgan hob den Kopf und starrte auf die Eichentür. Er versuchte, seine Lage aus einem anderen Blickwinkel zu betrachten. Ihm war eine Aufgabe übertragen worden. Das Schicksal eines menschlichen Wesens, einer Anzahl menschlicher Wesen lag in seiner Hand. Vielleicht war das seine wahre Bestimmung: sich dieser Aufgabe entschlossen und liebevoll zu widmen und sie, so gut er konnte, zu erfüllen.

6

Am Mittwoch vormittag, nachdem Emily das Ergebnis der Untersuchung erfahren hatte, fuhr Morgan zu Bonny, um es ihr mitzuteilen. Bonny hatte eine ihrer Frühjahrsputzaktionen gestartet, nach denen das Haus immer schmutziger aussah als vorher. Morgan roch den aufgewirbelten Staub schon, als er durch die Haustür trat. Sie war im Eßzimmer, hatte sich ein Tuch um den Kopf gebunden und wusch die Portraits ihrer Ahnen mit Seifenlauge ab. Mehrere finster dreinblickende Herren in Gehröcken des neunzehnten Jahrhunderts standen gegen die Stühle gelehnt. Aber Bonny ließ sich nicht einschüchtern. Sie schrubbte ihre Gesichter mit derselben Entschlossenheit ab, mit der sie früher ihre Kinder abgeschrubbt hatte. Morgan stand im Türrahmen und beobachtete sie.

Sie wrang einen Schwamm aus, wischte sich die Stirn mit der Rückseite ihres Handgelenks ab und schaute dann zu ihm hinüber. »Morgan? Was ist los?«

Er sagte: »Emily ist schwanger.«

In dem Moment, den sie brauchte, um es zu begreifen, wurde ihm klar, daß er sich falsch ausgedrückt hatte. Vielleicht würde sie ihn mißverstehen und sagen: »Das ist ja großartig. Die beiden sind bestimmt überglücklich.« Aber nein, sie hatte ihn doch richtig verstanden. Ihr Kiefer fiel herunter. Ihr Blick wurde ausdruckslos und trübe. Sie holte aus und warf ihm den Schwamm ins Gesicht. Er streifte Morgans Wangenknochen und fühlte sich feucht und warm und rauh an, richtig lebendig. In gewisser Weise war er beeindruckt. (Was für eine Frau! Direkt und kraftvoll wie ein Stromstoß.) Aber er hatte es schon immer unverzeihlich gefunden, wenn man etwas nach ihm warf. Er war empört, herrlich zornig und fühlte sich frei. Er drehte sich um und verließ das Haus.

Im Eisenwarenladen marschierte er an Butkins vorbei und griff nach dem Telefon. »Emily? Kannst du sprechen?« fragte er.

»Ja. Leon lädt die Puppen ins Auto.«

»Also, ich habe mit ihr gesprochen.«

»Was hat sie gesagt?«

»Genaugenommen gar nichts.«

»War sie sehr wütend?«

»Nein. Ja. Ich weiß es nicht«, sagte er. »Emily, hast du schon mit Leon geredet?«

»Nein. Das muß ich noch.«

»Wann?«

»Bald«, sagte sie. »Wir haben gleich eine Aufführung in der Bücherei. Ich muß warten, bis die zu Ende ist.«

»Also, ich wüßte nicht warum«, sagte Morgan.

»Vielleicht rede ich heute abend mit ihm.«

»Heute abend? Bring es lieber schnell hinter dich, Schatz«, sagte er.

»Ja, nur... weißt du, es ist schwierig, den richtigen Moment abzupassen.«

Nachdem er aufgelegt hatte, befürchtete er plötzlich, daß sie es Leon überhaupt nicht erzählen würde. Er befürchtete, für den Rest seines Lebens auf dem Sofa im Büro schlafen zu müssen – ein verwahrloster, einsamer Mann. Er hatte, wie jemand, der bei der Überquerung eines Flusses zwischen zwei sicheren Steinen ins Wasser fällt, Bonny verlassen, ohne sich seiner Zukunft mit Emily sicher zu sein. Ein Leben als Junggeselle war für ihn unvorstellbar.

Er saß eine Zeitlang untätig auf seinem Bürostuhl und trommelte mit den Fingern auf die Tischplatte. Er verspürte den Drang, Briefe zu schreiben. Aber an wen sollte er schreiben? Er überlegte, wie er an seinen Pappkarteikasten herankommen konnte. Bonny würde sich doch wohl nicht zu einer unüberlegten Handlung hinreißen lassen und ihn verbrennen oder auf den Müll werfen? Oder doch? Sie wußte, wieviel der Karteikasten ihm bedeutete.

Schließlich stand er auf und ging nach unten. Butkins war draußen, er bediente einen Kunden. Im Frühling stand ein Teil ihrer Ware auf dem Bürgersteig – verschiedene Sorten Setzlinge, Säcke voll Torf und Dünger. Morgan warf einen Blick durch das Schaufenster und sah, wie Butkins eine kleine Tagetes vorsichtig in eine braune Papiertüte schob. Er wandte sich ab und ging in den Lagerraum. Dort standen mehrere Kartons mit Gartengeräten, die darauf warteten, ausgepackt zu werden. Er kniete sich auf den Boden, öffnete einen von ihnen, holte mehrere Dutzend Schaufeln heraus und legte sie auf den Fußboden. Dann öffnete er andere Kartons und holte erst Heckenscheren hervor, dann Kultivatoren und dann gezackte Räder zum Begradigen von Rasenflächen. Im Lagerraum türmte sich bald ein Berg aus blanken Schneiden und lackierten Holzgriffen.

Butkins kam herein und sagte: »Ähem…«

Morgan betrachtete die ausgepackten Gegenstände. Dann riß er einen weiteren Pappkarton auf und griff nach einem Rasenmäherscherblatt, das in einer Schutzhülle aus Pappe steckte.

Butkins sagte: »Mr. Gower, auf dem Bürgersteig befinden sich verschiedene Sachen, die Ihnen gehören.«

»Sachen?«

»Na ja, eben… Kleidungsstücke. Und auch ein Hund.«

»Wie ist das alles dorthin gekommen.«

»Mrs. Gower hat es, äh, abgeladen.«

Morgan stand auf und folgte Butkins durch den Laden und hinaus auf den Bürgersteig, der mit Hüten und Kleidungsstücken übersät war. Eine alte Frau mit einem Gehstock probierte einen Tropenhelm auf. Harry, der noch nie ein guter Wachhund gewe-

sen war, schaute ihr mit hängender Zunge freundlich zu. Er saß auf Morgans rotweiß gestreiftem Einmal-werden-wir-noch-wach-Nachthemd. »Es tut mir leid, Mr. Gower, ich wußte nicht, was ich machen sollte«, sagte Butkins. »Es ging alles so schnell. Sie hat die Sachen regelrecht *geworfen*. Die Hälfte der Setzlinge sind dabei umgestürzt.«
»Ja, aber warum den Hund?« fragte Morgan.
»Wie bitte?«
»Den Hund, den Hund. Er ist nicht mein Hund; er gehört meiner Mutter. Ich konnte ihn noch nie leiden. Er sabbert. Warum halst sie mir den Hund auf?«
»Übrigens, wie Sie sehen, liegen hier noch weitere Kleidungsstücke.«
»Das ist ungerecht. Ich will keinen Hund.«
»Es sind Hüte und Schlafanzüge.«
»Kommen Sie zurück!« rief Morgan der alten Frau zu, die sich gerade mit seinem Tropenhelm aus dem Staub machte. Sie hatte ihn zu weit ins Gesicht geschoben – offensichtlich wußte sie nicht, wie man ihn richtig aufsetzte. »Geben Sie mir meinen Helm zurück!« schrie er. Sie lief schneller und schneller, als hätte sie Räder unter den Füßen. Morgan staunte angesichts ihres Alters und des Gehstocks über ihr Tempo.
»Soll ich ihr nachlaufen?« fragte Butkins.
»Nein, helfen Sie mir, die anderen Sachen vor den Leuten in Sicherheit zu bringen«, sagte Morgan. Butkins beugte sich hinunter und hob einen Armvoll Kleidungsstücke auf, aber dann hielt er inne, denn Morgan sagte: »Ich wette, sie weiß nicht einmal, wie man ihn befeuchtet.«
»Wie bitte?«
»Man befeuchtet den Helm mit heißem Wasser. Durch die Verdunstung wird der Kopf gekühlt.«
»Ich soll ihr also doch nachlaufen?«
»Nein, nein.«
»Gehören die Stiefel auch Ihnen?«
»Alles meins«, sagte Morgan. Er hob einen Armvoll Hüte auf und folgte Butkins in den Laden. »Ich glaube sogar, daß sie eine

ganze Menge vergessen hat. Ich habe meine Heinzelmännchenmütze gar nicht gesehen. Und meinen Sombrero auch nicht.«
»Gibt es irgendwelche Probleme zwischen Ihnen und Mrs. Gower?« fragte Butkins.
»Keineswegs. Wie kommen Sie darauf?« sagte Morgan. Er ging wieder nach draußen, um eine weitere Ladung zu holen, und scheuchte zwei kleine Jungen weg, die sich für eine Schaffellweste interessierten. »Komm mit, Harry«, sagte er zu dem Hund. »Butkins, wir brauchen die leeren Kartons aus dem Lager.«
Sie mußten sechsmal gehen. Bonny hatte wider Erwarten nichts vergessen. Morgan entdeckte seinen Karteikasten unter einem Umhang. Zwischen den Sachen waren auch seine Heinzelmännchenmütze und der Sombrero und außerdem ein napoleonischer Dreispitz, den er völlig vergessen hatte. Er wischte ihn ab und probierte ihn auf. Er betrachtete sein Spiegelbild in der vernikkelten Oberfläche der Registrierkasse. Sein bärtiges Gesicht unter der geschwungenen Krempe wirkte eingefallen. Ihm war elendig zumute. Er war eine Witzblattfigur! Er sah lächerlich aus! Sein Leben lang war er verrückt nach Hüten gewesen. Als Kind hatte er nachts im Bett den Helm eines Feuerwehrmanns oder einen indianischen Kopfschmuck getragen. Er hatte sich seitdem kein bißchen verändert. Er riß sich den Dreispitz vom Kopf und warf ihn auf den Boden.
»Oh!« sagte Butkins. »Der ist doch bestimmt wertvoll.«
»Ich kann ihn nicht leiden.«
»Sie sollten aufpassen, daß er nicht schmutzig wird«, sagte Butkins und hob ihn auf.
»Er ist schon schmutzig. Behalten Sie ihn.«
Butkins schien ihn jedoch nicht haben zu wollen. Er schaute den Hut zweifelnd und besorgt an und legte ihn vorsichtig auf den Tresen neben einen Karton mit Taschenlampen.

7 Als Morgan mittags alleine im Laden war, wählte er erneut die Nummer der Merediths. Niemand nahm ab. Sie waren vielleicht noch nicht von der Aufführung zurück. Er ließ das Telefon minutenlang klingeln. Harry lag ausgestreckt zu seinen Füßen, die Nase zwischen die Pfoten geklemmt, und hatte den Blick auf Morgan gerichtet.

Als Butkins zurückkam, beschloß Morgan, selber nicht zum Mittagessen zu gehen. Er hatte keinen Hunger. Und er ging auch nicht hinauf in sein Büro, sondern blieb in der Nähe von Butkins, dessen Anwesenheit ihm einen gewissen Trost spendete. Schweigend beobachtete er die langweiligen, vertrauten Tätigkeiten: Butkins verkaufte Farbe, Nägel, einen Griff für eine Gittertür, tauschte einen defekten Lichtschalter um. Morgan bemerkte, daß Butkins, wenn er keine Kunden bediente, in eine Art Trance verfiel; er starrte dann ins Leere, seufzte und zupfte sich geistesabwesend am Ohrläppchen. Vielleicht dachte er an seine Frau. Sie konnte nicht mehr laufen; sie litt an einer schleichenden heimtückischen Muskelkrankheit; der Name fiel Morgan nicht ein. Und Butkins' Kind war von einem Autofahrer totgefahren worden, der anschließend Fahrerflucht begangen hatte. Morgan erinnerte sich noch an die Beerdigung. Er fragte sich, wie Butkins das alles aushielt, woher er die Kraft nahm, morgens die Augen zu öffnen, sich anzuziehen, etwas zu essen und sich dann auf den Weg zum Eisenwarenladen zu machen. Er mußte Morgan aus tiefster Seele verachten. Aber als Butkins aus seiner Trance erwachte und bemerkte, daß Morgans Blick auf ihm ruhte, lächelte er bloß freundlich. »Warum gehen Sie nicht nach Hause?« fragte Morgan. »Nehmen Sie sich den Rest des Tages frei.«

»Aber heute ist nicht mein freier Nachmittag. Es ist Mittwoch.«

»Gehen Sie trotzdem.«

»Ach nein, ich bleibe lieber.«

Wie sich herausstellte, war es ein Glück, daß er blieb. Gegen fünfzehn Uhr erschien Jim – Amys Ehemann. Er war Rechtsanwalt. Aus der zielstrebigen Art, wie er zur Tür hereinkam, schloß Morgan, daß Bonny ihn geschickt hatte. Er wußte über alles Be-

scheid. Er trug einen schmalgeschnittenen grauen Anzug, hatte einen kalbsledernen Aktenkoffer in der Hand und sein Gesicht war von tiefen Furchen durchzogen. »Wo können wir ungestört reden?« fragte er Morgan.
»Ich schlage vor, in meinem Büro.«
»Also gehen wir.«
Jim ging voran. Er kannte den Weg. Morgan folgte ihm. Anstatt zielstrebig zu gehen, ließ er sich vielmehr durch den Gang treiben und stieß dabei gegen Reißschienen und Hämmer. Er überlegte teilnahmslos, wie Jim diese Sache handhaben würde. War er jemals auf ein solches Gespräch vorbereitet worden? Morgan stieg hinter Jim die Stufen hoch. Jim setzte sich auf den Drehstuhl. Morgan mußte, wie bei einem Bewerbungsgespräch, auf der Couch Platz nehmen. (Diese Strategie hatte Jim bestimmt während des Jurastudiums gelernt.) Morgan rückte die Bügelfalten seiner Hose zurecht und lächelte Jim mit einem breiten Grinsen an. Jim erwiderte das Lächeln nicht.
»Also, ich habe die Neuigkeit erfahren.«
»Ja, das habe ich vermutet.«
»Es ist uns allen völlig unklar, was du als nächstes zu tun gedenkst, Morgan.«
»Tun?«
»Welche Schritte du zu unternehmen gedenkst.«
»Ach so.«
Jim wartete. Morgan lächelte ihn weiter an.
»Morgan?«
»Also, erst mal werde ich wohl hier auf der Couch schlafen müssen«, sagte er. »Kein besonders bequemes Bett, wie du dir denken kannst. Überall sind diese blöden Knöpfe... durchgeheftet, nennt man das, glaube ich, –«
»Ich bin nicht hier, um mich nach deiner Matratze zu erkundigen, Morgan. Ich möchte wissen, welche Vereinbarungen du in Erwägung ziehst.«
»Vereinbarungen.«
»Hast du dieser anderen Frau gegenüber die Vaterschaft anerkannt?«

»Nenn sie nicht ›diese andere Frau‹, Jim. Es ist Emily. Du hast Emily kennengelernt. Und selbstverständlich erkenne ich die Vaterschaft an.«
»Morgan, ich will ja nicht taktlos sein –«
»Dann sei es auch nicht«, sagte Morgan.
Jim lehnte sich in dem Drehstuhl zurück. Sein Aktenkoffer lag wie eine Tischplatte auf seinen Oberschenkeln. Er hatte zwar schon vor langer Zeit die Pullover mit rundem Ausschnitt gegen Anzüge eingetauscht, aber er sah immer noch wie eine Schaufensterpuppe aus. Er ergraute sogar wie eine Schaufensterpuppe, fand Morgan – über seinen Ohren lag ein eleganter grauer Schatten. Jim klopfte nachdenklich auf seinen Aktenkoffer. »Dir ist doch klar«, sagte er zu Morgan, »daß du nicht der erste Mann bist, dem so etwas passiert.«
»Ach? Bin ich nicht?«
»Ich versteh nicht, was daran so komisch ist, Morgan.«
»Nein, nein... was ich damit sagen will, ist, daß ich tatsächlich der erste Mann bin, dem es auf diese spezielle Weise passiert ist. Besser gesagt, es ist das erste Mal, daß es *mir* – und auch ihr – passiert. Versuch nicht, irgendeine Statistik auf uns anzuwenden.«
Jim seufzte. »Fangen wir noch mal von vorne an«, sagte er.
»Gerne.«
»Du weißt, Morgan, daß Bonny sehr aufgebracht war, nachdem sie heute früh die Neuigkeit erfahren hatte. Aber davon geht die Welt nicht unter, habe ich zu ihr gesagt. Deswegen läßt man keine Ehe in die Brüche gehen. Oder? Beruhige dich erst einmal wieder, habe ich zu ihr gesagt. Es wird natürlich eine Weile dauern, bis sie dir vergeben kann. Es war für alle ein Schock: Amy, Jean... sie sind zwar momentan gar nicht gut auf dich zu sprechen...«
Morgan nickte und versuchte einsichtig zu wirken. Er hätte sich denken können, daß die Mädchen mit hineingezogen werden würden. Selbstverständlich waren sie Bonny gegenüber loyal, und das, was er getan hatte, war in ihren Augen bestimmt furchtbar. Er nahm es ihnen nicht übel. Aber dennoch verletzte es ihn ein wenig, wenn er sich vorstellte, wie seine Töchter und Bonny zu-

sammengluckten. Sie hatten eine so starke Neigung zu Tragödien und Melodramen! Er mußte an Susan, ihr schwierigstes Kind, denken. Während ihrer gesamten Pubertät und auch noch Jahre danach hatte sie sich ständig mit Bonny gezankt. Sie kam vom College nach Hause, um das Wochenende bei ihnen zu verbringen, und als Morgan noch dabei war, ihre schmutzige Wäsche aus dem Wagen zu holen, stürmte sie schon wieder aus dem Haus. »Ich komme nie wieder zurück, niemals. Es war blöd von mir, überhaupt hierherzukommen.« »Aber was ist denn passiert?« fragte er verblüfft. Sie riß ihm den Wäschesack aus der Hand, sprang ins Auto, ließ den Motor aufheulen und raste davon. »Und wie konnte es so *schnell* passieren?« rief er den Rücklichtern hinterher. Eine Selbstentzündung! Feuersteine mit magnetischer Anziehungskraft! Sie prallten immer gleich mit voller Wucht aufeinander.

Vielleicht war es ganz gut, daß er mit alldem nichts mehr zu tun hatte. Er dachte an Emily, die ihm klar und still wie ein Bergsee erschien.

»Ich habe vor, Bonny um die Scheidung zu bitten«, sagte er zu Jim.

»Morgan, Herrgott, Morgan. Mann, überleg doch mal...«

»Du gewährst Familienmitgliedern vermutlich keinen Rabatt, oder?«

»Ich übernehme keine Scheidungen.«

»Oh.«

»Und überhaupt... Herrgott, Morgan, was ist in dich gefahren? Du wirfst dein Leben einfach weg!«

»Ich habe Emily schon mitgeteilt«, sagte Morgan, »daß ich mich um sie und Gina und das Baby kümmern werde. Sie kann einfach nicht weiter mit ihrem Mann zusammenleben; das hat sie mir gesagt. Und sie hat sonst niemanden. Mir ist klar, daß ich mich schäbig benehme, Jim, aber dies ist eine der Situationen, in denen man sich, egal was man tut, von einer Warte aus betrachtet schäbig und von einer anderen betrachtet ehrenwert verhält. Ich kann es in dieser Situation nicht allen recht machen. Oder siehst du das anders?«

»Hör mal«, sagte Jim. Er lehnte sich über seinen Aktenkoffer, so als wolle er Morgan ein Geheimnis anvertrauen. »Das Leben besteht nicht nur aus ›freigegeben ab achtzehn‹.«
»Wie bitte?«
»Ich meine, im allgemeinen besteht es eher aus... na ja, bestenfalls ›ab sechzehn‹: teils Schlafzimmer, teils Wochenendeinkauf. Du wirst doch dein Leben nicht ruinieren wollen, nur wegen... äh...«
Morgan kramte nach seinen Zigaretten. Was glaubte Jim eigentlich? Das Zusammenleben mit Bonny war schließlich nicht gerade »jugendfrei« gewesen. Aber er beschloß, es für sich zu behalten. Er bot Jim eine Zigarette an. Jim, der nicht rauchte, nahm sie und wartete, bis Morgan ein Streichholz angezündet hatte. »Verstehst du, worauf ich hinauswill –« sagte er.
»Ich weiß, worauf du hinauswillst«, sagte Morgan, »aber du irrst dich. Ich habe bereits eine Entscheidung getroffen, Jim. Ich werde sie nicht zurücknehmen. Ich habe ein Gefühl, ...als würde der Boden unter mir schwanken, als würde ich das Steuerruder meines Bootes packen, es herumreißen, den alten Kurs verlassen und in eine neue, unbekannte Richtung segeln. Es gefällt mir! Es ist ein gutes Gefühl! Du wirst mich nicht aufhalten können!«
Und während er sprach, war er berauscht von seiner eigenen Entschlossenheit. Er konnte es kaum erwarten, daß Jim verschwand und er zu Emily gehen konnte, um die Situation endgültig zu klären.

8

Er hatte Schwierigkeiten, den Hund in den Pick-up zu bekommen. Harry fuhr nicht gerne Auto. Seine Klauen kratzten über den Bürgersteig, als Morgan ihn hinter sich her zerrte. Aber er konnte ihn nicht im Laden lassen, denn Butkins mußte in seiner Gegenwart ständig niesen. Er hievte Harry in die Fahrerkabine, schob seinen Schwanz hinterher und schloß die Tür. Dann ging er zurück in den Laden und sagte zu Butkins: »Ich weiß nicht, wie lang ich wegbleiben werde. Würden Sie bitte den Laden abschließen, wenn ich nicht rechtzeitig zurück bin? Und lassen Sie niemanden an meine Sachen.«

Es war gerade Schulschluß, und viele Kinder waren auf dem Nachhauseweg – niedliche kleine Erstklässler mit Schulranzen, Jungs aus der Junior-High-School in weiten Armeejacken und halbwüchsige Mädchen, aus deren Gesäßtaschen Plastikkämme ragten. Teenager tummelten sich an den Straßenecken und behinderten den Verkehr.

In der Crosswell-Street warteten die Mütter auf den Vordertreppen der Häuser. Sie schirmten ihre Augen mit einer Hand gegen die Sonne ab und redeten über das Wetter, die Baltimore-Orioles, was sie zum Abendessen kochen würden. Eine dicke Frau in einem Rock, der wie ein Petticoat aussah, hatte eine Dose Bier aufgemacht und reichte sie herum. Lavendelfarben schimmernde Tauben drängten sich um eine heruntergefallene, offene Tüte Popcorn.

Morgan marschierte durch die Eingangstür des Crafts-Unlimited-Gebäudes. Harry blieb winselnd vor der Tür sitzen, und Morgan mußte ihn an der langen Leine, die er sich im Laden geliehen hatte, mühsam die Treppe hinaufziehen. Er klopfte bei den Merediths an die Tür. Emily öffnete. »Gut, daß ihr wieder da seid«, sagte er. Er ging hinein.

»Morgan? Was willst du hier?«

»Ich bin gekommen, um die Situation zu klären.« Er blieb im Flur stehen und hielt nach Leon Ausschau. »Wo ist er?«

»Er holt Gina ab. Wir haben heute Fahrdienst.«

»Hast du es ihm schon gesagt?«

»Nein.«

Er wandte sich ihr zu und sah sie an. Sie rieb sich nervös die Hände.

»Ich kann es nicht«, sagte sie. »Ich habe Angst. Du weißt nicht, wie aufbrausend er manchmal ist.«

»Emily... Sitz, Harry. *Sitz*, verdammt noch mal. Was willst du mir damit sagen, Emily?« fragte er. Es kostete ihn zwar einige Anstrengung, aber er sagte: »Hast du es dir anders überlegt?

Willst du lieber so weiterleben wie bisher und dich irgendwie mit ihm zusammenraufen, nur ihr beide? Wenn es so ist, muß ich das jetzt wissen, Emily. Sag mir einfach, was du von mir willst.«

»Ich will bei dir sein«, sagte sie. »Ich wünschte, wir könnten einfach weglaufen.«

»Ach!« sagte er. Er war von der Idee gleich angetan. »Ja! Weglaufen. Kein Gepäck, kein festes Ziel... Glaubst du, daß Gina freiwillig mitkommt?«

»Ich weiß es nicht«, sagte sie. Sie schluckte. »Es ihm direkt ins Gesicht zu sagen, fällt mir schwer. Vielleicht sollte ich zu einer Telefonzelle gehen, ihn anrufen und es ihm aus sicherer Entfernung erzählen.«

»Tja, das wäre eine Überlegung wert.«

»Oder du könntest es ihm erzählen.«

»Ich?«

»Du könntest dafür sorgen, daß ein Tisch oder so etwas zwischen euch steht, damit er dich nicht schlagen kann, und es ihm dann sagen.«

»Der Plan mit dem Weglaufen gefällt mir besser.«

»Aber was ist mit Gina? Ich kann sie nicht einfach mitnehmen, ohne es Leon zu sagen. Und ich lasse sie auf keinen Fall hier.«

»In Ordnung«, sagte Morgan. »Dann rede ich eben mit ihm.«

Er nahm an, daß jetzt alles besprochen war, und ging in die Küche, um sich dort hinzusetzen und auf Leon zu warten. Aber Emily, die sich immer noch nervös die Hände rieb, folgte ihm und sagte: »Was ist bloß in mich gefahren? Ich verstehe nicht, warum ich so feige bin. Selbstverständlich werde ich es ihm selber sagen. Morgan, geh jetzt bitte und komm später wieder.«

»Das geht nicht«, sagte Morgan. »Noch mal bekomme ich den Hund nicht in den zweiten Stock.«

»Mir ist schlecht«, sagte sie.

»Liebste Emily. Es kann doch nicht so kompliziert sein«, sagte er zu ihr. »Wir sind doch alle erwachsen. Wir sind vernunftbegabte Wesen. Was kann denn schon passieren? Würdest du Harry bitte etwas Wasser geben.«

Sie nahm eine Schüssel aus dem Schrank, füllte sie mit Wasser und stellte sie vor Harry hin, der sofort zu trinken begann. Dann nahm sie ihre Handtasche von einem Stuhl und setzte sich neben Morgan. »Wenn wir weglaufen würden, müßte ich mir eine andere Arbeit suchen«, sagte sie. »Eine, durch die ich nicht so leicht zu finden wäre. Es ist ganz einfach, ein Puppentheater auf den Jahrmärkten und Kirchenbasaren aufzuspüren.«

»Dann kannst du also gar nicht weglaufen«, sagte er. »Was würdest du ohne die Puppen anfangen?«

»Ich könnte gut auf sie verzichten«, sagte sie.

»Nein, nein...«

»Ich hatte niemals vor, aus dem Puppentheater einen Beruf zu machen.«

»Aber es ist dein Beruf. Und natürlich wird er es auch bleiben.«

Sie saß vornübergebeugt auf dem Stuhl und massierte ihre Schläfen mit den Fingerspitzen. Harry hörte auf zu trinken, schüttelte den Kopf und spritzte den Fußboden naß. »Benimm dich«, sagte Morgan zu ihm. Er griff über den Tisch nach Emilys Handtasche. Sie war prall gefüllt, und das machte ihn neugierig. Meistens enthielt sie nur einen Schlüsselbund und ein Portemonnaie. Aber vor jedem Auftritt steckte Emily diverse, sorgfältig ausgewählte Gegenstände hinein. Man konnte mit Hilfe dessen, was in der Tasche war, einen Monat in der Wildnis überleben, dachte Morgan. Er stöberte in ihr herum und brachte ein Knäuel Bindfaden zum Vorschein und eine Rolle Klebeband, das Schweizer Offiziersmesser, eine Drahtzange... Immer wieder fragte er: »Wofür brauchst du das? Und das?«

»Ich glaube, ich muß mich übergeben«, sagte sie.

»Wofür ist die kleine Tüte mit Keksen da?«

»Die gehört in Rotkäppchens Korb.«

»Ach ja. Wunderbar.«

Inzwischen war er richtig glücklich. Er stopfte alles wieder in die Handtasche und begann zu summen, klopfte sich auf die Schenkel und hielt nach etwas Neuem Ausschau, das ihn interessieren könnte. »Was macht der Brenner?« fragte er.

»Funktioniert prima.«
»Siehst du. Ich habe doch gewußt, daß er bloß gereinigt werden mußte.«
Er summte noch ein paar Takte. Dann sagte er: »Willst du gar nicht wissen, warum ich den Hund dabeihabe?«
Offensichtlich wollte sie es nicht wissen. Trotzdem fuhr er fort: »Bonny hat ihn mir gebracht. Sie hat alles mögliche auf dem Bürgersteig abgeladen: Hüte, Kleidungsstücke, Gebrauchsanweisungen für Staubsauger... und Harry. Aber er gehört Mutter. Mutter hat immer einen Hund besessen. Harry ist ihr zehnter oder zwanzigster. Welchen hatte sie, als du das erstemal bei uns warst – Elmer? Lucille? Sie kümmert sich nicht um sie, würdigt sie keines Blickes. Ich bin derjenige, der mit ihnen Gassi geht... aber sie hatte immer einen Hund, und darum wird sie auch in Zukunft immer einen haben. So läuft das bei uns zu Hause. Schnickschnack! Ein riesiger Berg aus überflüssigem Schnickschnack! Du mußt wissen, Bonny benutzt Harry, um sich an mir zu rächen. Sie weiß genau, was sie tut. Wirft mir zum Abschied noch Knüppel zwischen die Beine. Ich bin überrascht, daß sie mir nicht auch noch die Katze aufgehalst hat.«
»Ich wollte schon immer einen Hund haben«, sagte Emily unvermittelt.
»Hm?«
»Aber das ging nicht, weil meine Mutter eine Allergie hatte.«
»Ja, Butkins hat das gleiche Problem. Eine Allergie.«
»Butkins?«
Sie hörten, wie die Wohnungstür aufging. Emily setzte sich aufrecht hin. Gina stürmte herein. »Rate mal, Mama«, sagte sie, »was ich für den Naturkundeaufsatz bekommen habe. Hallo Morgan, was macht denn Harry hier?«
»Ich habe ihn mitgebracht, weil er Durst hatte. Nun, Fräulein Gina«, sagte Morgan. »Was haben Sie für Ihren Naturkundeaufsatz bekommen?«
»Eine Eins plus«, sagte sie. Sie legte einen Arm um ihn und schaute hinunter zu Harry, der sich kratzte. Leon kam herein.
»Hallo Morgan«, sagte er.

»Leon.«
»Hast du dir den Nachmittag freigenommen?«
»Ja, also, ich habe etwas mit dir zu besprechen.«
»Was denn?« fragte Leon.
Morgan drehte den Kopf zur Seite und schaute Gina an. Sie hatte ihren Arm von ihm gelöst, stand aber immer noch so dicht neben ihm, daß er den salzigen, sommerlichen Geruch nach frischem Schweiß und Kaugummi wahrnahm, den sie verströmte. Er kratzte sich am Kopf. »Leon«, sagte er, »würde es dir etwas ausmachen..., gemeinsam mit mir den Hund spazierenzuführen?«
»Was machen?«
»Den Hund spazierenführen.«
Leon schaute den Hund an, der zu grinsen schien.
»Nicht wenn du nicht willst«, sagte Morgan. »Willst du?«
»In Ordnung, Morgan«, sagte Leon bedächtig.
Morgan stand auf, steckte sein Hemd in die Hose und rückte den Panamahut zurecht. Er und Leon verließen gemeinsam die Wohnung. Gerade als Leon die Tür hinter ihnen schließen wollte, rief Gina: »Wartet!«
»Was ist los?«
»Ihr habt den Hund vergessen.«
»Ach ja«, sagte Morgan. Er ging zurück zur Tür und nahm Gina die Leine ab.
Sie gingen die Treppe hinunter und nach draußen. Die Rushhour hatte gerade begonnen. Lastwagen fuhren vorbei und Autos mit einsamen, verbissen wirkenden Fahrern und Taxen, die vornehme, mit Paketen beladene Damen beförderten. Es dauerte eine Zeitlang, bis sie die Straße überqueren konnten. Dann wandten sie sich nach Norden. Leon ging vor, seine Hände hingen locker herab, und er wirkte entspannt und arglos. Plötzlich bekam Morgan Gewissensbisse.
»Also«, sagte Morgan.
Er wartete, bis Harry eine passende Stelle auf dem Gras erschnüffelt hatte. Leon drehte ein Schild herum, das in die falsche Richtung zeigte.

»Ich befinde mich in einer etwas schwierigen Lage«, sagte Morgan.
»Heraus damit, Morgan.«
»Es geht um Emily.«
Sie gingen weiter. Morgan dachte an die alten Frauen aus der Gegend, in der er aufgewachsen war. Sie verkündeten die Nachricht von einem Todesfall niemals geradeheraus, sondern bereiteten die Hinterbliebenen zuerst darauf vor. Sie pflanzten Bruchstücke der Neuigkeit wie Samen ein und sorgten dann dafür, daß die Samen nicht schneller sprossen, als die Hinterbliebenen es ertragen konnten. Allein schon die Erwähnung von Emilys Namen war, so hoffte er, ein solcher Same. Bestimmt beschäftigte Leon sich jetzt in Gedanken mit ihr. Bei einer roten Ampel blieben sie stehen und warteten, obwohl kein Auto in Sicht war.
»Emily und ich…«, sagte Morgan.
Sie überquerten die Straße. Sie wichen einer zerbrochenen Whiskeyflasche aus.
»Sie erwartet ein Kind«, sagte Morgan.
Leon verlangsamte seine Schritte nicht. Morgan warf ihm einen Seitenblick zu und stellte fest, daß er keine Miene verzog. »Du wußtest es schon die ganze Zeit«, sagte Morgan.
»Nein«, sagte Leon. »Das von dem Kind nicht.«
»Aber alles andere wußtest du.«
»Ja.«
»Und woher?«
»Vielleicht durch Osmose«, sagte Leon. »Oder irgend so etwas.«
»Bitte glaub mir«, sagte Morgan. »Ich wollte niemanden verletzen. Ich kann es nicht genau erklären… Ich meine, von einem Tag zum andern kam es mir gar nicht so schlimm vor. Aber ich kann mir vorstellen, wie es von außen wirken muß.«
»Was hast du vor?« fragte Leon höflich.
Morgan antwortete nicht sofort. Sie schauten sich schweigend an. Harry saß auf den Hinterbeinen zwischen ihnen. Wenn Leon gewalttätig werden wollte, war jetzt der richtige Augenblick dafür. Aber natürlich geschah nichts. Morgan hatte Emilys Be-

fürchtungen nie verstanden. Sie irrte sich bestimmt. Es mußte an einem dieser komischen blinden Flecke liegen, die so viele Eheleute hatten. Oder vielleicht sprach sie immer noch von dem Mann, der Leon früher gewesen war; das war gut möglich. Morgan starrte ins Leere und sah, wie sich vor seinen Augen jemand, von dem ihm jahrelang erzählt worden war, in Luft auflöste. Er seufzte und zupfte sich an der Nase.

»Ich weiß nicht«, sagte er, »wenn du nichts dagegen hast, werde ich vermutlich mit ihr und Gina in eine andere Stadt ziehen.«

»Willst du die Wohnung haben?«

»*Eure* Wohnung?«

»Willst du die Puppen, die Ausrüstung und meinen Job haben? Willst du, daß *ich* gehe?«

»Äh, also, nein, ich kann von dir doch nicht verlangen –«

»Wozu brauche ich das alles denn jetzt noch? Nimm es«, sagte Leon.

»Oh.«

»Du kannst es haben.«

»Also, wenn du dir ganz sicher bist –«, sagte Morgan.

Dann sagte Leon: »Aah, mein Gott, Morgan.« Seine Stimme klang müde und angewidert, aber nicht im geringsten bedrohlich.

Dennoch zuckte Morgan zusammen.

Sie machten kehrt und gingen nach Hause. Sie kamen an Eunolas Restaurant vorbei, wo sie oft zu dritt Kaffee getrunken hatten. Morgan schaute in den Eingang des Waschsalons, wo er unzählige Male gestanden hatte, um Leon und Emily zu beobachten, wie sie mit dem Baby das Haus verließen. Vielleicht, dachte er, war das Ganze weniger eine Liebesgeschichte als vielmehr die Geschichte einer Freundschaft, und die Gegenwart von Leon, der geduldig neben ihm hertrottete, stimmte ihn traurig. (Was war aus dem dünnen jungen Mann mit der olivfarbenen Haut geworden, der hinter dem Vorhang hervorgetreten war, um nach einem Arzt zu fragen? Würde Emily jemals wieder den herausfordernden Blick haben, den sie Morgan bei ihrer ersten Begegnung zugeworfen hatte?)

Sie überquerten die Straße und betraten das Haus. Als Morgan die vielen Treppenstufen sah, glaubte er einen Moment lang, daß er es nicht bis nach oben schaffen würde. Er war erschöpft, und seine Lungen schmerzten. Aber dann geschah etwas Merkwürdiges. Sobald er die ersten paar Stufen erklommen hatte, schien es auch mit seiner Lebenskraft bergauf zu gehen. Er wurde immer schneller, nahm schließlich zwei Stufen auf einmal und ließ Leon hinter sich zurück. Er brannte vor Ungeduld. Er wollte endlich sein neues Leben beginnen.

1978

1 Aschenputtel tanzte mit dem Prinzen. Sie kuschelte sich in seine braunen Filzarme, während sie über den Nußbaumschreibtisch im Arbeitszimmer des Vaters des Geburtstagskindes glitten. Über ihrem Kopf hingen blaue Satinstürze von dem zusammenklappbaren hölzernen Bühnenrahmen herab. Der Tüllprospekt verdeckte die Puppenspieler nicht vollständig, aber die Zuschauer waren so hingerissen, daß sie es nicht bemerkten. Es war ein sehr junges Publikum – hauptsächlich Vierjährige. Das Geburtstagskind trug eine goldene Krone aus Pappe, die der des Prinzen ähnelte.

»Ojemine«, sagte Aschenputtel, »es ist spät geworden. Es ist bestimmt schon fast Mitternacht.«

»Mitternacht? Was macht das schon?« fragte der Prinz mit seiner schroffen, rauhen Stimme. »Wir tanzen bis zum Morgengrauen. Wir tanzen den ganzen Tag hindurch!«

»Ehm, also, wissen Sie, Euer Majestät...«

Sie versuchten, Zeit zu schinden. Warum schlug die Uhr nicht?

»Die Uhr!« flüsterte Emily. Gina war wieder mal nicht bei der Sache. Sie hielt den Kassettenrekorder so, daß Emily ihn nicht erreichen konnte, und starrte verträumt ins Publikum. Joshua, auf den Gina eigentlich aufpassen sollte, krabbelte unter dem Schreibtisch herum. Er gab gurgelnde Geräusche von sich und sabberte auf ein Knäuel aus Verlängerungsschnüren.

»Ding, ding!« rief Emily verzweifelt. »Ding, ding, ding...« Mittendrin vergaß sie zu zählen, aber sie war sicher, das Publikum würde nichts merken. Sie hatte es eilig, Aschenputtel von der Bühne sausen zu lassen, damit sie das Baby in Sicherheit bringen konnte. Kaum war der Vorhang zu, schnappte sie es. Es trug nur eine vergilbte Windel, und sein kräftiger kleiner, tonnenförmiger Rumpf fühlte sich leicht klebrig an. Es hinterließ einen silbrigen, kühlen Faden aus Spucke auf Emilys Handrücken.

»Gina, Schätzchen«, sagte Emily. »Ich dachte, du wolltest dich um ihn kümmern. ›Oh, das schaffe ich schon‹, hast du zu mir gesagt, ›ich kann auf Josh aufpassen *und* mich um die Requisiten kümmern...‹«

Morgan durchwühlte indessen einen Berg von Gegenständen auf dem Fußboden. »Kamin, Kamin«, murmelte er. »Wo ist denn bloß der Kamin?«

»Gina hatte ihn zuletzt.«

Aber Gina war mit ihren Gedanken beschäftigt. Sie war elf Jahre alt, groß für ihr Alter, schweigsam und noch ein bißchen faul, weil sie sich den halben Sommer in der Hitze geräkelt hatte. Sie saß mit angezogenen Knien in einem Ledersessel und summte den Walzer, zu dem Aschenputtel getanzt hatte. »Da ist er ja«, sagte Morgan. Er richtete sich ächzend auf und hielt den Pappkamin in die Höhe. Joshua griff danach, aber Morgan war zu schnell für ihn. Er stellte den Kamin in eine Ecke der Bühne. »Und wo ist die Stiefmutter?« fragte er Emily. »Und die Schwestern?«

»Gina? Nimm mir doch bitte Josh ab, ja?«

Gina faltete mit einem Seufzer ihre Gliedmaßen auseinander, stand auf und nahm den Kleinen entgegen. Er grabschte nach ihrer glänzenden Haarspange. Er grabschte im Vorbeigehen nach Morgans Matrosenmütze, als Gina ihn zum Ledersessel hinübertrug. »Tra la la«, sang Gina und schaukelte ihn etwas zu heftig.

Das Publikum wurde allmählich wieder still und blickte erwartungsvoll zur Bühne. Emily zog Aschenputtel das Ballkleid aus, und ihr Lumpenkostüm kam zum Vorschein. Sie hielt die Puppe hoch und gab Morgan lächelnd ein Zeichen. Er nickte und zog den Vorhang hoch.

2

»Kate ist wieder zu Hause«, sagte Bonny.
»Ach wirklich?« sagte Emily. »Das wußte ich nicht.« Sie nahm den Hörer an das andere Ohr. Sie versuchte, ihren Eintopf umzurühren und gleichzeitig zu telefonieren. »Ist irgend etwas passiert?« fragte sie.
Statt zu antworten, stieß Bonny einen langen, dünnen Atemzug aus. Bonny hatte in ihrem Alter noch angefangen zu rauchen. Sie rauchte nicht sehr gekonnt und schien immer genau im falschen Moment zu inhalieren oder Rauch auszustoßen, so daß ihre Zuhörer sich in Geduld fassen mußten. Sie hatte noch ein paar andere Gewohnheiten angenommen. Sie trat merkwürdigen philosophischen Gesellschaften und Frauengruppen bei, nahm wenig vielversprechende Jobs an und kündigte sie fast umgehend wieder, und sie rief Emily an, wann immer sie Lust hatte. Obwohl sie Morgans Namen nie ohne einen bissigen Unterton erwähnte, schien sie Emily keinen Vorwurf zu machen. Emily war darüber natürlich froh, aber gleichzeitig fühlte sie sich beleidigt. (Es bedeutete, daß Bonny der Meinung war, Emily besäße keinen eigenen Willen.) Wenn Bonny eine Pause machte, um ihren Zigarettenrauch ein- oder auszuatmen, dachte Emily an die surrenden Drähte, durch die sie verbunden waren. Bonny hatte sich in ihrer Leitung eingenistet. Sie hatte sich in ihrem Leben eingenistet. Selbst wenn Emily auflegte, wäre Bonny weiterhin in der Leitung, denn Bonny war diejenige, die angerufen hatte.
»Sie hat etwas am Rücken«, sagte Bonny. »Einen gezerrten oder verrenkten Rücken oder so. Es ist passiert, als sie und ihr Mann einen Frontalzusammenstoß hatten. David ist ohne einen Kratzer davongekommen, aber Kate hat sich am Rücken verletzt.«
»Was ist dem anderen Fahrer passiert?« fragte Emily.
»Welchem anderen Fahrer?«
»Dem Fahrer des anderen Wagens.«
»David war der Fahrer des anderen Wagens.«
»Du meinst, sie ist mit ihrem Mann zusammengestoßen?«
»Ja, und sie hat sich dabei eine Rückenverletzung zugezogen, einen gezerrten oder verrenkten Rücken, das sagte ich doch«, erklärte Bonny.

»Ach so, jetzt verstehe ich.«
»Ich wollte, daß sie nach Hause kommt, denn ich kann sie besser pflegen als David. Damit habe ich weiß Gott Erfahrung. Und außerdem habe ich in letzter Zeit einige Vorträge über eine besondere Ernährungsweise gehört, eine Diät, mit der man alle möglichen Beschwerden heilen kann. Sie wirkt bei physischen Problemen, seelischen Problemen, Depressionen, Infektionen, Tumoren... Vielleicht erinnerst du dich nicht, aber letzten Winter wurde Molly doch in Buffalo überfallen, als sie mit ihrem Sohn auf dem Weg zum Notarzt war, und...«
Während sie den Eintopf salzte, abschmeckte und mit halbem Ohr zuhörte, dachte Emily über die Katastrophen im Leben der Gowers nach: ihre Autounfälle, Stürze und Brände, all die Ereignisse, durch die sie so unbekümmert hindurchschlitterten. Ihr Leben wirkte auf Emily, die niemals irgendwelche Unfälle hatte, wie ein Alptraum; aber Bonny war vermutlich daran gewöhnt und nahm derartige Vorkommnisse inzwischen als selbstverständlich hin. Emily versuchte sich vorzustellen, wie es wäre, diesen Zustand zu erreichen. Es wollte ihr beim besten Willen nicht gelingen.
Sogar jetzt, dachte sie, da Morgans Haushalt bei ihr Einzug gehalten hatte – seine Mutter und seine Schwester und der Hund, seine Hüte und Anzüge –, schien sie selbst sich kein bißchen verändert zu haben.

3 Emily ging mit Gina einkaufen. Gina fuhr den August über auf Kosten von Leons Eltern nach Camp Hopalong in Virginia. Es wurde Zeit, daß sie lernte, sich in einer ungewohnten Umgebung zurechtzufinden, meinten sie. Emily war bei dem Gedanken unbehaglich zumute. Sie mochte nicht so lange auf Gina verzichten, und außerdem fürchtete sie, daß Leon und seine Eltern, wenn Gina in Virginia war, versuchen würden, sie gegen Emily aufzuhetzen. Sie würden behaupten, Emilys Verhalten sei unmoralisch, verräterisch, verantwortungslos, oder was ihnen

sonst noch einfiel. Sie konnte es sich lebhaft vorstellen; und sie würde keine Gelegenheit haben, sich zu rechtfertigen. Aber sie sagte Gina nichts von ihren Bedenken. Statt dessen sagte sie: »Du bist noch so jung, du könntest Heimweh bekommen. Weißt du noch, wie Morgan dich aus Randallstown abholen mußte? Du hast nicht einmal eine Übernachtung bei deiner Freundin durchgehalten.«

»Ach, Mama. Das war bei Kitty Potts, und sie hatte zu der Party lauter Mädchen eingeladen, die mich nicht leiden konnten.«

»Trotzdem«, sagte Emily.

»*Alle* fahren ins Zeltlager. Ich bin doch kein kleines Kind mehr.«

Emily nahm Joshua auf den Arm und ging mit Gina die Crosswell-Street bis zur Merger-Street hinunter, zu Poor-John's-Kleiderkeller. Mit der Liste von Camp Hopalong in der freien Hand teilte sie der Verkäuferin mit, daß sie sechs Paar weiße Shorts brauchten. Sechs Paar! Ein Glück, daß Leons Eltern auch für die Kleidung bezahlten. Gina nahm einen Stapel Shorts mit in eine Umkleidekabine, und Emily wartete draußen. (Gina war in letzter Zeit schamhaft geworden.) Die Verkäuferin, die auf ihren Plateausohlen so unbeholfen wirkte wie ein staksiges Huftier, blieb, einen Ellbogen in die Hand gestützt, im Hintergrund stehen. Joshua wurde plötzlich lebhaft und versuchte, sich aus Emilys Armen zu befreien, aber sie konnte ihn nicht herunterlassen, denn der Fußboden war schmutzig – schwarze Dielen, in die sich Fetzen von Silberpapier und graue Kaugummiklumpen eingegraben hatten. Joshua wurde immer schwerer. Emily rief: »Gina? Schätzchen, bitte beeil dich doch. Es ist bald Zeit zum Mittagessen.«

Gina gab keine Antwort. Emily klopfte an die Wand der Kabine und zog dann den Vorhang zur Seite. Gina stand in einem fleckigen T-Shirt und einem Paar blendend weißer Shorts, an deren Gürtelschlaufen Pappetiketten baumelten, vor einem Standspiegel. Tränen liefen ihr über die Wangen. Sie schien die Tränen im Spiegel zu betrachten. »Schätzchen!« sagte Emily. »Was ist denn los?«

»Ich sehe aus wie ein Monstrum«, sagte Gina.
»Aber Gina.«
»Ich bin fett.«
»Fett! Du bist nichts als Haut und Knochen.«
»Sieh doch: dicke Speckringe. Völlig unförmig! Und meine Knie passen gar nicht zusammen.«
»Das ist doch lächerlich«, sagte Emily. Sie sah hilfesuchend die Verkäuferin an. »Ist das nicht lächerlich?«
Die Verkäuferin blies mit ihrem Kaugummi eine perfekte rosafarbene Blase.
»Ich wäre am liebsten tot«, sagte Gina.
»Schätzchen, willst du lieber nicht ins Zeltlager fahren?«
Gina schniefte und sagte: »Nein, ich fahre.«
»Du mußt nicht, wenn du nicht willst.«
»Ich will aber.«
»Sie können dich nicht zwingen.«
»Ich *will* aber«, sagte Gina. »Ich will weg von hier! Und nie mehr zurückkommen. Ich habe dieses Chaos satt. Überall sind Babys und Windeln, und dann diese zwei alten Tanten, die mein Schlafzimmer mit Beschlag belegen. Du hast sie einfach einziehen lassen, ohne mich zu fragen. Du hast sogar so getan, als freust du dich darüber, daß sie bei uns wohnen. Ich bin die einzige aus meiner Schule, die auf einem Klappbett schläft. Und dieser schnarchende Hund! Und überall, wo ich mich hinsetzen will, liegen Morgans blöde Werkzeuge und sein ganzer Kram herum. Ich habe die Nase voll von ihm! Muß er andauernd diese Hüte tragen? Muß er sich immer so aufspielen?«
»Aber Gina!« sagte Emily.
Doch später, als sie wieder zu Hause waren, benahm sich Gina Morgan gegenüber ausgesprochen freundlich. Beim Mittagessen alberte sie mit ihm herum und warf Emily aus ihren undurchdringlichen schwarzen Augen herausfordernde Blicke zu.

4 »Ich bin viel freier als früher«, sagte Bonny. »Ich meine, meine Sicht auf die Welt war so stark von ihm geprägt. Weißt du, was ich damit meine?«

Mit der Verbindung stimmte etwas nicht. Andere Gespräche schwappten in die Leitung hinein. Emily hörte leises Gelächter und das Gemurmel entfernter Stimmen. »Nein«, sagte sie und wand einen Schraubenzieher aus Joshuas Faust. »Nein, nicht ganz.«

»Er war so anstrengend! Alles mußte überlebensgroß sein, spektakulär, extravagant. Nimm zum Beispiel meinen Bruder Billy. Du kennst doch Billy. Er hatte mit seinen Ehen kein Glück. Er war dreimal verheiratet. So oft ist das nun auch wieder nicht. Aber wenn Morgan von ihm sprach, hatte man immer den Eindruck, er habe *Dutzende* von Ehefrauen gehabt. ›Wie heißt noch gleich seine derzeitige Frau?‹ fragte er immer. ›Kenne ich ihren Namen schon?‹ Und irgendwie hat das auf uns alle abgefärbt. Sogar Billy schien am Ende zu glauben, er sei ungeheuer oft verheiratet gewesen. Er machte Witze darüber, benahm sich auf seinen eigenen Hochzeiten wie ein zufällig anwesender Gast. Da hast du es wieder! Ich rede auch schon, als hätte er jede Woche Hochzeit gefeiert.«

Auf dem Herd kochte etwas über. Brindle saß in ihrem langen, schmuddeligen weißen Bademantel vornübergebeugt am Küchentisch und legte ihre Tarot-Karten, und als sie den Topf zischen hörte, blickte sie auf, unternahm aber nichts. Emily stieg über den Hund hinweg, dehnte die Telefonschnur so weit es ging, nahm den Topf von der Herdplatte und stellte ihn ins Waschbecken. »Bonny, ich mache gerade das Abendessen«, sagte sie.

»Er fühlt sich nur dann wie ein wirklicher Mensch, wenn er im Blickfeld anderer Leute steht«, erklärte Bonny ihr. »Er muß immer *gesehen* werden. Allein im Badezimmer ist er ein Niemand. Deshalb zählen Familienmitglieder auch nicht für ihn. Sie haben die Angewohnheit, ihn nicht zu beachten; du weißt ja, wie das in Familien so ist. Also muß er ständig aus dem Haus gehen und sich vor die Augen Fremder begeben. Oh, er konnte so ermüdend sein! Ich gebe seiner Mutter die Schuld. Sie hat zuviel von ihm erwartet – besonders nach dem Tod seines Vaters. ›Du kannst alles werden, was du willst‹, hat sie zu ihm gesagt. Er muß sie mißverstanden haben. Er dachte wohl, sie meinte ›alles nacheinander‹.«

»Er hat eine wunderbare Art, mit Gina umzugehen«, sagte Emily.

»Du tust mir leid«, sagte Bonny.

5 Kisten und Schneiderpuppen, ein rostiger Vogelkäfig, Truhen voller in Holzwolle verpackter Sammeltassen, mehrere Stapel alter *National-Geographic*-Magazine, Brindles Versandhauskataloge, Louisas Poesiealbum, ein Samowar, eine Kiste mit Schallplatten, ein Damenfahrrad, ein Korbelefant. Und das waren nur die Sachen, die im Flur standen, der früher so leer wie ein Tunnel gewesen war. Im Wohnzimmer: zwei mehrbändige Enzyklopädien (eine allgemeine, eine medizinische), ein ausgebreitetes Puzzle, Louisas Schaukelstuhl mit mehreren Metern Strickzeug auf der Sitzfläche und ein halbes Dutzend verlaufene Aquarellbilder von Pfirsichen, Birnen und Weintrauben – die Ergebnisse eines Malkurses, den Brindle vor zwanzig Jahren besucht hatte, als sie noch mit ihrem ersten Mann verheiratet war. Der Ehemann selber (rosagesichtig, mit einem runden weißen Fleck auf dem kahlen Schädel, der wie der Glanz auf der Rundung eines Apfels wirkte), hing in einem verschnörkelten Goldrahmen über einem Bücherregal voller Handbücher und Ratgeber.

In Ginas Zimmer war kaum noch etwas vom Fußboden zu sehen – es war ein Meer von Frisierkommoden und ungemachten Betten. In Morgans und Emilys Zimmer standen noch mehr Kommoden (zweieinhalb allein für Morgan), das Bett, die Nähmaschine, Ginas alte Wiege mit dem zerschlissenen, vergilbten Baldachin, die sie für Joshua aus dem Keller geholt hatten, und die Puppen baumelten von den Bilderleisten herab, weil in dem begehbaren Wandschrank kein Platz mehr war. Der Wandschrank war mit Morgans Garderobe gefüllt. Auch dort war der Fußboden nicht zu sehen – nicht mal Luft zum Atmen schien es dort zu geben. Versuchte man hineinzugehen, tauchte man in eine dichte, filzige Dunkelheit ein, die vage nach Mottenkugeln roch.

Emily liebte all diese Dinge.

Sie begriff langsam, warum Morgans Töchter immer wieder nach Hause kamen, wenn sie sich von irgend etwas erholen mußten. Offensichtlich konnte man aus der bloßen Anwesenheit von Gegenständen Kraft gewinnen – aus der brodelnden Masse von Erinnerungsstücken aus Dutzenden, mit Vollgas durchrasten Leben.

Morgans Mutter und seine Schwester (beide auf ihre Art lästige, anspruchsvolle, streitsüchtige Frauen) störten sie nicht weiter, weil sie nicht zu ihr gehörten. Sie waren zu fremdartig, um zu ihr zu gehören. Fremdartig: das war genau das richtige Wort. Alles, über das sie hinwegsteigen mußte, alles, was sie anfaßte oder abstaubte, war Teil eines fremden Landes, geheimnisvoll und exotisch. Sie atmete tief ein, als wolle sie die ungewohnte Luft dieses Landes einsaugen. Sie war fasziniert von ihrem Sohn, der auch nicht ganz und gar zu ihr zu gehören schien, obwohl sie ihn unermeßlich liebte. Beim Essen saß sie meistens schweigend am Tisch und beobachtete die anderen mit einem kleinen, frohen Lächeln auf den Lippen. Nachts im Bett war sie immer wieder überrascht, neben diesem bärtigen Mann, diesem vollkommen anderen Wesen zu liegen. Sie fühlte sich von Kräften zu ihm hingezogen, auf die sie keinen Einfluß hatte – als würde sie von unsichtbaren Fäden oder Schnüren gelenkt. Wenn sie im Dunkeln aufwachte, rollte sie mit einem Gefühl des Staunens zu ihm hinüber. Ihre Oberflächen trafen deutlich wahrnehmbar aufeinander: wie Öl und Wasser.

Aber Morgan meinte, sie müßten in eine größere Wohnung ziehen – zumindest bräuchten sie mehrere Badezimmer. Es tat ihm leid, sagte er, ihr das alles zuzumuten. Sie hatte natürlich nicht damit rechnen können, daß seine weiblichen Angehörigen wie zwei ausgesetzte Katzen vor ihrer Wohnungstür abgeladen würden. (In Wirklichkeit waren sie mit Handschuhen an den Händen von alleine die Treppe hinaufgestiegen, aber es stimmte schon, Bonny hatte sie tatsächlich einfach vor dem Haus abgesetzt.) Er hätte gern, sagte er, ein Haus auf dem Lande – ein geräumiges, schlichtes Bauernhaus. Allerdings gab es da ein finanzielles Problem. Selbst diese Wohnung zu halten, fiel ihnen zur Zeit schwer. Mrs. Apple hatte die Miete erhöht. Sie war nicht mehr so freundlich wie früher, dachte Emily. Und Morgan hatte seine Stellung verloren. Emily empfand das als reine Gehässigkeit von Bonny. Warum sollten Morgans private Verhältnisse sich auf seine Arbeit bei Cullen-Hardware auswirken? Aber Morgan meinte, das habe er nur Onkel Ollie zu verdanken, nicht Bonny. Onkel Ollie, sagte er, schien die Gelegenheit begeistert beim Schopfe gepackt zu haben – er war sogleich, nachdem er die Neuigkeiten gehört hatte, ins Geschäft gefahren und hatte Morgans Sachen auf den Bürgersteig geworfen, dieselben Sachen, die Bonny kurz zuvor ebenfalls dort hingeworfen hatte. (Die Leute konnten es anscheinend kaum erwarten, seine *Kleidungsstücke* loszuwerden, maulte Morgan.) Zufällig war Morgan zu dem Zeitpunkt gerade nicht im Laden. Als er zurückkam, saß Onkel Ollie vor der Tür. Er erhob sich von einem schwankenden Stoß Hüte. »Stimmt es, was man mir erzählt hat?« »Ja.« »Dann bist du entlassen.« Wenn er gesagt hätte: »Nein«, behauptete Morgan, dann wäre Onkel Ollie zweifellos enttäuscht gewesen. Er mußte schon lange auf solch eine Gelegenheit gewartet haben.

Zur Zeit hatte Morgan keine feste Anstellung. Er arbeitete zwei Tage die Woche in dem Sanitärfachgeschäft in ihrer Straße. Emily versuchte, immer mehr Puppen in immer kürzerer Zeit zu machen. Sie arbeitete nachts, wenn Joshua schlief. Jedesmal, wenn Morgan sie an der Nähmaschine sitzen sah, entschuldigte er sich bei ihr. Er sagte: »Du siehst aus wie jemand auf einem Gewerkschaftsplakat.« Er begriff nicht, daß Emily so glücklich war wie nie zuvor. Dieses neue Leben beflügelte sie, ähnlich wie... nun ja, vermutlich so, wie Morgan der Kauf eines Hutes beflügelte. Aber er bat sie immer wieder um Entschuldigung. Er konnte nicht glauben, daß es ihr nichts ausmachte.

Als der Tag näherrückte, an dem Leon nach Baltimore kommen und Gina abholen sollte, putzte Emily die Wohnung, damit er nicht denken würde, sie hätte den Haushalt vernachlässigt. Aber sie gab sich keine Mühe, das Durcheinander zu ordnen oder Brindle zu überreden, etwas anderes als ihren Bademantel anzuziehen. Und sie versteckte weder Morgans Sammlung alter Esso-Straßenkarten noch seine derzeitige Tischlerarbeit – ein Bündel von Holzleisten, das in einer Ecke des Badezimmers an der Wand lehnte.

Der Tag, an dem er kommen sollte, war ein Samstag. Am Samstag morgen stand sie früh auf; sie hatte gar keine andere Wahl: Joshua weckte sie. Sie trug ihn in die Küche und fütterte ihn, wobei sie das Gewicht seines warmen, feuchten Körpers auf ihrem Schoß balancierte. Er fuchtelte mit den Fäusten und strampelte mit den Beinen, sobald er seinen Brei erblickte. Die vier Zähne in seinem Unterkiefer, so hart wie Reiskörner, stießen mit einem klickenden Geräusch gegen den Löffel. Er war ein wunderschönes Baby – dunkel und samthäutig wie Gina, aber unkomplizierter, als sie es gewesen war. Leon hatte ihn noch nicht gesehen.

Gina kam in ihren neuen weißen Shorts und einem Camp-Hopalong-T-Shirt herein. »Wieso bist du so früh auf?« fragte Emily.

»Brindle schnarcht.«

»Willst du deine neuen Sachen nicht lieber erst später anziehen? Sonst machst du sie schmutzig, ehe Daddy sie gesehen hat.«

»Er hat gesagt, er fährt noch vor Morgengrauen los.«

»Oh.«

Emily schaute auf die Küchenuhr. Sie wischte Joshua mit einer Ecke seines Lätzchens den Mund ab, hob ihn hoch und trug ihn hinaus, um ihn zu baden.

Als sie ihn tropfnaß ins Schlafzimmer brachte, stand Morgan vor einer Frisierkommode und zog einen Gürtel durch seine Jeans. Er summte eine Polka. Dann hielt er inne. Emily, die gerade das Baby abtrocknete, blickte auf und sah, daß Morgan sie im Spiegel betrachtete. Er trug einen schwarzen Cowboyhut aus Filz, unter

dem seine Augen dunkler und ernsthafter wirkten als sonst.
»Was ist los?« fragte sie ihn.
»Soll ich weggehen?«
»Wohin?«
»Wenn er kommt, meine ich. Soll ich euch beide allein lassen?«
»Nein, bitte nicht. Ich möchte dich dabeihaben«, sagte sie.
Morgan sah Bonny andauernd. Sobald Bonny sich auch nur einen Augenblick langweilte, kam sie vorbei und lud einen weiteren Gegenstand bei ihnen ab – etwas, das Brindle oder Louisa gehörte, oder ein Möbelstück, von dem sie plötzlich beschlossen hatte, daß es eigentlich eher Morgans als ihres war. Emily dagegen hatte Leon seit dem Tag, an dem er ausgezogen war, nicht mehr gesehen.
Morgan kam zu ihr herüber und stellte sich vor sie hin. Er trug seit einiger Zeit eine randlose, achteckige Brille – eine echte, keine aus Fensterglas. Sie verlieh ihm das Aussehen eines freundlichen und geduldigen Mannes. Er sagte: »Ich werde tun, was immer du willst, Emily.«
»Ich brauche dich hier. Ich kann das nicht ohne dich durchstehen.«
»In Ordnung.«
Seine Ruhe machte sie nervös.
»Nicht, daß es mir irgend etwas bedeutet«, sagte sie. »Sein Besuch ist mir ganz gleichgültig.«
»Ja.«
»Vollkommen unwichtig.«
»Ich verstehe.«
Er ging zurück zur Kommode und steckte seine Zigaretten in die Tasche. Joshua fuchtelte auf dem Bett mit den Armen und fing plötzlich an zu krähen.
In der Küche frühstückten Louisa und Brindle, während Emily das Geschirr abwusch. Louisa kaute geziert ihren Toast. Brindle hatte das Kinn in die Hand gestützt und rührte teilnahmslos in ihrem Kaffee. »Ich habe heute nacht von Horace geträumt«, teilte sie Emily mit. Horace war ihr erster Ehemann gewesen. »Er sagte: ›Brindle, was hast du mit meinen Socken gemacht?‹

Ich fühlte mich schrecklich. Ich hatte sie anscheinend weggeworfen. Ich sagte: ›Aber Horace, sie sind genau da, wo sie hingehören. Du brauchst nur die Augen aufzumachen‹, sagte ich. Dann, während er noch mal nachsehen ging, rannte ich zu den Mülltonnen und durchwühlte sie fieberhaft nach den Socken.«

»Ich habe von Chili geträumt«, sagte Louisa. »Ach ja, Morgan aß immer so gerne Chili. Er war einer von den Jungs, die gerne in der Küche in die Töpfe gucken, du weißt schon. Wollte immer genau wissen, was ich kochte. Oft genug fragte er mich nach jeder einzelnen Zutat für ein Gericht. ›Warum brätst du die Zwiebeln zuerst an?‹ Oder: ›Was schmeckt besser zu Spaghetti – Tomatenketchup oder Tomatenmark?‹ ›Keins von beiden‹, erklärte ich ihm dann, ›man muß rohe Tomaten nehmen und sie selber einkochen.‹ Naja, das ist eine andere Geschichte. Chili mochte er am liebsten. Und heutzutage, ich weiß auch nicht – da gebe ich mir so viel Mühe, mit ihm übers Kochen zu reden, weil er das früher immer so gern hatte, aber es scheint ihn gar nicht mehr zu interessieren. Er antwortet kaum. Manchmal habe ich den Eindruck, er hört kaum zu. Aber ich kann mich natürlich irren.«

Es klingelte an der Tür. Emily drehte sich um und sah Brindle an.

»Wer kann das sein?« fragte Brindle sie.

»Ich weiß nicht.«

»Vielleicht ist es Leon.«

»Aber es ist doch noch so früh«, sagte Emily.

»Du meine Güte, nun geh schon aufmachen. Du benimmst dich immer so *hölzern*«, sagte Brindle.

Emily wischte sich die Hände ab und ging an die Tür. Draußen stand Leon, in einem neuen grauen Anzug. Er sah viel eleganter aus, als sie ihn in Erinnerung hatte – sein Haar war kurzgeschnitten und lag glatt am Kopf an, seine Haut war dunkel und geschmeidig –, und er trug jetzt einen buschigen, an den Mundwinkeln herabhängenden Schnurrbart. Emily hatte Schnurrbärte in genau derselben Form schon so oft bei jungen Männern mit Aktentaschen – Rechtsanwälten, leitenden Angestellten – gesehen, daß sie fast vermutete, es müsse ein unechter, angeklebter Bart sein. »Leon?« sagte sie.

»Hallo, Emily.«

Sie trat einen Schritt zur Seite. (Sie war noch nicht dazu gekommen, ihre Schuhe anzuziehen.)

»Ist Gina fertig?« fragte er.

»Ja, ich glaube schon.«

Dann erschien Morgan, der Joshua durch die Luft schwenkte und »Hoppela...« sagte. Er blieb stehen und sagte: »Oh, hallo, Leon.«

»Hallo, Morgan.«

»Willst du nicht hereinkommen?«

»Ich kann nicht lange bleiben«, sagte Leon, aber er trat ein. Emily schloß die Tür hinter ihm. Nach einem kurzen Zögern folgte Leon Morgan den Flur hinunter ins Wohnzimmer.

Emily wünschte, Morgan würde seine Brille abnehmen. Er sah damit so bescheiden und häuslich aus. Er trug das Baby auf einer Schulter und lief durchs Zimmer, um Stühle zurechtzurücken.

»Hier, ich räume das nur schnell weg und lege das Strickzeug woanders hin... Also, ehm, soll ich Gina rufen?«

»Sei doch bitte so gut.«

Morgan warf Emily einen Blick zu, den sie nicht deuten konnte, und ging mit Joshua auf dem Arm hinaus.

»Tja!« sagte Leon.

»Wie geht es dir, Leon?« fragte Emily ihn.

»Prächtig.«

»Du siehst gut aus.«

»Du auch.«

Es entstand eine Pause.

»Weißt du, ich besuche Seminare am College«, sagte Leon.

»Tatsächlich?«

»Ja. Wenn ich meinen Abschluß gemacht habe, nehme ich an einem Ausbildungsprogramm in Dads Bank teil. Die Arbeit ist gar nicht so uninteressant, wenn man genauer hinsieht. Man denkt, es müsse stinklangweilig sein, aber eigentlich ist es sehr interessant.«

»Das ist ja schön«, sagte Emily.
»Daher möchte ich gerne, daß Gina das ganze Jahr über bei mir wohnt.«
»Du möchtest *was*?«
»Schon gut, Emily, reg dich nicht gleich auf. Denk darüber nach. Ich habe eine schöne Wohnung, führe ein geregeltes Leben, und die Schule ist ganz in der Nähe. Ich verspreche dir, daß sie dich besuchen kann, sooft sie will. Ich schwöre es. Du hast doch jetzt deinen Sohn, Emily. Du hast noch ein Kind.«
»Gina bleibt bei mir«, sagte Emily. Ihre Zähne schlugen aufeinander.
»Das hier ist doch keine Umgebung für sie, Emily!«
»Es ist eine ausgezeichnete Umgebung.«
Louisa erschien in der Tür. Sie schlurfte über die Dielen, als stünden sie dreißig Zentimeter unter Wasser. Sie steuerte auf Leon zu und sagte: »Sie sitzen in meinem Sessel.«
»Oh, Verzeihung«, sagte Leon.
Er stand auf. Emily sagte: »Eh, Leon, erinnerst du dich noch an Mutter Gower?«
»Ja, sehr gut«, sagte er.
Leon setzte sich neben Emily auf das Sofa. Er roch nach Aftershave – ein Geruch, der gar nicht zu ihm paßte. Louisa nahm im Schaukelstuhl Platz und breitete ihren Rock rund um sich herum aus.
Dann trat Brindle mit einem großen, angeschlagenen Kaffeebecher in der Hand ein. Sie ließ sich an dem Ende des Sofas nieder, wo auch Leon saß. »Und was machen *Sie* zur Zeit?« fragte sie ihn.
»Ich habe vor, ein Ausbildungsprogramm bei der Bank zu absolvieren.«
»Ah ja. Ein Ausbildungsprogramm. Also wir sitzen hier alle ganz schön in der Tinte, das kann ich Ihnen sagen.«
»Brindle –«, sagte Emily.
Aber Louisa mischte sich unvermittelt ein. »Wo ist denn Ihre hübsche Frau?« fragte sie Leon.
»Wie bitte?«

»Wo ist das Mädchen, das mir immer Früchtekuchen mitgebracht hat?«
Leon sah Emily an.
»Ich sehe mal nach, wo Gina bleibt«, sagte Emily.
Selbst der Faltenwurf ihres Rockes wirkte steif, als sie hinausging.
Gina und Morgan standen zwischen den ungemachten Betten und fummelten an Ginas Taschenlampe herum. »Aha, da liegt der Fehler«, sagte Morgan. Er ließ die Batterien in seine Hand gleiten. »Sie kann ja gar nicht brennen.«
»Was für ein Fehler? Ich habe Batterien Größe D genommen, genau wie vorgeschrieben.«
»Ja, aber du hast nicht auf die Pole geachtet«, sagte er.
»Was denn für Pole?«
»Du weißt doch, daß jede Batterie zwei Pole hat«, sagte er.
Gina sagte: »Nein... aber ich muß jetzt los, Morgan.« Sie war schrecklich nervös und zappelig. Sie wickelte sich eine Haarsträhne um den Finger und schielte auf den Flur hinaus. Joshua hatte inzwischen eine der Kommoden erreicht und zog gerade ein Satinband aus einer Schublade. Morgan bemerkte es nicht. Er war mit der Taschenlampe beschäftigt.
»Paß auf«, sagte er und hielt eine Batterie in die Höhe. »Da ist ein Plus-Zeichen am positiven Ende, und ein Minus-Zeichen am negativen Ende.«
Sein belehrender Altherrentonfall versetzte Emily einen Stich. Sie ging zu ihm und gab ihm einen Kuß auf die Wange. »Laß gut sein«, sagte sie zu ihm. »Leon wartet auf uns. Gina, lauf und sag Daddy guten Tag. Wir bringen deine Taschenlampe in Ordnung.«
Gina sauste erleichtert hinaus - wie ein Gegenstand, der von einem Gummiband abgeschossen wird. Morgan schüttelte den Kopf und schob die Batterien in die Taschenlampe. »Elf Jahre alt, und weiß nicht, daß eine Batterie zwei Pole hat«, sagte er. »Wie soll sie da in unserer modernen Welt zurechtkommen?«
»Morgan«, sagte Emily im Flüsterton. »Leon will sie bei sich behalten.«

»Bei sich behalten? Reich mir mal den Deckel, bitte.«
»Er kann sie uns doch nicht wegnehmen, oder? Durch ein Gerichtsurteil?«
»Unsinn«, sagte Morgan und schraubte die Taschenlampe zu.
»Morgan, ich verstehe nicht, wie es passieren konnte, daß Leon und ich die Seiten gewechselt haben«, sagte Emily. »Er hat immer behauptet, er sei durch die Ehe mit mir angebunden. Und jetzt will er plötzlich in einer Bank arbeiten und sagt, ich führe ein unbeständiges Leben.«
»Wessen Leben könnte wohl beständiger sein als unseres?« fragte Morgan. Er legte die Taschenlampe in Ginas Truhe, schloß den Deckel und ließ die Schlösser zuschnappen.
Aber im Wohnzimmer schienen sich alle verabredet zu haben, so unbeständig wie möglich zu wirken. Gina saß auf Leons Knie, was sie seit Jahren nicht mehr getan hatte. Sie wirkte verlegen und unsicher. Louisa strickte an ihrem ewigen Schal. Der Hund wollte Gassi gehen: er lief pausenlos vor Leon auf und ab; seine Krallen machten klickende Geräusche auf dem Fußboden. Und Brindle hatte es irgendwie geschafft, das Gespräch auf ihr Lieblingsthema zu lenken: Horace. »Ich hätte nie gedacht, daß wir viel gemeinsam haben würden, denn er war Hobbygärtner, er wühlte ständig in seinem Garten herum. Er wohnte in dem Reihenhaus neben unserem, als ich noch ein kleines Mädchen war. Wir hatten nur einen ganz kleinen Garten, aber er hatte ein Eckgrundstück, mit Rosen und Azaleen und ein paar von den kleinen Obstbäumen, die so beschnitten werden, daß sie flach an der Wand emporwachsen – die reinste Folter, habe ich immer gesagt. Ich mochte diese Bäume nicht. Und er hatte einen richtigen kleinen Springbrunnen mit der Statue einer Göttin darin. Na ja, nicht richtig echt; nur aus Gips oder so, aber trotzdem. Er kam jeden Morgen in den Garten und goß seine Blumen und beschnitt die Sträucher, sobald der kleinste Zweig aus der Reihe tanzte. Ich lachte ihn immer deswegen aus. Dann schenkte er mir frischgeschnittene Rosen, an denen noch die Tautropfen und die Blattläuse klebten, und ich sagte: ›Oh, vielen Dank‹, ohne großes Interesse, aber wenn er

nicht kam, dann fiel es mir auf. Was hinterläßt schon keine Lücke, wenn man sich daran gewöhnt hat und es plötzlich nicht mehr da ist? Ich glaube, er war einsam. Er sagte, bei meinem Anblick müsse er an seine Gipsgöttin denken, aber darüber mußte ich nur noch mehr lachen. Eine ihrer Brüste hing aus ihrem Gewand heraus, und sie hatte keine Brustwarze. Und er war schließlich ein *alter* Mann, oder wirkte jedenfalls alt auf mich, mit seinen knorrigen weißen Beinen, die aus den Gärtnershorts hervorschauten... aber wenn er mich besuchen kam, dann trug er lange Hosen und ein weißes Hemd mit einem von diesen breiten, ausladenden Kragen, die wie Flügel aussehen. Oh, ich vermisse ihn heute noch von ganzem Herzen«, sagte sie, »und ich werde es auch immer tun. Jetzt bringe ich *ihm* Rosen, wenn ich sein Grab besuche.«

»Es ist alles gepackt«, sagte Emily zu Leon.

»Gut.«

Er schob Gina von seinem Knie herunter und stand auf.

»Das Komischste daran ist«, sagte Brindle und stand ebenfalls auf, »daß ich jetzt älter bin, als Horace es war, als er anfing, mir den Hof zu machen. Können Sie sich das vorstellen?«

Leon warf Emily einen langen, finsteren Blick zu. Es war klar, was er sagen wollte: Findest du das hier etwa ein geeignetes Leben für ein Kind? Als hätte sie verstanden, hob Louisa das Kinn und fixierte ihn mit starrem Blick.

»Unter normalen Umständen«, teilte sie ihm mit, »würde ich mich in wesentlich vornehmerer Umgebung aufhalten. Ich möchte, daß Sie das wissen.«

Daraufhin drehte sich Brindle abrupt zu ihr um und sagte: »Aber Mutter, schscht. Das würden wir doch alle. Sei still.«

Aber Emily weigerte sich dennoch, auf Leons Frage zu antworten.

Leon und Morgan trugen Ginas Truhe gemeinsam über den Flur. Harry führte sie in freudiger Erregung an, und Gina folgte ihnen mit ihrem Schlafsack unter dem Arm. Emily hatte Joshua auf ihre Hüfte gesetzt. Er sah schon wieder ganz zerzaust aus, obwohl sie ihn gerade erst gebadet hatte. Emily preßte ihre Wange an seinen

Kopf und sog den Geruch nach Milch und Urin und Babypuder ein. Sie lief hinter den anderen die Treppe hinunter.
»Ich bin mit dem Buick meines Vaters gekommen, weil ich wußte, daß wir Platz für das Gepäck brauchen würden«, sagte Leon zu Morgan. »Aber vielleicht muß ich trotzdem noch irgendwo ein Seil besorgen. Ich bin nicht ganz sicher, ob der Kofferraum zugehen wird.«
»Du solltest immer ein Stück Seil im Auto haben«, sagte Morgan. »Oder noch besser, eine Nylonschnur mit Haken an beiden Enden. Du brauchst nur in einen preiswerten Campingladen zu gehen, da bekommst du...«
Leon setzte seine Seite der Truhe ab und suchte in seinen Taschen nach dem Autoschlüssel. Die Sonne verlieh seinem Haar einen kalten blauen Schimmer, wie Briketts. Emily betrachtete ihn von der Tür aus eingehend. Merkwürdigerweise hatte sie, obwohl sie ihn nicht mehr liebte, das Gefühl, dies sei nur ein weiterer Abschnitt ihrer Ehe: Leon, der den Buick seines Vaters aufschloß, Morgan, der ihm half, die Truhe einzuladen, Gina, die ihren Schlafsack hineinwarf. Sie waren auf gewisse Weise für immer miteinander verbunden. Er drehte sich zu ihr um und streckte eine Hand aus. Es war vermutlich das erstemal in ihrem Leben, daß sie ihm die Hand schüttelte.
»Emily«, sagte er, »denk über meinen Vorschlag nach.
»Ich kann nicht«, sagte sie. Sie hob das Baby hoch. Wie sie dastand, barfuß und mit vorgeschobener Hüfte, kam sie sich im Vergleich zu ihm benachteiligt und bäuerlich vor.
»Laß es dir wenigstens durch den Kopf gehen, versprichst du mir das?« Statt zu antworten, ging sie zum Auto und beugte sich hinunter, um Gina durch das offene Fenster einen Kuß zu geben.
»Gib auf dich acht, Schätzchen«, sagte sie. »Viel Spaß. Und ruf mich an, wenn du Heimweh bekommst; bitte ruf mich an.«
»Mach ich.«
»Und komm wieder«, sagte sie.
»Aber *ja* doch, Mama.«
Emily trat vom Auto zurück, stellte sich dicht neben Morgan, lächelte angestrengt und drückte Josh fest an sich.

6

»Ich habe beschlossen, Schriftstellerin zu werden«, sagte Bonny. »Ich hatte schon immer eine Neigung in diese Richtung. Ich schreibe eine Kurzgeschichte, die ausschließlich aus Scheckabschnitten und Haushaltsbucheintragungen der letzten dreißig Jahre zusammengesetzt ist.«

»Was ergibt denn das für eine Geschichte?« fragte Emily erstaunt. Sie setzte sich auf den nächstgelegenen Küchenstuhl und preßte den Hörer an ihr Ohr.

»Du würdest dich wundern, wie leicht man daraus einen Handlungsfaden spinnen kann. Ich meine, Schecks an den Windelservice, dann an die Kindergärten und an die Schulen... aber es ist traurig zu sehen, wie billig damals alles war. Es ist doch lächerlich, daß ich in der zweiten Augustwoche neunzehnhunderteinundfünfzig ganze zehn Dollar und sechzehn Cent für Lebensmittel ausgegeben habe. Hat Morgan meine Anzeige gelesen?«

»Was für eine Anzeige?« fragte Emily.

(Natürlich hatte er sie gelesen.)

»Meine Kleinanzeige. Sag nicht, er liest keine Zeitungen mehr.«

»Oh, du hast eine Kleinanzeige aufgegeben?«

»Sie lautet: MORGAN G.: *Du bist durchschaut.* Hat er sie nicht gelesen?«

»Du kannst nicht erwarten, daß Morgan jede kleine Notiz in der Zeitung liest.«

»Ich dachte, das würde ihm richtig an die Nieren gehen«, sagte Bonny. »Wie er den Gedanken hassen würde, daß er durchschaut ist!«

Sie hatte recht. Es war ihm an die Nieren gegangen. Er hatte gesagt: »Was soll das bedeuten? Mir ist natürlich klar, daß Bonny dahintersteckt, aber... meinst du, es könnte auch jemand anders sein? Nein, natürlich ist es Bonny. Was soll das heißen, ich bin durchschaut. Wovon redet sie?«

»Er gefällt sich in der Rolle des Fremden«, sagte Bonny.

Emily sagte: »Ich glaube, das Baby schreit.«

»Manchmal«, sagte Bonny, »frage ich mich, ob es überhaupt einen Sinn hat, ihm Vorwürfe zu machen. Er *ist* eben einfach so.

Es steckt in seinen Genen, oder... Niemand aus seiner Familie ist mir jemals ganz normal vorgekommen. Seinen Vater habe ich natürlich nicht gekannt, aber was für ein Mann kann der schon gewesen sein? Bringt sich ohne guten Grund um. Und erst sein Großvater... und dann sein Urgroßonkel! Hat er dir die Geschichte von seinem Urgroßonkel erzählt? Onkel Owen, das schwarze Schaf. Was muß man wohl anstellen, um in *so* einer Familie das schwarze Schaf zu sein? Das fragt man sich doch. Aber keiner rückt mit der Sprache raus, wenn sie es überhaupt wissen. Das war, als die Familie noch in Wales lebte. Sie schämten sich so sehr wegen Onkel Owen, daß sie ihm eine Fahrkarte nach Amerika kauften und ihm versprachen, ihm jeden Monat Geld zu schicken.«

»Ich muß jetzt auflegen«, sagte Emily.

»Als das Schiff in den Hafen von New York einlief, tanzte Onkel Owen vor lauter Freude auf dem Deck herum«, sagte Bonny. »Der Anblick der Freiheitsstatue brachte ihn völlig aus der Fassung. Er hüpfte auf und ab und kam zu nah an die Reeling. Dann fiel er über Bord und ertrank.« Sie fing an zu lachen. »Kannst du dir das vorstellen? Das ist eine wahre Geschichte! Es ist wirklich passiert!«

»Bonny, ich muß jetzt auflegen.«

»Ertrunken!« sagte Bonny. »Was für ein Mann!« Und sie lachte und lachte, so lange, wie Emily ihr zuhörte, und zweifellos wischte sie sich dabei kopfschüttelnd die Tränen aus den Augen.

7

Eines Abends im August klingelte stotternd die Türglocke – zwei kurze Töne, dann verstummte sie wieder. Morgan war einkaufen gegangen. Emily dachte, er sei vielleicht schon zurück und habe geklingelt, weil er zu bepackt war, um seinen Schlüssel herauszuholen. Aber als sie öffnete, sah sie einen dickbäuchigen, blassen jungen Mann vor sich, der wackelig auf dürren Beinen stand und stark schwitzte. In der Hand hielt er einen Strauß roter Nelken. Er sagte: »Mrs. Meredith?«

»Ja.«
»Ist der Hund bissig?«
Sie wollte nicht gleich nein sagen, obwohl es eigentlich offensichtlich war. Harry saß neben ihr, zeigte nicht mehr als ein höfliches Interesse und schlug mit dem Schwanz auf den Fußboden, was ein dumpfes, gummiartiges Geräusch machte.
»Na, mein Freund. Sitz, mein Freund«, sagte der Mann und kam näher. Emily trat einen Schritt zurück. »Sie kennen mich nicht«, erklärte er. »Ich bin Durwood Linthicum aus Tindell, Maryland.«
Seine glänzende Stirn verlieh ihm ein verzweifeltes, entschlossenes Aussehen. Er konnte nicht älter als achtzehn sein, dachte sie. Sie fragte sich, ob die Blumen für sie waren. Aber dann sagte er: »Die hier habe ich für Ihren Mann mitgebracht.«
»Meinen Mann?«
»Mr. Meredith«, sagte er und schob sich ein Stück weiter in die Wohnung hinein. Sie trat noch einen Schritt zurück und stieß gegen einen Porzellanbottich. »Mein Vater war Reverend R. Jonas Linthicum«, sagte er. »Er weilt nicht mehr unter uns. Er ist im Juni verschieden.«
»Oh, das tut mir leid«, sagte sie. »Mr. Linthicum, mein Mann ist im Augenblick nicht da –«
»Wie ich sehe, sagt Ihnen der Name nichts.«
»Ehm…«
»Macht nichts, Ihr Mann wird sich bestimmt erinnern.«
»Aber, ehm, also…«
»Mein Vater und Mr. Meredith haben miteinander korrespondiert. Oder jedenfalls hat mein Vater korrespondiert. Mein Vater hat die Holy-Word-Entertainment-Troupe geleitet.«
»Ach so«, sagte Emily.
»Sie haben davon gehört.«
»Ich glaube, Ihr Vater hat uns eingeladen… um Geschichten aus der Bibel zu spielen, nicht wahr?«
»Ja, ganz recht, jetzt wissen Sie es wieder.«
»Also, sehen Sie, Mr. Linthicum –«
»Durwood.«

»Sehen Sie, Durwood...«

Die Tür hinter ihm ging ein Stück weiter auf, und Morgan trat ein. Er trug ein fünfundzwanzig-Pfund-Paket Magermilchpulver mit einem Wasserfleck an der unteren Ecke. »Mr. Meredith!« sagte Durwood. »Die hier sind für Sie.«

»Hm?« sagte Morgan. Er setzte das Paket ab und nahm die Nelken entgegen. Er trug seine Tropenkleidung – Panamahut und weißen Anzug. Vor all dem Weiß sahen die Nelken umwerfend aus, zu grell, um echt zu sein, wie auf einer Anzeige für ein alkoholisches Getränk in einem Hochglanzmagazin. Morgan vergrub seinen Bart in den Blumen und sog lange und nachdenklich ihren Duft ein.

»Ich habe mir gewünscht, Sie kennenzulernen, seit ich dreizehn oder vierzehn bin«, sagte Durwood. »Jedesmal, wenn wir in die Nähe von Baltimore kamen, habe ich meinen Vater inständig gebeten, eine Ihrer Vorstellungen sehen zu dürfen. Durwood Linthicum«, sagte er mit einem eleganten Schnörkel. Er streckte eine große, weiche Hand aus. In seine Finger waren mit Smaragden und Rubinen (oder bunten Glassteinen) besetzte Ringe eingegraben. »Ich weiß, daß *Sie* mich kennen, aus all den Briefen, die Sie bekommen haben.«

»Ach, Linthicum«, sagte Morgan. Er schüttelte die Hand und blickte an Durwood vorbei zu Emily hinüber.

»Holy-Word-Entertainment-Troupe«, sagte Emily.

»*Oh*, natürlich.«

»Man soll zwar nicht schlecht über die Toten sprechen«, sagte Durwood, »aber mein Vater hatte nicht immer ein gutes Gespür fürs Geschäft. Er hatte eine Ihrer Vorstellungen gesehen und hielt sehr viel davon, und er las die ganzen Artikel über Sie in den Zeitungen, aber er dachte nur: ›Dieser Bursche könnte großartige Bibelgeschichten inszenieren. Daniel in der Löwengrube und Ruth und Naomi.‹ Habe ich nicht recht? Also, *ich* wußte von Anfang an, daß Sie nein sagen würden. Sie machen außerdem ganz andere Sachen, Sie spielen ›Rotkäppchen‹ und ›Die Schöne und das Biest‹. *Mir* ist das klar!«

Morgan strich sich über den Bart.

»Könnten wir uns vielleicht irgendwo hinsetzen?« fragte Durwood. »Ich möchte Ihnen ein Angebot unterbreiten.«
»Aber natürlich«, sagte Morgan.
Er ging den Flur entlang zum Wohnzimmer, und Durwood folgte ihm. Emily lief widerstrebend hinterher. Irgendwie hatte sie den richtigen Moment verpaßt. Sie hatte die Sache richtigstellen wollen, aber jetzt war es zu spät.
Im Wohnzimmer saß Louisa im Schaukelstuhl und strickte. Sie sah Durwood an und legte geschäftig ihren Faden um die Nadel.
»Mutter«, sagte Morgan, »darf ich dir Durwood Linthicum vorstellen.«
»Sehr angenehm«, sagte Durwood. Er setzte sich auf die Couch, beugte sich zu ihr und wedelte mit den Fingern. »Meine Dame, ich nehme an, Sie wissen, was Sie da für einen Sohn haben.«
Louisa sah Morgan an. Ihre zottigen schwarzen Augenbrauen bildeten zwei spitze Dächer.
»Ich habe jahrelang auf meinen Vater eingeredet«, sagte Durwood. »›Daddy, wenn du ihn irgendwie bekommen kannst, dann engagiere diesen Mann. Wir wollen uns sowieso vergrößern; die Leute machen sich heutzutage nichts mehr aus diesem Bibelzeug. Mit unseren ganzen Beziehungen und Kontakten – Schulen, Vereine, Kirchen – ist es doch eine sichere Sache!‹ sagte ich zu ihm. ›Wir haben alles, was man braucht!‹ Es gibt noch eine weitere Gruppe, die mir gefällt – Das Gläserne Akkordeon. Ich bin ganz verrückt nach ihrer Musik. Aber er sagte nein, wir bringen ausschließlich Gospelmusik. Grüßte sie nicht mal auf der Straße. Wollte nie mitgehen, um sie spielen zu hören. Aber das steht auf einem anderen Blatt. Ich habe vor, ihnen einen Besuch abzustatten, sobald ich Sie verlassen habe. Aber an Ihnen habe ich ein ganz besonderes Interesse. Mr. Meredith, Sir, Sie sind ein regelrechtes Idol für mich! Ich habe alle Berichte über Sie gelesen. Ich finde Sie großartig!«
»Oh, vielen Dank«, sagte Morgan und steckte die Nase in seinen Nelkenstrauß.
»Eines ist allerdings merkwürdig: Sie sehen gar nicht so aus wie auf den Fotos.«

»Wissen Sie, ich habe mir einen Bart wachsen lassen.«
»Ah ja, es wird wohl an dem Bart liegen.« Durwood sah zu Emily hinüber. Er sagte: »Aber ich hoffe, das bedeutet nicht, daß Sie jetzt... Hippies geworden sind oder so was.«
»Nein, nein«, sagte Morgan.
»Dann ist ja gut! Dann ist ja gut! Denn wissen Sie, mein Vater und ich waren uns vielleicht nicht immer in allem einig, aber ich möchte trotzdem den christlichen Rahmen wahren, möchte trotzdem eine ehrenhafte, aufrechte Truppe haben, mit der man, ohne sich schämen zu müssen, in einer Schulaula auftreten kann...« Er verlor den Faden und runzelte plötzlich die Stirn. Er sagte: »Ich hoffe sehr, daß die Leute vom Gläsernen Akkordeon keine Drogen nehmen. Oder halten Sie das für möglich?«
»O nein, nein, das glaube ich nicht«, sagte Morgan beschwichtigend.
»Es wird Ihnen in Tindell gefallen, Mr. Meredith.«
»Tindell?«
»Nun ja, Sie wollen doch nicht in Baltimore wohnen bleiben, oder? Wir haben Kontakte in ganz Maryland und bis in den Süden von Pennsylvania.«
Louisa sagte: »Ich war einmal in Tindell.«
»Na sehen Sie!« sagte Durwood.
»Fand es schrecklich.«
»Sie fanden *Tindell* schrecklich?«
»Wirkte irgendwie ausgestorben.«
»Wie können Sie so etwas sagen.«
»Überall Totenstille. Alle Geschäfte zu.«
»Sie müssen an einem Sonntag dagewesen sein.«
»Es *war* ein Sonntag«, sagte sie. »Sonntag, der sechste März, Neunzehnhunderteinundzwanzig. Morgan war damals noch nicht geboren.«
»Wer ist Morgan?«
»Er«, sagte sie und deutete mit der Kinnspitze auf Morgan.
»Das ist ein Kosename. Meine Familie nennt mich so«, sagte Morgan. »Ein Zeichen von Zuneigung. Emily, würdest du Mutter jetzt bitte ins Bett bringen?«

»Ins Bett?« sagte seine Mutter. »Es ist noch nicht mal neun Uhr.«
»Du hattest einen anstrengenden Tag. Emily?«
Emily stand auf und ging zu seiner Mutter. Sie legte eine Hand unter ihren sehnigen Arm und half ihr vorsichtig auf die Beine.
»Was ist denn mit ihm los?« sagte Louisa. »Vergiß mein Strickzeug nicht, Emily.«
»Ich habe es.«
Sie führte die alte Frau den Flur entlang und in ihr Zimmer. Brindle saß schon da und schrieb etwas in ihr Tagebuch. Sie blickte auf und sagte: »Willst du schon schlafen gehen?«
»Morgan hat Besuch.«
Louisa sagte: »Ich wünschte, wir wären wieder in Bonnys Haus. In Bonnys Haus hatte man wenigstens Platz zum Atmen. Hier werde ich herumgeschoben wie ein überflüssiges Möbelstück.«
»Es tut mir leid, Mutter Gower«, sagte Emily. Sie ging zum Schrank, um Louisas Nachthemd zu holen, das an einem Haken hing. Brindles und Louisas Seidenkleider nahmen die ganze Stange in Anspruch. An einem Ende hingen Ginas Sachen: zwei Pullover für die Schule, zwei weiße Blusen und ein wattierter blauer Bademantel. Der Anblick stimmte Emily traurig. Sie nahm das Nachthemd vom Haken und schloß die Schranktür.
»Würdest du ihr mit den Knöpfen helfen?« bat sie Brindle. »Ich sollte lieber wieder ins Wohnzimmer gehen.«
Aber als sie das Zimmer verlassen hatte, ging sie doch nicht ins Wohnzimmer. Sie blieb eine Weile im Flur stehen und hörte Durwoods säuselnder Stimme zu – Mr. Meredith dies, Mr. Meredith das. »Früher *mochte* ich Puppentheater noch nicht mal, dieser Kasperlekram gefiel mir einfach nicht, aber *Ihre* Puppen, Mr. Meredith, die sind etwas ganz anderes.«
Sie durchquerte den Flur und ging ins Schlafzimmer. Sie schloß die Tür bis auf einen Spalt, so daß nur ein schmaler Lichtstreifen zu sehen war, und dann zog sie ihr Nachthemd an und schlüpfte unter die Decke. An der gegenüberliegenden Wand drehte sich Joshua in seiner Wiege und stieß einen schniefenden Seufzer aus.

Das Fenster war offen, und sie hörte die Geräusche des Sommers – eine Polizeisirene heulte, jemand pfiff »Clementine«, aus einem Autoradio drang Musik. Durwood sagte: »Bedenken Sie, wie frei Sie dann wären! Denken Sie darüber nach, Mr. Meredith. Wir organisieren die Auftritte; wir schreiben die Rechnungen, und Sie können sich um wichtigere Dinge kümmern. Wirklich, wir haben sogar MasterCharge. BankAmericard. Und NAC, jawohl.«

Geräusche im Liegen zu hören, hatte etwas für sich: sie waren leiser, aber deutlicher. Emily hörte sogar das Anreißen des Streichholzes, als Morgan sich eine Zigarette ansteckte. Sie roch den beißenden Qualm. Sie mußte an verschiedene Häuser denken, in denen sie als Kind zu Besuch gewesen war – an den herben, rauhen Qualm selbstgedrehter Zigaretten und die Gerüche von gebratenem Bauchspeck und Kerosin in den Küchen der Shufords und Biddixes, wo sie sich immer unwohl gefühlt hatte, als Außenseiterin. Möglichst unauffällig, wie ihre Familie es von ihr erwartet hatte, war sie gleich hinter der Tür stehengeblieben und hatte dort nur ausgeharrt, bis ihre Schulfreundin ihr Lesebuch und ein paar Kekse für die Pause eingesteckt hatte. Aber sie hatte sich all die Jahre danach gesehnt, weiter in diese Küchen vorzudringen, damit sie ihre Geheimnisse preisgaben. Jetzt lächelte sie im Dunkeln darüber und schlief ein, während sie Morgans polternden Antworten lauschte.

Dann war die Wohnung plötzlich still, und Morgan kam ins Schlafzimmer. Er stand im Licht, das vom Flur hereinfiel, vor einer der Kommoden und blickte in den Spiegel. Er hatte noch immer seinen Panamahut auf dem Kopf. Er nahm die Brille ab und rieb sich den Nasenrücken. Er leerte seine Hosentaschen: Kleingeld, ein zerknautschtes Päckchen Camel und etwas, das über den Fußboden rollte und dann liegenblieb. Er bückte sich grunzend danach. Sie sagte: »Morgan?«

»Ja, mein Schatz.«

»Ist er weg?«

»Ja.«

»Dieses ganze ›Mr. Meredith-Getue‹«, sagte sie. »Warum hast du es ihm nicht erklärt?«

»Ach, weißt du, wenn es ihn glücklich macht...«
Er setzte sich auf den Bettrand. Er beugte sich hinunter, um sie zu küssen (er trug immer noch den Hut, der jetzt auf Emilys Gesicht zu fallen drohte), aber in dem Moment waren auf dem Flur langsame, unsichere Schritte zu hören. Morgan richtete sich auf. Es klopfte leise.
Louisas Silhouette erschien im erleuchteten Türrahmen. Unter ihrem langen weißen Nachthemd sah man die Umrisse ihrer spillerigen Beine. »Morgan?« sagte sie.
»Ja, Mutter.«
»Ich fürchte, ich kann nicht einschlafen.«
»Mein Gott, Mutter, du bist doch eben erst ins Bett gegangen.«
»Morgan, wie hieß doch gleich der Mann, den wir ständig gesehen haben?«
»Welcher Mann, Mutter?«
»Er war immer da. Er wohnte bei uns. Morgan, wie hieß er doch gleich?«
»Mutter! Um Himmels willen, geh ins Bett! Verschwinde!«
»Oh, entschuldige bitte«, sagte sie.
Sie spazierte davon. Sie hörten sie im Wohnzimmer – zuerst auf der einen Seite des Raumes, dann auf der anderen, als wanderte sie ziellos umher. Die Federn des Sofas quietschten, dicht hinter ihren Köpfen.
»Du solltest nicht so barsch zu ihr sein«, sagte Emily zu Morgan.
»Nein«, sagte er. Er seufzte.
»Sie so anzubrüllen! Was ist denn los mit dir?«
»Ich kann nicht anders. Sie schläft nie. Sie bringt es gerade mal auf drei Stunden pro Nacht.«
»So sind alte Leute eben, Morgan.«
»Wir sind nie allein«, sagte er. »Mutter, Brindle, das Baby... es kommt mir vor wie eine Verpflanzung. Ich habe das ganze Durcheinander von zu Hause hierher verpflanzt. Es ist, als hätte das Leben mir einen verrückten Streich gespielt. Findest du nicht? Du meine Güte, ich habe sogar wieder eine halbwüchsige

Tochter! Oder jedenfalls beinahe; heutzutage kommen sie eher in die Pubertät, wie mir scheint...«
»Mir macht es nichts aus«, sagte Emily. »Irgendwie genieße ich es.«
»Du hast leicht reden«, sagte er zu ihr. »Es ist ja nicht dein Problem. Du bleibst völlig unbekümmert, was auch geschieht, genau wie die Leute, die essen können, was sie wollen, ohne zuzunehmen. Du trägst immer noch denselben Wickelrock. Dasselbe Trikot.«
Er hatte ja keine Ahnung, wie viele neue Trikots sie in all den Jahren hatte kaufen müssen. Offenbar glaubte er, sie hielten ewig. Sie strich ihm das Haar aus der Stirn. »Wenn wir erst umgezogen sind, wirst du dich besser fühlen«, sagte sie. »Natürlich ist es schwierig zu sechst in einer Dreizimmerwohnung.«
»Ach! Und wie werden wir den Umzug bezahlen?«
»Ich werde noch ein paar Geschäfte suchen, an die ich meine Puppen verkaufen kann. Ich finde, Mrs. Apple bezahlt mir nicht genug. Und ich werde mehr Puppen machen. Und Brindle – warum kann Brindle nicht arbeiten gehen?«
»Als was? Als Tankwart?«
»Es muß doch irgend etwas geben.«
»Emily, hast du noch nicht gemerkt, daß Brindle nicht besonders belastbar ist?«
»Oh, ich würde nicht sagen –«
»Wir leben in einem Haus voller Verrückter.«
Sie schwieg. Es war, als hätte er eine Schraube an einem Teleskop festgezogen.
»Im übrigen«, sagte er etwas sanfter, »muß sie uns mit Mutter helfen. Sie mag in anderen Dingen eine völlige Versagerin sein, aber wenigstens nimmt sie dir in der Hinsicht ein bißchen was ab – Mutters kleine geistige Aussetzer und ihre Mahlzeiten und Tabletten.«
Er schubste sie sanft ein Stückchen zur Seite, legte sich vollständig angezogen neben sie und lehnte den Kopf gegen die Wand.
»Am besten«, sagte er, »hauen wir ab.«
»Was?«

»Wir lassen sie einfach alle sitzen«, sagte er, »und gehen weg. Wir brauchen eine kleinere Wohnung, keine größere.«
»Oh, Morgan, hör auf mit dem Unsinn«, sagte sie.
»Schatz, du weißt genau, daß Gina es bei Leon besser hätte.«
Sie setzte sich abrupt auf. »Das ist nicht wahr!« sagte sie.
»Was führt sie denn bei uns für ein Leben? Fremde Frauen in ihrem Zimmer... Denk an meine Worte. Wenn sie nach dem Luxusferienlager ein paar Tage bei Leon zu Besuch war und mit Großvater Meredith segeln und mit Großmutter einkaufen gegangen ist, wird sie anrufen und darum bitten, dortbleiben zu dürfen. Wollen wir wetten? Sie ist jetzt in dem Alter; sie hat etwas gegen ungeordnete Verhältnisse. Der Swimmingpool und der Tennisplatz und was sonst noch zu Leons Apartment-Komplex gehören mag, wird ihr gefallen. Vielleicht hat er sogar eine Sauna! Hast du schon mal daran gedacht?«
»Morgan, ich kann nicht ohne Gina leben.«
»Und die anderen«, sagte er. »Mutter und Brindle. Glaubst du im Ernst, Bonny würde sie nicht zurücknehmen? Wenn wir sie einfach sitzenlassen würden, hätte Brindle Bonny an der Strippe, noch bevor wir unten auf der Straße angekommen wären. ›Bonny, meine Liebe, sie haben uns verlassen!‹ sagte Morgan mit hoher, fröhlicher Stimme. ›Prima, jetzt geht es endlich zurück zu Farbfernsehen und Zivilisation!‹ Und Bonny würde sagen: ›Oh je, ich schätze, ich bin wieder dran‹, und schon käme sie angerauscht, augenrollend und zungenschnalzend, aber du weißt, insgeheim würde sie sich freuen. Sie liebt Trubel und hat gern viele Küken in ihrem Nest. Ich würde sie noch mal um die Scheidung bitten, und diesmal wäre sie bestimmt einverstanden. Ach nein, das geht nicht, ich möchte nicht, daß sie weiß, wo wir sind. Ich möchte nicht, daß sie sich mit Hüten und Hunden und Verwandten an unsere Fersen heftet. Ich nehme nur einen Anzug, einen Hut und dich und Josh mit. Wir machen uns einfach aus dem Staub - brechen hier die Zelte ab und gehen weg.«
»Ach ja? Und wohin?« fragte Emily. Sie lag wieder flach auf dem Rücken und hatte die Augen geschlossen. Es hatte keinen Sinn, ihn ernst zu nehmen.

»Tindell, Maryland«, erklärte er. »Wir gehen zu diesem Durwood.«
»Er will Leon haben.«
»*Ich* bin Leon, jedenfalls für ihn.«
»Also wirklich, Morgan.«
Er schwieg. Er schien nachzudenken. Schließlich sagte er: »Ist es nicht komisch? Ich habe noch nie meinen Namen geändert. Das einzige, was ich je gemacht habe, war, ihn umzudrehen. Mein Name ist das einzige gewesen, an dem ich mein Leben lang festgehalten habe.«
Sie öffnete die Augen. Sie sagte: »Ich meine es ernst, Morgan. Ich habe nicht vor, Gina zu verlassen.«
»Schon gut, schon gut.«
»Ich meine es wirklich ernst.«
»Es war ja nur so eine Idee«, sagte er.
Dann stand er auf und ging zum Wandschrank hinüber, und sie hörte, wie sein Panamahut mit einem gedämpften, weichen Seufzer zwischen die anderen Hüte glitt.

8

»Für dich ist es ganz einfach«, sagte Bonny, »weil Morgan mittlerweile eine verläßliche Haltung eingenommen hat. Weißt du, was ich meine? Er ist... gefestigt. Du hast ihn geerbt, als er bereits alt und verläßlich war. Ihr beide habt euch nie mit dem Auto verfahren und über eine Straßenkarte hinweg angebrüllt; du wirst immer glauben, daß er alles im Griff hat.«
Emily stand in der stockfinsteren Küche und trat auf dem kühlen, glatten Fußboden von einem Bein auf das andere. Sie sagte: »Bonny, warum rufst du mich dauernd an?«
»Hmmm?«
»Das ist doch nicht normal. Warum führen wir immer diese Telefonate?«
Bonny stieß eine Qualmwolke aus. Sie sagte: »Nun, ich mache mir Sorgen um seine Augen.«
»Seine Augen?«

»Ich lese gerade so ein Buch. Ein Buch von einem japanischen Experten. Man kann alles an den Augen ablesen, sagt er. Wenn jemand unter der Iris einen weißen Streifen hat, dann geht es ihm garantiert nicht gut. Physisch, emotional... und du kennst ja Morgans Augen. Bei ihm ist es nicht nur ein weißer *Streifen*, sondern ein ganzer See! Seine Unterlider sind schlaff wie Hängematten. Ich glaube, er ernährt sich nicht richtig. Er müßte mehr Gemüse essen.«
»Bei mir kriegt er jede Menge Gemüse.«
»Du weißt, wie gerne er Süßes ißt. Und er trinkt zuviel Kaffee, mit massenweise Zucker. Tödlich! Raffinierter weißer Zucker, Industriezucker. Es ist ein Wunder, daß er überhaupt noch lebt. Oh, Emily! Er sollte Alfalfasprossen und frische Erdbeeren aus biologischem Anbau essen.«
»Morgans Ernährungsweise ist absolut in Ordnung.«
»Er sollte weniger rotes Fleisch und mehr ungesättigte Fettsäuren essen!«
»Ich muß jetzt auflegen, Bonny.«
»Wenn er sich vernünftig ernähren würde«, sagte Bonny, »glaubst du nicht, daß er sein Verhalten dann ändern würde? Ich meine, eigentlich ist er ein guter Mensch, Emily. Im Grunde ist er warmherzig und offen. Seine Offenheit ist genaugenommen sein Problem. O Emily, wenn er zu mir zurückkäme, würde ich mich bestimmt mehr um seine Ernährung kümmern, das glaubst du mir doch, oder?«

9

Emily tastete sich den dunklen Flur entlang und stieß mit dem Zeh gegen den Korbelefanten. Als sie ins Schlafzimmer kam, fand sie Morgan hellwach vor. Er saß an die Wand gelehnt im Bett und rauchte schweigend eine Zigarette. Er sagte nichts. Sie stieg zu ihm ins Bett, strich ihr Kopfkissen glatt und legte sich hin. In der Küche klingelte das Telefon.
»Geh nicht ran«, sagte Morgan.
»Und wenn es jemand anders ist?«

»Es ist niemand anders.«
»Und wenn es Gina ist? Ein Notfall?«
»Es ist nicht Gina. Laß es klingeln.«
»Das kannst du nicht mit Sicherheit sagen.«
»Ich bin fast sicher.«
Um diese Uhrzeit, in dieser Stimmung, erschien ihr »fast« gut genug. Sie ging das Risiko ein. Sie stand nicht auf. Es war erholsam, sich nach all der Zeit einfach zu fügen – die Verantwortung an jemand anderen abzugeben. Das Telefon klingelte und klingelte, zuerst beharrlich, dann resigniert, fern und verloren; ein immer wiederkehrender Reim, wie der Refrain eines Liedes.

1979

1 Er stand in Larrabees Drogerie und wartete auf sein Wechselgeld. Er hatte eine Schachtel Camel, eine Flasche Hustentropfen und die *Tindell Weekly Gazette* gekauft. Die Verkäuferin tippte seine Einkäufe in die Registrierkasse ein, fing dann aber eine Unterhaltung mit einem anderen Kunden an. Es war wirklich sehr kalt, stimmte er ihr zu. Es war viel zu kalt für März. Ihre Katze kam kaum hinter dem Ofen hervor, und ihr Hund mußte sein rotkariertes Mäntelchen tragen. Sie hielt Morgans Wechselgeld in der Hand und klimperte geistesabwesend damit. Morgan stand wartend an der Kasse – ein namenloser, bärtiger Mann mit Brille, an dem sie keinerlei Interesse hatte. Schließlich gab er auf und faltete die Zeitung auseinander. Er mochte die *Gazette* sehr, obwohl sie Ann-Landers-Lebenshilfe-Kolumne nicht brachten. Er überflog die Kleinanzeigen. *Ich übernehme keine Verantwortung, ich übernehme keine Verantwortung*...

In der Rubrik *Fundsachen* las er, daß jemand eine Plastikpflanze verloren hatte. Was manchen Leuten so alles abhanden kam! Wie leichtsinnig sie ihr Leben lebten! Ein vollständiges Set Revereware-Kochtöpfe war auf der North-Deale-Road gefunden worden. Ein Wappenarmband auf dem Parkplatz der High-School.

Dann die Todesanzeigen. Mary Lucas, seit vielen Jahren wohnhaft in Tindell. Außerdem Pearl Joe Pascal und Morgan Gower und...

MORGAN GOWER,
GESCHÄFTSFÜHRER EINES EISENWARENLADENS

Morgan Gower, 53, zuletzt wohnhaft in der Tindell-Acres-Wohnwagensiedlung, starb gestern nach längerer Krankheit. Mr. Gower war Geschäftsführer der Innenstadt-Filiale von Cullen-Hardware in Baltimore. Er hinterläßt...

Er hob den Kopf und blickte sich um. Die Einrichtung der Drogerie bestand aus altem, dunklem Holz, und die Regale waren spärlich bestückt. Manche Produkte waren nur noch einmal vorhanden – in einem Fach lag eine Schachtel Sweet'n-Low-Süßstoff mit eingedrückten Ecken; in einem anderen eine Tube Prell-Shampoo mit klebrig-grüner Verschlußkappe. Der Laden war zweifellos echt. Es roch nach feuchter Pappe. Die Verkäuferin war uralt. Sie trug ihre Brille an einer Kette um den Hals, und ihre Haut war so faltig, daß sie durchgesteppt wirkte.

... hinterläßt seine Frau Bonny Jean, geborene Cullen; sieben Töchter, Amy G. Murphy aus Baltimore; Jean G. Hanley, ebenfalls aus Baltimore; Susan Gower aus Charlottesville, Virginia...

»Mein Herr«, sagte die Verkäuferin und hielt ihm das Wechselgeld hin.

Er faltete die Zeitung zusammen und steckte das Geld in die Tasche.

Draußen schlug ihm ein kalter, feuchter Wind entgegen. Es war Sonntagmorgen. Die Straßen waren leer, und die Bürgersteige wirkten breiter und heller als gewöhnlich. Alle anderen Geschäfte waren geschlossen – das kleine Billigwarenhaus, der Lebensmittelladen, der Friseur. Er ging langsam daran vorbei. Sein Pick-up stand vor dem Hollywoodstars-Schönheitssalon. Der rote Sperrholzaufbau über der Ladefläche (MEREDITH PUPPENTHEATER stand in einem halbkreisförmigen Schriftzug an den Seitenwänden) knarrte im Wind. Morgan kletterte in das Fahrerhaus. Er öffnete die Schachtel Zigaretten und steckte sich eine an. Dann hustete er seinen gewohnten, stockenden Husten und schlug erneut die Zeitung auf.

...Carol G. Haines, ebenfalls aus Charlottesville;
Elizabeth G. Wing aus Nashville, Tennessee...

Er legte sie aufgeschlagen auf die Sitzbank und ließ den Motor an.
Blöde Zeitung; blöde hinterwäldlerische Verleger. Man sollte doch annehmen, daß sie wenigstens so viel gesunden Menschenverstand, so viel Anständigkeit besäßen, so etwas vor dem Druck zu überprüfen. Was hatten die nur für Maßstäbe? Nannten sie das Journalismus?
Er fuhr die Main-Street hinauf und zog hastig an seiner Zigarette. Die Ampel an der Kreuzung Main-Street und Howell-Street war rot. Er bremste und warf einen Seitenblick in die Zeitung.

Molly G. Abbot aus Buffalo, New York; Kathleen G.
Brustein aus Chicago...

Hinter ihm hupte jemand, und er fuhr weiter. Er bog von der Howell-Street mit einem Schlenker in einen Weg ein, der durch eine Art Mondlandschaft mit hellem, stoppeligem Lehmboden führte, wo zwischen dem Unkraut leere Bierflaschen herumlagen, und fuhr dann auf den Highway. Vor ihm tauchte die Wohnwagensiedlung auf. Ein abgeblättertes Metallschild verkündete TINDELL ACRES – VERMIETUNG MONATLICH – EIGENTÜMER J. PROUTT. Er bog links in den Schotterweg ein und fuhr am Büro vorbei, einem stromlinienförmigen Aluminiumwohnwagen, dessen Schlacksteinstufen und Blumenkästen einen häuslichen Eindruck erwecken sollten. *Außerdem seine Mutter, Louisa Brindle Gower*, setzte eine beharrliche Stimme in seinem Kopf die Aufzählung fort, *seine Schwester, Brindle G. T. Roberts und elf Enkelkinder*. Hinter dem Büro waren etwa ein Dutzend kleinere Wohnwagen kreuz und quer geparkt. Es sah aus, als wären sie von einem ungezogenen Kind dort verstreut worden, zusammen mit dem Müll, der überall herumlag – alte Butangasflaschen, eine Matratze voller Rostflecken, ein kaputtes Sofa, zwischen dessen Polstern ein junger Baum wuchs. Morgan fuhr an einer alten Frau in einem Herrenmantel aus Tweed vorbei. In der Nähe eines kleinen grünen Wohnwagens parkte er und stieg aus. Die Frau drehte sich um und sah ihm nach, wobei sie sich ein paar graue Haarsträhnen aus dem Gesicht strich. Es war klar, daß sie eine Unterhaltung anfangen wollte. Morgan tat so, als sehe er sie nicht, und lief mit gesenktem Kopf eilig auf den Wohnwagen zu. Sein Mund fühlte sich zu groß an. Er hatte, stellte er nüchtern fest, alle physischen Symptome von... Scham; ja, das war es. Wie merkwürdig. Er fühlte sich durch seine Mütze, die einen kleinen Schirm hatte und proper und alltäglich aussah, nur ungenügend geschützt. Er schlug den Kragen seiner Jacke hoch, bevor er sich am Türschloß zu schaffen machte.

»Ist es Ihnen kalt genug?« rief die Frau mit dünner, durchdringender Stimme.

Er beugte sich tief über das Schloß.

»Ju-hu! Mr. Meredith!«

Die Beisetzung findet im engsten Familienkreis statt.

Emily machte gerade das Frühstück. Es roch nach Speck – ein sonntäglicher Leckerbissen. Josh tappte auf wackeligen Beinen durchs Wohnzimmer. Ein Träger seiner abgewetzten Cordlatzhose hing lose herab. Morgan hob ihn hoch und schloß ihn in die Arme.

»Hast du die Zeitung gekauft?« fragte Emily.

Er setzte Joshua wieder ab. »Nein«, sagte er.

Er hatte sie im Wagen gelassen. Er würde sie später wegwerfen.

Es gab keinen Grund für ihn, sich zu schämen. Wenn sich jemand schämen sollte, dann Bonny. (Denn er nahm an, es war Bonny gewesen, die das getan hatte. Natürlich war sie es. Oder vielleicht doch nicht?) Was für eine kindische Reaktion! Er betrachtete sich selbst mit distanzierter, gedankenverlorener Neugier. Sogar seine Körperhaltung war verschämt – so geräuschlos wie möglich lief er ans Ende des Wohnwagens und blieb mit gesenktem Kopf stehen, als wolle er nicht den geringsten Luftzug verursachen. Er ging vom Wohnzimmer (einer Couch unter einem kleinen Kippfenster) durch den schmalen Gang zwischen dem Tisch und der Anrichte, die ihre Küche darstellten. Als er sich an Emily vorbeischob, küßte er ihren Nacken. Die Wellenlinie der Knochen in ihrem Genick erinnerte ihn an die kammartigen Wirbel mancher Seemuscheln.

Er ging weiter ins Schlafzimmer, das mit einer einzigen Einbaukommode und einem Bett möbliert war. Der übrige Platz wurde von einem tragbaren Kinderbett vollständig ausgefüllt. Um an den kleinen, durch einen Vorhang abgetrennten Wandschrank in der Ecke zu gelangen, mußte er über das Bett klettern. Er nahm die Mütze ab und legte sie neben Emilys Koffer ins Regal. Er zog die Jacke aus und hängte sie auf einen Bügel. Er hatte die Jacke im letzten November in einem Secondhand-Laden namens Frugal-Fred's gekauft. Da er fast seine gesamte Kleidung zurückgelassen hatte, als er aus Baltimore geflohen war, hatte er nichts Warmes für den Winter gehabt, und er kaufte für fünf Dollar diese schwere blaue Jacke, die einmal zu einer Luftwaffenuniform gehört haben mußte, obwohl sie jetzt fade und langweilig aussah, ohne jede Verzierung. Alle Abzeichen schienen entfernt worden zu sein und hatten Nadeleinstiche auf den Ärmeln und Taschen hinterlassen. Er nahm an, das war Vorschrift. Sie wollten natürlich nicht, daß jemand sich als Offizier ausgab. Das war nur vernünftig. Aber manchmal machte ihm die Vorstellung Spaß, daß die Embleme abge*rissen* worden waren. Er malte sich eine Szene auf dem Exerzierplatz aus – die Männer in Reih und Glied angetreten, das Hornsignal, die Trommeln. Dann tritt Morgan schneidig vor, und sein vorgesetzter Offizier reißt ihm mit einer einzigen dramatischen Handbewegung die Streifen von der Uniform. Wann immer er daran dachte, schritt er in seiner Jacke kerzengerade einher und setzte eine ungerührte Miene auf: ein Mann auf Kollisionskurs, der verwegen und rücksichtslos dem Untergang entgegensteuerte. Aber ihm war bewußt, daß es eine Jacke war, bei der niemand genauer hinsah. Und seine Mütze war eine sogenannte griechische Fischermütze, obwohl sie eigentlich nicht griechisch und auch nicht seemännisch aussah; alle trugen heutzutage solche Mützen, sogar die jungen Mädchen an der hiesigen High-School trugen sie, mit den Schirmen über ihre Lockenköpfe gezogen.

Er wusch sich in dem winzigen Badezimmer die Hände und ging zurück in die Küche. Emily hatte gerade das Frühstück fertig. Er setzte sich an den Tisch und sah zu, wie sie zwei Streifen Speck auf seinen Teller legte. »Komm essen, Josh«, rief sie.
Josh ließ einen Straßenbahnwagen aus Blech am Rand der Couch entlangsausen. Er kam stolz im Schaukelpferdgalopp damit angehüpft, stellte den Wagen auf den Tisch und schwieg artig. (Er war das ruhigste, genügsamste Kind, das Morgan je gekannt hatte.) Er trug mehrere Hemden und Pullover übereinander und schien Schwierigkeiten zu haben, seine unförmigen Arme anzuwinkeln. Emily hob ihn hoch und setzte ihn auf seinen Stuhl.
»Was ist das?« fragte er und zeigte auf seine Tasse.
»Das ist Orangensaft, Josh.«
Josh biß von einem Streifen Speck ein Stück ab und fütterte dann die Windschutzscheibe seines Straßenbahnwagens mit einem Bissen.
»Hast du meinen Brief abgeschickt?« fragte Emily, während sie sich Morgan gegenüber hinsetzte.
»Was für einen Brief?«
»Meinen Brief an Gina, Morgan.«
»Ach ja«, sagte Morgan. »Ich habe ihn in den Kasten vor dem Postamt gesteckt.«
»Dann wird er Dienstag in Richmond ankommen«, sagte Emily.
»Na ja, oder Mittwoch.«
»Wenn sie am gleichen Tag antwortet, bekomme ich vielleicht am Freitag einen Brief.«
»Mm.«
»Aber sie schreibt ja meistens nicht am selben Tag.«
»Nein.«
»Wenn sie doch nur eine bessere Briefschreiberin wäre.«
Er sagte nichts. Sie sah zu ihm hoch.
»Stimmt etwas nicht?« fragte sie.
»Wieso?«
»Du wirkst verändert.«
»Alles in Ordnung«, sagte er.

Sie strich Butter auf ihren Toast. Ihre Hände waren weiß vor Kälte, die Nägel sahen bläulich aus. Ihre gebogenen Wimpern warfen vage Schatten auf ihre Wangen. Er stellte mit plötzlichem Erstaunen fest, wie wenig sie sich verändert hatte. Während im Laufe der Jahre alle um sie herum älter wurden, behielt Emily ihr junges, blasses, faltenloses Gesicht. Und ihre hellen Augen verliehen ihr den Ausdruck immerwährender Unschuld. Sie kleidete sich noch genauso wie früher. Auch ihre Frisur war dieselbe geblieben: aufgesteckte Zöpfe und ein paar lose Korkenzieherlocken, die in den Nacken hingen und auf eine unterschwellige Leidenschaftlichkeit zu deuten schienen – zwar vorhanden, aber niemals ausgelebt -, die ihn immer noch tief berührte.
Also, er würde sich beim Herausgeber beschweren. Auf jeden Fall. Er würde mit der Zeitung in der Hand in sein Büro stürmen. »Sehen Sie sich das mal an! Was hat das zu bedeuten? Überprüfen Sie niemals Ihre Informationen? *Morgan Gower, Geschäftsführer eines Eisenwarenladens!* Wo bleibt Ihr Verantwortungsbewußtsein? *Ich* bin Morgan Gower. So wahr ich hier vor Ihnen stehe.«
Aber er würde sagen: »Sind Sie nicht dieser Meredith? Der für den jungen Durwood arbeitet?«
Tatsache war, er hatte überhaupt keine Handhabe.

2

Emily zog Josh seinen Anorak an, um mit ihm spazierenzugehen, aber Morgan wollte nicht mitkommen. »Fühlst du dich nicht wohl?« fragte sie ihn.
»Doch, doch, es ist alles in Ordnung, glaub mir.«
»Hast du die Hustentropfen besorgt?«
»Ja, ja, sie müssen irgendwo sein...«
Er betastete seine Taschen und strahlte Emily an, um sie zu beruhigen. Sie runzelte weiter die Stirn. »Vergiß nicht, wir haben heute abend eine Vorstellung«, erinnerte sie ihn.
»Ich weiß, ich habe es nicht vergessen.«
Nachdem sie gegangen waren, blickte er ihnen durch das Wohn-

zimmerfenster nach – Emily war bloß ein zarter, schmaler Strich in der Landschaft, Josh stapfte in seiner dicken roten Jacke neben ihr daher. Sie liefen quer über ein Feld nach Norden, auf den gestrüppreichen Kiefernwald zu, der sich neben der Autobahn erstreckte. Der Feldboden war so klumpig und zerfurcht, daß Joshua öfter ins Stolpern geriet, aber Emily hielt ihn fest an der Hand. Morgan dachte an ihren energischen, sicheren Griff – an die Sehnen an ihrem Handgelenk, die so drahtig wie Klaviersaiten waren.

Einen Sekundenbruchteil, ehe das Telefon klingelte, wandte er sich vom Fenster ab, als hätte er damit gerechnet. Vielleicht sollte er einfach nicht abnehmen. Es war bestimmt jemand, der ihm zusetzen wollte, jemand, der alles herausgefunden hatte: »So! Du bist also gestorben!« Aber natürlich konnte es niemand wissen. Er zwang sich, ins Schlafzimmer zu gehen, wo das Telefon auf der Kommode stand. Es klingelte sechsmal, bevor er es erreicht hatte. Er nahm den Hörer ab, atmete tief durch und sagte: »Hallo.«

»Bist du es, Sam?« fragte ein Mann.

»Ja.«

»Wirklich?«

»Ja.«

»Du klingst so anders.«

»Ich bin erkältet«, sagte Morgan.

Morgan blickte grinsend in den Spiegel.

»Ich nehme an, du hast gehört, was mit Lady passiert ist?«

Dann geschah etwas Seltsames. Es war, als sei der Boden unter ihm ein Stückchen weggerutscht. Doch er verlor nicht das Gleichgewicht, er stand so sicher wie zuvor, und sein Kopf war völlig klar. Es war eher wie eine optische Täuschung. Seine Umgebung schien an ihm vorbeizuziehen, als stünde er auf einem der Laufbänder, die auf Flughäfen die Passagiere von einer Abflughalle zur anderen bringen. Ihm fiel ein, daß er dieses Gefühl schon einmal gehabt hatte, auf dem Flughafen von Los Angeles. Er war hingeflogen, um Susan abzuholen – es mußte vier oder fünf Jahre her sein; sie hatte wegen einer unglücklichen Liebesgeschichte einen Nervenzusammenbruch erlitten – und nachdem er den ganzen Tag im Flugzeug gesessen hatte, war er dort gelandet, schien aber immer noch zu fliegen. Oder alles um ihn herum schien zu fliegen, als wäre er so lange unterwegs gewesen und hätte eine so große Entfernung zurückgelegt, daß ein plötzliches Anhalten unmöglich war. Er blinzelte und hielt sich an der Frisierkommode fest.

»Sam?« fragte der Mann.

»Hören Sie, ich bin nicht Sam. Sie haben sich verwählt.«

Er legte auf. Als er sich im Wohnwagen umsah, stand alles wieder still.

Dann nahm er Jacke und Mütze aus dem Schrank, zog sich an und schrieb eine Nachricht an Emily: *Habe etwas zu erledigen. Bin bald zurück.* Er verließ den Wohnwagen, ging zu seinem Pick-up und stieg ein.

Die Fahrt nach Baltimore dauerte fünfundvierzig Minuten, und die ganze Zeit über sprach er leise vor sich hin. »Diese verdammte, bescheuerte Bonny«, murmelte er, »muß sich in alles einmischen, kann mich einfach nicht in Ruhe lassen, hält sich wohl für –« Er sah in den Rückspiegel und scherte aus, um einen Laster zu überholen. »Sitzt da, reibt sich die Hände und lacht über mich; bildet sich ein, sie kann mir eins auswischen. Ha, da kennt sie mich aber schlecht, jawohl...«

Er fragte sich, wie sie wohl herausgefunden hatte, in welcher Stadt er lebte. Er hatte es ihr nicht gesagt. Er zog die Möglichkeit in Betracht, daß sie die Anzeige in allen Zeitungen im Staate Maryland aufgegeben hatte – oder sogar in allen Zeitungen im ganzen Land. Himmel, auf dem gesamten Kontinent, damit sie jeder sehen konnte. Er malte sich aus, wie sie Hunderte, Tausende von Herausgebern anrief, in ihre Büros stürmte und dort zusammengeknüllte Papiertaschentücher und auf die Rückseiten von Einkaufsbons gekritzelte Textentwürfe zurückließ – eine Frau, bei der das Gaspedal klemmte. Sie hatte sich schon immer leicht zu überstürzten Handlungen hinreißen lassen. Wann immer er sie in Gedanken vor sich sah (fiel ihm jetzt, während er einen vor ihm ausscherenden Sportwagen anhupte, ein), war sie atemlos –

das Haar fiel ihr in die Augen, und ihre Bluse war aus dem Rock gerutscht. Allein die Vorstellung, wie sie seine Kleidung und seine Mutter und seine Schwester und den Hund rausgeworfen hatte! Er fluchte vor sich hin und trat auf die Bremse. Er vergaß, daß sie zuerst nur die Kleidung und den Hund hinausgeworfen hatte. In seiner Einbildung hatte sie alles auf einmal bei ihm abgeladen. Er erinnerte sich daran, wie Brindle und Louisa auf kleinen Campingstühlen vor dem Eisenwarenladen saßen und darauf warteten, von ihm eingesammelt zu werden. Aber warum überhaupt Campingstühle? Nein, sie lagen strampelnd wie umgefallene Käfer auf dem Rücken, mitten in einem Meer von Kleidungsstücken. Ihm fiel ein, daß Bonny auf ihn oft den Eindruck gemacht hatte, sie würde von Sicherheitsnadeln zusammengehalten: eine Sicherheitsnadel verband den Träger ihres Unterrocks mit dem Unterrock, oder ein Knopfloch mit der Stelle, wo der Knopf hätte sein sollen, oder ihre Armbanduhr mit dem schwarzen Samtarmband. Und die Uhr war fast nie aufgezogen. Und die aufgerissenen Stellen ihres Rocksaums waren mit Klebeband ausgebessert, das raschelte, wenn sie ging; nein, wenn sie rannte; oder vielmehr, wenn sie vorbeigaloppierte. Man hatte sie nie ganz normal gehen sehen.

Früher gab es hier nur Felder und Wiesen, aber jetzt waren die Ortschaften durch einen ausgefransten Strang von Tankstellen und Einkaufszentren miteinander verbunden. Morgan raste dahin. Der Aufbau auf seiner Ladefläche ächzte. Das Vorhängeschloß an der hinteren Tür klapperte jedesmal, wenn er das Tempo verlangsamte.

»Sie hält sich für besonders schlau, sie denkt, es macht mir etwas aus. Denkt, sie erreicht etwas mit diesen dummen Scherzen.«

Er hatte den Stadtrand von Baltimore erreicht. Es waren dort noch mehr Mietshäuser gebaut worden. Man brauchte anscheinend bloß mal kurz wegzuschauen. An einer Ampel hielt neben ihm ein Junge in einem mindestens zwanzig Jahre alten Dodge mit langen Heckflossen. Alle Fenster waren geschlossen, aber die Musik aus seinem Radio war so laut, daß sie trotzdem nach draußen drang – es spielte den *Steadily-Depressing-Low-Down-*

Mind-Messing-Working-at-the-Carwash-Blues. Unwillkürlich schlug Morgan auf dem Steuerrad den Takt mit.
Wenigstens schien hier ein bißchen die Sonne – eine schwache Spätwintersonne warf ein schales Licht auf weiße Kirchtürme und menschenleere Bürgersteige. Er fuhr auf der Charles-Street in Richtung Norden, vorbei an einer Reihe kleiner Läden und der ausgestorben wirkenden Universität mit den sauberen, exakt plazierten Gebäuden, die aussahen, als seien sie aus Baukastenklötzen errichtet worden. Er bog in eine von großen Häusern, Cafés und Wohnblocks gesäumte Allee ein und parkte dann in Bonnys Straße, aber ein Stückchen von ihrem Haus entfernt, damit sie den Pick-up nicht so leicht vom Fenster aus entdecken konnte. Dann stieg er aus, zündete sich eine Zigarette an und wartete. Es war kalt, sogar in der Sonne. Er schlug seinen Kragen hoch. Er sah die Zeitung vor der Haustür liegen. Es war kurz nach zehn, und sie hatte sie noch nicht hereingeholt; typisch. Im Hartriegelbaum saß wie ein roter Tropfen in einem Netz aus schwarzen Ästen ein Kardinal. Morgan überlegte, ob es einer von denen sein könnte, die vor einigen Jahren in dem Nest im Pfeifenstrauch ausgeschlüpft waren. Ein Anflug von Stolz überkam ihn. Den ganzen Sommer über hatte er damals immer wieder die Katze verjagt, wenn die Vogeleltern ihn alarmierten, indem sie aufgeregt herumflatterten und ein ängstliches Zwitschern anstimmten, das wie das Klimpern von Kleingeld in der Hosentasche klang. Aber waren Kardinale nicht Zugvögel? Die Zigarette schmeckte nach verbranntem Müll. Er trat sie aus.
Dann erschien Billys Frau Priscilla. In einem schicken weißen Mantel lief sie mit klappernden Absätzen den Weg zur Haustür hinauf. Sie trug eine trommelförmige Handtasche bei sich, die ganz bestimmt einen eingravierten Wal auf dem Deckel hatte. Sie verschwand im Haus. (Über die Zeitung stieg sie hinweg.) Sie zählte nicht, er hatte ihr nie viel Aufmerksamkeit geschenkt und tat es auch jetzt nicht. Er beugte sich vor und beobachtete, wie die Tür erneut aufging. Ein Junge sprang heraus. Sein Enkel? Todd? Wenn ja, dann war er gewachsen. Er hatte ein gelbes Skateboard dabei, und sobald er die Straße erreichte, stieg er auf und

sauste davon. Er blieb nur eine flüchtige Erscheinung, denn Morgan schaute ihm nicht nach. Er behielt weiterhin die Tür im Auge.

Mehrere Minuten vergingen. Er lehnte sich gegen die Motorhaube des Wagens und hörte dem Ticken des abkühlenden Motors zu.

Ein Schatten fiel auf die Tür, als sie nach innen gezogen wurde, und dann verschwand die Tür ganz. Bonny trat auf die Stufen. Was sie unter ihrer verfilzten braunen Strickjacke trug, wirkte bäuerlich und unvorteilhaft – eine dünne, weitgeschnittene Bluse und ein geraffter Rock, in dem sie dick aussah. Morgan nahm an, daß sie die Zeitung hereinholen wollte, aber Bonny übersah sie genau wie die anderen und lief weiter den Weg hinunter. Morgan versteckte sich hinter dem Wagen. Sie schaute nicht einmal in seine Richtung. Sie wandte sich mit hastigen Schritten nach Westen. In ihrer Hand blitzte etwas auf – ihre rote Brieftasche, zweifellos wie üblich vollgestopft mit Kreditkarten, uralten Fotos und zerknautschten Geldscheinen.

Er folgte ihr in sicherer Entfernung ein Stückchen. Er wußte natürlich, wo sie hinging. An einem Sonntagvormittag, wenn Priscilla da war und Todd und vielleicht noch weiterer Besuch, ging sie bestimmt zur Bäckerei, um Zimtbrötchen zu kaufen. Aber er folgte ihr trotzdem. Sein Blick war auf sie gerichtet. Sie hatte ihr Haar wachsen lassen, stellte er fest – ein Fehler. Aus dem bauschigen Haarbüschel in ihrem Nacken war eine Art Oval mit abstehenden Strähnen geworden.

Was ging in diesem Kopf vor?

Aus diesem Grund war er gekommen: um das herauszufinden. Er war hierhergefahren, ohne darüber nachzudenken, was er eigentlich wollte. Aber jetzt wurde es ihm schlagartig klar, und er blieb unvermittelt stehen. Alles was er wissen wollte war, warum sie das getan hatte.

Hatte es irgend etwas zu bedeuten?

Dachte sie etwa...?

Nein, bestimmt nicht.

Dachte sie, er habe wirklich das Zeitliche gesegnet?

»Das Zeitliche gesegnet« war das Äußerste, was er über die Lippen bringen könnte. »Gestorben« würde ihm im Hals steckenbleiben. Nein, diese Frage konnte er unmöglich stellen.
Er blieb stehen, wo er war, während Bonny weiter in Richtung Bäckerei eilte.
Dann drehte er sich um und ging zurück zum Haus. Er umkreiste es. (Die Vordertür führte direkt in die Diele, wo ihn jeder sehen konnte.) Er ging um das Haus herum zu der mit Fliegengittern umgebenen Veranda, griff durch ein Loch in der Fliegengittertür, schob den rostigen Riegel zurück und trat ein. Der muffige Geruch der Korbmöbel erinnerte ihn – ebenso wie Mäuse und billige Zeitschriften – an den Sommer. Er prüfte den Knauf an der Glastür, die ins Wohnzimmer führte. Sie war unverschlossen. (Er hatte sie tausendmal davor gewarnt.) Lautlos schlüpfte er hinein.
Das Zimmer war leer. Ein Mensch-ärgere-dich-nicht-Spiel lag noch vom Abend vorher auf dem Couchtisch verstreut. Er durchquerte das Zimmer und trat in die Diele. Aus der Küche rief Priscilla: »Bonny? Bist du schon wieder da?«
Er flitzte zur Treppe und achtete dabei darauf, immer auf die Teppiche zu treten, die seine Schritte schluckten. Er lief so flink die Treppe hinauf, daß es ihn selber erschreckte. Die Geschwindigkeit, mit der er – schattengleich – hinaufhuschte, war gespenstisch. Oben im Flur traf sein Absatz versehentlich mit einem Klacken die Dielen. Er rannte geduckt ins Schlafzimmer und preßte eine Hand auf seine pochende Brust.
Niemand kam.
Ihr Bett war ungemacht, und ihr schmuddeliges, elfenbeinfarbenes Nylonnachthemd lag wie hingegossen auf dem Teppich. Alle Schubladen der Kommode standen offen. Der Kleiderschrank ebenfalls. Er ging auf Zehenspitzen zum Schrank hinüber. Wie fremd er wirkte: es war soviel Platz darin. Man konnte zwar nicht sagen, er sei leer (all die Kleider, von denen sie sich nicht trennen konnte, Röcke, die schon ein dutzendmal gekürzt oder verlängert worden waren, Seglerblusen aus den fünfziger Jahren mit hübschen Peter-Pan-Kragen), aber er war wesentlich leerer

als früher. Auf dem Regalbrett, das er für seine Hüte benutzt hatte, lagen jetzt eine Schreibmaschinenhülle, ein Fön und ein Schuhkarton. Er öffnete den Schuhkarton und fand darin ein Paar klotzige Schuhe, die so alt waren, daß sie bald wieder in Mode kommen würden.

Er öffnete die Schublade ihres Nachttisches und fand darin eine Tube Handcreme und einen Gedichtband von Emily Dikkinson.

Er öffnete die Schublade in *seinem* Nachttisch (es war einmal) und fand darin einen Gutschein für eine Probe Pulverkaffee, einen Kugelschreiber mit Lampe und ein kleines ledernes Notizbuch, auf dem in goldenen Buchstaben *Nachtgedanken* stand. Aha! Aber die einzigen Nachtgedanken, die sie gehabt hatte, lauteten:

Woolite
Blumenladen in Roland Park
Todds Geburtstag?

Etwas umklammerte sein Handgelenk – eine Klaue. Er ließ das Buch fallen. »Mein Herr«, sagte Louisa.

»Mutter?«

»Ich habe die Nummer der Polizei vergessen.«

»Mutter«, sagte er, »ich bin nur gekommen, um... ein paar persönliche Gegenstände zu holen.«

»Ist es die 222–3333? Oder die 333–2222.«

Sie hielt immer noch sein Handgelenk fest. Unglaublich, wieviel Kraft sie hatte. Sobald er versuchte, sich ihr zu entziehen, verstärkte sie ihren Griff. Er hätte härter kämpfen können, aber er hatte Angst, ihr wehzutun. Sie fühlte sich irgendwie zerbrechlich und mürbe an. Er sagte: »Mutter, bitte laß mich los.«

»Nennen Sie mich nicht Mutter, Sie schmuddeliger, haariger Mensch.«

»Oh«, sagte er, »du erkennst mich wirklich nicht.«

»Sollte ich etwa?« fragte sie ihn.

Sie war wie immer am Sonntag schwarz gekleidet, obwohl sie nie in die Kirche ging. Sie trug ein gerafftes schwarzes Rüschenkleid mit einer Kamee am Halsausschnitt. An den Füßen hatte sie blaue Frotteepantoffeln, aus denen ihre gekrümmten dunklen Zehennägel hervorschauten – weitere Klauen. Sein Handgelenk war in einem Ring aus Knochen gefangen.

»Ich habe zu der Frau unten gesagt«, sagte sie, »›es sind Einbrecher im ersten Stock.‹ Sie meinte: ›Das sind nur wieder die Eichhörnchen.‹ Ich sagte zu ihr: ›Diesmal sind es Einbrecher.‹«

»Hör zu. Frag doch Brindle, wenn du mir nicht glaubst«, sagte Morgan.

»Brindle?« Sie dachte nach. »Brindle«, sagte sie.

»Deine Tochter. Meine Schwester.«

»Sie hat gesagt, es seien Eichhörnchen«, sagte Louisa. »Nachts fragt sie mich: ›Was ist denn das für ein Gehopse? Was ist denn das für ein Trippeln? Sind das Einbrecher?‹ Ich sage: ›Es sind Eichhörnchen.‹ Jetzt sage ich zu ihr: ›Hörst du den Einbrecher im ersten Stock?‹ Da sagt sie: ›Es sind nur Eichhörnchen, Mutter. Sagst du das nicht selber immer? Sie verstecken ihre Eicheln zwischen den Sparren auf dem Dachboden.‹«

»Ach? Ihr habt Nager im Haus?« fragte Morgan.

»Nein, Eichhörnchen. Oder *irgend* etwas tappt jedenfalls da oben herum...«

»Da müßt ihr vorsichtig sein«, sagte Morgan zu ihr. »Vielleicht sind es Fledermäuse. Und mit einer tollwütigen Fledermaus ist nicht zu spaßen. Was ihr tun solltet, ist folgendes: Nehmt einfach ein Stück Fliegengitter –«

Seine Mutter sagte: »Morgan?«

»Ja.«

»Bist du es?«

»Ja«, sagte er.

»Oh, hallo, mein Lieber«, sagte sie erfreut. Sie ließ sein Handgelenk los und gab ihm einen Kuß.

»Schön, dich zu sehen, Mutter«, sagte er.

Dann sagte Bonny von der Tür aus: »Raus mit dir.«

»Oh, Bonny!« sagte Morgan.

»Raus.«

Sie hielt die Tüte von der Bäckerei in der Hand und verströmte

den Geruch von frischer Luft, vermischt mit Zimt. Ihre Augen hatten sich bedrohlich verfinstert. Sie meinte, was sie sagte. Er kannte die Anzeichen. Er rückte von seiner Mutter ab. (Aber es gab nur eine Tür, und die wurde von Bonny versperrt.)
»Ich wollte sowieso gerade gehen, Bonny«, sagte er. »Ich bin nur gekommen, um dich etwas zu fragen.«
»Ich werde nicht antworten«, sagte sie. »Und jetzt verschwinde.«
»Bonny –«
»Verschwinde, Morgan.«
»Bonny, warum hast du das in die Zeitung gesetzt?«
»Was?«
»Diese... Notiz. Man sagt dazu wohl... Todesanzeige.«
»Ach so«, sagte sie. Er bemerkte ein kleines Zucken um ihren Mund, an das er sich gut erinnerte – ein Anzeichen von Sarkasmus, irgendwo zwischen Belustigung und Bedauern. »*Das* meinst du«, sagte sie.
»Was hat dich dazu getrieben?«
Sie dachte darüber nach.
Seine Mutter sagte: »Ich bin sicher, es sind keine Fledermäuse, denn ich kann ihre kleinen Füße hören.«
»Um ehrlich zu sein«, sagte Bonny, »ich hatte es ganz vergessen. Oje. Ich hätte die Anzeige wirklich stornieren sollen; das wollte ich die ganze Zeit tun; es war nur so ein plötzlicher Einfall von mir –«
»Ich kann mir beim besten Willen nicht erklären, woher du wußtest, wo ich wohne«, sagte Morgan.
»Ich habe Leon in Richmond angerufen und ihn gefragt«, sagte sie. »Ich nahm an, ihr würdet es wenigstens Leon verraten, wegen Gina.«
»Aber was hast du denn damit bezweckt, Bonny? Eine *Todesanzeige*, um Himmels willen.«
»Oder haben Fledermäuse auch Füße?« fragte seine Mutter.
»Es sollte eine Art Bekanntmachung sein«, sagte Bonny.
»Was denn für eine Bekanntmachung?«
Sie errötete leicht. Sie legte zwei Finger in die Mulde an ihrem

Halsansatz. »Na ja, ich bin jetzt mit jemand anderem zusammen«, sagte sie. »Mit einem anderen Mann.«
»Ach«, sagte er.
»Er ist Professor für Geschichte.«
»Und das ist ein Grund, meine Todesanzeige drucken zu lassen?«
»Ja.«
Ja, natürlich.
Er fand sie plötzlich bemitleidenswert – die rosigen Wangen, die unbeholfene, nachlässige und schlampige Art, sich zu kleiden.
»Na schön«, sagte er. »Das wollte ich nur wissen. Ich gehe dann jetzt.«
Sie trat zurück, um ihn vorbeizulassen. Sie hatte sich schon wieder gefaßt und wirkte selbstbewußt. Er ging auf den Flur hinaus. Dann sagte er: »Aber, mein Gott, Bonny, du kannst dir nicht vorstellen, was für ein Gefühl das war! Wirklich, so etwas... Peinliches, dieser Text an einer Stelle, wo ihn jeder lesen kann, und alles wegen einer Laune von dir, einer Schnapsidee!«
Das Zucken um ihre Mundwinkel erschien wieder, diesmal ausgeprägter. Zweifellos amüsierte sie sich köstlich.
»Wahrscheinlich ist es sogar gesetzwidrig«, sagte er.
Er fing an zu husten. Er durchsuchte seine Taschen nach dem Taschentuch.
»Möchtest du ein Kleenex?« fragte sie. »Was ist los mit dir, Morgan? Du siehst nicht gut aus.«
»Ich könnte dich vermutlich dafür ins Gefängnis bringen«, sagte er. Er fand sein Taschentuch und drückte es auf seinen Mund.
»Wir wollen lieber nicht davon sprechen, wofür wir uns gegenseitig ins Gefängnis bringen könnten«, sagte Bonny.
Daraufhin ging er die Treppe hinunter, ohne seiner Mutter auf Wiedersehen zu sagen oder ihr auch nur einen letzten Blick zuzuwerfen. Bonny folgte ihm. Er hörte das Knistern der Bäckertüte dicht an seinem Ohr – ein nervenaufreibendes Geräusch. Eine nervenaufreibende Frau. Und das Geländer fühlte sich klebrig an, richtig schmutzig. Und auf dem Teppich in der Halle konnte man leicht ausrutschen und sich das Genick brechen.

An der Tür, als er mit seinen Gedanken schon bei dem Pick-up (tanken, Reifendruck überprüfen) und der Heimfahrt war, schien Bonny es plötzlich nicht mehr eilig zu haben. Sie wischte sich eine Haarsträhne aus dem Gesicht und sagte: »Er heißt Arthur Amherst.«
»Hm?«
»Der Mann, den ich kennengelernt habe. Arthur Amherst.«
»Schön für dich, Bonny.«
»Er ist äußerst zuverlässig und solide.«
»Freut mich zu hören«, sagte er und klimperte mit dem Autoschlüssel in seiner Tasche.
»Wahrscheinlich denkst du jetzt, er ist langweilig.«
»Nein, das denke ich nicht.«
Er zog seine Schlüssel hervor, drehte sich um und wollte gehen, aber dann fiel ihm etwas ein, und er wandte sich ihr wieder zu. »Hör mal«, sagte er. »Es könnten wirklich Fledermäuse sein, weißt du.«
»Was?«
»Die Tiere, die Mutter auf dem Dachboden hört.«
»Und wenn schon, sie tun ja keinem etwas.«
»Wie kannst du da so sicher sein? Du solltest etwas gegen sie unternehmen. Schieb es nicht auf die lange Bank; sie könnten die Kabel und Leitungen durchbeißen.«
»*Fledermäuse*?« fragte sie.
»Oder was auch immer«, sagte er.
Er zögerte, dann hob er die Hand zum Gruß an die Mütze und ging.
Inzwischen waren viele Kirchgänger unterwegs. Alte Männer mit Filzhüten chauffierten Wagenladungen von schwatzenden alten Damen durch die Gegend. Die Bürgersteige waren erfüllt vom Klappern hoher Absätze. Während er die Ärgernisse des Vormittags abschüttelte, fuhr er gedankenverloren in Richtung Innenstadt. Er fuhr immer weiter, nicht aus der Stadt heraus, sondern tiefer in sie hinein. Es konnte nicht schaden, einen Blick auf Cullen-Hardware zu werfen. Schließlich war es möglich, daß Butkins da war, selbst am Sonntag. Vielleicht ging er die Lager-

bestände durch oder stand einfach müßig im Halbdunkel am Fenster, wie er es manchmal getan hatte.
Aber der Eisenwarenladen war nicht mehr da. Zwischen dem Teppichgeschäft und dem Maklerbüro der Gebrüder Grimaldi befand sich nur eine Lücke – nicht mal ein Loch, bloß ein freier Platz. Sogar Unkraut wuchs dort. Die zusammengeknüllten Papierabfälle, die in den Sandkuhlen lagen, waren schon vergilbt und lösten sich auf. Eine Tafel am Ende des Grundstücks verkündete: HIER BAUT DIE NIFF DEVELOPMENT CORPORATION EIN...
Er überlegte einen Moment, schob seine Brille hoch und fuhr weiter. Und Butkins? Wo war Butkins? Er bog nach links ab und fuhr in Richtung Crosswell-Street. Crafts Unlimited gab es noch. Das Geschäft war geschlossen, weil Sonntag war, aber es florierte offensichtlich. Die aufgereihten Tontöpfe im Schaufenster wirkten wie archäologische Funde. Die Fenster im zweiten Stock waren so dunkel und schlicht wie immer. Er glaubte fast, wenn er die Treppe hinaufging, würde er Emily und Leon Meredith dort vorfinden, die immer noch ihr einfaches, ungebundenes Leben führten, wie zwei Kinder in einem Märchen.

3 »Er paßt mir bestimmt«, sagte die zweite Stiefschwester. »Ich war nur den ganzen Tag einkaufen, und meine Füße sind ein bißchen geschwollen.«
»Aber meine Liebe, ich bitte Sie«, sagte der Prinz mit erschöpfter Stimme.
»Na ja, vielleicht könnte ich mir die Zehen abschneiden.«
»Und was ist mit Ihnen, mein Fräulein?« fragte der Prinz. Er sah Aschenputtel an, die, in Sackleinen gekleidet, am Rand der Bühne hervorguckte. Sie war scheu und zerbrechlich und bewegte sich zentimeterweise auf den Prinzen zu. Er kniete vor ihr nieder und hielt ihr den kleinen gläsernen Schuh entgegen, oder vielleicht war es nur ein Stückchen Zellophan. Ganz plötzlich wurde ihr Jutegewand auf geheimnisvolle Weise von einer Woge

aus eisblauem Satin verhüllt. »Mein Liebling!« rief der Prinz, und die Kinder hielten den Atem an. Sie waren noch jung genug. Ihre Gesichter strahlten selig, und selbst als das Licht im Raum anging, blieben sie auf ihren Stühlen sitzen und starrten mit offenen Mündern auf die Bühne.

Die Baptistengemeinde veranstaltete ein Wochenendfest, dessen Erlös für die Renovierung der Kirche verwendet werden sollte. Sie hatten zwei Puppentheatervorstellungen am Samstag gegeben, und heute abend war die letzte gewesen. Jetzt konnten Morgan und Emily ihre Requisiten einpacken und die Sonntagsschulaula der Kirche verlassen, in der der beißende Pfefferminzgeruch von Kinderkleber hing. Sie konnten sich, wenigstens für eine Weile, von der Gläsernen-Akkordeon-Gruppe und den Sechs Singenden Simonsons und Boffo dem Zauberer verabschieden. Emily legte die Puppen eine nach der anderen in ihren Schnapskarton. Joshua lief mit einem von Boffos großen Messingringen in der Hand schwankend den Gang hinunter. Morgan klappte die Holzbühne zusammen, nahm sie ächzend auf die Schulter und trug sie durch den Seiteneingang hinaus.

Der Abend war grau und neblig. Der Bürgersteig glitzerte unter den Straßenlaternen. Morgan lud die Bühne hinten auf den Pickup und warf die Tür zu. Dann blickte er sich um und sog die sanfte, feuchte Luft ein. Eine Familie kam vorbei – kleine Kinder, die zu lange wachgehalten worden waren und quengelnd am Rockzipfel ihrer Mutter hingen. Ein Junge und ein Mädchen küßten sich in der Nähe einer Bushaltestelle. An der nächsten Ecke stand ein Briefkasten, Morgan fiel sein Brief an Bonny ein, den er schon den ganzen Tag bei sich hatte; er sollte ihn einstekken. Er nahm ihn aus der Tasche seiner Luftwaffenjacke und überquerte die Straße. (*...du verstreust einfach eine Handvoll Mottenkugeln*, flüsterte der Brief, *1. entlang der Tragbalken auf dem Dachboden; 2. in den Wandschränken unter den Dachschrägen...*)

Seine Stiefel machten ein knirschendes Geräusch, das ihm gut gefiel. Autos rauschten an ihm vorbei; die Lichtkegel ihrer Scheinwerfer waren verschwommen. Er strich den Umschlag glatt, der sich an den Ecken eingerollt hatte. *Aber wenn es Fledermäuse sind...* hätte er schreiben sollen. Er hatte vergessen, die Fledermäuse zu erwähnen. *Du darfst auf keinen Fall alle Öffnungen verschließen, bevor du nicht sicher bist, daß die Fledermäuse...* und er hätte auch noch schreiben sollen: *Denk daran, Mutters Vitamine sind steuerlich absetzbar,* und: *Triff keine überstürzten Entscheidungen, was diesen Professor angeht,* und: *Ihn zu lieben, reicht nicht aus, weißt du.* Er hätte hinzufügen sollen: *Ich habe auch mal geglaubt, daß es ausreicht zu lieben; ja, ich dachte, wenigstens bin ich ein netter und liebevoller Mann, aber inzwischen weiß ich, daß es auch eine Rolle spielt, wen man liebt und aus welchen Gründen. Ach, Bonny, man kann sich so sehr irren...*

Er stand wie betäubt vor dem Briefkasten und schüttelte den Kopf. Erst eine Autohupe brachte ihn in die Wirklichkeit zurück. Er hatte den Eindruck, daß es nicht das erste Hupsignal war. Eine Frau mit üppigen, kurzgeschnittenen Locken lehnte sich aus einem Chevrolet. »Nun? Werden sie oder werden sie nicht?«

»Wie bitte?«

»Werden meine Briefe bis Dienstag ankommen, habe ich gefragt, oder werdet ihr bummeln und trödeln wie beim letzten Mal? Ihr redet dauernd von Zustellung innerhalb von einem Tag, und ich bin dann die Dumme und muß die Gebühren zahlen, wenn meine Zahlungen an BankAmericard zwei, drei, vier Tage zu spät eintreffen...«

Sie steckte eine Hand mit einem Packen Briefe durch das Fenster und schwenkte sie hin und her. Morgan berührte den Schirm seiner Mütze und nahm sie entgegen. »Auf jeden Fall«, sagte er. »Für die Schlurerei war Robinson verantwortlich, und den haben sie inzwischen vor die Tür gesetzt. Sie können sich jetzt wieder auf die amerikanische Post verlassen, meine Dame.«

»Ja, ja, das sagen *Sie*.«

Sie kurbelte das Fenster hoch und fuhr mit quietschenden Reifen davon.

Morgan warf den Brief an Bonny durch den Schlitz. Dann sah er sich an, was die Frau ihm gegeben hatte. Patti Jos Kleiderboutique, LeBolt-Haushaltsgeräte ... die beiden warf er ebenfalls ein. Clarion Elektrizitätsgesellschaft. Er warf ihn ein. Die anderen waren private Briefe, in schnörkeliger, schräger Handschrift an eine Frau in Essex, eine Frau in Anneslie und ein Ehepaar in Madison, Wisconsin, adressiert. Er würde auch diese Briefe abschicken, aber vorher würde er vielleicht einen klitzekleinen Blick hineinwerfen. Während er zur Kirche zurücklief, hustete er trocken und schlug die Briefumschläge gegen seine Handfläche. Sie waren steif und dick und vielversprechend. Sie flüsterten *habe Montag damit verbracht, das Kleid länger zu machen* und *die Wehen waren so stark, daß sie sterben wollte* und *du hättest wenigstens soviel Anstand besitzen können, es mir zu sagen.* In einiger Entfernung stand Emily neben einem Pappkarton an der Bordsteinkante. Josh saß auf ihrer Hüfte. Aus irgendeinem Grund fühlte sich Morgan plötzlich unbeschwert und heiter. Er lief schneller. Er lächelte. Als er Emily erreichte, summte er vor sich hin. Alles um ihn herum war leuchtend und schön und voller Möglichkeiten.

Anne Tyler

Atemübungen
Roman
Aus dem Amerikanischen von Reinhard Kaiser
Band 10924

Caleb oder Das Glück aus den Karten
Roman
Aus dem Amerikanischen von Günther Danehl
Band 10829

Nur nicht stehenbleiben
Roman
Aus dem Amerikanischen von Günther Danehl
Band 11409

Die Reisen des Mr. Leary
Roman
Aus dem Amerikanischen von Andrea Baumrucker
Band 8294

Fast ein Heiliger
Roman
Aus dem Amerikanischen von Anne Ruth Frank-Strauss
352 Seiten. Geb. S. Fischer Verlag

Segeln mit den Sternen
Roman
Aus dem Amerikanischen von Reinhard Kaiser
286 Seiten. Geb. S. Fischer Verlag

Fischer Taschenbuch Verlag

fi 1605 / 3

Margaret Atwood

Katzenauge
Roman. 492 Seiten. Geb. S. Fischer und
Band 11175

Die Räuberbraut
Roman. 592 Seiten. Geb. S. Fischer

Tips für die Wildnis
Short Stories. 272 Seiten. Geb. S. Fischer und
Band 11971

Die Giftmischer
Horror-Trips und Happy-Ends
Band 11824

Lady Orakel
Roman. Band 5463

Der lange Traum
Roman. Band 10291

Der Report der Magd
Roman. Band 5987

Unter Glas
Erzählungen. Band 5986

Die eßbare Frau
Roman. Band 5984

Die Unmöglichkeit der Nähe
Roman. Band 10292

Verletzungen
Roman. Band 10293

Wahre Geschichten
Gedichte. Band 5983

Fischer Taschenbuch Verlag

fi 602 / 14